めだか、太平洋を往け

重松 清

幻冬舎文庫

めだか、太平洋を往け

序章

お別れの挨拶をするために席を立つと、同僚たちの拍手とともに花束が差し出された。ピンクと黄色のチューリップに、スイートピー、カスミソウ、オレンジ色のガーベラも。花束をもらうことは予想していたが、サイズは思っていたのより一回りも二回りも大きかった。両手で花を抱きかかえると顔がほとんど隠れてしまう。

「ありがとうございます」

安藤美津子（あんどうみつこ）は会釈して、花と花の隙間から覗（のぞ）き込むように同僚を見た。拍手の音がひときわ高くなる。

緊張はしないだろう、と思っていた。多少の感慨はあっても、それで胸が一杯になって挨拶ができなくなったりはしないはずだ、と決めつけていた。

人前で話すことにも、お別れをすることにも、慣れているつもりだ。

二十二歳で小学校の教師になって、六十歳の定年まで三十八年、教頭や校長への昇進試験には目もくれず、現場一筋で過ごした。その間、数えきれないほどの子どもたちと出会って、別れてきた。定年後は再雇用で、さらに一年——子どもたちを教えるというより、むしろ若い教師たちの相談役として仕事をつづけた。コンサートでいうならアンコールのような一年間が、今日、終わる。

「安藤先生、お疲れさまでした」

花束を渡してくれた女性教師が、居住まいを正して一礼した。教師になって三年目、理想と現実のギャップに悩みながらも、この一年で大きく成長した若手の一人だ。

「やだ、そんなにかしこまらなくてもいいんじゃない？」

美津子はからかうように笑って、「いつもどおりに呼んでくれたほうが、わたしもうれしいから」と言った。「できれば、みんながこっそり呼んでるアレで」

「……いいんですか？」

「もちろん。どうぞ」

にっこり笑ってうながすと、女性教師は遠慮がちに、けれどうれしそうに、言った。

「アンミツ先生、いままでほんとうにお世話になりました」

安藤美津子。アンミツ。まだ新米教師だった頃に子どもたちが名付けた。そのあだ名を聞いた瞬間、胸が熱いもので一杯になってしまい、目が潤んでくるのがわかった。

自宅に持ち帰った花を花瓶に移して、仏壇に供えた。ちょうど春のお彼岸なので仏壇は菊と百合の花で飾られていたが、にぎやかで明るいことが好きなダンナだったので、チューリップとスイートピーの華やかさのほうを喜んでくれるだろう。

アンミツ先生は仏壇の前に正座して、ダンナ——杉田宏史さんの遺影に語りかけた。

「おかげさまで、本日をもって、きれいに引退いたしました」

宏史さんの遺影は、六十二歳で出かけたカナダ旅行のときのものだった。その一年後に世を去ってしまうなど、夢にも思っていなかった。だが、ナイアガラの滝を背にした笑顔の陰では、すでに膵臓はガンに冒され、リンパを通って全身に転移もしていたのだ。

なにも気づかなかった自分が悔しくて、情けなくて、申し訳ない。その一方で、背中に痛みがあったはずなのに黙っていた宏史さんに「我慢強いにもほどがあるわよ、まったく」と文句もぶつけたいのだが。

いずれにしても、六歳年上の先輩教師でもあった宏史さんは、五年前に六十三歳で亡くなった。今年の十二月で満六十二歳になるアンミツ先生は、あと三年足らずで宏史さんの享年を超える。あなたが年下になっちゃうなんてねえ、と妙に背中がくすぐったくなることも、たまに、ある。

「いろいろとワガママを聞いてもらって、ありがとうございました……って、元気な頃にお礼を言ってあげればよかったんだけど、まあ、そういうものよね、人生って」

教師の仕事をつづけながら、一男一女、二人の子どもを育て上げた。仕事と育児と家事の両立はいまよりずっと大変だったし、仕事で旧姓の「安藤」をつかいつづけるだけでも、公私ともども、さまざまな軋轢(あつれき)があった。陰になり日向(ひなた)になり支えてくれた宏史さんには、ほんとうに感謝している。

もっとも、本人は「せっかくアンミツ先生になったんだから、旧姓でいいんだよ。あだ名は教師の勲章だぞ」と照れくさそうに言うだけだったし、そういう人柄だったので、定年して三年もたっていたのにお葬式には教え子や同僚が予想以上に集まってくれて、葬祭会社の担当者をあわてさせた。それが、アンミツ先生の、ささやかながら確かな自慢でもある。

記念すべきリタイアの日の夕食は、ふだんどおりの一汁三菜だった。サワラの塩焼きに若竹煮、野菜餡(あん)をかけた揚げ豆腐と、山菜の味噌汁。ご飯は、せっかくだからこれくらいは、ということで出来合いの赤飯にした。

ごちそうではない。六十一歳にしては、いささか年寄りじみた献立かもしれない。だが、それは昔からの流儀だった。小学校の教師の昼食は、たいがいの場合、子どもたちと同じ給食をとる。最近は給食にもだいぶ「和」が採り入れられるようになってきたが、やはり基本は子どもの味覚に合わせたメニューなので、せめて夕食ではおとな好みの料理を味わいたい。

晩酌には、日本酒にうるさい近所の酒屋さんおすすめの純米大吟醸の封を切った。仏壇のダンナと乾杯して、テレビのBS放送の旅番組を観ながら切子のグラスに注いだお酒をちびちび飲っていたら、いつのまにか四合瓶が半分空いた。もうだめ、もうおしまい、あとは飲みすぎないうちにお風呂に入って、そうそう、酔ってお風呂に入って倒れるのが一人暮らしには一番怖いんだからね……と自分に言い聞かせていたら、パソコンからスカイプの呼び出し音が聞こえた。

娘の麻美からだった。東京の夜九時は、麻美が住んでいるカナダのトロントでは朝八時。麻美は母親に合わせて「こんばんは」と言って、アンミツ先生は娘を気づかって「おはよう、朝早くからありがとうね」と言う。

「今日でリタイアなんだよね、お母さん」

「そう、明日から晴れてご隠居だから」

「送別会してもらった？」

「声はかけてもらったんだけど、やめといた。ウチでごはん食べて、そろそろお風呂に入ろうかと思ってたところ」

「なに寂しいことやってんのよ。パーッと飲みに行けばよかったのに」

アンミツ先生は、あははっ、と笑って、「若いひとに合わせるのも疲れるのよ」と言った。

「一人でのんびりするのが一番いいの」

麻美は三十三歳、独身——まだ、そういう感覚はピンと来ないだろう。それでも、連絡をしてくれてうれしかった。教師生活最後の日ぐらい、誰かと話していたい。

「まあ、でも、お母さん……ほんとにお疲れさまでした」

麻美はあらたまった口調で言った。「うん、ありがとう」と返すアンミツ先生の表情も、少ししんみりした。

「それで、どうするの？　これから」

「しばらくはウチの片付けをしたりして、のんびりしようと思って」

「お母さんって掃除が苦手だったもんね。苦手っていうか、深追いしないひとだったじゃない。じーっと見なきゃわかんない汚れは、最初から『なし』でいいんだ、って」

うるさいなあ、と笑う。でもまあ、そうだったね、と笑みをさらに深くする。

「でも、ほんとに、のんびりしてよ。現役時代はずーっと忙しかったんだから」

ありがと、と応える。

「お兄ちゃんから電話あった？」

「昨日ね。お母さんに『お疲れさま』っていうのと、あと、赤ちゃんのこと。今日は忙しいから、昨日のうちに電話くれたの」

息子の健夫(たけお)はもうすぐ、四月に満三十六歳の誕生日を迎える。アンミツ先生が待ちわびていた赤ちゃんが、順調にいけば九月に誕生する。初孫——厳密に言えば、そうなる。

「薫(かおる)さん、順調だって？」

「うん、今日も夕方から病院に行って、超音波の検査を受けるって言ってた。そろそろ性別もわかるかも、って」

その口調にはずんだものを察したのだろう、麻美は最初こそ「楽しみだねー」と話を合わせてくれたが、すぐに「ねえ、お母さん」とつづけた。

「翔也(しょうや)くんのこと、ちゃんとフォローしてあげないとね」

「……わかってるわよ、そんなの」

アンミツ先生には、すでに孫がいる。ただし、血のつながりは、ない。

翔也は、健夫の妻の薫さんが、前の夫との間にもうけた息子だった。

麻美は、カナダで起業したり日本から留学したりするひとたちのコーディネートをしている。トロントにオフィスを構えて、すでに六年目になる。

そのビジネスにどれほどの需要があるのか、率直に言ってアンミツ先生にはよくわからず、最近では日本人よりも韓国や中国のひとのほうがいい顧客になっているんだと聞かされても、そういうものなのねえ、と理屈がわからないまま感心するしかない。なにより結婚する気が一切ないというのが、どうにも納得がいかず、あの子の人生なんだから、結婚だけがすべてじゃないんだから、と自分自身に言い聞かせていても、釈然としない思いを胸の奥に抱えたまま、いまに至る。

健夫に対しても同じだった。

教師になってほしかった。それは、亡くなった宏史さんともども、健夫がまだおなかにいた頃から思っていたことだった。

理系の大学を選んだ健夫が、教職課程に見向きもしなかったことには、本音ではずいぶん落胆した。卒業後、家電メーカーに就職してからも、「あの子の性格は先生に向いてるのにねえ」と、ことあるごとにぼやいては、宏史さんにあきれられていたものだった。

もちろん、健夫の人生は健夫自身のものだ。それを忘れて、自分の思い入れや価値観を押しつけてしまうほど愚かな親ではないつもりだ。

ただし、結婚についてはーー。

「それでね、お母さん」

麻美は諭すように言う。

「薫さんに赤ちゃんができるのはいいことなんだけど、お兄ちゃんと血のつながった子どもができるってことは、翔也くんの立場がなくなるってことでしょ？　そこはちゃんと考えてあげないとよくないと思うの」

「……わかってるわよ」

アンミツ先生はムッとして返す。実際わかっているのだ、それくらいのことは。ただ、問題の重さはわかっていても、どうすればいいかがわからない——そこが自分でも、ほんとうに困っているところなのだ。

薫さんがバツイチだから、とは思わない。それでも、健夫から初めて彼女を紹介されたときに六歳の翔也を見た瞬間、ちょっと待ってよ、と思ったのだ。なんなのよ、ウチの息子がなんでこの子の父親にならなきゃいけないのよ、と思ったのだ。その困惑は、結婚から三年たったいまも、消えてはいない。

麻美との通話を終えたあとは、風呂に入ってパジャマに着替え、あらためてノートパソコンに向かった。ワープロソフトを開いて、ゆうべ遅くまでかけてつくった文書を読み返す。

〈めだかの皆さん〉

書き出しの言葉を決めるまでに、何日もかかったのだ。迷って、悩んで、それでも最初に浮かんだ言葉を選んだ。その言葉を選んだ自分の素直な思いを大切にしたかった。

〈急に「めだか」と呼ばれて怒ったひともいるかもしれませんね。ごめんなさい。でも、先生にとっては、教え子の皆さんは、みんな「めだか」です。先生の話をよーく聞いてくれていたひとは、きっとわかってくれるはずです。「そういえばアンミツ先生は、わたしたち（ぼくたち）のことを『めだか』って呼んでたんだなあ」と……〉

大学を卒業して、教員採用試験に受かって、初めて教壇に立ったのは、一九七三年――元号でいえば昭和四十八年のことだった。

だめな教師だった。未熟で、浅慮で、空回りが多かった。でも一生懸命だったよね、とあの頃の自分を振り返ると、肩をポンと叩いてやりたい。

そんな一年目、アンミツ先生は五年生を担任した。いま振り返れば、新米教師に五年生を担任させることじたい無謀だと思う。男子はまだまだ子どもでも、女子は急におとなびて、思春期のとば口に立つ。男女の間で差が生まれるし、男子同士や女子同士でも、おませな子とおくてな子の差が開いてくる。勉強やスポーツでも、得手不得手がはっきりとしてきて、人間関係もややこしくなり、いじめも無邪気なものではなくなってしまう。

そんな五年生を、自分なりにがんばって教えた。先輩の教師から見ると、ずいぶん頼りなかっただろう。一人の先輩に言われた。「安藤先生のクラスは、童謡の『めだかの学校』と同じだなあ」――誰が生徒か先生か、という一節がぴったりくる、という。

そのときはムッとした。悔しかったし、悲しかった。先輩の教師に「めだかでいいじゃないですか！」と食ってかかった。

「ウチのクラスの子は、みんな、めだかです。でも、みんな、くじらみたいに太平洋を堂々と泳ぐんです！」

そんな啖呵を切った相手と結婚したというのも、人生の面白さなのだろう。

アンミツ先生の書いた文章は、こんなふうにつづく。

〈先生は、この三月で現役をリタイアしました。もう教室で子どもたちを教えることはありません。ほんとうは、いろんな学校から「非常勤で来ないか」とか、たくさん誘われたし、地域でとてもがんばっているフリースクールからも話がありましたが、ぜんぶお断りして、正真正銘、フリーで身軽な立場になりました。

なぜ、それを選んだかというと、めだかの皆さんに会いたくなったからです。

先生はいつも、みんなに「太平洋を泳ぐめだかになりなさい」と言っていました。おぼえていますか？　ちっぽけなめだかでもいい。でも、めだかみたいな小さな魚でも、太平洋を泳いでほしい……という願いを込めて、皆さんにメッセージを送ったのです。

でも、そのメッセージは、ほんとうに正しかったのでしょうか。

先生は皆さんに会いたい。おとなになった皆さんから、いまの気持ちを聞きたい。

この手紙は、先生が六年生の担任として卒業式で送り出したひとたちに送ります。

先生は四十年近く教師をやってきましたが、六年生のクラスを担任したのは、八回でした。それが多いのか少ないのかはわかりません。ただ、八回の卒業生を数えてみたら、二百七十七人になっていました。

この手紙は、二百七十七人の卒業生全員に送ります。小学校の卒業名簿に載っていた住所宛てに送っているので、どれだけのひとに届くか見当もつきません。ましてや、何人が返事を書いて、いまの生活を先生に教えてくれるのか……あまり期待しすぎないように、と自分に言い聞かせているところです。

でも、とにかく、送ります。迷惑かもしれませんが、許してください。

先生は知りたいのです。

皆さんは、いま、どこにいますか？　小川ですか？　それとも海に出て、太平洋を泳いでいますか？　めだかのままですか？　くじらになりましたか？

皆さんは、いま、幸せですか――？〉

読み返すと、自然と胸が締めつけられる。

返事など来るはずがない。理屈ではあきらめていても、それでも……と思う。思ってしまうところが、なんともいえず切ないのだ。

手紙を何度か読み返したあとで、プリントした。もう考えるのはやめよう、と決めた。推敲をしていけばきりがないし、その挙げ句、「やっぱり出すのをやめよう」ということになってしまうかもしれない。

二百七十七通、同じ文面をプリントアウトして、宛名もラベルに印刷した。

もう十一時を回ってしまった。ふだんならベッドに入っている時刻だったが、今夜は不思議と眠くない。気がつくと、日本酒の四合瓶も空いていた。もともとイケる口ではあるのだが、四合も飲んでこんなにケロッとしているのは自分でも意外だった。

眠くならないし、酔ってもいない。

プリントアウトを終えて、ラベルを封筒に貼っている間も、あくび一つ漏れなかった。

そろそろ日付が変わる。

ふう、と息をついて、認めた。

健夫から電話がかかってくるのを、心の片隅で待っていた。昨日のうちに電話をよこしていたとはいえ、「やっぱり定年の記念日だから、一言だけでも」と、ねぎらいがあってもいい――あるべきだとも、思っていたのだ。

だが、さすがにもう無理だろう。たとえかかってきたとしても、電話に出たら最初に「何時だと思ってるのよ」と叱るしかない。

まあいいか、電話をしてこられてもしゃべることなんてないし、とプリントアウトした手紙を折り畳んで封筒に入れていった。

健夫としっくりいかなくなったのは結婚前からで、もう四年になるだろうか。薫さんがバツイチで息子までいることにこだわりを持たなかった、と言えば嘘になる。

宏史さんは、薫さんと翔也のことを知らない。アンミツ先生や麻美も、宏史さんの初盆のときに健夫が「親父に線香をあげたいって言うから」と二人を連れてきて、そこで初めて会ったのだ。

もしも宏史さんが生きているうちに二人を紹介されていたら——。

麻美は「絶対にモメてたよ。お父さん、お兄ちゃんの奥さんがバツイチなんて受け容れないもん」と断言する。「お父さんって、学校の先生としては大らかなのに、親としての価値観は古くて、狭くて、一方的なの」

麻美自身、カナダに渡るときには宏史さんに猛反対された。あのときも大変だった。先生と健夫が麻美の味方について、宏史さんをなだめすかして、なんとか説得したのだ。

「教師って意外とそうなのよ。お母さんの同僚にも、そういうひとたくさんいたから」

ダンナをかばう先生も、麻美に「まあ、でも、お父さんが頑固な憎まれ役になってくれたほうが、お母さんは楽だったかもね」と言われると、なにも返せない。

麻美のカナダ行きと同じように、宏史さんが健夫と薫さんの結婚に反対していたら、間違いなく、先生は二人の味方についたはずだ。どんなに説得が大変でも、自分の立場がはっきりしていればがんばれただろう。

その憎まれ役がいないと、賛成とも反対ともつかない中途半端な立場で接するしかない。「健夫の人生だから」「あの子もおとななんだから」という建前だけでは、息子一家と疎遠になっていくのを止められなかった。

もうちょっと長生きしてほしかった。さっきも仏壇に向かってひとしきり愚痴ったのだった。

手紙を半分ほど封筒に入れた頃、やっと、あくびが出た。午前〇時半。そろそろ寝ようかなあ、と座ったまま伸びをしたとき、電話が鳴った。自宅の固定電話――怪訝(けげん)に思ってディスプレイを見ると、知らない電話番号が表示されていた。

受話器を取った。電話の主は、警察だと名乗った。いま救急病院にいる。

息子さんと奥さんが交通事故に遭われました、と警官は感情のない声で告げた。

第一章

1

アンミツ先生が同僚から餞別にもらった花束は、水を一度も取り替えないまま、仏壇の花瓶の中で枯れてしまった。

一週間ほとんど留守にしていた。忙しかった。着替えや必要な物を取りに何度か戻ったときも、用をすませると一息つく間もなく出かけなくてはならなかったので、家のことはなにもできなかった。

新聞や郵便物の処理はお隣の小池さんに頼んでおいたが、どんな言葉でお願いしたのか、留守にする事情をどこまで小池さんの奥さんに話したのか、話を聞いたときの奥さんの反応はどうだったのか、そもそも話した相手は奥さんだったのか社会人の娘さんだったのか、細かい記憶はすっぽりと抜け落ちている。

この一週間のすべてがそうだった。自分がなにをどうやっていたのか、うまく思いだせない。人の出入りや移動がとにかくあわただしかったはずなのに、振り返ってみると、ばたばたと動き回っていた時間より、呆然としてへたりこんでいた時間のほうがずっと長かったようにも思う。

浴室から給湯完了の軽やかなチャイムが聞こえると、麻美に「お風呂に入っちゃってよ」と言われた。「わたしはゴミをなんとかしないと、汗も流せないし」

麻美はさっきからキッチンにこもって、腐った生ゴミの始末をしている。アンミツ先生はすっかり忘れていたのだが、鍋の中では一週間前の夕食につくった若竹煮が黴(か)びて、腐って、ひどいにおいを放っていたらしい。

あの夜はゴミや食べ残しのことを考える余裕などなかった。警察からの連絡を受けて、とるものもとりあえずタクシーを数時間も飛ばして地方都市の救急病院に向かい、それっきりになってしまったのだ。

我が家の風呂に入るのもひさしぶりだった。一週間、ビジネスホテルの窮屈なユニットバスでシャワーしか浴びられなかった。脚を伸ばしてお湯に浸かると、全身から力が抜け、疲れが染み出してきて、ため息と一緒につぶやきも漏れた。

「タケちゃん……」

息子を、幼い頃のように呼んだ。

「嘘だよね、死んだって、そんなの、なによ……」

涸れはてたと思っていた涙が、また目からあふれ出た。

事故は、薫さんが病院で健診を受けた帰りに起きた。おなかの赤ちゃんが順調に育っていることを確かめて、付き添いの健夫と二人で喜び合った直後の悲劇だった。

「なんの関係もないひとを巻き込まなかっただけでもよかったと思わないとね……」

強がりや慰めで言ったつもりはなかったが、麻美は「もういいよ、お母さん」となだめるような笑顔で応えた。「甘いもの食べて、温かいもの飲んで、そのまま寝ちゃいなさい」

コタツの天板の上には、和菓子のきんつば、道明寺に桜餅、甘納豆、洋菓子のバウムクーヘンにトリュフチョコレートに、中華からは月餅とゴマ団子……和洋中の甘いものを麻美が揃えてくれた。

「薫さんには申し訳ないことしちゃったけど、赤の他人とは違うわけだから、そこはせめてもの不幸中の幸いっていうか……」

「いいってば、お母さん、もうなにもしゃべらなくていいんだよ」

アンミツ先生にもわかっている。

それでも、なにか言わずにはいられない。黙っていると、悲しみに押しつぶされる。

「タケちゃんもよけいなことしちゃったよね、薫さん一人でバスで行かせればよかったのよ。わざわざ会社まで早退(はやび)けして付き添って、それであんなことになっちゃうなんて、ほんと、薫さんだって一人で行くって言えばよかったじゃない。たかだか健診ぐらいでダンナの送り迎え付きなんて、やっぱりねえ……」

「お母さん、もうやめなよ、ね、ほんと」

麻美はアンミツ先生のカップにハーブティーを注ぎ足した。「キツいときにはお風呂にゆっくり入って、甘いものを食べて、ハーブティーを飲むのが一番なの」と、気持ちを落ち着かせる効果があるリンデンフラワーのお茶をカナダから持ってきてくれたのだ。

麻美の仕事は順調だったが、そのぶん忙しく、健夫の訃報を受けてもすぐには帰国できなかった。日本で過ごした三日間も、カナダとのやり取りに追われ、兄を喪(うしな)った悲しみにひたる暇さえないまま、明日の朝にはまた向こうに戻る。

アンミツ先生の本音としては、もう少し一緒にいてほしい。けれど、それは口にしてはいけないんだ、と自分に言い聞かせている。

健夫が薫さんと暮らしていたのは、家電メーカーの工場がある関東近郊の小都市だった。もともとは東京の本社勤務だったのだが、結婚を機に、志願して工場の管理部門に異動したのだ。本人は「現場をもっと知りたいんだ」と言ってアンミツ先生を感心させつつ、出世が遅れるんじゃないかと案じさせてもいたのだが、麻美は「お母さんと少し距離を置きたかったのかもね」と身も蓋もなく言っていた。

実際、アンミツ先生がその街を訪ねたのは今回が初めてだった。あと何度か出かけて家財道具の片付けを終え、社宅を引き払ってしまえば、もう訪れることはないだろう。

もうすぐ四月だというのに北風が吹きすさぶ、寒々しい街だった。バブル景気の頃はにぎわったものの、ここ十年ほどは工場の縮小や生産調整の連続で、街もさびれる一方なのだという。駅前の商店街は軒並みシャッターが下りていて、ビジネスホテルの水回りも黴くさかった。高齢化が進んでいるせいか、健夫と薫さんの葬儀を営んだセレモニーホールだけが妙に真新しく、それが逆にやるせない。

そもそも、産婦人科のある病院まで、車で片道一時間以上もかけて通わなければならないことじたい、悔しく、腹立たしく、納得がいかない。地方では産婦人科医が激減しているというのは、時事問題としては知っていたが、まさか自分の息子夫婦がこんなに苦労をしているとは夢にも思っていなかった。

もしも近くに病院があれば、健夫が車で送り迎えすることもなかった。もしも一つの病院に妊婦さんが集中しなければ、待ち時間も少しですんだ。もしもせめて半分の距離だったら、帰りを急いだ健夫が峠越えのある旧道を選ぶこともなかった。

旧道はカーブが多く、陽が落ちると凍結してしまう箇所がたくさんある。その凍った路面にタイヤをとられて、事故が起きた。

アンミツ先生は、甘い香りのリンデン茶を啜って、ため息交じりに目をつぶった。「もしも」をたどるのは、もうやめよう。この一週間何度もやってきたことだし、さかのぼっていくと、薫さんとの結婚にいい顔をしなかった自分自身の後悔に行き着いてしまう。なにより、決して思ってはいけない「もしも」がある。事故に直接かかわりがあるからこそ、頭の中から振り払わなければならない「もしも」だった。そのことは、麻美からも強く、厳しく釘を刺されている。

二階に上がっていた麻美が居間に戻ってきて、「よく寝てる」と言った。「トイレに起こさなくてもいい？」

「だいじょうぶよ」

アンミツ先生は苦笑して、甘納豆を一粒つまんで口に入れた。「トイレの場所は教えたんだし、四月から五年生なんだから、よけいなおせっかいしたら、かえって嫌がるわよ」

「さすがプロ」

「……『元』だけどね」

「でもさあ」

麻美はコタツにもぐり込むと、身を前に乗り出して言った。「さすがのお母さんも、こういう事情の子どもを担任したことはないんじゃない？」

「里親さんのウチや施設から通ってくる子はいたわよ」

「どうだった？　やっぱり大変だった？」

「そんなことないって。それはまあ、気をつかってあげなきゃいけないところは、ほかの子より多かったけど、特別とか大変とか、そういうのは思わなかったなあ」

麻美は「お母さんって苦労のハードルが高いひとだもんね」と笑った。先生は一瞬きょとんとして、麻美なりの褒め言葉だとわかると、はにかんで頬をゆるめた。

「ただね」麻美は声をひそめる。「今度は教師の立場じゃなくて、むしろ里親だよね」

先生も真顔に戻ってうなずいた。麻美の言うとおりだった。

かつて健夫が使っていた二階の部屋で寝ているのは、健夫と薫さんの——正確には、薫さんと前夫の間に生まれた翔也だった。不慮の事故で両親を亡くした翔也が身を寄せる先は、血のつながっていない「おばあちゃん」の家だけだったのだ。

「あの子、頭も良さそうだし、おばあちゃんにもすぐに馴染(なじ)むんじゃない？」

「でも……それはそれで、ちょっとね」

「馴染むのが早すぎると、逆に心配？」

「心配ってことはないけど……」

微妙に語尾が沈む。これからのことを思うと、胸に重石を載せられたような気がする。健夫を亡くした悲しみをいまひとつ実感できずにいるのも、そのせいだった。


健夫と薫さんのお葬式は、工場の関係者でそれなりに人数は多かったが、ものさびしくやるせないお別れだった。

薫さんの身内は両親以外には誰も来ていない。前夫がお金のことで親戚中にひどい迷惑をかけ、両親はその後始末で家や財産をすべて処分した。おおまかないきさつはアンミツ先生も健夫から聞いていたが、お葬式にも来てもらえないほどだとは思わなかった。

両親は斎場で薫さんと対面した。母親は泣きくずれたが、父親のほうはすぐに顔をそむけ、棺の前から立ち去ってしまった。忘れ形見の翔也と会っても、抱きしめることも、声をかけることも、微笑みかけることすらしてくれなかった——前夫の血をひいた子どもだからなのだろうか？

お葬式のときは、翔也を薫さんの両親の隣に座らせた。だが、焼香を終えた翔也は自分の席には戻らず、アンミツ先生と麻美の間に座ろうとした。麻美がしかたなく椅子を譲ると、黙ってそこに腰かけて、薫さんのほうの「おじいちゃん」「おばあちゃん」とは、それっきりになってしまった。

「翔也くん、四月からこっちの学校に通うんだよね。転校の手続きって大変なの?」

「手続きは簡単だけどね、ちゃんと通ってくれるかどうかだから、問題は」

「だいじょうぶじゃない? 環境が変わるんだし、あの子だって自分の立場を考えたら、おばあちゃんを困らせるわけにはいかないってことぐらいわかるでしょ」

「だから、そういう理由だと——」

かえって不憫じゃない、と言いかけた言葉を呑み込んで、「まあ、あせらずにやるしかないんだから」と苦笑した。麻美に、というより、自分自身にかけた言葉だった。

お葬式には翔也の同級生や保護者も来てくれていたが、翔也の今後を案じる立ち話の表情や口調は、両親を亡くしたことだけを同情しているふうではなかった。

あの子はこれからどうするんだろう、ちゃんとやっていけるのだろうか、だいじょうぶだろうか、難しいんじゃないか……。

クラス担任の教師に教えてもらった。

翔也はこの三月に四年生を修了したものの、二学期と三学期は、学校にはほとんど通っていないのだという。

その夜、アンミツ先生は夢を見た。「昭和」の終わり頃の、日曜日の光景だった。まだ小学生の健夫と麻美がいる。髪の毛がふさふさしていた宏史さんもいる。遊園地だ。家族そろってティーカップに乗って、『スケーターズ・ワルツ』のBGMとともに、のんびり回っている。

健夫はティーカップの和んだ雰囲気がお気に入りだったが、麻美はすぐに飽きてしまい、「次はあれに乗ろう！」と立ち上がってジェットコースターを指差す。すると、健夫は「アサちゃん、カップが回ってるときに立ったら危ないよ、落っこちたら大変だよ……」と、半べその顔になってしまうのだ。

いつもそうだった。健夫は、おっとりとして気持ちの優しい子どもだった。悪く言えば、おとなしくて気弱で引っ込み思案のお兄ちゃんでもある。一方、麻美はなにごとにも積極的で元気一杯の、要するにオテンバで勝ち気であわてんぼうの妹だった。

夢の中のアンミツ先生は、カップに並んで座る子どもたちを、苦笑交じりに見つめる。

個性や性格に優劣などない。教師としてそこはしっかりわかっているつもりだが、母親の本音としては「将来は麻美のほうが生きていきやすいだろうな」と思っていた。

麻美は周囲とぶつかることは多くても、たくましく生き抜いていくだろう。時代や世の中も行動力のある女性を求めるだろうし、そうでなくてはアンミツ先生も——さまざまな男女差別の壁にぶつかってきた世代の一人として、悔しい。

だが、健夫はきっと苦労するだろう。困っているひとに手を貸す優しさや、まわりを気づかっているうちに自分が後回しになってしまうひとの善さは、残念ながら、悔しいけれど、この子がおとなになった頃には長所や美徳とは呼ばれそうにないから……。

夢から覚めた。先生はベッドに仰向けになったまま、ふう、と息をついた。

ねえタケちゃん、と心の中で語りかける。お母さんの心配は当たっちゃった？

健夫は薫さんと結婚して、翔也のパパになって、苦労してきたのだろうか。三十六年にも満たない短すぎる人生は、幸せだったのだろうか。そうではなかったのだろうか。

答えはもう永遠にわからない。真っ暗な寝室はしんと静まり返って、外から聞こえてくるのは、いつのまにか降りだした静かな雨音だけだった。

2

雨は朝まで降りつづいた。

アンミツ先生は、少しくたびれたしぐさで、枕元の時計のアラームを止めた。午前六時の起床時刻はいつもどおりで、わが家のベッドで眠るのはひさしぶりだったのに、体の芯はまだ疲れで重い。

服を着替えてリビングに出ると、隣の和室を寝室にしていた麻美が「おはよう」と襖を開けて顔を覗かせた。まだパジャマ姿でスッピンでも、寝起きという感じではなかった。

「早くから起きてたの？」

「うん、やっておかなきゃいけない仕事もあるし、あと、お兄ちゃんのパソコン――」

ため息を挟み、首をかしげて、「やっぱりパスワードわからないんだよね」と言う。

「無理しなくていいわよ」

「なに言ってんの、ここは無理しなきゃだめでしょ、どう考えたって」

あきれ顔で返した麻美は「だって」と少し言い淀んでつづけた。「お兄ちゃんの形見なんだから」

社宅にあった健夫のノートパソコンだった。確かに形見だ。ただ、ロックがかかっていて、パスワードを入力しないとログインできない。昨日から麻美が、誕生日や電話番号や住所の番地などの英数字を入れて試していたが、どれも拒否されてしまう。

「ねえお母さん、トロントに持って帰っていい？　こういうことにすごく詳しい知り合いもいるし、何回も失敗するとデータが全部消えるようになってるかもしれないし……このパソコンのデータに入ってるお兄ちゃんの思いを、せめてわたしたちが翔也くんに伝えてあげないと、お兄ちゃん、ほんとに浮かばれないよ」

「……思い？」

「そう。たとえば、送信済みメールの中に、もしかしたら薫さんや翔也くんのことが書いてあるかもしれないでしょ。ウェブのブックマークを見たら、九月に赤ちゃんが生まれるのをお兄ちゃんがどんなに楽しみにしてたか、わかるかもしれない」

もちろん、逆に、知らないままのほうがよかった事柄も知ってしまう恐れだってある。

それでも、麻美はきっぱりと言った。

「お兄ちゃんだって、こんなにあっけなく死んじゃって、絶対に悔いが残ってるよ。翔也くんに言っておきたいこと、たくさんあったと思う。少しでもお兄ちゃんの代わりにそれを伝えてあげるのって、お母さんとわたししかできないことなんだよ」

まっすぐに見つめたときにはおっかないほどの強いまなざしだったが、「ね？　だからパソコンのことは任せてくれる？」と笑って念を押すと、頰がゆるむのと一緒に心のつっかい棒もはずれてしまったのか、たちまち目が潤みはじめた。

「……ありがと」

アンミツ先生もハナを啜って言った。

「やだ、お母さんにお礼言われるのって、ちょっとヘンな感じ、慣れてないっていうか」

「そう？」

「だって、基本、お説教ばっかりだったじゃん、お母さんって」

照れ隠しに口をとがらせて「朝ごはん、ひさしぶりに卵焼きつくってよ」と言う麻美が、いまではたった一人の家族になってしまった。あらためてそれに気づいて、先生はまたハナを啜り上げる。

砂糖をたっぷり入れた甘くて香ばしい卵焼きは、麻美より、むしろ健夫の好物だった。そのことにも気づいていたから、先生の鼻の頭はすっかり赤らんでしまった。


朝七時を回ったが、二階の翔也が起き出した気配はない。

無理に起こすのはやめよう、とアンミツ先生は決めていた。健夫と薫さんの突然の事故、そして死から一週間——おとなでさえ時間の感覚を失ってしまう日々だった。ひとの出入りが多く、あらゆるものがめまぐるしく流れていって、両親の死を実感することすらできなかったかもしれない。

「四月から小学五年生ってことは、いま何歳になるんだっけ」

麻美がお新香をかじりながら訊く。先生は「十歳」と答え、ワカメの味噌汁を啜る。

「形だけの話でも、あの子、十歳で喪主になっちゃったんだよねえ。なんか、すごいっていうか、たまんないなあ……」

お葬式の挨拶は、健夫の上司がやってくれた。それでも、出棺のときに両親の棺に石で釘を打ちつけ、二人で一枚の写真に収まった両親の遺影を胸に抱く翔也の姿は、参列者の涙を誘わずにはいられなかった。

「あの子、泣かなかったじゃない。それがよけいケナゲで、悲しかったよね、ほんと」

麻美はしみじみ言って、味噌汁のお代わりをするためにキッチンに立った。

「翔也くんのぶん、残しといてよ」

「平気平気、あと一口だけ。トロントに帰っちゃうと、まともなお味噌汁なんて、なかなか飲めないんだもん」

お椀に汁だけよそうと、鍋の前で立ったまま啜る。「お行儀悪いわよ」と先生は軽くにらんで、やれやれ、と息をつく。

食卓の向かい側の席には、ラップをかけたおかずの皿と、伏せたお茶碗とお椀と割り箸が置いてある。もうすぐ起きてきたら、というより今日から、そこが翔也の席になる。

割り箸はよくない。食器もお客さん用のものではなく、ちゃんと翔也のものを揃えなくてはいけない。湯呑みもそう。コップやコーヒーカップ、ああそうだ、歯ブラシも要る。今朝はとりあえず、災害に備えて買い置きしておいた旅行用の歯みがきセットでしのいでも、早く自分のものを使わせないと。

「お母さん、わたし、翔也くんが寝てるうちに出ちゃうから、よろしく言っといて」

「……わかった」

「まあ、お母さん、ほら、慣れてるから」

小学生と付き合うことには確かに慣れている。けれど、十歳で天涯孤独になった男の子とは、いままで出会ったことなどなかった。


麻美は八時過ぎに家を出た。門の外まで出て見送ろうとするアンミツ先生を「翔也くんが起きてくるかもしれないから」と制し、玄関の中で別れた。「四十九日には絶対に帰ってくるし、なにかあったら、いつでもいいから電話とかメールしてね」――両手で包み込むように先生の手を握り、それだけでは足りずに、ハグをして「疲れを出さないようにしてね」と言う。

親子の「励ます」「慰める」の関係が、いつのまにかすっかり逆転してしまった。我が子に心配される立場になった寂しさと、ウチの子も一人前になったものだというううれしさとを比べると、今朝はうれしさのほうが少しまさっているだろうか。

玄関のドアが閉まったあとも、アンミツ先生は上がり框にたたずんでいた。二階は七時半頃にトイレを使う音が聞こえただけで、あとはしんと静まり返っている。翔也は用を足したあと、また眠ってしまったのだろうか。

麻美の曳くキャリーバッグのキャスターの音が少しずつ遠ざかり、聞こえなくなった。じわじわと胸に湧いてきた心細さを振り払うために、「さて」と声に出して階段をしばらく見上げ、「まあ、もうちょっと寝させてあげようか」とひとりごちて、リビングに戻った。八時半になったら起こそうと決めて、それまでの時間つぶしを探していたら、部屋の隅に置いた紙バッグに気づいた。

ああそうか、途中だったんだ、と思いだした。かつての教え子二百七十七人への手紙だ。半分ほど封筒に入れたところで警察から事故を知らせる電話がかかってきて、それっきりになっていた。

〈皆さんは、いま、幸せですか――?〉

手紙に書いた締めくくりの一言を、何度も何度も読み返した。社交辞令で訊いたつもりはなくても、手紙を書いたときはまだ甘くて浅かったな、と認めた。いまは違う。「幸せ」という言葉が、ずしりと重い。

〈先生は、ダンナも息子も亡くし、娘はカナダに住んでいて、寂しい毎日です〉

追伸の形で近況を伝えることも考えたが、しばらく迷ったすえ、やめておいた。母親としては娘に「励まされる」「慰められる」立場に回っても、教師としては、まだまだ教え子の心配をしていたい。付け加えるなら〈先生はおかげさまで幸せですよ〉——さすがにこれは、書いているとつらくなりそうだなあ、と寂しそうに笑った。

八時半に翔也を起こそうと決めていたのを「まあ、九時でいいよね」と延ばし、九時になると「あの子も疲れてるだろうから」とまた延ばして、その間に手紙をすべて封筒に入れ、切手も貼った。単純な手作業をつづけていると意外と無心になれるものなのだろう、最後の封筒に切手を貼ったときには、なんだか胸がすっきりしていた。

その気分の良さが消えないうちに、と片付けを手早く終えると、すぐ二階に向かった。

「翔也くん、そろそろ起きる？」

階段の途中で声をかけると、「はい」とすぐに返事が聞こえた。思いのほか、しっかりした声だった。

二階の部屋は三つ——健夫と麻美の部屋、そして、実質的にはほとんど納戸と化してしまったアンミツ先生の書斎。翔也は健夫の部屋に泊まった。健夫が大学を卒業するまで使っていたベッドに寝た。これからもこの部屋を翔也に使わせるかどうかは、まだわからない。翔也の部屋になれば健夫は喜ぶだろうと思う一方で、そんな優しい息子だからこそ、健夫の部屋を誰にもさわらせずにそのままにしておきたい、とも思うのだ。

ドアをノックした。

「翔也くん、入るわよ」

「はい」

返事の口調はあいかわらずしっかりしていて、起き抜けという感じはしない。ドアを開けると、その理由がすぐにわかった。

翔也はパジャマをトレーナーとデニムに着替え、ベッドの縁に腰かけていた。洗顔や歯みがきはまだでも、もうとっくに一日は始まっている、という様子だった。

「なんだ、起きてたの。じゃあ下りてくればよかったのに」

「……すみません」

怒ったわけではないのだ、もちろん。アンミツ先生はあわてて愛想笑いを浮かべ、「すぐに朝ごはんにするね」と言った。

「ありがとうございます」

「お礼なんていいの、なに言ってるの。それより、納豆は食べられる？」

「はい、だいじょうぶです」

「起きたあと、なにしてたの？　退屈だったんじゃないの？」

「部屋を見てました。お父さんの部屋、初めてだったから」

翔也はそう言って、こんなふうに、と部屋を見回した。

翔也の受け答えは、なめらかでそつがない。顔立ちや体格は四月から小学五年生という年相応のものだったが、言葉づかいや立ち居振る舞いは、優等生の中学生並みにしっかりしている。

「乱暴な悪ガキより全然いいじゃない。真面目でおとなしい性格じゃないと、いろいろ大変でしょ、ワケありの二人暮らしになるわけなんだから」

麻美はそう言って合格点を与えていたが、アンミツ先生の印象は逆だった。そつのなさとは、裏返せば、殻の頑丈さにつながる。おとなの喜びそうな丁寧な言葉づかいは、逆に言えば、立ち入る隙を与えない計算に見えなくもない。四十年近くも小学生と付き合ってきた経験が、この子は相当扱いづらそうだ、と教えてくれる。

キッチンで朝食のおかずを温め直しながら、ダイニングの様子を背中でうかがった。

ちょこんと椅子に座った翔也は、両手を膝に乗せ、背筋を伸ばして、料理ができあがるのを待っている。「テレビでも観てなさいよ」と声はかけておいたが、リモコンに手を伸ばしそうな気配はない。

こういう子は、きっとごはんに箸を付ける前に「いただきます」と手を合わせるんだろうな——と思っていたら、あんのじょう、合掌プラス一礼の丁寧さで食事を始めた。

「おいしい？」と振り向いて訊くと、「はい」と笑顔でうなずく。「パンのほうがよかったら、明日はパンにしようか？」と訊くと、「ぼく、ご飯もパンも好きです」と言う。やれやれ、と少しあきれかけていたら、先生ご自慢の卵焼きを頰張って「これ、すごくおいしい」と言う。「甘いけど、しょっぱくて」

なんだかなあ、と思う。褒められて悪い気はしなくても、たぶん翔也が幼心に期待しているほどには、うれしくない。

「お父さんも好きだったのよ」

「え？」

「お父さんも、子どもの頃から卵焼きが大好きだったの」

一瞬ぽかんとした翔也は、「へえーっ」とびっくりした顔で笑った。その笑い方に子どもらしくない気づかいを感じて、先生は横を向き、「早く食べちゃいなさい」と言った。

今日は午後から出かける。健夫の住んでいた街をまた泊まりがけで訪ねて、翔也の転校をはじめ、さまざまな手続きや挨拶をしなければならない。東京の自宅で一泊しただけのトンボ返りになる。できれば、これでしばらくは東京に腰を落ち着けたいのだが。

その前に手紙をポストに入れなきゃ——一つくらいは楽しみのある用事が欲しかった。

3

私鉄と地下鉄で都心に入り、別の私鉄の特急列車に乗り継いで、健夫の住んでいた上毛(じょうもう)市に向かった。

関東平野を北上する路線だ。都心の始発駅を出て小一時間も走ると、窓の外の景色は少しずつひなびてきた。昼過ぎまで降っていた雨の名残(なごり)なのか、河原や畑にほの白い靄(もや)がたちのぼり、風景ぜんたいが煙って見える。

翔也は二人掛けのシートの窓際に座って、携帯ゲーム機で遊んでいた。景色には目も向けず、一心にコントローラーを操作する。

その様子をアンミツ先生は隣から盗み見ては、そっとため息をつく。

最初の電車に乗っているときに、「ゲームしてもいいですか？」と訊かれたのだ。そのときに「だめよ」とやんわり言っていればよかったのだが、ロングシートだと退屈だろうから、と許してしまった。地下鉄の車内でも、景色がなにも見えないんだから、とゲームをつづけるのを認めた。特急に乗れば外の景色がよく見えるのでだいじょうぶだろう、と勝手に決めつけていたのが失敗だった。

いまさら「やっぱり目が悪くなりそうだからやめなさい」とは言えない。それに、もしもその言葉を口にしたら、翔也は「はーい」と素直に従って、あるいは「ごめんなさい」と謝って、ゲーム機を着替えの入ったデイパックにしまうはずだから――そのあとに胸に残る気まずさのほうが、嫌だった。

午後三時に上毛市に着いた。駅のホームに降り立つと、寒さに身震いした。雪をかぶった山なみから吹き下ろす風は、刺すように冷たい。足元が凍える底冷えは、昨日までの一週間で嫌というほど思い知らされた。

駅前のタクシー乗り場に向かった。最初に翔也の小学校に行く。四年二組のクラス担任だった吉村(よしむら)先生が待ってくれている。

タクシーに乗り込んで、小学校の名前を運転手に告げると、翔也は黙って全身を固くこわばらせた。

「先に挨拶だけしたら、校庭で遊んでてもいいからね」とアンミツ先生は言った。本人がいないほうが、むしろいい。二学期からつづく不登校のいきさつや理由を、吉村先生から聞き出さなければならない。

さっきまで雨が降っていたのだと、タクシーの運転手が教えてくれた。雪交じりの雨だったらしい。今年は春の訪れがずいぶん遅い。地球温暖化って嘘なんですかねえ、と運転手はつまらなそうに笑った。

吉村桂子先生は、まだ二十代後半の若い教師だった。担任をしている子が不登校になったのも、両親を亡くしてしまった子と接するのも、初めて——その両方を一人の子が背負うケースは、アンミツ先生の四十年近い教師経験でさえ一度もなかったことなのだが。

職員室の応接コーナーで転校に必要な書類をアンミツ先生に手渡すとき、吉村先生は申し訳なさそうに言った。

「わたしがもっとしっかりしてて、相談事も話しやすい先生だったら、翔也くんも学校に毎日来てくれていたかもしれません」

アンミツ先生は「そうですねえ」とうなずいた。そんなことありません、という社交辞令が言えない性格なのだ。

肩をすぼめる吉村先生に、問い詰める口調にならないよう気をつけて、いくつか質問した。クラスの人間関係、授業中の教室の雰囲気や翔也自身の態度、家族について翔也が話すときの様子と、友だちの反応……。

安心した。経験は足りないが、真面目で一生懸命な教師だ。「いじめはありませんでした」という言葉に嘘やごまかしは感じられないし、翔也の家庭の事情にも細やかな配慮をしてくれていた様子だった。

アンミツ先生の質問に一区切りつくと、「これを翔也くんに渡してもらえますか」と数枚の写真を見せられた。デジタルカメラの画像をプリントアウトしたものだった。

翔也がいる。友だちと一緒にカメラに笑いかけたり、ピースサインをつくったりしている。教室の中だ。この学校だろうか。同級生だろうか。けれど写真に写っている仲間には年上も年下もいたし、黒板に書かれた文字も日本語だけではなかった。

「わたしたち、去年の夏まで、空き教室で日本語学級を開いていたんです」

「この子たち、日系ブラジル人？」

「ええ。あと、ペルーの子も何人か」

アンミツ先生はうなずいて、窓の外に目をやった。翔也は校庭の隅にいた。地面に半分埋めた古タイヤを跳んで遊んでいる。

「翔也くんは、四年二組の友だちより日本語学級の友だちと遊ぶほうが多かったし、楽しそうでした」

吉村先生はそう言って、テーブルの上の写真をあらためて、懐かしそうに見つめた。翔也が友だちと二人で肩を組んだ写真だ。背景にした黒板には、〈ａｄｅｕｓ＝さよなら（ｓａ yonara)〉と書いてあった。

上毛市は、数年前まで「ブラジリアン・タウン」と呼ばれていた。大規模な工場がいくつもあったので、日系ブラジル人やペルー人が大量に雇用されたのだ。

日本人との間にさまざまな軋轢を生みながらも、高度経済成長期以降はさびれる一方だった街は、確かに活気づいた。駅前にはブラジル料理のレストランが何軒も開店し、街のあちこちでポルトガル語を目にするようになった。日系ブラジル人の人数がピークだった二〇〇〇年代半ばには、盆踊りとサンバが共存する夏祭りの様子がテレビのドキュメンタリーで紹介されたこともある。

だが、二〇〇八年のリーマン・ショックで状況は一変してしまった。派遣で働いていた日系ブラジル人労働者は次々に契約を解除されて帰国せざるをえなくなり、工場の移転や縮小も相次いで、街はまたさびれはじめた。

そんな吉村先生の説明を聞きながら、アンミツ先生は健夫のことをずっと考えていた。健夫が薫さんと結婚して上毛市に来たのは二〇〇九年――本人はなにも言わなかったが、工場の管理部門で与えられた仕事には、リストラの断行も含まれていたのかもしれない。気持ちの優しい健夫にとっては、どんなにつらい仕事だっただろう。

教師の有志が手弁当で日本語の読み書きを教える日本語学級も、櫛(くし)の歯が欠けるように次々に閉鎖されていった。

「もともと反対も多かったんです。部外者を校内に入れるのはいかがなものか、って」

それに、と吉村先生はつづけた。

「わたしたちとしては、日本人の子どもと日系ブラジル人の子どもの交流の場にしたかったんですが、失業するブラジル人が増えてくると、治安や防犯がらみで、よけいなことを子どもたちに吹き込むおとなが多くて……」

言葉を濁した。アンミツ先生は黙って相槌（あいづち）を打った。最後まで言わなくてもわかる。伝えたいことも、その悔しさも。

「でも、翔也くんは学校で一番馴染んでました。放課後はほとんど毎日、日本語学級に遊びに来てくれて、追いかけっこをしたり、サッカーをしたり……言葉は全然通じてなかったんですけどね」

その日本語学級も昨年の九月に閉鎖された。翔也と一緒に遊んでいた子どもたちは皆、夏休み中に街から出て行ってしまったのだ。

ちょうどその頃から、翔也は学校に通わなくなったのだという。

職員室を出ると、もう外は薄暗くなっていた。外灯の明かりがかろうじて届く古タイヤの遊具で遊んでいた翔也は、アンミツ先生がすぐそばに来るまで気づかなかった。いや、先生の「お待たせ」という声で振り向いたときの様子からすると、じつは気づかないふりをしていただけだったのかもしれない。

「終わったから、帰ろうか」

名残惜しそうなそぶりもなく、タイヤから下りる。「吉村先生が、もしよかったら職員室に寄って他の先生にも挨拶する？　って」と水を向けてみたが、「いえ、いいです」と首を横に振る。

「でも……吉村先生には挨拶しなさいよ。校門まで見送りに出てくれるんだから」

「はーい」

あいかわらず受け答えにそつがない。愛想もいい。笑うと目尻が下がるところが、そんなはずはないのに、健夫の子どもの頃とどこか似ているような気がしないでもない。けれど、日本語学級の友だちと肩を組んだ写真の中の笑顔は、いまよりもずっとヤンチャで、無邪気で、屈託がなくて――アンミツ先生はその笑顔のほうが好きだ。

吉村先生に写真をもらったことを伝えた。「日本語学級のお友だち、みんないなくなっちゃったんだってね」とつづけて、そっと反応をうかがってみた。

翔也はほんの少しだけ間をおいて、「寂しいけど、しょうがないです」と答えた。「不景気だし、工場の仕事もどんどん減ってるし、もともとお父さんやお兄さんの出稼ぎでニッポンに来て、たまたま派遣でここに来たっていうだけだから、いつかは引っ越しちゃうって、みんなわかってたし」

「よく知ってるわね。新聞で読んだの？」

「お父さんが教えてくれました」

「そうなんだ……」

「僕が学校を休むようになってからも、勉強はぜんぶお父さんが会社から帰ってきて教えてくれたから」

あの日も、きっとそうするつもりだったのだろう。社宅で留守番をしている翔也のために、健夫と薫さんは少しでも早く帰ろうと近道をして、事故を起こした。もしも翔也が学校にきちんと通っていて、放課後は友だちと遊んで暗くなるまで帰ってこないような子どもだったら、ひょっとしたら——言っても詮ないことではあっても、悲劇は避けられたかもしれないのだ。

その後もずっと、翔也はそつなくふるまいつづけた。吉村先生と校門でお別れをするときも、駅前のファミレスでカツカレーとミックスサラダの夕食を食べるときも、ビジネスホテルの部屋で風呂を使うときも、「寝る前にちょっとだけゲームやっていいですか？」とアンミツ先生に訊くときも、「そろそろおしまいよ。電気消しちゃうわよ」と先生に言われてゲームのスイッチを切るときも……とにかくすべて、まるでリハーサルをやっていたんじゃないかと思うほどなめらかで、淡々としていて、お行儀が良くて、丁寧だった。

テストの答え合わせなら、すべての解答に○をつける。けれど、「正しい答え」と「ほんとうの答え」は違う。アンミツ先生は全問正解を認めたうえで、採点の最後の最後に、答案用紙の隅に小さな×をつけるだろう。

「翔也くん、寝ちゃった？」

暗がりの中、隣のベッドに声をかけた。

少し間をおいて、「まだ起きてます」と答えが返ってきた。微妙に眠そうな声――これもまた、答え合わせなら○になる。

「返事しなくていいから、おばあちゃんの話、ちょっとだけ聞いて」

「……はい」

「明日はお寺に行って、お父さんとお母さんのお骨にお線香あげたり、あと、事故の現場にお花を供えたりするでしょう？」

翔也の返事はなかったが、寝てしまったわけではないというのを伝えたいのだろう、もぞもぞと寝返りを打った。アンミツ先生の目も部屋の暗さに慣れて、翔也が背中を向けたのがわかった。

「泣きたくなったら我慢しなくていいから」

返事はない。沈黙にほっとした。このことだけは、「正しい答え」でかわされてしまいたくない。

「お通夜やお葬式のときは、いろんなひとがいたし、忙しかったから、あんまり泣けなかったでしょう？　明日はおばあちゃんしかいないから、気がすむまで泣いていいのよ」

黙ったままでいてほしかったのに、翔也は「我慢したんじゃないけど」と、かすかに笑って言った。「わかってる。「病院で泣きすぎたから、涙がからっぽになっちゃった感じで……」

「わかってる。そういうのって、あるよね」

でも、とつづけた。

「遠慮しないで、泣いていいからね」

泣いてほしい、というのが本音だった。

翔也の返事はなかった。

4

翌日の午前中、アンミツ先生は翔也を連れて山あいのお寺を訪ねた。お葬式で世話になったお寺に、健夫と薫さんの遺骨を、二晩預かってもらったのだ。

骨箱は白木の位牌とともに本堂の祭壇に並べて安置されていた。本堂ではストーブが焚いてある。今日も朝から寒い。空は青かったが、お寺のあたりは風花が舞っていた。

翔也は両親の骨箱にそれぞれ手を合わせ、頭を下げて、焼香をした。膝を揃えてちょこんと座った姿は、お通夜やお葬式のときと変わらない。いかにもけなげで、不憫で、それでも、そのお行儀の良さをアンミツ先生はどうしても素直に受け止めることができずにいて……結局、翔也は泣かなかった。

遺骨は東京の自宅で供養をして、四十九日の法要後に「杉田家」の墓に納骨する。

焼香のときまではそのつもりだったのだが、翔也の様子を見て、急に考えが変わった。

「おばあちゃんはお坊さんとお話があるから、外で遊んでてくれる？」

翔也は「はーい」と本堂を出て行った。こういうときには翔也のお行儀の良さが、身勝手だとは思いながら、とてもありがたい。

「どうしました？」と怪訝そうに訊く住職に、アンミツ先生は居住まいを正し、頭を深々と下げて、遺骨を四十九日の法要までお寺で預かってもらうよう頼んだ。

住職は困惑しながらも「納骨堂でお預かりすることは、もちろん、できます」と言ってくれた。最近は、自宅では供養が行き届かなくなりそうだから、と最初から納骨堂に安置する家も増えているのだという。

「でも、お孫さんのほうは、それでよろしいんですか？」

「孫のために、遺骨も遺影もしばらく遠ざけてやりたいんです」

「それは、つまり……悲しみを蒸し返したくない、ということですか？」

住職の口調には、微妙な反発があった。「私は、正直に申し上げて、そのお考えにつきましては――」

「逆です」

住職の言葉をさえぎった先生は、「親が死んだんですから、ちゃんと悲しんでほしいんです、あの子には」と言った。「だから、お芝居で悲しむふりをさせたくないんです」

住職の目をまっすぐに見据える先生の表情は、「おばあちゃん」と「教師」が入り交じったものになっていた。

健夫の車がスリップ事故を起こした峠道の現場は、花で飾られ、缶コーヒーやスナック菓子が手向けられていた。箱に入ったまま置かれたウサギのぬいぐるみは、薫さんのために

――もしかしたら、薫さんのおなかにいた赤ちゃんに供えてくれたのかもしれない。

ぬいぐるみの色はピンク。赤ちゃんは女の子だった。産婦人科で初めて性別を知らされたあと、健夫と薫さんは車内でどんな会話を交わしながら家路についたのだろう。最後の最後の瞬間まで二人は幸せに笑っていたのだと思いたいし、そう信じている。

叶うなら、二人ともなにが起こったのかわからないまま、痛みも苦しみもなく息を引き取っていてほしかった。

だが、事故は健夫自身が携帯電話で警察に知らせた。救急車を呼んでください、早く来てください、妻を病院に運んでください、苦しそうで、痛そうなんです……。うめき声で繰り返していたらしい。

健夫はさらにもう一本電話をかけようとしたが、アドレス帳を呼び出したところで力尽きてしまった。足元に落ちていた電話の画面に表示されていたのは〈シ〉のアドレスだった。〈自宅〉がある。〈実家〉もある。自宅なら息子、実家なら母親。健夫はどちらにかけたかったのか、それはのこされた誰にもわからないことだから、アンミツ先生は「そんなの決まってるじゃない」と叱るような声で自分に言い聞かせている。

電話のことは健夫の上司が教えてくれた。翔也へはまだ伝えていない。「一瞬のことだったから、お父さんもお母さんも苦しまずに、眠るように天国に行っちゃったの」という終わり方を、いまは、選んでいる。

いつか、翔也に「お父さんは最後にあなたに電話をしようとしたのよ」と伝えるべきなのだろうか。それとも、翔也の心をいたずらにかき乱さないために、このままずっと黙っておくべきなのだろうか。

アンミツ先生は、路上に小さな花束を置く翔也の丸まった背中を見つめる。やっぱりだめか、と肩で息をつく。翔也はここでも泣かない。感情の高ぶりを見せない。

ねえ翔也くん、あなたが思いっきり泣いてくれないと、おばあちゃんも泣けないから困っちゃうのよ……。

翔也の背中に言ってやりたい。いいかげんにしてちょうだい、と背中をパンと叩いて叱りたい気もしないではなかった。

お寺と事故現場を回って、午前中の予定は終わった。ゆうべと同じ駅前のファミレスでパスタの昼食をとり、午後は健夫の会社に向かい、上司や同僚に挨拶をした。

社宅のマンションは、夏頃まで使わせてもらえることになった。

「こちらの都合はお気づかいなく、ゆっくり片付けや整理をなさってください」

工場長はそう言って、「われわれも来月から引っ越しの準備です」と苦笑した。工場の撤退が正式に決まった。健夫の後任も補充されない。だから、社宅を急いで引き払う必要もなくなったのだ。

四月からは、数次に分けて、管理部門の人員削減がおこなわれる。本社や別の工場に異動させたり希望退職を募ったりして、社員の数はいままでの半数以下になるらしい。

工場長の話を聞いているうちに、アンミツ先生の頬は微妙にこわばってしまった。工場長も無念そうに顔をしかめてつづける。

「杉田くんは、遅くともこの秋には本社に戻されていたと思います。もともと彼は商品企画や営業畑ですし、本社の上のほうにも評価されていましたから」

あと半年だった。あの事故さえなければ、健夫たちは半年後に家族そろって東京に帰ってきて、いきなり実家で一緒にというのは難しくても、いつでも会える距離で、幸せに暮らしていたはずなのだ。

運が悪かった。あまりにも悪すぎた。だから「運」に文字を一つ足して、これが健夫たちの「運命」だったのだ、とあきらめをつけるしかない。

健夫の直属の上司だった課長が、車で社宅まで送ってくれた。アンミツ先生はマンションのエントランスで足を止めると、そこからは翔也一人で部屋に向かわせた。

東京にすぐに送るものと、とりあえずいまは社宅に置いておくものを選り分ける。

「おばあちゃんが後ろでじろじろ見てたら嫌でしょ？　荷物がたくさんになってもかまわな

いから、東京で必要なものや持って行きたいもの、どんどん選びなさい」

というのは、半分は口実。ほんとうは、家族の思い出が残るわが家で、もう会えない両親と水入らずにさせてやりたかったのだ。

そして、もう一つ。アンミツ先生は、車に戻ろうとする課長を呼び止めて、「ちょっと車の中でお話ししたいことがあるんですけど……いいですか？」と訊いた。

車の運転席と助手席に並んで座ると、アンミツ先生が話を切り出す前に、課長のほうから「翔也くん、学校に通ってなかったんですってね」と言った。「お通夜のときにチラッと小耳に挟んで、びっくりしました」

アンミツ先生が訊きたかったのも、そのことだった。

「ウチの話は、会社ではあまりしなかったんでしょうか」

「そんなことないですよ。ドライブに行ったとか、翔也くんとキャッチボールをしたとか、今度ニジマス釣りに連れて行くとか、よく話してましたし、ケータイで撮った写真もしょっちゅうみんなに見せてましたし」

課長は少し間をおいて、「家庭の事情は私たちも知ってましたから」とつづけた。「杉田くん、いいお父さんでしたよ、ほんとに」

「口に出して相談しなくても、悩んでる様子とか、最近元気がなかったとか、そういうのはいかがでしたか？」

訊きながら思った。これでは、まるで健夫が自殺をしてしまったみたいだ。

課長も「いや、まったく」ときっぱりした様子でかぶりを振った。「赤ちゃんができたのを彼はすごく喜んで、この秋には翔也に弟か妹ができるんですよ、って……うれしそうに言って、楽しみにしてました」

だが、その一方で、翔也は半年間ほとんど学校に通っていなかったのだ。健夫も父親として心配していたはずだ。なんとか学校に通わせたかったはずだし、そもそもの不登校の原因を探ろうともしたはずだ。そんな悩みや苦しみを、会社ではずっと押し隠していたのか。ならば、弱音や本音は、いったいどこにぶつけていたのだろう。

ああ、そういえば、と課長はアンミツ先生に振り向いて、「杉田くんは子どもの頃に魚を飼ってましたか？」と訊いた。

「金魚は、ずうっと昔に半年ほど飼ったことがありますけど……」

小学生だった健夫が、近所の夏祭りの金魚すくいで獲った小さなワキンだった。ガラスボウルを金魚鉢代わりにしてしばらく飼ったが、冬を越す前に死んでしまった。

「金魚ですか」と課長は微妙に得心のいかない顔でうなずいた。「じゃあ、近所に小川や田んぼはありましたか？」

「……どうしたんですか？」

「彼、めだかの話をしたんです」

事故が起きる数日前のことだったという。

その日は、派遣契約が切れて工場を去る若者たちのささやかな送別会だった。

「派遣切りっていうやつですか？」

アンミツ先生が訊くと、課長は憮然とした顔でうなずき、「部署の飲み会、最近はぜんぶ送別会なんです」と言った。

「……やっぱり厳しいんですね」

小学校の教師は、教え子の就職とじかに向き合うことはない。若い世代の非正規雇用やワーキングプアのことも、時事問題として胸を痛めてはいても、自分の生活に直接つなげて受け止めてはいなかった。そういうところが「学校の先生は世間を知らない」となじられてしまう所以（ゆえん）なのだろうか。

「派遣の子にも送別会を開いてあげよう、と言い出したのは杉田くんなんです。契約が切れて『はい、おしまい』で使い捨てるんじゃなくて、人間同士というか、一緒に働いた仲間としてちゃんとお別れをしよう、って」

その日の送別会の主役は、半年ほどラインに入って働いていたハタチそこそこの若者三人だった。いつもどおり、工場の食堂の一角で、正社員のカンパで買ったビールや安いワインを紙コップで飲み、コンビニの惣菜やお菓子をつまむ。座が盛り上がるような会ではない。話がすぐに途切れてしまうのも、いつものこと。なにより、主役の三人が白けきった顔をしている。今後の身の振り方を訊いても要領を得ないし、この工場での思い出を訊いても、もっと煮え切らない答えしか返ってこない。これも、いつものことだった。

「だから、最後はみんなお酒も時間も持て余しちゃって、小一時間ほどで、なんとなく、もういいかっていう雰囲気になるんですよ」

最後は、課長が挨拶をしてお開きになる。

「自分で認めるのもナンですけど、通りいっぺんのことしか言えないんですよね。向こうもたいして期待なんかしてないんですし」

課長の挨拶が終わり、形だけの拍手のあと、みんなで後片付けにとりかかった。

すると、健夫は用済みの紙コップを片付けながら、不意に三人に話しかけたのだ。

「なあ、めだかって見たことあるか？」

若い三人は、いかにも自信がなさそうな様子で曖昧にうなずいた。

「じゃあ、クイズ出すぞ」

健夫はいたずらっぽい含み笑いで、「めだかって、川にいるとき、どっち側に向かって泳いでると思う？　上流のほうか？　それとも下流のほうか？」と訊いた。

めだかは、川を泳ぐとき、頭を上流に向けているのか、下流に向けているのか——。

三人の若者の答えは、一人が「上流」で一人が「下流」、最後の一人は「さあ……」とつむいて首をひねるだけだった。三人とも真剣に考えたわけではなさそうだったが、健夫は含み笑いの顔のままでつづけた。

「答えは上流だ。考えてみろ。あんな小さな魚が下流のほうを向いたら、あっという間に流されちゃうじゃないか」

正解を知らされても、三人は気のない様子でうなずくだけだった。

健夫はかまわず、話をさらにつづける。

「小川や用水路を覗き込んでみたらよくわかるけど、めだかって、なかなか前に進めないんだ。鮭みたいに力強く川をさかのぼることなんてできない。なにしろ、ちっちゃいんだから」

あはは っ、と笑う。ふだんは物静かで生真面目な健夫には珍しい。ちょっと酔っているのだろうか、と課長はそのとき思っていた。もしかしたら虫の知らせのようなものがあったのかもしれない——いまは、そう思う。

「わかるか？　めだかって悲しいだろ？」

流れに逆らって泳いでいるのに、前に進めない。流れに身を委ねると、遠くまで流されていってしまう。

「でも、『前に進んでないじゃないか』って文句を言われても、困るよな。みんな一生懸命に生きてるんだから。がんばってるんだよ。川の流れに負けずに、その場にグッと踏ん張って……魚だから踏ん張るわけにはいかないんだけど、とにかくがんばってれば、そのうち、めだかにも力がついてくると思うんだ。下流のほうを向いても流されるんじゃなくて、自分の力で、自分の意志で、海を目指すことだってできるかもしれない」

めだかは淡水魚の中では特に腎機能が発達しているので、時間をかけて体を慣らしていけば、海水と同程度の塩分を含んだ水の中でも生きられる。つまり、理屈では、めだかが太平洋を泳ぐことだって可能なのだ。

健夫は熱い口調でそう言って、「だから」と三人をあらためて見つめた。

「俺たち、いつか太平洋を泳げるような強いめだかになろうぜ」

「きみたち」ではなく「俺たち」と言った。あいかわらず三人の反応は鈍かったが、健夫は伝えるべきことを伝えきった満足感とともに「じゃあな、元気でな」と手を振った。

それが、死の数日前の出来事だった。

「その場に居合わせたみんな、圧倒されたんですよ。話も唐突でしたし、話し方がふだんの杉田くんとはちょっと別人のような感じでしたから……」

課長はそう言って、「いまにして振り返ると、やっぱり虫の知らせがあったんじゃないかと思うんですよね」と付け加えた。

話がさほど身にしみた様子もなく食堂を出て行く三人の後ろ姿を、健夫は放心したような顔で見送っていた。課長が「めだかのことにえらく詳しいんだな」と声をかけるとハッと我に返って、照れくさそうに笑った。なぜそんなに詳しいのかは答えなかったし、課長も重ねては訊かなかった。代わりに「いい話だったぞ」と言うと、もっと照れくさそうに目を伏せて、あとはもう、いつもの物静かな健夫に戻ってしまった。

「でも、事故のあとで他の連中にも訊いてみたんですが、めだかの話を彼から聞いたことのある奴は誰もいませんでしたし、人生論めいたことを言うような男じゃありませんでしたから、いまになって、じわじわと気になってきて……たまたま本かネットで読んだのかなあとも思ったんですけど、受け売りにしては迫力があったんですよ、ほんとうに……」

長い話を深々としたため息で締めくくった課長は、「お母さんは彼から聞いたことありますか、いまの話」とアンミツ先生の横顔に目を向けて、次の瞬間――息を呑んだ。

先生は、声をあげずに泣いていた。

フロントガラス越しの風景を眉をひそめて見つめ、口を固く結んで、スカートの上から両方の膝小僧を強く握りしめていた。

涙が次から次へと目からあふれ、頬を伝い、顎から滴り落ちていく。肩を小刻みに震わせ、こめかみをひくつかせて、漏れそうになる嗚咽を必死にこらえている。

課長は驚いて「すみません」と謝った。「どうも、その……まだ思いだすのはつらいですよね、すみません、無神経なことで……」

先生は前を向いたまま、かぶりを振る。頬のふくらんだところに溜まっていた涙が、また一粒、ぽつりと落ちた。

「……わたしが、教えたんです、その話」

「え？」

「あの子が小学校を卒業するとき……わたし、自分の教え子にも、卒業するときにはいつもその話をしてたんです」

覚えていてくれたのだ。二十数年前の話を、忘れずにいてくれたのだ、最後まで。

5

翔也は荷物の整理を早々に終え、リビングのソファーに座って携帯ゲームをしていた。

「もういいの？　だいじょうぶ？」

アンミツ先生が訊くと、さばさばした声で「はい」と言う。両親の思い出がよみがえって悲しみにひたっていたという感じではない。我が家との別れを嚙みしめているようにも見えない。それが不思議で、寂しくて、正直に言うと、少し薄気味悪くもある。

東京で使う当座の荷物は、段ボール箱二つ。課長が宅配便で送ってくれることになった。使い慣れた勉強机やベッドも、いずれは東京に送ってやりたいが、そのためには家を片付けてスペースを空けなければいけない。

「翔也くんの部屋は、お父さんが子どもの頃に使ってた部屋でいい？　机もベッドも古いけど、しばらくはそれで我慢してくれる？」

駄々をこねられたら面倒だなあ、と案じながら訊いてみた。

すると、翔也は「僕が使ってもいいんですか？」と遠慮がちに返した。

「いいに決まってるじゃない」

「でも……お父さんの部屋、せっかくそのままにしてあるのに、僕が使っちゃうと、いろんなモノとか、場所が動いたりして……」

翔也は健夫の思い出が消えてしまうのを気づかっているのだ。麻美にも「翔也くんにはお兄ちゃんの部屋じゃなくて、わたしの部屋を使わせてあげればいいから」と言われていた。

気持ちはわかる。ありがたいとも思う。だが――いや、だからこそ――。

「全然平気よ、そんなの。翔也くんの部屋なんだから遠慮しなくていいの。翔也くんが好きなようにしていいのよ。本棚も、お父さんの古い本はぜんぶ片付けるから、翔也くんの本を置いてちょうだい」

あと、そうね、と思いつくままつづけた。

「壁紙はいますぐ張り替えるわけにはいかないけど、カーテンは新しいのにしようか。床のフローリングの上にも、なんだっけ、ほら、ラグっていうの？　小さなじゅうたんを敷いたらいいんじゃない？　今度おばあちゃんと一緒に買いに行きましょう、ね」

そこまでしなくてもいいのに。自分でも思う。ムキになっているのだろうか。意地を張っているのだろうか。なにに対して？　なんのために？　よくわからない。ただ、死んだ息子の思い出の中に閉じこもってしまうことだけはしたくない、してはならない、と強く思う。それだけは確かだった。

その日の夕食は、タクシーの運転手に教えてもらった郷土料理の店でとった。

内陸なので海の幸には乏しい土地柄だが、小麦の栽培が盛んなこともあって昔からうどんがよく食べられていて、『おきりこみ』という料理が名物なのだという。塩を入れずに手打ちした太いうどんを、カボチャや鶏肉を入れた味噌仕立てのだし汁で煮込む鍋ものだ。麺を下茹でしないので、煮込むにつれてトロみが出てくるところが、なんともいえない味わいになる。山梨県の『ほうとう』にも似ているかもしれない。

運転手が薦めてくれたのは、藁葺き屋根の古民家を移築した店だった。『おきりこみ』は鉄鍋に入っていた。囲炉裏テーブルの真ん中に置いたカセットガスコンロの火にかけて、ぐつぐつ煮込みながら食べる。小鉢付きのセットにしたので、食事としてはこれだけで充分だったが、アンミツ先生は翔也のために生野菜サラダを追加で頼んだ。そして、自分のためには、熱燗の地酒を徳利に一本。

「おばあちゃんね、じつは意外とお酒が好きなの。酔っぱらっちゃったら、ホテルまで連れて帰ってね」

おどけて笑いながら言うと、翔也は少し困った様子で笑い返して、先生がトンスイに取り分けた『おきりこみ』を啜り込んだ。

「どう？　おいしい？」

「はい、すごくおいしいです」

「体がぽっかぽかになるね。今夜は寒いから、こういうのが一番おいしいのよね」

「はい……」

「お代わり、おばあちゃんが取ってあげようか？　自分でできる？」

「自分でやります」

「そうよね、翔也くん、しっかりしてるもんね。それくらい簡単よね」

「……簡単かどうかはわかんないけど、自分でできます」

あ、そう、と先生はぐい呑みのお酒を啜って、手酌で注ぎ足した。鼻白んだ本音をつくり笑いでごまかして、やれやれ、と天井の梁を見上げた。話がちっとも盛り上がらない。翔也は決して無愛想ではないし、料理もおいしそうに食べている。だが、そつのない受け答えは、つるんとした岩肌みたいに、おしゃべりを先に進めるために指をかけるデコボコが見あたらないのだ。

お酒をさらに啜る。もうちょっとほろ酔いになったら翔也に訊きたいことがある。

徳利が空になった。一合。ふだんの晩酌ならここでおひらきになるところだが、アンミツ先生はためらいながらもお代わりをした。もう少しだけ、ほんとうにもうちょっとだけ、頭や心のネジをゆるめておきたい。

二本目のお酒を飲むピッチは、一本目より上がった。鉄鍋の中の『おきりこみ』はあらかたたいらげた。翔也の生野菜サラダのガラスボウルも、ほとんど——スライスしたキュウリが三枚とも、ボウルの縁によけてあることに気づいた。

「あれ？　翔也くん、キュウリ嫌いなの？」

翔也は、首をすくめて「あんまり……」と言った。「でも、最後に食べます」

「苦手なものは後回しにするタイプ？」

「……そうかも」

「学校もそんな感じで休んじゃってるの？」

これを訊きたかった。別の話から切り出して、「ついで」のように本題に持ち込むしかない、とも思っていたのだ。

翔也は箸を置き、その手を膝に持って行った。しゅんとした様子だった。よくわかる。わかるからこそ、なんだかひどく芝居がかって嘘くさくも見えてしまう。

「東京の学校には通うでしょ？　四月から五年生だもん、ずーっと休んでると、ほんとうに、もう一回五年生をやり直さないといけなくなっちゃうわよ」

いけない、とすぐに気づいた。言い方がついキツくなった。脅すつもりはないし、追い詰めたくもない。

落ち着いて落ち着いて、と自分に言い聞かせて、東京で翔也が通うことになる小学校について説明した。校舎は古いが、地域に馴染んだ学校だ。いじめや学級崩壊の話も聞いていない。クラブ活動も盛んだし、保護者も学校に協力的で、四季折々にさまざまなイベントが開かれている。

だが、翔也は膝に手を置いたまま、うつむいた顔を上げない。

「お父さんもその学校に通ってたのよ。つまり、翔也くんの大先輩になるわけ」

だからね、とつづけようとしたら、翔也は顔を上げるのと同時に「おばあちゃん」と言った。いままでにない強い口調で、先生を見つめるまなざしにも力がこもっていた。

「僕、おとなになるまで、おばあちゃんにお世話になっていいんですか？」

不意を突かれた。もちろん、すぐに「あたりまえでしょ。おばあちゃんと翔也くんは家族なんだから」と答えたが、声がうわずってしまったのが自分でもわかる。

アンミツ先生の答えを聞いたあとの翔也の表情にも、ほっとした様子は感じられない。それどころか、「迷惑じゃないですか？」と重ねて訊いてくる。

「やめてちょうだい」

先生はぴしゃりと言った。翔也を不憫に思いながらも、本気で腹を立てていた。

「あのね、そういうことは気にしないで。だって、家族なのよ？　家族が一緒に暮らすことに、迷惑とか、お世話になるとか、そんなのありえないでしょう？　いい？　おばあちゃんは翔也くんとこれから二人で暮らすことが楽しみでしかたないの」

ほんとよ、ほんと、胸がわくわくしてるんだから、と自分の左胸を軽く叩いて笑う。

長いお付き合いになりますが、どうぞよろしくお願いします、とおどけて、うやうやしくお辞儀もした。

お酒の酔いが急に回ってしまったような気もするし、逆に一瞬にして醒めてしまった感じでもある。

翔也は生野菜サラダのフォークを手に取ると、食べ残していたキュウリを頬張って、ほとんど噛まずに呑み込んだ。よほど苦手なのだろう、キュウリが喉を通るときには半べそをかくような顔になっていた。

「僕、好き嫌い、もう言いません。なんでも食べるし、お手伝いもなんでもします」

「うん、あのね、だから、そんなこと気にしなくても――」

「おばあちゃん」

「……なに？」

「ほんとに、僕、なんでもします。絶対におばあちゃんに迷惑かけないし、邪魔になったら、捨ててもいいです」

「なに言ってるの、もう、いいかげんにしてちょうだい。ごはん食べた？　お代わりいいの？　じゃあデザート食べなさい、おばあちゃんのイチゴもあげるから、ほら――」

「一つだけ、僕のお願いを聞いてください」

先生が言葉を返す間もなく、つづけた。

「僕、学校に行きたくないです」

東京の小学校を見たことすらないのに、「無理やり学校に行かされたら、僕、家出か自殺します」と言い切った。


上毛市には、つごう三泊した。社宅の片付けや遺品の整理、生命保険の払い出し手続きに、病院の治療費や葬儀代の支払い、薫さんがパートタイムで勤めていたショッピングセンターへの挨拶……。やらなければならないことは、いくらでもあった。

四日目の午後、ようやく東京行きの電車に乗った。

翔也は窓際の席に座り、隣のアンミツ先生に背中を向けるような格好で、外の景色をじっと見ている。上毛市で暮らしていたのは三年ほどだった。「ふるさと」と呼ぶのは難しくても、思い出はたくさん残っているだろう。なにより、一人ぼっちで街を離れることになるとは、夢にも思っていなかっただろう。

名残惜しさはある。あるはずだ。あってほしいし、なければ困る。だが、「行きたいところがあったら連れて行ってあげるわよ」「おばあちゃんが用事をすませてる間、友だちと遊んでる？」と先生が何度水を向けても、翔也は「べつにありません」「だいじょうぶです」

と笑って首を横に振るだけだった。先生も重ねては言わない。「うん、じゃあ、わかった」とうなずいて話を終える。翔也の胸の奥にあるものを無理やり引き出すことはやめよう。翔也が「東京でも学校には通いたくない」と言ったときから、決めていた。

この子との付き合いは一筋縄ではいかないだろう。あせってはいけない。教師として自分に言い聞かせる一方で、じゃあどうすればいいのよ、と途方に暮れる声も、自分の胸から聞こえてくる。きっとそれは、翔也のおばあちゃんの声だ。

「おばあちゃんと孫」と「教師と児童」は、どこが同じで、どこが違うのか。いまはまだよくわからない。「教師」としては長い現役生活をまっとうした先生も、「おばあちゃん」としてはまったくの新米なのだから。

電車は上毛市と隣の市の境になる川を渡った。翔也はまだ外を見ている。顔の角度が微妙に後ろに向いて、遠ざかる上毛市の街並みをぎりぎりまで視界に収めようとしているようにも感じられる。

ほらやっぱり名残惜しいんじゃない、と先生が安堵する間もなく、電車が鉄橋を渡り終えるとすぐに翔也は窓から顔を離し、携帯ゲーム機で遊びはじめた。

気持ちの切り替えが速い。速すぎる。

先生はシートに背中を預けると、やれやれ、とため息をついた。

東京の我が家に帰り着いたのは、夜七時過ぎだった。夕食は途中のコンビニで買ったお弁当にポテトサラダ。お弁当の中の付け合わせではなく、きちんとしたサラダを添えないと気がすまない。それでも、翔也の苦手なキュウリの入っているシーザーサラダや生野菜スティックは選ばなかった――たまたまなんだけどね、と自分で自分に言い訳した。

四日間空けていた家は、背筋が縮まるほど冷えていた。東京でも肌寒い日がつづいていたようだ。アンミツ先生は「ごはん、先に食べてて」と翔也に言って、コートを脱ぐ間もなく風呂にお湯を張って、二階に上がって健夫の部屋のオイルヒーターも点けた。

「翔也くん、ダイニングで食べてもいいし、寒かったら居間のコタツでもいいわよ」

「じゃあ、コタツで食べていいですか？」

「はいはーい、どうぞどうぞー」

忙しく立ち働いていると声は自然と軽くなるし、体の動きに合わせて弾むような響きにもなる。その声が外にも漏れていたなら、道行く人たちはきっと、にこにこと笑い合う幸せな一家を思い浮かべるだろう。

間違いではない。実際、アンミツ先生は「忙しい忙しい、寒い寒い」と言いながら笑っているし、翔也も話しかけられたら必ず笑顔で応える。○と×をつけるなら、○。けれど、

「正しい答え」と「ほんとうの答え」とは違うのだ、やはり。

当座の用事はあらかた終わったが、リビングに戻って翔也と向き合うのが気詰まりで、正直に言うと、少し怖い。

「お隣の小池さんちにちょっと行ってくるね。新聞と郵便を預かってもらってたから、帰ってきましたっていう挨拶をして、あと、おみやげも渡さないと……」

小池さんの奥さんには、出がけに留守を頼むのと一緒に、翔也のことも手短に話してある。奥さんはピンと来ていない様子だったので、いまからもう少し詳しく説明して、明日あらためて翔也を紹介するつもりだった。

だが、翔也は「僕も一緒に行って挨拶しなくていいですか?」と気づかうように訊く。自分がやるべきことを、よくわかって——わかりすぎている。

「明日でいいから」と返した先生は、もう一言、「翔也くんって、ほんとにしっかりしてるのね」と付け加えた。

玄関を出てから、十歳の子どもにイヤミをぶつけてしまった自分を責めた。

小池さんの奥さんは、「まあ……」と「やだ……」を何度も繰り返して、アンミツ先生の話を聞いた。

「ウチにできることがあったら、なんでも言ってくださいね」

奥さんの気持ちはありがたいが、噂話のおしゃべりが大好きな人でもある。さっそく「健夫くんの奥さんの実家は、翔也くんの面倒は見ないって言ってるんですか？」と眉をひそめ、声もひそめて訊いてくる。

玄関で立ち話もナンだから上がってお茶でも、という誘いに乗っていたら、いつまでたっても帰れないところだった。

奥さんの質問をなんとかかわし、留守中の新聞や郵便物を受け取ってひきあげた。

翔也は、ちょうどお弁当を食べ終えたところだった。浴室からも給湯が終わったチャイムが聞こえてきた。

「今夜は早くお風呂に入って、早く寝なさい。二階の部屋も暖かくしてあるから」

「はーい」と応えた翔也は、すぐにコタツから出る。てきぱきとしたしぐさでバッグから替えの下着を出して、「お風呂、こっちよ」という先生の案内で浴室に向かう。

まったくもって理想的な「いい子」なのだ。明日、小池さんに挨拶をするときも、そつなくできるだろう。だからこそ、今夜は話さなかった不登校のことを奥さんが知ると、ご近所の井戸端会議がどれだけ盛り上がるか。想像するだけで、ぐったりと疲れてしまう。

翔也と入れ替わりにコタツに入って、郵便物を整理した。〈あて所に尋ねあたりません〉

のスタンプを捺された封筒が三十通近くもあった。すべて、先生が昔の教え子に送った手紙だった。

当時の名簿を頼りに送ったのだから、覚悟はしていた。明日からも戻ってくる手紙は増える一方だろう。たとえ本人に届いても返事が来るかどうか、期待しすぎないほうがいい。自分に言い聞かせた。しかたない。納得しながらも、やはり寂しい。手紙なんて出さなければよかった。いまになって後悔した。

気を取り直して、ダイレクトメールの整理に取りかかると、〈謹賀新年〉の挨拶とともに家族の写真がついた年賀状があった。

〈前略。お手紙いただきました。リタイアお疲れさまでした。羽柴です。覚えていらっしゃいますか？　ヒデヨシです〉

先生は思わず息を呑んだ。

ずっと昔——先生が初めて教壇に立った年の教え子だった。

ヒデヨシというのは、羽柴良二のあだ名だった。歴史好きの同級生が名付けた。太閤・豊臣秀吉の旧姓が「羽柴」だったことに加え、天下統一をなしとげた秀吉の名がいかにも似合いそうなガキ大将だったのだ。

そのイメージは、年賀状の写真でも変わらない。リビングのソファーに恰幅のいいヒデヨシと小柄な奥さんが並んで座り、ソファーの後ろには息子が三人立っている。とっさに歳を計算した。ヒデヨシはいま四十九歳だが、母親似でスリムな息子たちは、まだ高校生や中学生のようだった。ヒデヨシはお洒落(しゃれ)のつもりなのかバンダナキャップをかぶり、腕組みをしてふんぞりかえっている。名実ともに一家の大黒柱として、毎日がんばっているのだろう。

宛名の面の下半分を使った文面は、ごく短いものだった。挨拶と自己紹介のあとは〈近況が一番わかりやすいので、失礼ながら年賀状の余りを使いました〉――そういう発想や行動をする子だったのだ、昔から。

〈近くにお越しの際は、ぜひお立ち寄りください〉

葉書を裏返して、写真の面に記された住所を確かめると、懐かしい街の名前が記されていた。東京都多摩ヶ丘市。大学を卒業したアンミツ先生が新米教師として着任したのは、ニュータウンに新設されて間もない多摩ヶ丘第三小学校だった。丘の上に建つその学校で、先生はヒデヨシと出会い、夫の宏史さんとも出会ったのだ。

子どもの頃のヒデヨシは団地住まいだったが、住所は一戸建てのものだった。団地宛ての手紙を受け取ったということは、いまも団地には両親が住んでいるのかもしれない。

アンミツ先生は写真のヒデヨシを苦笑交じりに見つめた。礼儀はともかく、確かに近況はよくわかる。「ヒデヨシくんもすっかりオジサンになっちゃったんだね」と語りかけると、四十年近い歳月を超えて、小学五年生のヒデヨシがエヘヘッと笑い返す。

「ひさしぶりに会いたいね、ヒデヨシくん」

自分の言葉に、そうそう、そうよね、と自分で応えた。

リタイア後の新生活の始まりにあたって、原点に戻るのもいいかもしれない。

年賀状の住所には電話番号はなかった。少し迷った。いきなり訪ねるのは非常識だろうか。だが、手紙を送って、向こうからの連絡を待っていると、いまの「会いたい」という気持ちが薄れてしまいそうな気がする。

結局、向こうが忙しければ玄関先で顔だけ合わせて引き上げてもいいし、留守で会えなくてもかまわないんだし、と自分を納得させて、あさっての日曜日に訪ねてみることにした。

健夫を亡くして翔也を育てるという、思いも寄らなかった人生の後半戦は、そこから歩きだそう。

第二章

1

日曜日は、ようやく春本番が訪れたことを感じさせる、うららかな晴天になった。「お花見にはちょっと早いけど、せっかく日曜日なんだから、どこかに遊びに行こうか」と翔也を誘う口実ができて助かった。

多摩ヶ丘ニュータウンに出かける。「おばあちゃんね、ずうっと昔、多摩ヶ丘の小学校でおじいちゃんと知り合って結婚したのよ」と翔也に教えてやった。「だから、多摩ヶ丘っていう街がなかったら、お父さんは生まれてなかったの。すごいでしょ？」

ほんとうは「多摩ヶ丘がなければ翔也くんも生まれてないのよ。どう？　行ってみたいでしょ？」と話をつづけたいところだが、血のつながりのない父と息子では、それを言えないところがつらい。

もっとも、翔也は億劫がるそぶりもなく、「うわあ、そうなんですか？」とびっくりして、「行ってみたいです！」と言った。昨日もそうだった。隣家の小池さんに丁寧に挨拶して、すぐに品定めしたがる奥さんを「しっかりしてるわねえ」と本気で感心させた。

だが、そんな翔也の完璧な態度は、先生を少しずついらだたせていた。

「多摩ヶ丘って遠いんですか？」

「電車だと一時間ぐらいかな」

「ゲーム持って行ってもいいですか？」

「……いいわよ」

ため息を呑み込んで答え、「座れないかもしれないけどね」と付け加えると、言葉のトゲが自分自身の胸に刺さってしまった。

アンミツ先生が第三小学校に勤務していたのは、五年間だった。六年目に宏史さんとともども都心の学校に異動になり、その後は多摩ヶ丘の学校に勤めることはなかった。

最後に街を訪ねたのは「平成」になって間もない一九九一年だったから、もう二十年以上もご無沙汰の計算になる。

「そのときは、三小の開校二十周年の式典があったの。いままで三小で教えたことのある先生全員に案内状が来たから、おじいちゃんが『ひさしぶりに行ってみようか』って」

電車のロングシートに並んで座った翔也は、ふうん、と相槌を打ったが、それほど話に気を惹かれた様子はない。おしゃべりに付き合うよりゲームをやりたいのが半分、残り半分は「おじいちゃん」を知らないせいだろう。

多摩ヶ丘は、その名のとおり丘陵地を造成したニュータウンだった。一九七〇年に入居が始まった頃は私鉄の路線も未開通で、「陸の孤島」とも呼ばれていたが、インフラが整った八〇年代後半から九〇年代にかけて、街は大いに発展した。テレビドラマの舞台になったこともあるし、公団住宅の倍率が数千倍を記録したこともある。

「おばあちゃんはちょうど鉄道が開通したときに赴任したんだけど、電車は行きも帰りもガラガラで、団地もぽつんぽつんとしか建ってなくて、いろんなところが工事中だったから、とにかく埃っぽくてね」

アンミツ先生は車窓の風景を感慨深そうに眺める。初入居から四十年を超える歳月をへて、不動産広告風に言えば、街は「成熟」した。さまざまなデザインのマンションが建ち並び、遠くの丘の稜線を見渡すことはもうできない。昔は工事のダンプやセメントミキサー車が行き交っていた幹線道路の両側には大型店舗が軒を連ね、街路樹もずいぶん育った。

「翔也くんが昔住んでた街とは、ちょっと雰囲気が違うでしょ」

「向こうは歴史も古いし、下町っぽいしね」

「はい……」

健夫と結婚する前の薫さんと翔也は、多摩川の河口近くの、町工場が密集する地域に住んでいた。薫さんは離婚後、電機部品をつくる町工場で経理の仕事をして女手一つで翔也を育て、健夫はその工場に発注側の担当者として通っていたのだった。

「おばあちゃんの実家は静岡で、市内でも田んぼや畑が近所にけっこう残ってるようなところだったから、ニュータウンとか団地っていうのが珍しくてね。コンクリートの建物がずらーっと並んでるのがいかにも未来っていう感じで、なんだか無気味なんだけど、カッコよかったのよね」

電車は多摩ヶ丘中央駅に近づいて、車内アナウンスとともに減速した。

「あの頃は『団地っ子』っていう言葉もあって、こまっしゃくれてるんだけど、ひ弱で線が細いっていう……ひどい偏見よね」

「ほんとは違ってたんですか？」

「それはそうよ。団地だろうと昔ながらの街だろうと、都会だろうと田舎だろうと、いろんな子がいるの。ワンパクもいれば、おとなしい子もいる。あたりまえよね、そんなの」

そんな団地のワンパク少年の代表格が、ヒデヨシだったのだ。

駅に降り立ったときに、「あれ？」と微妙な違和感を覚えた。新幹線の駅を思わせる屋根付きのホームを歩いているときも、何度か首をかしげた。

階下の改札を抜けて、駅ビルと直結したペデストリアンデッキに出ると、その違和感の正体がわかった。

「なんか……さびれちゃったなあ……」

思わずつぶやきを漏らしたアンミツ先生に、翔也が「え？」と意外そうに返す。「思ってたより都会だったけど」

まあね、と先生はうなずいた。駅前にはシネコンを併設したショッピングセンターがあり、文化ホールがあって、屋内型の遊園地もある。デッキからつづく遊歩道をしばらく歩くと、都心から移転してきた私大のキャンパスが広がり、医学部の付属病院は地域随一の医療レベルの高さだという評判だった。

ハコモノは確かに充実していても、どの施設もどことなく古びて見える。「古くなった」というわけではない。築年数で言えばせいぜい三十年。都心を歩けば、その程度の古さの建物はいくらでもある。ただ、駅前の建物は「古びてしまった」――築年数では計れない、くたびれた疲れのようなものが漂っている。デザインの流行を採り入れて設計された建物は、真新しい頃はきらびやかでも、そのぶん古びてしまうのが速いのかもしれない。

「ひとが、あんまりいないんですね」

「そうね……」

春休みの日曜日というのに、ショッピングセンターに出入りする客の姿は、意外と少ない。

「車で来てるひとが多いから、こっち側の玄関は使ってないのかもね」と言ってはみたものの、宏史さんと訪ねたときのにぎわいと比べると、やはり客足そのものが落ちているし、活気がない。

デッキからバスロータリーに下りた。ゆうべインターネットで調べたら、ヒデヨシの自宅は駅からバスで二十分ほどのところだった。昔、先生が通勤に使っていたのと同じ路線で、第三小学校の前も通る。

すでにバス乗り場に停まっていたバスは、先生と翔也が最後列のシートに腰を下ろすと、すぐに発車した。空席が目立つ。先客はお年寄りばかりだった。

バスがロータリーを半周して外の通りに出るまでの間に、気づいた。車内の広告は、ほとんどが老人介護施設と病院、そして霊園のものだった。

駅から学校まで、バスで十分足らずの車窓からの風景は、開校二十周年の式典に出席した一九九一年に比べても大きく変わっている。ましてや、アンミツ先生が教壇に立っていたのは一九七〇年代なのだ。比較するとっかかりすら見つけられないほど、街並みは様変わりしていた。

背の高いマンションが増えたせいで、学校に近づいても校舎がなかなか見えてこない。

「昔は、まだ空き地もたくさんあったから、なんにもないところに学校がぽつーんと建ってる感じだったの。学区の中に団地が三つぐらいあって、第何期入居とか、第何次分譲とか、どんどん住民が増えてる時代だったから、ほとんど毎月どこかのクラスに転校生が入ってくる感じだったの」

開校三年目の若い学校だった。子どもたちはまだ校歌も覚えきっていなかったし、備品もすべて揃っているわけではなかった。街の至る所で工事がおこなわれていた影響だろうか、水道や電気の調子が不安定で、濁り水や停電もしょっちゅうだった。それでも、木造校舎が数多く残っていた時代、鉄筋コンクリート造りで三階建ての校舎は、いかにもニュータウンの学校にふさわしく、毎朝バスを降りて校舎に向かって歩いていると、新米教師のアンミツ先生の気持ちも自然と浮き立っていたものだった。

バスが交差点を曲がる。車内アナウンスが、次は第三小学校前のバス停だと告げる。

「右側だから……」

先生がつぶやくように言って、翔也が黙ってうなずくと、やっと校舎が見えてきた。

ほらね、と笑った先生の頬は、次の瞬間、こわばってしまった。

校舎の三階に横断幕が掲げられていた。

〈ありがとう〉という文字が見える。

〈さようなら〉とも、あった。

そして、給水塔のある屋上からは、垂れ幕が二本下がっている。

〈41年間お世話になりました〉

〈FOREVER　第三小学校〉

先生は窓辺の降車ボタンに手を伸ばし、迷う間もなく押した。軽やかなチャイムの音が車内に響く。

「ここで降りちゃうんですか？」

びっくりして訊く翔也に、言葉で答える余裕はなかった。動揺したまま何度もうなずいて、バスが停まるのを待ちきれずに席を立ち、降車口に向かった。

正門は施錠されていて校内に入ることはできなかったが、ひと気がないのは外からでもわかる。それも、人の出入りが絶えてからもう何日もたっているような静けさだった。

アンミツ先生は通りかかったおばさんを呼び止めて、事情を尋ねた。

やはり、多摩ヶ丘第三小学校は、児童が減って、この三月で閉校していた。

在校生は四月から第二小学校に通う。今年の夏には校舎の取り壊し工事が始まり、跡地は介護施設を併設した病院になるらしい。

おばさんのウチはすぐご近所だったが、「ウチの子はずっと私立でしたから」と、第三小にはほとんど思い入れがない様子だった。

「まあ、学校なんて、自分の子どもが通ってる人以外にとっては、迷惑なだけですから」

「……迷惑？」

「ですよ。だって夜は誰もいなくなって物騒なだけだし、昼は昼で、子どものキャンキャンした声やチャイムがうるさくて」

先生は唇を噛んで、ムッとした感情が顔に出るのをこらえ、おばさんの話を聞いた。

「このあたりは古い団地が多いんで、少子高齢化ですよ。ウチ？　ウチは違いますよ、一戸建て。あんなエレベータもない団地には住めませんよ。それに、近ごろは都心の地価も下がったでしょう？　マンションもダブついてるっていうし。だから、ウチも多摩ヶ丘なんかで妥協したのは失敗だったたって、ダンナともよく愚痴ってるんですけどねえ……」

多摩ヶ丘の街そのものに対しても、思い入れや愛着はないのだろう。

おばさんが立ち去ったあと、先生は「なによ、失礼なことばっかり言っちゃって」と口をとがらせて、第三小の校舎を見上げた。

壁は何度も塗り替えられていたが、建物じたいは昔と変わらない。カマボコ形の屋根の体育館や、盛り土をしてつくったプール、グラウンドの両端に置いたサッカーのゴールも、あの頃の記憶そのままに残っている。

教壇に立っていた頃はもちろん、開校二十周年のときにも、「いつか子どもの数が減って閉校してしまうかもしれない」などという話は、誰も口にしていなかった。

将来の少子化はわかっていた。だが、それはニッポン全体の話ではあっても、多摩ヶ丘とは無縁のはずだった。ニュータウンは未来に向かって成長をつづける街――まさか、こんなにも早く成長の日々が終わってしまうとは、夢にも思っていなかったのだ。

バス停は正門のすぐ脇だった。日曜日の昼間なので便数は多くない。次のバスまであと十二、三分もあるのを確かめたアンミツ先生は、やれやれ、とため息をついて、門のほうを振り向いた。

翔也は閉じたフェンスの前に立って、第三小の校舎を見上げていた。

「ごめんね、寄り道させちゃって」

翔也にかける声にも、ため息が交じる。

「まだだいぶ時間があるから、ベンチに座ってれば？」

翔也は校舎に目を向けたまま、「平気です」とかぶりを振った。待ち時間の退屈しのぎに学校を眺めているという様子ではない。翔也自身には縁もゆかりもないはずの第三小を、じっと、食い入るように見つめているのだ。

先生は翔也のそばに来て、「ここは、おばあちゃんが先生になって初めて勤めた学校なの」と、問わず語りに言った。「翔也くんに見せてあげようと思って付き合ってもらったんだけど、こんなことになってるとはね」

「僕に……見せたかったんですか？」

「これから一緒に暮らすんだもん。おばあちゃんの若い頃のことも翔也くんに想像してほしかったの。おばあちゃんだって最初からおばあちゃんだったわけじゃないんだから」

そうでしょ？　と笑うと、翔也もはにかんで笑い返した。

「それと、翔也くんを連れてきたかった理由は、もう一つ」――本音では、そちらのほうが大きい。

「いろんな学校があるの。翔也くんがいままで通ってた上毛市の学校もあるし、今度から通う学校もあるし、多摩ケ丘にもたくさん学校があるでしょ。どの学校が良くて、どの学校が悪いっていう意味じゃなくて、学校っていうのはたった一つじゃなくて、いろんな学校がいろんな街にたくさんあるっていうのを、翔也くんにも感じてほしかったの」

ちょっと難しかっただろうか。翔也は困惑気味の笑顔で、形だけうなずいた。先生も説明したい気持ちは山々だったが——「あなたの不登校の理由は知らないけど、新しい学校に転校したら、心機一転、四月からちゃんと通うわよね？」とまで言うのはまだ早すぎるし、二人の関係も浅くて遠すぎる。

中途半端なところで口ごもってしまった先生に代わって、翔也が「おばあちゃん」と話を継いだ。「この学校、ブラジルから帰ってきた日系の子も通ってたんですか？」

アンミツ先生は「うーん……」と首をひねった。「いたとしても、少ないよね」

確かに、時代が「平成」に入って、具体的には平成元年の出入国管理及び難民認定法の改正を境に、外国籍や日系の子どもたちが公立の小学校に転入してくることが急増した。

ただ、そのほとんどは、翔也が通っていた上毛市の学校のように、学区内に工業団地や商業地域を抱えたケースだった。多摩ケ丘は典型的な都心のベッドタウンで、近くに大きな工場はなく、住環境が整備されているのと引き替えに、家賃や物価もそれなりに高い。日本語が堪能ではない外国人や日系人にとって、決して暮らしやすい街ではないだろう。

「ここは、上毛市の学校とは違うから」

「その前の学校とも違うよ」

「その前、って？」

「お母さんがお父さんと結婚する前に、一年生のときだけ通ってた学校のこと」

多摩川の河口近くの、小さな工場が密集する街――確かに、その地域には外国人や日系人の家族も数多く住んでいるだろう。

「同級生にいたの？」

「日系のブラジルの子が二人で、おじいちゃんとおばあちゃんが中国から帰ってきた子が一人。あと、ベトナムの女の子も一人」

中国残留孤児だった人たちの孫なのだろうか。ベトナムの子は両親がインドシナ難民だったのかもしれない。

「翔也くんと仲良しだったの？」

「そう。四人とも、大親友」

きっぱりと言った。その口調以上に、先生には「です、ます」が消えたのがうれしい。

「じゃあ、今度その子たちに会いに行こうか。おばあちゃんが連れて行ってあげるから、ひさしぶりにみんなで遊べばいいじゃない」

すると、翔也は「無理」と短く返し、不機嫌そうにかぶりを振った。「もう、いないから、みんな」

「引っ越したの？　新しい住所はわかる？」

「わかんない、全然わかんない」

早口に言って、先生の脇をすり抜けてバス停のベンチに座ってしまった。

「でも、翔也くん、ブラジルの子や外国から来た子と仲良くなれるのって、すごいわよ。おばあちゃん、そういう子、だーい好き」

翔也の反応は鈍い。バッグから携帯ゲーム機を取り出してスイッチを入れると、先生もそれ以上は言葉をつづけられず、ため息を呑み込んでベンチに並んで座った。

この子の仲良しの友だちは、みんないなくなっちゃったんだな。ため息をまた呑み込んだ。友だちだけじゃなくて、お父さんとお母さんまで。三度目のため息をこらえたら、代わりに、肩がすとんと落ちてしまった。

2

ようやく来たバスも、さっきと同じようにがら空きだった。今度は車の前方の一人掛けのシートに座った。前が翔也で、後ろがアンミツ先生。翔也が遊んでいる携帯ゲーム機の画面を、後ろからそっと覗き込んでみた。敵と闘うゲームだ。ボタンを押す翔也の指の動きは速い。敵を次々に倒しているのだろう。

目が悪くなるから、乗り物の中ではゲームやめなさい。喉元まで出かかった言葉を呑み込んで、窓の外の景色に目を移した。

バスは古い団地沿いの通りを走っていた。西多摩ヶ丘団地という。地元では西団地と呼ばれていた。五階建ての棟がいくつかの「区」に分かれて、合計三十棟ほど。このあたりでは最も規模の大きな団地で、第三小の児童の大半はここから通っていた。

一九七三年の時点では、まだ入居は完了していなかった。工事中の「区」も残っていたし、日曜日のたびに引っ越しのトラックが列をなす「区」もあった。そして月曜日には、親に付き添われた転校生が何人も、緊張した面持ちで第三小の正門をくぐる。

アンミツ先生が担任した五年四組と、持ち上がりの六年四組は、二年間で八人の転校生を受け容れた。どの学年のどのクラスも同じだった。そもそも、四組は五年生から新設されたクラスで、卒業までに学年全体の児童数があと二人増えていたら、さらにもう一つクラスをつくらなければならなかった。児童増を見越して教室の数には余裕があったが、教師が足りない。新米のアンミツ先生が担任を務めたのには、そういう事情があったのだ。

昔もいまも、転校生を迎える担任教師の一番の心配事は、その子がクラスに馴染めるかどうか――。大学を出たばかりのアンミツ先生にとっては、「心配」どころか「恐怖」ですらあった。

そんな先生を救ってくれたのが、ヒデヨシの元気いっぱいの人なつっこさだった。転校生がクラスに入ってくると、その子が男子でも女子でも、とにかく真っ先にヒデヨシが話しかけて、学校や団地を案内して回る。イバりん坊で乱暴なところはあったが、世話好きで、親切で、心根が優しい。

ヒデヨシなら、たとえ日本語が話せない転校生が来ても、すぐに友だちになるだろう。ふと思うと、自然と頬がゆるみ、そのあとで自然とため息も漏れてしまった。

あの子は、第三小が閉校したことを、どう思っているのだろう……。

ヒデヨシの家は、最寄りのバス停から歩いて数分のところにあった。

整然と建ち並ぶ一戸建てはどれも、そこそこ新しい。宅地造成されてから、さほど年月がたっていないのだろう。まだ家が建っていない更地も多い。いや、「まだ」ではなく、都心から電車とバスで二時間近くかかることを思えば、いま空いている土地には「もう」家が建つことはないのかもしれない。

先生は地図と実景を交互に見て、ヒデヨシの家の場所を確かめた。角を曲がって、右側の六軒目。「あそこの、屋根にソーラーパネルのあるウチだから」と翔也に声をかけたとき、ちょうどその家の玄関から中学生や高校生くらいの男子三人とおばさんが出てきた。

四人は玄関からカーポートに回った。ヒデヨシから送られてきた年賀状の写真で見覚えがある。奥さんと息子三人だ。車でどこかに出かけるのだろう。家族四人――ヒデヨシは？

アンミツ先生が「すみません、羽柴さんのご家族でしょうか？」と声をかけると、運転席のドアをリモコンキーで解錠していた奥さんは、怪訝そうに振り向いた。息子三人も奥さんの背後に立って、警戒した目でこっちを見つめてくる。

自己紹介をした。あせらず、友好的に、手紙を送ったこと、すぐに返事が来たこと、ぜひお立ち寄りくださいと言われたこと……必要なことはすべて手際よく伝えたつもりだったが、奥さんと息子たちの表情はゆるまない。訝しさや警戒は薄れても、代わりに、困惑して――もっと言えば、迷惑がっている。

「突然おうかがいしてすみませんでした」

素直に謝って、「孫と一緒に多摩ヶ丘に行く用事があったついでに、お言葉に甘えて羽柴くんの元気な顔を見たくなっただけなんです」と小さな嘘をついた。「ねっ」と翔也に笑いかけて、ダシにさせてもらった。

だが、奥さんと息子たちはこわばった顔のままだった。どうする？　どうしようか、わかんないよ、なんとかしてよ、という困り果てた四人の声が、聞こえなくても、伝わる。

さすがに先生もただならぬ様子を察して、「あのぉ……」と恐縮して言った。

「すみません、お出かけになるところにお邪魔するのって非常識ですよね。ほんとにごめんなさい。だから、すぐ、もう、ほんと、立ち話っていうか、ご挨拶だけさせてもらえますか？」

大げさな身振りで玄関のほうを覗き込むお芝居をして、「まだウチの中にいらっしゃるのかしら」と訊くと、一番背の高い息子――おそらく長男が、母親をかばうように一歩前に出て、「いません」と言った。

「お留守ですか？」

「っていうか……いま、親父、ずっとウチにいないんで……あ、でも、別居とか単身赴任とかじゃなくて……だから、その……」

口ごもる長男に代わって、次男らしい男の子が、怒った声で言った。

「病院」

「え？」

「入院中」

ポキポキと小枝を折るような語調には、怒りよりも深い悔しさがにじんでいた。そして、次男の隣で先生を見つめる末っ子のまなざしには、悲しさが確かに宿っていた。

息子たちが事情を伝えたことで、奥さんもやっと踏ん切りがついたのだろう、「立ち話もなんですから」とアンミツ先生を家に上げてくれた。

長男は奥さんと一緒に来たが、次男と三男は長男に「おまえらは来なくていいよ」と制されて、しぶしぶ、といった様子で外に残った。翔也はどうしよう。先生が一瞬迷い顔を浮かべると、翔也のほうから「僕、外で待ってるから」と言った。胸の内を見透かされて、正直いい気持ちはしなかったが、とりあえずいまは助かった。

通されたのはリビングだった。年賀状の写真と同じたたずまい——ソファーを勧められた先生が座った隣に、写真では、ヒデヨシがふんぞり返って座っていたのだ。

Lの字の形で向き合ってソファーに腰かけた奥さんは、外にいたときより面やつれして見える。光の加減のせいではなく、家の中ぜんたいに重たげな疲れが澱んでいるのは、先生も感じていた。

「先生からのお手紙、病院に持って行ったんです。主人はすごく喜んで、懐かしがって、すぐに返事を書かないと、って」

奥さんはぽつりと言って、「年賀状の余りは失礼なんじゃないかって言ったんですけど、どうしてもこれにする、って」と頬をゆるめた。表情が和らぐと、かえって目元の翳(かげ)りが濃くなってしまい、十歳以上も離れているはずの先生と変わらない年格好にさえ見える。

「……入院は、もう長いんですか？」

「出たり入ったりですけど、最初に入院したのは去年の夏前でした」

病名や病状を尋ねる前に、奥さんは「年賀状の写真を撮ったときは、退院中だったんです」と言った。「秋口だったので、まだ体重は元気な頃とそれほど変わってなくて」

先生はうなずいて、バッグから取り出した年賀状に目を落とした。恰幅が良かったのだ、確かに。いかにも元ガキ大将の雰囲気で、奥さんと三人の息子に囲まれて、いかにも幸せそうで、元気そうで——いや、言われてみれば、微妙に顔色が悪いだろうか……。

長男がキッチンから麦茶を持って来た。テーブルにグラスを置きながら年賀状に目をやって、母親の話を引き取るように「体重は変わってないけど、髪の毛はなくなったから、バンダナを巻いてるんです」と言った。

「それって——」

「抗ガン剤です」

ヒデヨシの食道に異状が見つかったのは、去年のいまごろだった。会社の健康診断でひっかかり、専門医を受診してCT検査をすると、ガンが発見された。肺やリンパにも転移していたので、すぐさま治療が始まった。抗ガン剤と放射線、さらに内視鏡手術を組み合わせて、ガンを一つずつ取り除いていくのだ。

「でも、一つなくなったかと思ったら、また新しいのが見つかって……転移のスピードが速いから、イタチごっこなんですよね……」

奥さんの理香（りか）さんはため息交じりに言って、「いまはもう、年賀状の写真よりだいぶ痩せてしまいました」とつづけた。

理香さんの隣から、長男が「細くなったっていうより、厚みが薄くなったんです」と言い添える。おとなしそうな雰囲気の息子だが、意外としっかりしている——長男として、しっかりせざるをえないのだろう。

長男の名前は、和良（かずよし）という。この四月に高校三年生に進級する。次男の智良（ともよし）は高校に入学して、三男の昭良（あきよし）は中学二年生になる。

「次男の受験と主人の病気が重なりましたから、去年は、ほんと、大変でした」

沈んだ声で言った理香さんは、顔を上げて「でも、あの子、逆境に強かったみたいで、第一志望に受かったんです」と笑った。自慢や親バカではなく、楽しいことをなんとか見つけたかったのかもしれない。

ヒデヨシは智良の合格発表を見届け、中学の卒業式に出席してから、先週、三度目の抗ガン剤治療のために入院した。

「最初の二、三日はやっぱり落ち込んでたんですけど、そんなときに先生がお手紙を書いてくださったので、ほんとうに喜んで、その日からずうっと昔の思い出話ばっかり……」

そうですか、とアンミツ先生は少しだけ頬をゆるめて相槌を打った。照れくささよりもやるせなさのほうが強い。

「でも」理香さんは、初めて素直な明るさを声に乗せて言った。「昔から、小学生の頃のことはよく話してくれてました。ヒデヨシっていうあだ名も、その頃ついたんですよね」

「ええ、五年生のときには、もう」

「いまでもヒデヨシなんです。会社や取引先の若い子にもそう呼ばせてて、息子たちの名前まで――」

和良、智良、昭良。ヒデヨシの本名の「良二」にちなんだ命名というだけではない。「ヒデヨシ」の息子だからこそ、カズヨシ、トモヨシ、アキヨシだったのだ。

去年の春に食道ガンがわかったとき、ヒデヨシは嘆き、悲しみ、なにより悔しがった。まだ五十にもなっていないのだ。働き盛りなのだ。若すぎるし、早すぎるし、背負うものが多すぎる。

「ガンになってから、主人はお金の計算ばっかりするようになったんです」

理香さんは寂しそうに言う。

子どもたちの学費、家のローン、生命保険の入院給付金、治療費……。

「不動産屋さんまでウチに呼んで、この家を査定してもらったんです」

そんなことしなくていいってみんな言ってたのにね、と横から和良が言う。

「不動産屋さんは、いますぐ売ったとしても買ったときの六割ほどにしかならないって言ってました。ローンを返したらほとんど残らないし、その前に買い手がつくかどうかもわからない、って……」

それで親父ショック受けちゃって、また腫瘍マーカーの数値が上がったんだよね——からかうような和良の口調にも、悲しさと悔しさは確かにひそんでいた。

「いま、仕事は？」とアンミツ先生が訊くと、理香さんと和良は揃ってかぶりを振った。

ヒデヨシは外食産業畑でいくつか転職したあと、五年前からは新進の外食チェーンに引き抜かれて、営業部長を務めていた。だが、リーマン・ショック以降の不景気に東日本大震災の追い打ちをかけられて、会社の経営状態は急速に悪化してしまった。入退院を繰り返すヒデヨシの全快を待つ余裕はなくなり、平均年齢が三十代半ばの若い経営陣は、今回の入院前、あっさりと解雇を言い渡した。

「会社を辞めた日も、小学校の頃の話をしたんですよ」

「……どんな？」

「あの頃って『仮面ライダー』が流行ってたでしょう？　主人も大好きだったから、会議室に呼ばれてクビになったとき、心の中で会議室にいた全員にライダーキックをして倒したんですって」

家族に変身のポーズを見せ、キックのときの「トウッ！　トウッ！」という掛け声を真似て、「今日は悪の秘密結社を倒してやったんだ」と笑う。「ガキの頃は、『仮面ライダー』ごっこをやるとき、お父さんはいつもライダーだったんだぞ」と痩せこけた頰をゆるめ、「強かったんだ」と薄くなった胸を張って、咳き込みながら泣いたのだという。

ヒデヨシが入院しているのは、多摩ヶ丘中央駅にほど近い文京医大の付属病院だった。病棟と病室の場所は理香さんから教わり、携帯電話の番号も交換したが、今日はこのまま帰ろう、と先生は決めていた。正直に言うなら、ひるんでしまった。どんな顔をして病室を訪ね、ベッドに横になったヒデヨシにどんな言葉をかければいいのか。なにをしても嘘っぽくなりそうな気がするし、そもそも、その嘘をうまくつける自信もなかった。

代わりに、先生は理香さんに訊いた。

「第三小が閉校しちゃったのは、羽柴くんはご存じなんですか？」

理香さんは一瞬複雑な表情を浮かべ、和良と顔を見合わせてから、先生に向き直った。

「もちろん、知ってます」

理香さんの言葉を和良が「三年前、閉校の計画が出たときから」と引き取り、そこからは二人で交互に話していった。

「主人もショックだったみたいで、西団地の自治会とも相談して、計画撤廃の署名活動を始めたんです」「ウチのじいちゃんとばあちゃんは、団地に残ってますから」

「でも、いまの西団地はお年寄りばかりで、小学生の数も昔の四分の一とか五分の一に減っちゃったんです。だから第三小も閉校するしかなかったんだし、署名もなかなか集まらなくて」「毎週日曜日に駅前の遊歩道で署名を呼びかけてたんですけど、全然反応ないって怒ってました」

「主人の昔の同級生も全然いないんです。みんな引っ越しちゃって」「だから、親父が一人でがんばるしかなかったんです」

「自治会も最初は盛り上がってたんですけど、だんだんあきらめムードになってきて」「年寄りにとっては、やっぱり学校より病院や介護施設があるほうがいいんですよね」

結局、反対運動は尻すぼみに終わって、第三小の閉校が正式に決定した。ヒデヨシは母校がなくなるカウントダウンのさなかに病に倒れてしまったのだ。

和良が腕時計に目を落としたのをしおに、アンミツ先生は「ごめんなさい、長々とお時間を取らせちゃって」と立ち上がった。

理香さんたち四人は、これから病院に向かう。着替えを届けたり、レンタルしたDVDや本を持って行ったりするだけの用事でも、毎日お見舞いに来ないと、ヒデヨシはたちまち機嫌が悪くなってしまう。

「副作用のつらさを紛らわせたいっていうのもあるんでしょうけど、入院するたびに人恋しくなってくるみたいで……」

理香さんの言葉に和良が「けっこうガキっぽくなって、甘えん坊になったよね」と笑って付け加えた。

なるほど、と先生も笑顔でうなずく。ヒデヨシは昔からそうだった。ワンパクなくせに寂しがり屋で、意外と甘え上手なところもあった。

「先生が来てくださったことを教えたら、主人はびっくりして、大喜びしますよ」

そうだといい。ほんとうに。

「ぜひ、近いうちにまた来てやってください。主人も待ってますから」

今回の入院は二週間の予定だった。今日がちょうど折り返しになる。

「退院するとさっそく職探しですけど……あんな体で、今年五十になるわけですから、思うような仕事は見つからないですよね」

先生は困った顔で笑うしかなかった。世間知らずだと批判されることの多い教師でも、その程度の現実の厳しさはわかっている。

「じゃあ、わたしたちも一緒に外に出ますから」と先に立ってリビングを出た理香さんは、ああそうそう、と先生を振り向いた。

「先生のお手紙に、めだかの話が書いてありましたよね。太平洋を泳ぐめだかになってほしい、って」

「ええ……」

「主人、忘れてたらしいんです、その話。でも、先生のお手紙で思いだして……懐かしい、懐かしい、って言って……」

ヒデヨシは便箋から顔を上げると、遠くを見つめるまなざしになって、ぽつりとつぶやいたのだという。

俺はずうっと小川にいて、死んでから太平洋まで流されていくのかなあ――。

ガンを宣告されて以来、ヒデヨシが自分から「死」について口にしたのは、それが初めてのことだった。

バスで駅まで戻り、駅ビルの最上階のレストランで少し休んでから、帰ることにした。

選んだわけではなかったが、ウェイトレスがアンミツ先生と翔也を案内したのは、文京医大付属病院を正面に見る席だった。

バブル時代に建てられた駅ビルは七階建てで、丘の向こうに富士山も見える。だが、病院の建物はもっと高く、タワーが何棟も並んでいる。ヒデヨシが入院しているのは一六一七号室——十六階の部屋なのだろう。

この地域で随一の設備を誇る病院だ。ガン治療の実績も挙げているはずだ。あとはもう、病院を信じて、任せるしかない。

そう自分に言い聞かせていても、やはり胸の奥に鉛を呑み込んでしまったような重苦しさがある。紅茶に入れたレモンの、酸っぱさよりもむしろ苦みが、舌に残る。

太平洋を泳ぐめだかになってほしい——。

小学校を卒業するヒデヨシたちに、はなむけのメッセージを贈ったとき、新米教師だった自分はどんなことを思っていたのだろう。

夢を託しても、押しつけたつもりはない。期待を重荷にしてしまってはいけない、とも思っていた。くじらになれなくてもいい。めだかのままだってかまわない。

ただ、みんな海にいてほしい。水平線に向かって泳いでいてほしい。

未来を信じていた。

勝ち負けでも優劣でもなく、小学校から巣立っていくすべての子どもの前には、豊かで幸せな未来が無条件に広がっているのだと、あの頃は疑いなく信じていられた。

そのことが、いま、むしょうに寂しく、悔しく、恥ずかしくて、つらい。

テーブルの向かい側の翔也に目を戻した。パンケーキとオレンジジュースのセットを頼んだ翔也は、もうパンケーキをあらかたたいらげて、ジュースも残り一口になっていた。

翔也は先生の視線を勘違いして、「すぐ食べちゃうから」と、あわててパンケーキにフォークを刺した。

「違う違う、ゆっくり食べてていいわよ」

苦笑すると、少しだけ胸が軽くなった。

「ねえ、翔也くんは、学校の友だちと一緒に川でめだかをすくったりしたこと、ある？」

「めだか？」

「そう。知ってる？　ちっちゃなお魚」

こっくりとうなずいた翔也は、「僕は見たことないけど……お父さんの大好きな魚なんでしょ？」と言った。

翔也は健夫から、めだかの泳ぎ方について詳しく聞かされていた。

「流れに逆らって泳ぐんだけど、体がちっちゃいから、どんなに必死に泳いでも前に進めないんでしょ？　でも、あきらめて必死に泳ぐのをやめちゃうと、すぐに流されちゃって、そのまま家族や友だちと離ればなれになっちゃうんだ、って……」

そう——そのとおりだから、アンミツ先生は相槌を打つことはおろか、うなずくことすらできず、ただ黙って翔也の話のつづきを待った。

「ウチと同じって言ってた。お父さんとお母さんと僕、三人ともめだかなんだ、って。だから三人でがんばろう、って」

翔也は「僕はめだかが泳いでるところを見たことないから、よくわかんなかったけど」と小首をかしげ、「でも」とつづけた。

「お母さんは、お父さんにお礼を言いながら泣いてた」

「お礼？」

「うん。ありがとう、って……まだ、その頃、お父さんは『お父さん』じゃなくて『杉田のおじさん』だったんだけど」

もしかしたら、その言葉が健夫の薫さんへのプロポーズだったのかもしれない。

「めだかの話……それだけなんだけど……」

翔也の口調が不意に沈む。表情に一瞬、翳りがよぎる。両親の思い出話をしたせいで、悲しみがよみがえったのだろうか。

一口ぶんには少し大きすぎるパンケーキのかけらを頬張った翔也が、オレンジジュースで喉に流し込むのを待って、先生は言った。

「めだか、水族館にいるかなあ。翔也くんは水族館に行ったことある?」

ううん、と首を横に振る。

「じゃあ、今度行ってみようか。水族館でもいいし、あと、ちょっと田舎のほうに行けば、小川や田んぼの中にいるめだかも見られると思うから」

だが、翔也はまた首を横に振った。さっきよりも意志のこもったしぐさだった。

「……見ない?」

「いいです、僕。図鑑もあるし、ネットで探せば動画もあると思いますから」

また、「です、ます」に戻ってしまった。

しくじった。

でも、どこを――? どんなふうに――?

困惑する先生のバッグの中で、携帯電話がブルブルッと震えながら鳴った。

電話機の液晶画面に表示された〈公衆電話〉の文字を見た瞬間、胸がどきんとした。

もしかしたら、という予感とともに、アンミツ先生は電話を応答保留モードにして席を立った。翔也に「ここで待っててね、すぐ戻るから」と言って店の外に出る足取りは、途中から小走りに近くなった。

予感は、期待と不安の間を、やじろべえのように揺れ動く。

電話をつなぐと、「はい」と応える間もなく、先方の声が聞こえた。

「先生――」

おとな。男性。それだけでも、予感が当たったことはわかった。四十年近いブランクがあっても、声というのは意外と子どもの頃の面影を残しているものなのだ。

「先生、アンミツ先生……ヒデヨシです、羽柴です、ヒデヨシです……」

声は少しかすれていたが、思っていたより張りがあった。

「カミさんから聞いて、びっくりしちゃって……お見舞いに来てくれればよかったのに」

だいじょうぶ。元気そうだ。心配要らない。自分に言い聞かせながら、「びっくりしたのはこっちのほうよ」と言った。うまく笑うことができた。

ヒデヨシも「今年で五十ですから、やっぱりいろんなところにガタが来てるんですよ」と笑い返してくれた。

「どうせヒデヨシくんのことだから、いままでがむしゃらにがんばってきたんでしょ？　神さまが、ちょっとこのあたりで休憩しなさい、って言ってくれたのよ」

そう、そうなのよ、と自分の言葉に自分でうなずいた。

ヒデヨシの返事を待ちきれず、「ごめんね、今日はどうしてもはずせない約束があって、寄り道できなかったの」と一人で話を先に進めた。「今度また寄らせてもらうから、なにか退院祝いのリクエストしてちょうだい」

お見舞いではなく退院祝いにしたところに、精一杯の願いと祈りを込めた。

だが、ヒデヨシは黙ったままだった。

「……まあ、ゆっくり考えればいいからね」

沈黙の重さから逃げて笑いかけると、やっと返事が来た。

「リクエスト、一つあるんです」

声がさらにかすれる。さっきの張りは消え失せて、明らかに病人の声になってしまっていた。

「先生は、俺にくれたのと同じ手紙、いままでの卒業生みんなに出したんですよね」

「そう、六年生で担任した子、全員」

「二百何十何人とか、書いてましたよね」

「二百七十七人ね。けっこうすごい数でしょ？」

「それで……返事が来たのは、何人ぐらいですか」

「いまのところ、ヒデヨシくんだけ」

「……そうなんですか？」

ヒデヨシは意外そうに言う。不服そうでもある。なにより、拍子抜けしてしまったせいか、息づかいに疲れがにじむようになった。

先生は「そんなものよ」となだめて笑った。「転居先不明で戻ってきたのも多いしね」たとえ手紙が届いても、みんなも忙しいはずだし、小学校の頃のことなど忘れてしまっていて、いきなりの手紙にむしろ困ってしまう子もいるだろう。

「だから、ヒデヨシくんから返事をもらって、先生、ほんとうにうれしかった」

ありがとう、と言った。長電話はキツいだろうと思って、「それで、リクエストはなに？」とうながした。

「先生……俺ね、誰かに会いたいんです」

「どういうこと？」

「こういう病気になると、どうしてもお別れモードになるじゃないですか、いろんなことが。締めくくりに向かうとか、有終の美を飾るとか……」

そんなことないから、とは言えなかった。病気の進行を詳しく本人に訊けるはずもない。ただ、さばさばとしたヒデヨシの口調で、ああ、もう、そういう段階なんだな、と腑に落ちた。

「でもね、俺、いまからなにかを始めてみたくて。趣味とか習いごととかは、さすがにもうしんどいけど……誰かと知り合って、友だちになって、っていうのは、まだできると思うんですよ。間に合うと思うんです」

だから、教え子の中で返事をくれた誰かに会わせてほしい——。

「赤の他人とゼロから人間関係を始めるのは大変だけど、身近な人とあらためて仲良くなっていくのも、それはそれで、距離が近すぎてキツいと思うんですよ」

確かに、それはなんとなくわかる気もする。

「アンミツ先生の教え子だったら、なんか、ちょうどいいなあ、って……」

しがらみを感じるほど近くはないし、まったく縁のない相手というわけでもない。

「先生の好きなめだかの話で言ったら、『めだかの学校』の一期生と後輩で仲良くなるのって、ちょっといい話だと思いませんか?」

ヒデヨシは「いい話」のところを、いかにもきれいごとを揶揄するように、ひらべったく発音した。

だからこそ――本気なんだな、と先生にはわかった。こういうときには、いつも照れ隠しで憎まれ口をたたく子どもだったのだ、ヒデヨシは。

4

四月に入ると、郵便局のスタンプとともに返送されてくる手紙が、ようやく一段落ついた。全部で百通以上が戻ってきた。

一方、返事は、まだヒデヨシからの一通だけだった。手紙が届かないことよりも、むしろ、受け取った教え子から返事をもらえないことのほうが、覚悟していたとはいえ、やはり寂しくて、悲しい。

そして、その寂しさと悲しさは、翔也に目を移すと、別の種類のもやもやした感情に変わってしまう。

地元の小学校に転入する準備は整った。先方の校長はアンミツ先生と旧知の仲なので、「春休み中に一度ゆっくり学校見学に来てもらってもいいですよ」とも言われている。

だが、翔也はあいかわらず「学校には行かない」と言い張り、「無理やり行かせるんだったら、家出しちゃうから」と譲らない。

駄々をこねているだけだ、と理屈ではわかっていても、強く出られない。遠慮がある。気づかいもある。両親をいっぺんに亡くして天涯孤独になった身の上を不憫にも思っているし、なにより、その両親の結婚を素直に祝福できなかった後ろめたさや申し訳なさが、翔也に対するアンミツ先生の態度を、どうにも煮え切らないものにしてしまっていた。

それでも、いつまでもこのままではいられない。タイムリミットが迫っている。今週の金曜日——四月六日に、新学期が始まる。

アンミツ先生は朝食のハムエッグを焼きながら、あと三日、と自分に言い聞かせた。

春休みは、火曜日の今日を含めてあと三日しかない。その間に、なんとか、翔也の気持ちを学校に向けなくては。

二階から目覚まし時計のアラームが聞こえてきて、すぐに止まった。朝七時。ハムエッグもほぼできあがった。

目玉焼きの仕上げはフライパンに蓋をして蒸すのが先生の流儀だが、翔也は、黄身に白く膜が張らないほうが好みだった。薫さんは黄身をレアに仕上げる流儀だったのだ。

だから食卓には二種類のハムエッグが並ぶ。自分の好みを翔也に押しつけたくはないが、この歳になって自分の好みを変えるのも気が進まない。結局そういうところがよくないのかもねえ——ときどき、ため息交じりに思うこともあるのだが。

「今日、デパートに服を買いに行こうね」

朝食のときにアンミツ先生が言うと、翔也は遠慮して「服、たくさん持ってます」と応えた。「向こうから持ってきて、まだ着てないのもあるから」

「うん、でもね、せっかくだから新しい服を買おうよ。あと、そうだ、靴も新しいのにしない？」

「スニーカー、二足あるけど」

「もう一足ないと、雨がつづくと困るわよ。四月って意外と雨の日が多いんだから」

少し苦しい理屈だっただろうか。自分でも思ったので、正直に打ち明けた。

「これ、わが家の伝統なの」

「伝統？」

「そう。新学期は新しい服を着て迎えるっていうのが、ウチの伝統。おばあちゃんも亡くなったおじいちゃんも学校の先生だったから、新学期が始まることが、とっても大事だったのね。だから、翔也くんのお父さんも、カナダにいる麻美おばさんも、新学期の始業式の日には、上から下までまっさらな服で学校に行ってたの」

話しながら、翔也の表情をそっとうかがった。「新学期」や「始業式」という言葉にどう反応するのか心配だったが、黙ってうなずく顔に、拒んだり嫌がったりという様子はなかった。

「翔也くんもウチの子なんだから、その伝統に従ってもらいまーす」

おどけて言って、「よろしいかな？」と、しかつめらしい声色をつくって念を押した。

翔也は、嫌だ、とは言わなかった。その代わり、「新しい服を着ても、学校に行かないけど」と、話は振り出しに戻ってしまう。

「ねえ、翔也くん……」

先生は食卓に身を乗り出して、「始業式の前に、学校に行ってみようよ」と言った。「どんな学校なのか見て、校舎の中にも入れてもらえるから、ゆっくり見て回って、それから決めればいいんじゃない？」

「でも、日本語学級ってないんでしょ？」

「うん……だって、このあたりは大きな工場もないし、ブラジルから来たひと、近所で見たこともないから」

「外国の子、一人もいないんでしょう？」

「……そうみたい」

「じゃあ、僕、嫌です」

ぷい、と目をそらし、「学校行きません」と、にべもなく言い切ってしまう。

いままでは、そこで引き下がるしかなかった。言いたいことや問いただしたいことをグッと呑み込み、追い詰めてはいけない、と自分に言い聞かせて話題を変えていたのだ。

だが、もう時間がない。始業式の日に登校できなければ、ますます学校に行きづらくなってしまう。学校に行かなければ、外出じたいに気後れや億劫さを感じるようにもなって、ひきこもりの状態にも陥りかねない。

アンミツ先生自身がそういう子を担任したことはなかったが、不登校やひきこもりについての研修会には足繁く通い、自分なりに勉強をつづけてきたつもりだ。

始業式までのこの三日間が、大切な分かれ目になる。その覚悟を胸に、先生は食卓に身を乗り出したまま、「翔也くん、こっち向いてちょうだい」と声を強めた。

翔也もさすがに少し決まり悪そうな様子で、正面に向き直った。

「翔也くんが外国の子と仲良くしてたことは知ってるし、おばあちゃん、それを聞いて、すごくうれしかった。みんな日本に来ていろいろ大変なんだし、日本語がほとんどできない子もいるでしょう？　そういう子と友だちになるのって、優しくて、カッコいいよね」

翔也ははにかんで、うつむいてしまう。

「でもね」と先生はつづけた。

「日本中の全部の小学校に外国の子がいるっていうわけじゃないの。いない学校のほうがうんと多いし、日本語学級のある学校なんて、ほんとうはめったになくて、特別なの。だから、外国の子がいないと学校に行きたくないっていうのは、ちょっと……おばあちゃんは間違ってると思うなあ、その考え……」

翔也はうつむいたままだった。もう、はにかんでいるわけではない。それがわかるから、先生は急いでつづけた。

「学校じゃなくても、外国から来た子と友だちになれる場所、たくさんあるわよ。英会話教室で、外国の子どもと一緒にボランティア活動をしてるところもあるし、あと、おばあちゃん調べてみたんだけどね、外国の子がたくさんいるフットサルのチームとか、バスケットボールのチームもあるみたい。そういうところに入ってみるのもいいんじゃない？」

翔也は顔を上げた。話に乗ってきたのかも、と先生は勢い込んで「どう？」と訊いた。

だが、翔也の顔は、にこりともしていなかった。わかってもらえない悲しさをたたえた目で、じっと先生を見つめていた。

「おばあちゃん……」

翔也の口調が変わった。

いつものはきはきした優等生のしゃべり方ではなく、甘えて話しかけてくるのでもない、迷いやためらいを残した声だった。

「おばあちゃん、小泉小で吉村先生と会ったでしょ？」

小泉小学校――上毛市で翔也が通っていた学校のこと。

「吉村先生、どんなふうに言ってましたか」

「……どんなふうに、って？」

「僕のこと、怒ったりしてませんでした？」

アンミツ先生はすぐさま首を横に振った。そんなことはない。決して。むしろ、日本語学級の子と誰よりも仲良くしてくれていた、と褒めていたのだ。

だが、それを伝える前に、翔也はさらに迷い顔になり、「だから……えーと……」としばらく言葉を探してから、言った。

「変わってる、とか」

「変わってる？　翔也くんが？」

「そう……変わってるとか、あと、おかしいとか、ヘンな子だとか……」

アンミツ先生は眉をひそめ、急いで記憶をたどってみた。だいじょうぶ。吉村先生は翔也の不登校の理由がわからず困惑していながらも、「いじめはありませんでした」ときっぱり言い切っていた。

「翔也くんのこと、変わってる、って吉村先生が言ってたの？」

「たまに」

「でも、それって……悪い意味で言ったわけじゃないような気がするけどなあ」

ほら、個性的とかユニークとか、マイペースとか芸術家っぽいとか、とつづけたが、翔也の頬はゆるまない。

アンミツ先生もさすがに不安になって、「それ、怒りながら言われたの？」と訊いた。

「怒ってないけど」

「でしょ？」

「困ってました」

「……なんで？」

「僕が、変わってるから。変わってる子が一人いると、クラスのまとまりが悪くなって困る、って」

アンミツ先生は絶句した。サアッと血の気が引くのがわかった。

「ねえ、翔也くん……翔也くんって、どんなところが自分でも変わってると思う？　ちょっとなんでもいいから言ってみて……」

翔也は団体行動が苦手だった。やらなければならないときには、必死に自分を奮い立たせてまわりに合わせる。けれど、そのあとぐったりと疲れ切って、熱が出たり、おなかをこわしたりすることもある。

上毛市に引っ越してからそうなった、というのではない。東京の北京浜小学校に入学した頃から、いや、さかのぼれば保育園に通っていた頃からそうだった。

たとえば——。

保育園の園庭でみんながボール遊びや鬼ごっこをしているとき、翔也は園庭の隅に一人でしゃがみ込んで、落ち葉を集めている。仲間はずれにされたわけではなく、落ち葉で遊びたかったのだ。夏には艶やかな緑色だった葉っぱが、くすんだ茶色に変わってしまうのが不思議だったし、カサカサした感触も面白かった。ところが、保育士さんは一人でいる翔也に気づくと、必ず「こっちにおいでよ！」と誘ってくる。「みんなと遊んだほうが楽しいよ！」と、わざわざ駆け寄ってきて、手を引いて立たせる保育士さんもいる。そして、グループで遊んでいるみんなに「翔也くんも入れてあげようね」と声をかけ、翔也にも「入れてくださーいって、みんなに言わなきゃ」とうながす。それが、嫌で嫌でしかたなかった、という。

北京浜小学校では、全校朝礼のとき、クラスごとに体育館に整列して「前へならえ」をする。両手を肩の高さに上げてまっすぐ前に伸ばし、すぐ前の子の肩幅に揃えて、クラス全体の列が曲がらないようにするのだ。翔也はそれが大の苦手だった。自分ではまっすぐ並んでいるつもりでも、自信がない。担任の先生がそばを通りかかるたびに、「曲がってるわよ」と叱られるんじゃないかと身をすくめ、演台に立つ校長先生の目がこっちに向くと、それだけで胸が締めつけられる。

上毛市の小泉小学校では、交流ランチという催しがあった。広いランチルームに移動して、別の学年の子と自由にグループをつくり、好きな席を選んで給食を食べるのだ。そこでも翔也はいつも一人だった。校舎の最上階で窓も広いランチルームからは、町を一望できる。友だちとおしゃべりをするより、その景色を見ながらごはんを食べたいので、みんなから離れて席につく。ただそれだけの理由なのに、やっぱり先生からは「こっちにおいでよ、一人ぼっちで食べてもおいしくないでしょう？」と言われてしまうのだ。

翔也は小学校に上がる前、近所のおばさんに「あんたって、ちょっと変わってるし、ヘンな子よねえ」と言われた。

どんないきさつでそう言われたのかは忘れた。ただ、その言葉とおばさんのあきれ顔はくっきりと記憶に刻まれて、いまも消えていない。

同じようなことは、子ども同士でも言われた。「おまえってヘン！」「変わってる！」「翔ちゃんって変わってるって言われるでしょ」「だってヘンだもん、絶対にヘン」「ちょっとおかしいんじゃない？」……ときには咎めるように、ときには囃し立てて、嘲るように。

そして、北京浜小学校に入学して間もない頃、集団登校で下級生の面倒を見ていた六年生の男子が、なにかの拍子で翔也にひどく腹を立てて、憎々しげに言い放った。

「おまえって、日本人のくせにガイジンみたいだよな」

それをアンミツ先生に伝える翔也の口調は、意外と淡々としていた。もう四年前の話だからというだけではなく、先輩のひどい言葉を冷静に受け止めていて、むしろ納得しているようにさえ見える。

かえってアンミツ先生のほうが憤然として、「そういう情けない考え方をする子どもって、結局は親がそんな話をしてるからなのよ、問題は親のほうなのよ」と言った。

だが、翔也はどこまでも冷静に「でも、あの学校って、ガイジンたくさんいたから」と言う。確かに翔也の話によると、同じクラスだけでも何人もいたらしい。学校全体ではかなりの数になるはずだし、そのぶん、日本人社会との間に摩擦や軋轢も少なくなかっただろう。

「言われてみれば、保育園の頃もガイジンの子と遊ぶことのほうが多かったし、小学校に入って最初に仲良くなったのって、ブラジルの子だったし……じゃあ、僕もガイジンなんだな、って」

先生は「あのね、翔也くん」と言葉を正そうとした。ガイジンという呼び方はよくない。きちんと「外国人」と呼ぶべきだと思う。

だが、開きかけた口は曖昧なところで動きが止まり、そのまますぼんでしまう。

ガイジン。それは「外国人」を縮めた言葉ではなく、もっと別の、もっと大きくて深い孤独を背負った呼び名なのかもしれない。

翔也はさらに話をつづけた。

「おばあちゃんは、ガイジンって、顔を見てもなに考えてるかわからないと思う？」

うーん、とアンミツ先生は困惑して、言葉を選びながら言った。

「まあ、そうね……よく聞くけどね、そういうの……外国のひとは、表情にあんまり変化のないひとがいるとか、うん……」

「でも、みんな、笑ったり怒ったり泣いたりするよ。絶対に笑わない国とか怒らない国とか、その国のひとは全員一度も泣いたことがないとか、そんなのってありえないでしょ」

そのとおりだった。

アンミツ先生は、なんともいえない後ろめたさとともに、黙ってうなずいた。

あのひとたちは、なにを考えているか、わからない。だから、無気味で、怖い――。

外国人について陰口をたたくひとは、先生のまわりにもいないわけではない。そのとき悪く言われているのは、決まってアジアやアフリカ、アラブ、中南米から来たひとたちだった。

だが、欧米から来た外国人の場合は逆になる。無表情でクールなふるまいは、一転して「やっぱり、理由もなく笑ってしまう日本人とは違うんだなあ」と感心や憧れの対象になってしまうのだ。

そんなのはおかしい。先生はいつも思う。自分では決して言わないし、まわりのひとが言うときにも、曖昧な相槌しか打たない。それでも、「いまのは偏見ではないですか？」と相手を止めたり、たしなめたりしたことは——おとな同士だとなかなか難しいよね、と唇を嚙んで認めるしかない。

「僕は、ブラジルやペルーの子が考えてること、だいたいわかってたけど。言葉は早口だと通じないけど、目を見てるとなんとなくわかるし、あと体の動かし方とか雰囲気で」

「そうよね、うん、おばあちゃんもそうだと思う。翔也くん、すごく正しい」

「でも、それって、ガイジン同士だからわかるのかなあ」

翔也は自分の顔を指差して、顔の大きさの円を虚空にクルッと描いた。

「僕も同じなんだって」

「……同じって？」

「なに考えてるかわからない、って。笑ってても嘘っぽいっていうか、心では笑ってないみたいだ、って……」

同級生に言われ、似たようなことを担任の吉村先生にも言われたのだという。

吉村先生は、さすがに担任教師として、同級生のようなひどい言い方はしなかった。むしろ翔也のことを、彼女なりに心配してくれていた。

「無理しなくていいから、って」

「無理って、たとえば……『いい子』っぽくしてるってことなの？」

「よくわかんないけど、そんなに気をつかわなくていいから、って」

「……誰に？」

「先生とか、友だちとか、いろんなひとに」

ほんとはそんなことないんだけど、と翔也は首をひねる。

だが、アンミツ先生は複雑な表情になってしまい、すぐにはうなずけなかった。本音を言えば、吉村先生と同じことを感じている。

「翔也くんは、友だちとケンカすることなんてあるの？　言い合いになったり、ポカポカッてパンチしちゃったりとか」

翔也は苦笑して、かぶりを振った。

「じゃあ、ムカついても、けっこう我慢できる性格なんだね」

「っていうか……べつに、友だちにムカつくことってないし……」

「でも、友だちと一緒に遊ぶより、一人で遊ぶほうが好き？」

今度は、こっくりとうなずく。

「自分でもちょっと無理してるなって思うことは、なにかある？」

顔は動かない。言葉も返ってこない。

「じゃあ、泣きたいのを我慢したことは？」ためらいを振り切って、さらにつづける。「お父さんとお母さんが死んじゃって、悲しいのに、泣きたくても我慢してるの？」

翔也は息苦しそうに顔をゆがめ、搾り出すようなうめき声で言った。

「我慢してるんじゃなくて……わからないから、どうしていいか、全然わからなくて……悲しいって……わからなくて……」

喉の奥がゼエゼエと鳴る。肩を大きく上下させないと息をつけない。

とっさに先生は席を立ち、翔也の後ろに回って、背中をさすった。

「ごめんね、もういいから、ごめんね、おばあちゃん、いろんなことをいっぺんに訊きすぎちゃったね、面接みたいなことしちゃだめだよね、ごめん、もういいから、忘れて」

手のひらに、翔也の背中の震えが伝わる。目で見ているときよりも、ずっと小さくて薄くて、華奢な背中だった。

第三章

1

校長室のソファーで向き合った田中(たなか)校長は、アンミツ先生と同僚だった二十数年前とは別人のように太っていた。ネクタイがおなかのでっぱりに載って、スロープのように曲がっている。二重になった顎の肉がワイシャツの襟に覆いかぶさって、首が見えない。

副校長だった五年間で十キロ太り、校長に昇進して、この学校——杉の木小学校に赴任してからの三年間で、さらに十キロ太ってしまったのだという。

「アンミツ先生もおわかりのとおり、なにかとストレスが溜まりますから、この職場のこのポジションは」

髪も薄くなった。顔つきも老けてきた。まだ定年には五、六年あるはずだが、実際の年齢よりずいぶんくたびれて見える。

「あ、でも、アンミツ先生、誤解しないでくださいよ。べつにウチの学校に問題があるってわけじゃないですから」

弁解するように言って、おっといけない、と口元に手をあてた。

「すみません、つい昔の気分になって、アンミツ先生だなんて……」

「いいんですよ、そのほうがわたしもうれしいです」

アンミツ先生は笑って応えた。

「引退なさったばかりだと、まだ学校を見ても懐かしいほどじゃないでしょう」

「ええ……」

学校の風景はもちろん、田中先生の姿も、すんなりと懐かしさにはつながらない。

同じ西山小学校に勤めていたのは「昭和」の終わりが迫っていた頃の三年間だった。団塊の世代の子どもたちが、小学校の高学年から中学生になったあたり——おそらく、あの子たちが最後の「ベビーブーム」と呼ばれる世代になるのだろう。

児童の数も多く、もちろん教師の数も多く、世間はバブル景気に沸き返っていた頃で、学校全体に活気があった。三十歳になるかならないかの田中先生も、若くて、溌剌（はつらつ）としていて、そのぶん、いささか青臭かった。先輩の教師や保護者とぶつかっても、なかなか持論を曲げない。アンミツ先生も、仕事帰りの居酒屋で何度も愚痴に付き合ったものだった。

　だが、いまの田中先生に、当時の面影はほとんど残っていない。太ったからというだけではなく、とがったところがなくなって、ずいぶんまるくなった。そのことが、じつを言うと、アンミツ先生には少し寂しいのだ。

「それで、今日は……アンミツ先生、お一人なんですか？」

　田中校長は怪訝そうに言った。「てっきりお孫さんも一緒かと思ってました」と拍子抜けした様子でもあったし、せっかく時間を空けたのに、という本音も覗いていた。

「そうなんです」アンミツ先生は小さく頭を下げた。「ごめんなさい、最初に電話でそのことを言っておけばよかったんですけど」

「いや、まあ、どうせあさってになれば会えるわけですし」

　あさって――四月六日、始業式と入学式がおこなわれる。明日はその準備で忙しいはずだから、と一日早めに学校を訪ねたのだが、予想していた以上に校内はあわただしかった。田中校長も、こちらの用がすめばすぐに仕事に戻りたいのだろう。

　しかたなく、本題を切り出した。

「あさってのことなんですけど、ちょっと、お休みをさせてもらうかもしれないんです」

「体の具合でも悪いんですか？」

　言葉に詰まった。前置き抜きだと、やはり、キツい。ほんとうはもっとゆったりと、昔のことを懐かしんで、扱いづらかった子どもの思い出などをおしゃべりしてから、その流れに乗せて翔也の話をしたかったのだ。

だが、田中校長は「どうせあさっては始業式だけですし、土曜、日曜と休みが挟まるんで、月曜日から来てもらえばいいですよ」とあっさり言って、「ここはいじめはありませんから、ご心配なく」と胸を張った。

その話の切り上げ方にアンミツ先生は少しカチンと来て、「田中先生、もうすっかり、どこから見ても校長先生ね」と、わざと先輩の言葉づかいで言った。

その皮肉が通じたのかどうか、田中校長は「すっかりもなにも、実際の話、校長ですから」と苦笑して、背にした壁を振り向いた。

壁には、歴代の校長の肖像写真が額に入れて掛けてある。一面では足りず、ぐるりと囲むように二十人ほど——「朝から晩までOBににらまれながら仕事してるんですよ」と田中校長は言って、よっこらしょ、と太った体を揺すって立ち上がる。

「アンミツ先生、つづきは校内を歩きながらにしませんか。学校の様子も見てほしいし、お孫さんがあさって欠席することは、私のほうから担任に伝えておけばいいですよね？」

もうちょっと相談に乗ってほしい、とは言えなかった。

校長室から渡り廊下を通って、別棟の校舎に入った。

児童の昇降口に差しかかると、大きな壁画が掲げてあった。田中校長はその絵の前で立ち止まり、「縦横が二メートルと五メートルです。ベニヤ板なんですけど、こうやって額装すれば、それっぽく見えるでしょう？」と得意そうにアンミツ先生を振り向いた。

子どもたちの絵だ。絵筆を執ったのも子どもたち。三百十一人いる児童全員が自分を描いたのだという。

「毎年恒例なんですよ。一年生が入ってきて少し落ち着いた五月頃に描くんです。体育館のステージにベニヤ板を置いて、学年ごとに昼休みをつぶして、そこに自分の顔を描き込んでいくんです」

小さな学校だからできることですよね、と田中校長は苦笑する。確かに、一学年で平均して五十人ちょっと――学年二クラスを維持するには、ほとんどぎりぎりの人数だった。

「まあ、クラス替えができるだけでも、子どもたちにとっては幸せな環境ですよね。単学級の学校もどんどん増えてますし、ヘタすれば複式学級とかね。『たった一人の卒業式』なんてのも、いまはもう、田舎の過疎の村の話じゃなくなってますから」

「ええ……」

校長の話にうなずいて、多摩ヶ丘第三小学校のことを、ふと思った。

「それで、学校が小さなぶん、みんなのまとまりをよくしようと思って、私が校長で赴任した年から、この絵を始めたんです。やっぱり、こう、全校児童が同じ一枚の絵の中に入ってるっていうのがいいでしょう？」

子どもたちはみんな正面を向いて笑っている。両隣の子と手をつないでいる。そして、絵の真ん中には、こんな言葉が――。

〈こころ、ひとつに。杉の木ッ子は、みんななかよし〉

「このコピーっていうか、スローガンも、田中先生が考えたんですか？」

校長は、「ええ。杉の木小学校ですから、みんな『杉の木ッ子』だよね、と……」と照れくさそうに言う。「語呂、やっぱりよくないですかねえ」

そんなことないですよ、とアンミツ先生は愛想笑いを返し、心の中で、やれやれ、とため息をついた。気になったのは、そこではない。

「こころ、ひとつに、ですか……」

先生はつぶやくように言った。控えめに違和感を込めたつもりだったが、田中校長には伝わらなかった。

それどころか、待ってました、と言わんばかりに真ん丸な顔をほころばせて、「いい言葉でしょう？」と言う。「東日本大震災のあと、これを学校の合言葉にしたんです。子どもたちも教師も、事務員さんも、もちろん保護者会や地域も……こころ、ひとつに！」

ぷくぷくした肉まんのようなゲンコツをつくって、力んで言う。

そのゲンコツから目をそらして、アンミツ先生は言った。

「『団結』ってことですね」

「ええ、そうそう、そうなんです。オール・ジャパンってのと同じように、オール・杉の木小でがんばろう、ってことです」

違和感を超えた皮肉も通じない。

「『絆』って言葉もずいぶん流行りましたよね、あの頃って……」

「いや、アンミツ先生、釈迦に説法でアレなんですけど、やっぱり流行語にしちゃいけないと思うんですよ、そういう言葉は。だって、人間の基本でしょ？」

皮肉も超えて、反発を示したつもりだったのだが――。

「この絵、描きたくない、って言った子はいなかったんですか？」

校長は「え？」と訊き返した。そんな質問が出てくるなど考えてもみなかった、という様子だった。

アンミツ先生が「だって――」と言いかけるのを制して、「作文ならともかく、絵ですから」と笑って言う。「絵を描くのを嫌がる子はいないでしょう。それに自分の顔なんだし、成績をつけるわけでもないんだし、けっこうみんな楽しんでやってますよ」

新年度が始まって間もない五月に描くのがミソなのだという。

「クラス替えしたばかりで、まだ馴染んでない友だちがいても、一緒に絵を描いてるうちに、『似てるねー』とか、『僕の顔ってどんなところに特徴があると思う？』とか、会話のきっかけができて、仲良くなれるんです」

それはわかる。田中校長のやっていることは、正しい。認める。だが、正しいからこそ、翔也はこの学校に通うのはキツそうだな……とも思うのだ。

入学式の準備が進む体育館のステージには、大きなスクリーンが掲げられていた。

「式の途中で、プロジェクターを使って学校生活を紹介するんです」

田中校長はまた得意そうに言う。

へえーっ、と今度はアンミツ先生も素直に驚いて、素直に感心することができた。

「そこまでやってくれる学校って、意外とありませんよね」

「よぶんな手間はかかりますけど、やっぱり学校のふだんの姿を見てほしいですから」

「ええ……」

「年に二、三日ですが、学校公開日もあるんですよ。保護者だけじゃなくて、事前申し込み制ではあるんですが、地域のひとたちにも見てもらってます。時節柄なにかと気はつかいますけど、学校を密室にしてはいけないと思うんです、私」

そう――まったくそのとおりなのだ。そして、たとえ正論でも、それを実行に移すときの軋轢については、アンミツ先生にも容易に想像がつく。

「がんばってますね、田中先生」

これも素直に笑った。田中校長も「アンミツ先生に褒められると、なんだか昔を思いだしちゃいますねえ」とくすぐったそうに笑い返して、「あ、そうだ」とひとりごちるように言った。「もしかして、彼女……アンミツ先生の教え子じゃなかったかなあ……」

「彼女って？」

「いや、ウチの先生に一人、西山小の卒業生がいるんですよ。私は担任しなかったんで覚えてなかったんですが、一九八八年度の卒業って言ってましたから、アンミツ先生がいた頃ですよね、ちょうど」

サノ・ノリコさん――。田中校長が名前を口にした瞬間、思いだした。佐野典子。あだ名はテンコさん。三つ編みがよく似合うくっきりした顔立ちも同時に浮かんだ。

「覚えてます？」

「覚えてるもなにも……わたし、六年生で担任しましたから……」

「そうなんですか？　すごいなあ、偶然っていうか、運命ですね、これ」

田中校長は屈託なく喜んでいたが、アンミツ先生の笑い返す顔は微妙に沈んだ。

確かにテンコさんは昔の教え子で、卒業式で送り出した一人で、だから卒業のはなむけに、めだかの話もしたはずで……三月に出した手紙は届いていないのだろうか……？

2

テンコさんは新年度は六年生のクラス担任になるので、新五年生の翔也を直接教えることはない。

「でも、小さな学校ですから、担任じゃなくても接点はたくさんありますよ。今日も学校に来てますから、せっかくなんで呼んできます。ここで待っててください」

田中校長はアンミツ先生が遠慮して断る間もなく、太った体を揺すって小走りに出口に向かい、すぐに駆け戻ってきた。

「いまから放送部が、入学式で映す動画のチェックをするらしいんです。佐野先生を連れてくるまでの時間つぶしに、よかったらご覧になっててください」

時間つぶしとは言いながらも、自慢の動画なのだろう、ハンカチで汗を拭く校長の顔は誇らしそうだった。

「佐野先生が主役の場面もあるんですよ。そこを最初に映すように、いま、放送部の先生に頼んでおきましたから」

「はあ……」

じゃあよろしく、とスリッパをパタパタ鳴らして校長が走り去ると、すぐさまステージ上の照明が落とされ、スクリーンに映像が映し出された。

体操着姿の子どもたちが体育館にいる。女子がずいぶん大きい。五、六年生だろう。横一列になって肩を組み、体を少しかがめて、かけっこのスタートの姿勢を取っている。どの顔も緊張して、「必勝」のハチマキを巻いた子も何人かいた。

女子の放送部員のナレーションが響く。

「わたしたち杉の木小学校には、全校を挙げて取り組んでいるスポーツがあります。それが、この二十人二十一脚です」

カメラが子どもたちの足元を写す。隣の子同士で足首を紐で結わえてある。

「二十人二十一脚とは、その名のとおり、二十人の選手がお互いに肩を組み、紐で結んでつくった二十一本の脚で走っていく競技です。皆さんも二人三脚まではやったことがあるかもしれませんが、二十人になると、すごく難しくなるのです。ゴールまで転ばずに速く走るためには、全員の気持ちが揃わないといけません。こころ、ひとつに。学校の合言葉を実行しなければ走れないのです」

カメラが切り替わる。ジャージの上下姿の女性教師が映る。右手にストップウォッチを持ち、ホイッスルを口にくわえた先生は、テンコさんだった。

「わたしたちに二十人二十一脚の面白さを教えてくれたのは、三月まで五年二組のクラス担任だった佐野先生です。せんせーい、こっちを向いてくださーい」

ナレーションに合わせて、テンコさんはカメラに目を向けた。少し照れくさそうに会釈をして、ストップウォッチごと右手を胸の前で振って挨拶をする。

演出としては素人くさいお芝居でも、カメラが正面から写したおかげで、テンコさんの顔をしっかり見ることができた。

クリクリッとした大きな目は、小学生の頃と変わらない。さすがに髪はもう三つ編みではなかったが、長い髪を後ろで束ねたポニーテールがよく似合う。キリッとした眉は、形がさらに整って、凛々しさが増した。

小学校を一九八八年度に卒業したテンコさんは、いまは三十五、六歳という計算になる。教師として一番いい頃よね、とアンミツ先生はスクリーンの中のテンコさんを、少しまぶしそうに見つめた。

「佐野先生は七年前にわたしたちの学校に来て、すぐに二十人二十一脚を始めました。その前にいた学校でも、クラスのまとまりを高めるために二十人二十一脚をやっていて、とても効果があったので、ぜひ杉の木小学校でもやりましょう、と提案したのです」

ナレーションの原稿は誰が書いたのだろう。アンミツ先生はふと思う。放送部の児童だろうか。担当の先生なのだろうか。「効果」という言葉が、少しだけ耳に障った。

「最初のうちは大変だったそうです。タイムを計るどころか、ゴールまでたどり着くのもなかなかできませんでした。転んで泣いてしまう子や、あきらめて『もうやめよう』と言い出す子や、失敗してしまった子に怒る子もいたのです。でも、毎日毎日、昼休みや放課後に練習をつづけ、みんなでチームワークをよくするための話し合いをしたり、背の高さが揃う並び方を工夫したりして、少しずつコツを覚えてきました」

スクリーンには、その頃の練習の様子を撮影した写真が、スライドになって映った。

「最初は五十メートルを走るのに三十秒以上かかっていたのですが、だんだんタイムも速くなって、三学期が終わる頃には十秒台で走れるようになったのです」

スクリーンの中では、ゴールした子どもたちとテンコさんが、顔をくしゃくしゃにした笑みを浮かべて抱き合っていた。

二十人二十一脚という競技は、もちろんアンミツ先生も知っている。人数は二十人でも十人でも、逆に三十人でも四十人でも、やれるものなら五十人や百人でもかまわない。要は、学校やクラスのみんなで力を合わせてがんばろう、という競技なのだ。

特別な道具は要らないし、ある程度の広さがある場所ならどこでもできる。なにより、個人の足の速さだけで競うのではないところが、いかにも学校向き——ということなのだろうか、十数年前から三年ほど前までは、テレビ番組の企画で三十人三十一脚の大会も開かれていた。

「二十人二十一脚は次の年からは他の学年にも広がって、学校全体のスポーツになりました。校内で記録会を開くだけでなく、他の学校との交流も深めて、去年は全部で十校以上が参加する大会も開かれたのです」

ナレーションの「そして——！」の声に合わせて、スクリーンにトロフィーが映し出された。小さなトロフィーだったが、「優勝」の文字が誇らしげに刻まれている。

「そうです！　わたしたち杉の木小学校は、みごとに総合優勝を飾ったのです！」

歓声と拍手喝采がナレーションにかぶさった。へえ、たいしたものじゃない、とアンミツ先生も感心した顔でうなずく。

「今年は第二回大会が開かれます。参加する小学校も、去年よりさらに増えて、ライバルがたくさんいます。でも、わたしたち杉の木小学校はV2目指してがんばります！　大会は四年生以上ですが、今日入学する新しいお友だちも、ぜひ応援してください！」

スクリーンの映像は、またスタート前の子どもたちの姿に戻った。

「では、ここで、去年の大会でチーム別の優勝を果たした五年二組の皆さんが、お手本を見せてくれます。去年は五年生だったのに六年生よりも速い記録を出したのです。今年は六年生になって、もっとすごい記録を狙っているそうです。コーチをしたのは、もちろんクラス担任の佐野先生です」

映像はテンコさんに切り替わる。

「では、佐野先生、どうぞ！」

ナレーションから一呼吸おいて、テンコさんの吹くホイッスルの音が響きわたり、五年二組のみんなは一斉にスタートした。

カメラはそれをゴールから、広角レンズでとらえる。

速い。確かに、速い。まったく素人のアンミツ先生の目にも、佐野先生率いる五年二組の走り方はすごい、とわかる。

「右！　左！　右！　左！」

何人かに一人、声を出しながら走る子がいる。その声出し役の号令が、まるで合唱のようにきれいに揃っているのだ。

カメラは一台だけではなかった。これもすごい。よほど学校全体で力を入れて撮影したのだろう。

ゴールで待ち受ける広角のカメラに加えて、二台目のカメラは体育館の二階席から撮っている。

二階からの映像を見ても、五年二組が鍛え抜かれていることは一目瞭然だった。速い子のいるところと遅い子のいるところの違いは当然あるはずなのに、それがほとんど影響していない。きれいに揃っている。二十人の横一列が、ほぼ一直線なのだ。

すごい、テンコさん、やるなあ……とうなずきかけたアンミツ先生のまなざしは、次の瞬間、一点に吸い寄せられた。

横一列に並んだ子どもたちは、全員が足を紐で結び、肩を組んで走っているわけではなかった。二十人二十一脚のチームのすぐ横を、普通のかけっこのように走っている子が、何人かいる。

男子が二人。女子が一人。その女子と男子の一人は、見るからに太って、体が重そうで、走るのが遅い。足を結んだうえに肩まで組んでいる子どもたちよりも、遅いのだ。二人目の男子は、走る速さはチームとそんなに違わなかったが、背が低い。その男子はチームとほとんど同時にゴールしたが、みんなのもとへは駆け寄らず、一人きりでしゃがみ込んで、一人きりで荒い息を整えていた。

「なんなの、これ……」

　アンミツ先生がうめくようにつぶやいたとき、ようやく太った二人がゴールした。チームのみんなは足首の紐をほどくと、我先にとテンコさんのもとに駆け寄った。タイムを確認したいのだろう。だが、太った二人も、小柄な一人も、その輪に加わることはなく、少し離れたところから、テンコさんを囲むクラスメイトの背中を眺めるだけだった。

　呆然とするアンミツ先生をよそに、ナレーションをする放送部員の女子は「このときの記録は九秒八九でした！　大会のときの記録を〇秒二七更新したのです！」と声をはずませた。

「大会は四年生にならないと参加できませんが、クラス活動では一年生のうちから全クラスでおこなっています。皆さんも、最初はゴールまで完走するだけでも大変だと思いますが、くじけずにがんばってください。みんなの心が一つになれば、タイムもどんどんよくなります。ほんとうです。そして、タイムが上がるにつれて、クラスのまとまりも強くなります。わたしたち上級生がその証人です。以上、二十人二十一脚の紹介でした！」

　カメラに向かってガッツポーズをとり、鬨の声をあげる五年二組のみんなが、締めくくりにスクリーンに映し出された。テンコさんもいる。いつの間に呼び寄せたのか、さっきみんなと一緒に走らなかった三人をクラスの真ん中に置いて、後ろから肩を抱いていた。

学校紹介は次のコーナーに移り、ナレーションも男子児童に代わった。

「次は図書室の案内と、図書委員会の活動の説明をします」

ちょうどそのタイミングで、「お待たせしました」と田中校長がハンカチで顔の汗を拭きながらやって来た。

校長の後ろには、テンコさんがいる。服装はジャージではなく、スウェットのパーカにトレーナー、デニムパンツだったが、髪形のほうは動画と同じポニーテールだった。

アンミツ先生と目が合うと、「ごぶさたしています」と挨拶して頭を下げる。

卒業以来二十何年ぶりかの再会になるが、それほどブランクは感じない。動画を見たばかりだからというだけではなく、小学生の頃から、こういう挨拶や礼儀作法についてはおとな顔負けのところのある子だったのだ。

「先日はわざわざお手紙までいただいて、ありがとうございました。もうアンミツ先生もご勇退なんだって、びっくりしたし、昔のことが懐かしくて、しんみりしちゃいました」

それでも、返事はよこさなかった。近況を教えてほしいと書いておいたのに、その願いには応えてくれなかった。

もちろん、そのことを恨みがましく言うつもりはない。年度末の教師の忙しさは、誰よりもアンミツ先生自身がわかっている。

「先生、ご覧になっていただけましたか、二十人二十一脚」

　田中校長は得意そうに言って、「すごかったでしょう？」と、太くて分厚い胸をグイッと張った。テンコさんもはにかみながら、まんざらでもない微笑みを浮かべていた。

　田中校長は二十人二十一脚を「必殺技」と呼んだ。

「毎年いま頃、新入生を迎えてクラス替えをするときには、やっぱりドキドキしますよ。でも、ウチには二十人二十一脚っていう必殺技がありますから、最初はどうなることかと心配だったクラスも、練習を始めると見る間にまとまってくるのがわかるんですから」

　ねえ佐野先生、と振り向く校長の表情や口調からは、テンコさんに絶大な信頼を寄せているのがよくわかる。

　いえいえいえ、と顔の前で手を横に振るテンコさん自身、クラスをまとめる「必殺技」に確かに手応えを感じている様子だった。

　それはアンミツ先生も認める。あの動画を見れば、小学校の教師ならきっと誰もが驚くだろうし、感心もするだろうし、うらやましがるだろうし、「ウチのクラスでもやってみたい」と思うひとも——若手であればあるほど、たくさんいるだろう。

「テンコさん」

思わず昔の呼び方をしてしまい、あわてて言い直そうとしたら、テンコさんは「うわあっ」と相好を崩した。「うれしいです。わたしのあだ名、まだ覚えてくれたんですね」

テンコさんに笑顔を返しながら、アンミツ先生は胸の奥に微妙な苦みを感じた。手紙を受け取ったことと、返事を出さなかったことに、お礼とお詫びとまではいかなくても、なにか一言ぐらいはあってもいいのに……。

気を取り直して、先生は言った。

「二十人二十一脚について、もうちょっと詳しく教えてくれる？」

テンコさんが二十人二十一脚を始めたそもそものきっかけは、同世代の教師仲間でつくった勉強会で「クラスの団結力をつけるにはなにがいいか」を話し合ったことだった。

最初はスポーツで、いろいろ考えた。特別な道具や設備が必要なく、昼休みや放課後の短い時間でもできて、男女一緒に楽しめて、なるべく個人の技能の差が出ないもの……。

「わたしたちが一番大切にしたのは、努力がきちんと報われるものにしよう、ということなんです。練習すればちゃんと結果にあらわれて、テクニックを磨くこと以上にチームワークを良くすることで伸びていく、そういうスポーツがなにかないかと思って」

それで「二人三脚の大がかりなものはどうだろう」と話がまとまり、さっそくルールづくりに取りかかった。十数年前にテレビ番組で話題になったのは三十人三十一脚だが、少子化が進んだいまの時代は一クラスが三十人に満たない状況も増えてきたので、一チームを「二十人以上」にして、人数の少ないクラスでも楽しめるようにしたのだという。

「ね、ちょっと待って」

アンミツ先生は手振りを交えて、話を止めた。意識したわけではなかったが、困惑したせいで、声が少し強い響きになった。

「いま、あなた、一チームは二十人以上って言ったわよね？」

「ええ……」

「ってことは、ぴったり二十人じゃなくてもいいわけよね？」

「そうですけど」

「多いぶんにはかまわないのよね？　二十二人とか、二十三人とか」

念を押して、スクリーンを指差した。「でも、さっき――」

チームに入らずに走っていた三人の子どもの姿がよみがえる。太った男子と女子が一人ずつと、小柄な男子。

テンコさんもすぐに、ああ、そのことですか、という顔でうなずいて、「五年二組は二十三人いるんです」と言った。「ですから、選手が二十人で補欠が三人ということです」

「……全員で走ってもいいんでしょ？」

「ええ、ルールとしては、べつにかまいません。まったくＯＫです」

テンコさんに悪びれた様子はまったくない。堂々として自信に満ちた態度でつづけた。

「でも、選手を二十人に絞って、余った子は補欠に回るというのも、ルールどおりです」

啞然とした。

カッとなって、感情を必死に抑えて——というのではない。不意を突かれたというか、あまりにも意外すぎた一言だったので、聞き咎めることすら忘れてしまった。

逆にテンコさんのほうが冷静に、「ごめんなさい、いまの説明だったら、わたし、ひどい先生になっちゃいますよね」と笑って、いきさつをもう少し詳しく説明した。

二十人二十一脚のタイムは、足首を結わえて肩を組んだチームの中で最も遅い子がゴールインしたときに計る。つまり、足の速い子だけが突っ走ってもだめなのだ。

「っていうか、そんな子がいたら、みんな転んじゃいます。遅い子を基準にして、文字どおり歩調を合わせないとゴールできないんです。だから、タイムを速くするためには、遅い子のがんばりが欠かせないし、速い子も『こうしたらいいんじゃない？』とか『こういう練習をしたほうがいいよ』って、遅い子の立場になって考えて励ますことで、視野や価値観が広がって、優しさも育つわけです」

それはアンミツ先生にもわかる。いまのはぜんぶ足の速い子から見た話だけどね、という微妙な違和感は、胸の奥のどこかにないわけではないけれど。

「タイムを速くするのに必要なのは、スピードだけじゃないんです。歩幅も揃えないと、やっぱり転んじゃうんです。でも、全員を揃えるのは、現実的には無理ですよね」

テンコさんの口調は淀みない。滔々（とうとう）と筋道立てて教えていく、まさに教師らしい話しぶりだった。かつての教え子が一人前のおとなになり、教師になって、「先生、わかりますよね？」というふうに話してくるのは、うれしいような、頼もしいような、寂しいような、ちょっとムッとするような……。

「基本は三人一組なんです。みんなの歩幅を測って、大、中、小の三人で一つのグループにするんです。それを端から順に並べると、全体として歩幅の差がなくなるんです」

なるほど、とうなずくアンミツ先生に、テンコさんは「もっと大きな基本があるんです」とつづけた。

「二十人二十一脚は、自由参加です。無理やり走らせることは絶対にしてはならない、と教師仲間でも、しっかり確認しています」

さっきの三人——太った二人と小柄な一人は、自分から、補欠に回してほしい、と言い出したのだという。

3

杉の木小学校からの帰り道は、足が重かった。ぐったりと疲れていた。テンコさんが一方的に話して、アンミツ先生はそれをただ聞いただけなのに、長い議論の挙げ句に言い負かされてしまったような疲労感がある。

「アンミツ先生は違うご意見かもしれませんが、わたしは『みんな一緒』というのは理想論だと思うんです」

テンコさんの言葉に、田中校長はさほど驚いた様子は見せなかった。その話はもう何度も聞いていて、納得もしているのだろう。

「クラス全員で走ることは、もちろん可能ですし、そのほうが『みんな一緒』の精神にはふさわしいとは思います。でも、それをすると、あの三人は他の子に対してずーっと申し訳なさを背負ってしまうんです。自分のせいでみんなが転んでしまう、自分が足を引っぱってタイムが遅くなる……って」

そうでしょう？　とテンコさんはアンミツ先生を見た。先生は黙ってうなずいた。確かに「みんな一緒」が負担になってしまう子はいる。それはよくわかる。

「だから、二十人二十一脚では『みんな一緒』の形はとりません。走るのが苦手な子を無理に参加させて肩身の狭い思いをさせるより、その子の得意なところでがんばってもらえばいいじゃないですか」

そうでしょう？　と、また目配せされた。今度も先生は黙ってうなずいた。スジは確かにきれいに通っている。

「クラスのためにという気持ちさえあれば、応援に回ってもいいし、みんなのタオルを預かるお手伝いをしてもいいし、さっきの動画みたいに、隣で一緒に走って励ましてもいいんです。たった一つのことで『みんな一緒』をやろうとすると、クラスに迷惑をかけてしまう子が生まれます。でも、自分のできることで貢献するんだったら、いろいろ可能性が広がるじゃないですか。それがまさに『こころ、ひとつに』の精神なんですよね」

テンコさんの話は、我が意を得たりという顔の校長の拍手で締めくくられた。

その瞬間、アンミツ先生は声にならない声で、違う、とつぶやいたのだ。

みんな。一緒。こころ。ひとつ。得意。苦手。迷惑。貢献。それらの言葉はすべて、スープに混じってしまった砂粒のように、嚙み砕くことも溶かすこともできず、ザラザラした感触のまま、いまもまだ先生の胸の底に沈んで、消えていない。

学校から自宅までは、おとなの足で十分ほどの道のりだったが、遠回りをして駅のほうに向かった。早くウチで休みたいと思う一方で、まっすぐ帰りたくない。

現役で教壇に立っていた頃も、仕事で難しいトラブルに見舞われたときは、いつもそうだった。帰りの電車を一駅手前で降りて歩くのはしょっちゅうだったし、山手線の電車に乗って一周したり、上映プログラムを確かめずに入った名画座で、難解な外国映画に二時間近く付き合わされたり……。寄り道をしたからといって解決策が浮かぶわけではなかったが、「教師」から「母親」「妻」「主婦」に戻るためのクールダウンの時間が必要だったのだろう。

いまも同じだ。このまま帰宅すると、どんな顔で翔也に向き合えばいいかわからない。

テンコさんや田中校長には愛想笑いを浮かべて「じゃあまた」と別れたが、一人になると、悔しさがつのる。

なにか言い返せばよかった、という悔しさではない。反論をしても、きっとテンコさんの正しさは揺るがないだろう。それがわかってしまうことの悔しさだった。

テンコさんは、小学生の頃からほんとうにしっかりした子だった。バブル景気の頃だったので、クラスの女子で私立中学を受験した子は十人近くいた。テンコさんはその中でも一番レベルの高い中高一貫の女子校に入った。きっと、大学も一流と呼ばれるところに進んだのだろう。教師になっているとは思わなかったが、考えてみれば彼女にはぴったりの仕事かもしれない。

自分の教え子が教師の道を選んだことは、アンミツ先生にとっても、もちろんうれしい。

テンコさんが理想とする教育や目指している教師の姿に、ほんの少しでも自分のやってきたことが影響を与えているのなら、これほど誇らしいことはない。まさに教師冥利に尽きる話だった。しかもテンコさんは、いわゆる「でもしか」の教師ではなく、子どもたちのために信念を持ってがんばっている。

だが、なぜだろう、それを素直に喜べない。感心はしても、共感できない。なるほどねえ、と相槌は打てても、納得しきれないものが胸の奥に残る。テンコさんが滔々と語った理屈は、最初はきれいにスジが通っていたはずなのに、時間がたつにつれて、みぞおちにひっかかるものが出てきた。その違和感をうまく言葉にできないこともまた、悔しいのだ。

駅前広場に着いた。私鉄の急行停車駅なので、ショッピングセンターや商店街にはひととおりのものが揃っていて、たいがいの買い物なら都心まで出ずにすませられる。

駅に隣接したショッピングセンターに入った。一階の食料品売り場には寄らず、上りのエスカレーターに乗った。衣料品と日用雑貨の売り場がある二階を素通りして、百円ショップや家電量販店のテナントが入った三階で降りる。目指すのは、フロアの一角に店を構えるサイクルショップだった。

三輪車、幼児用の自転車、一輪車、ミニサイクル、マウンテンバイク、ツーリングバイク、シティサイクル、折り畳み自転車、電動アシスト自転車……狭いスペースに見本の自転車がずらりと並び、いかにも高級そうなツーリングバイクやマウンテンバイクは、床に置くだけでなく壁掛けでも展示してある。

三階にサイクルショップがあるのは知っていたが、入るのは初めてだった。駅前広場まで来て、そういえば、と翔也の自転車のことを思いだしたのだ。

アンミツ先生の家には自転車が一台ある。大きな前カゴのついたミニサイクル——ママチャリだ。もう十年近く乗ってきたのでずいぶんくたびれてきたものの、近所に買い物に出かける「足」としては充分だった。

翔也もときどき、そのママチャリを使う。今日も昼食のあと、図書館に出かけた。

だが、ハンドルにレースの日よけカバーまでついたママチャリをずっと乗り回すのは、さすがに翔也も恥ずかしいだろう。

三月までアンミツ先生が教えていた学校では、四年生や五年生の男子にはジュニアサイズのマウンテンバイクが人気だった。翔也が上毛市にいた頃に乗っていたのも六段変速のマウンテンバイクで、それはいま、処分しきれなかった家財道具と一緒に、向こうに置いてある。

その古い自転車を東京に送ってもいいし、心機一転、東京で新しい自転車を買うのも「あり」だろう。マウンテンバイクについている値札を確かめた。決して安くはないが、学校に通うことのごほうびにするのなら——。

やっぱりずるいかな、と肩をすくめ、近寄ってきた若い店員に「今日は下見に来ただけだから、ごめんなさい」と片手拝みで軽く謝って、売り場を離れようとしたとき、フロアの一番奥まったところにあるペットショップの看板が目に留まった。

そこにペットショップがあることは、アンミツ先生も知っていた。だが、わが家にペットがいなければ、店に入るどころか、その前を通りかかる機会もない。

ショップで扱っているのは、ペットフードやオモチャ、猫のトイレ用の砂に犬のケージといった「モノ」が中心だったが、子犬や子猫も、まるでマンションのように縦横に何列も並んだアクリルケースの中で遊んでいる。

ウサギやハムスターまで扱っていることを、今日、初めて知った。そして、通路や他の店舗からは死角になって見えない位置に、熱帯魚のコーナーが設けられていることも。

熱帯魚の水槽も、子犬や子猫と同様に、種類別に分けられて並んでいた。

中でも先生の目を惹いたのは、中央にあるブルーのラインとお尻のレッドのコントラストが鮮やかなネオンテトラだった。

名前は知っている。見たこともある。何年か前に通っていた歯医者の待合室に置いてあった水槽の中で、何十尾も群れをなして泳いでいたのだ。名前どおりネオンサインを思わせる美しい色は、光の当たり方によって複雑に色合いを変えていく。その美しさは、生き物というより金属に似ていて、いつまでも飽きずに眺めていたものだった。

だが、いまの先生のまなざしを吸い寄せているのは、ネオンテトラの美しさではなく、水槽の隅に貼られた謳い文句だった。

〈お買い得！　ＳＭサイズ1尾30円／ＭＬサイズ1尾60円〉

〈ただいま特別キャンペーン中につき、10尾ごとに1尾サービス！　50尾以上お買い上げで水草セットをサービス！〉

思っていたより、ずっと安い。売り方もずいぶん乱暴だった。アクリルの水槽を販売するコーナーにも、〈ネオンテトラ10尾付き！〉とあった。

確かにネオンテトラは、体長三センチほどしかない。めだかよりも、さらに一回り小さいのだ。これでは一尾一尾を見分けることなどできそうにない。ショッピングセンターにテナントとして入ったペットショップでも買えるのは、養殖が容易で手に入れやすいからなのだろう。だから価格も安いし、十把一絡げで扱われてしまうのだろう。それはわかる。しかたない、とも思う。けれど――。

キラキラと美しく輝く百尾以上の群れを見つめていると、杉の木小学校で見た二十人二十一脚の動画のことを、また思いだした。

「熱帯魚、お探しですか？」

さっきまでウサギのケージの掃除をしていた若い女性店員に声をかけられた。

「ネオンテトラ、お買い得ですよ」

そうみたいね、とアンミツ先生は振り向かずに返す。

「病気に強い魚ですから、ビギナー向けっていうか、育てやすいんで」

「やっぱり人気あるの？」

「そうですねえ、きれいですし、安いし」

あ、でも、と店員はつづけた。「人気っていうことなら、そっちのカージナルテトラのほうが売れてますよ」

隣の水槽にいる魚だった。中央のメタリックな青はネオンテトラと同じでも、こちらはお尻のほうだけでなく、おなかまで赤い。名前どおりのカージナルレッド――「赤」よりも「深紅」のほうが近いだろうか。

体長はネオンテトラと同じぐらいだったが、色合いの鮮やかさは確かにカージナルテトラのほうがまさっている。

だからなのか、価格も違う。Ｍサイズで一尾百六十円、Ｌサイズでは二百八十円もする。

ネオンテトラの数倍といったところだった。しかし、十尾につき一尾オマケが付いてくるのはネオンテトラと同じ。こちらは、少し高級な十把一絡げ、ということなのだろうか。

水槽を見つめて黙り込んだ先生の沈黙をどう解釈したのか、店員はあわてて、なにか言い訳するみたいにつづけた。

「カージナルテトラだけで揃えるとけっこう高くついちゃうんですけど、ネオンテトラと混ぜて買うひとも多いんですよ。数で勝負っていうか、裏技っていうか、たくさんワーッと泳いでたら、カージナルでもネオンでもあんまり区別がつかなくて、雰囲気は出るんですよねー」

ふうん、あらそう、フンイキねえ、と先生は相槌を打った。微妙な皮肉を込めたつもりだが、どうせ通じてないだろうな、と思い直して、「ねえ」と店員を振り向いた。

「ショップの店員さんは、こういう小さな魚の一尾一尾って、見分けがつくの？」

店員はきょとんとした顔になってから、曖昧に頰をゆるめ、「どうなんですかねえ」と首をかしげた。「わたし、バイトだし、もともとウサギちゃん担当なんで……」

「おサカナさんのことは、わかんないんだ」

そうなんですぅ、と店員は屈託なく笑う。皮肉は今度も通じなかったようだ。

熱帯魚担当の店員は、いま休憩を取っているのだという。「もうすぐ帰ってきますから」

とウサギ担当の店員は言っていたが、長居をする気力は萎えてしまった。

専門の店員なら、ネオンテトラやカージナルテトラの一尾ごとの見分けはつくのかもしれない。けれど、だとすれば逆に、「十尾ごとに一尾オマケ」という発想が出てくることが、ちょっと寂しいし、ぞっとする。

「どうもありがとう、あとは適当に見て、適当に帰るから」

店員を持ち場に戻して、アンミツ先生は別の水槽を覗き込んだ。グッピーがいる。エンジェルフィッシュもいる。そのあたりは門外漢の先生も知っている名前や姿形だったが、アカヒレ、コリドラス、プラティになると、初めて目にするものばかりだった。小さなエビや水草を売っていることも初めて知った。

金魚のコーナーもあった。オランダシシガシラやランチュウ、リュウキン、コメットといった華やかで大型の品種にも目を惹かれたが、先生にとって一番馴染みがあるのは、フナが色づいただけのようなワキン——おそらく、小学校の教師の多くがそうだろう。

低学年のクラスを担任した年には、よく教室で金魚を飼った。子どもたちは派手なデメキンやリュウキンを飼いたがったが、一番じょうぶで子どもたちでも世話をしやすいのは、金魚すくいでも使われるワキンだったのだ。

金魚のコーナーの隣には、めだかのコーナーもあった。

だが、小ぶりなサイズの水槽で泳ぐめだかは、先生が考える「めだか」とは似て非なるものだった。

鮮やかな朱色の「楊貴妃」がいて、真っ白な「白めだか」がいて、デメキンさながらの「出目めだか」がいて、ネオンテトラのようにメタリックに光る「ヒカリめだか」がいて、体が太い「ダルマめだか」までいるのに、ごく普通の、小川を泳ぐめだかがいない。

さっきの店員を呼んで訊いてみた。だめでもともとのつもりだったのだが、彼女はあっさりと「ああ、『昔めだか』のことですね。いま入ってないんですよ、すみませーん」と言って、またウサギのケージに戻った。

「昔めだか」――昔ながらのめだか、ということなのだろう。

なるほどなあ、うまいこと言うなあ、と感心した。そのあとで、じわじわと寂しくなってきて、さらに少したつと腹が立ってきた。

4

帰宅すると、郵便受けに手紙が一通入っていた。大判の洋封筒だった。宛名は〈杉田美津子様〉ではなく〈安藤美津子先生〉とある。差出人は女性三人と男性二人の連名――〈本町小学校6年2組・2001年3月卒業〉と書き添えてあった。

だが、その注釈がなくても、名前を見てすぐにわかった。五人全員の子ども時代の顔も浮かんだ。

本町小学校は、学区内に銀天街という商店街がある。銀に輝く天井――アーケードが数百メートルにわたってつづき、小さな個人商店が軒を連ねる。アーケードの架かった一九七〇年代前半はお洒落な商店街だったらしいが、アンミツ先生が本町小に勤めていた二〇〇〇年前後には、むしろレトロな「昭和」の香り漂う商店街として知られていた。

差出人の最初に名前が書いてある松岡勇人(まつおかゆうと)はスポーツ用品店の息子で、しんがりにいる加藤朋美(かとうともみ)のウチは、ひいおじいちゃんの代から蕎麦(そば)屋を営んでいた。残り三人は、記憶では商店街の子ではなかったはずだが、いまでも付き合いはあるということなのだろう。

ふうん、みんな元気でやってるのかなあ、とアンミツ先生は封筒をリビングの座卓に置いて、あえてのんびり服を着替え、鼻歌交じりにお茶をいれた。

もったいをつけた。せっかくの教え子の手紙なのだ。先生の手紙に、遅ればせながらも返事をくれたのだ。すぐにでも読みたいからこそ、あわてずにゆっくり味わいたかった。

いや、もっと正直に認めるなら――読むのが怖かったのだ。

封筒に並んだ差出人の名前を見て、真っ先に浮かんだのは、ヒデヨシのことだった。さっき別れたばかりのテンコさんの顔も浮かんだ。

みんな幸せなのだろうか。あの頃の面影を残しながら、すこやかに成長して、いったいどんなおとなになっているのだろう。

わくわくする期待よりも、いまは不安のほうが強い。知らないほうがよかった現実の苦みを突きつけられてしまうかもしれない。

その不安の正体を探ろうとすると、なぜだろう、ガンと闘うヒデヨシよりも、むしろ、自らの教育を語るテンコさんの堂々とした姿のほうが、くっきりと浮かんでくるのだ。

茶の間に座った。熱いお茶を一口啜って、封筒を丁寧に開封した。

封筒の中身は、手作りのグリーティングカードだった。二つ折りにしたカードを開くと、真ん中にカッターで入れた切り込みが、チューリップの形に立ち上がる。

〈アンミツ先生　お疲れさまでした！〉

蛍光色のマーカーを何色も使って彩られた丸っこい文字が、はずむように並んでいる。

〈HAPPY RETIREMENT！〉

定年おめでとうございます、ということなのだろう。お祝いに値するような話なのかどうか、先生自身にはピンと来なかったものの、このご時世、定年までつつがなく勤め上げ、再雇用でさらにもう一年教壇に立てたのは、それだけで幸せなことなのかもしれない。

メッセージの下には、教壇に立って授業をするアンミツ先生の似顔絵が、色鉛筆で描いてあった。算数の教科書を右手に持ち、黒板に描いた折れ線グラフを左手の指示棒で指して、笑顔で授業をしている。髪形や全体の雰囲気は、本人から見ても、なかなか似ていた。五人の中に井上莉奈(いのうえりな)の名前を見つけて、ああそうか、と得心した。絵の上手(うま)い子だった。卒業文集の将来の夢にも、「マンガ家かアニメーター」と書いていたはずだ。

二〇〇一年三月の卒業生は、いま二十三歳、そろそろ二十四歳になる子も出てくるだろう。井上莉奈の夢は叶ったのかどうか。結論を出すには、さすがにまだ早すぎる。その若さが、ほんの少し、救いになった。

似顔絵の先生は、いまより若い。教師生活の終盤にさしかかったとはいえ、五十代に入ったばかりだ。まだあの頃は宏史さんも存命だったし、麻美もわが家に同居していたし、なにより健夫も——。

気を取り直して、五人がそれぞれカードに書き込んだメッセージを読んだ。

〈ごぶさたしてます！　『松岡スポーツ』の若社長見習いやってます！　松岡勇人〉

〈社会人になっても地元志向で、買い物と飲み会の99％は銀天街です。　近藤(こんどう)ゆうか〉

〈大学出てもまだ就職先と自分探し中で（涙）、とりあえず松岡のコネで、銀天街の弁当屋でトンカツ揚げてます。　千葉徹(ちばとおる)〉

〈トモチンに頼まれて、銀天街の公式ＨＰやキャラクターをつくってます。　井上莉奈〉

そして、加藤朋美は、みんなを代表して少し長いメッセージを書いていた。

〈アンミツ先生、長年の教師生活、ほんとうにお疲れさまでした。お手紙までいただき、感激しています。逆にプレッシャーで、返事が遅れてどうもすみませんでした〉

円みを帯びて不自然に右肩が下がった、いかにも幼げな字だった。ハタチを過ぎたのだから、もうちょっとどうにか……と言うのは、ヤボか。

〈わたしたち5人は、本町小を卒業したあとも仲良く付き合っていて、松岡くんとわたしはもちろんですが、残り3人も銀天街に欠かせない若手メンバーで、いろいろ楽しくやってます。銀天街の活動はホームページで見れます。5人とも映っている（松岡くんは、ゆるキャラの『銀天ちゃん』のかぶりものですが）ので、よかったら見てください〉

見れます、ねえ……。先生は苦笑した。作文でもなんでも「ら」抜き言葉を見つけるたびに細かく注意してきたつもりだったが、結局、その教えは活かされなかったわけだ。

それでも、五人が元気でやっていることがうれしい。子ども時代と変わらず仲良しでいることもうれしい。

〈先生の手紙を読んで、めだかの話をひさしぶりに思いだしました。5人のめだかは、元気に泳いでます（キリッ）！〉

二十代前半の五人は、もう川をくだって海に出たのだろうか。世間の荒波に揉まれながら、沖を目指してがんばっているのだろうか。それともまだ波のおだやかな入り江なのか、河口にすら出ていないのか……。

ゆっくりでいい。あわてて海に出なくてもいいし、急いで沖を目指さなくてもいい。いままで、卒業していった教え子のことをそんなふうに思ったことはなかった。むしろ時間をどんどん先に進めて、この子がどんなおとなになって、どんな人生を送るのかを早く知りたくてしかたなかったのだ。

臆病になったのだろうか。ヒデヨシやテンコさんと再会したせいなのだろうか。おとなになった教え子の近況を知ることは、教師にとってなによりの楽しみのはずなのに。

井上莉奈がデザインした銀天街のホームページは、なかなか盛りだくさんだった。すべての店の名前が記された商店街の見取り図がある。店名をクリックすれば、その店の詳しい紹介を見ることができる仕組みだ。店によってはPRの動画まで付いている。

割引のクーポン券もあるし、商店街の歴史をたどるコーナーもある。さらに通信販売のコーナーでは、商店街のキャラクター『銀天ちゃん』をプリントしたTシャツやポストカードも売っていた。

莉奈がデザインした『銀天ちゃん』は、カマボコ形の顔をしていた。アーケードの断面なのだろう。顔の真ん中で大きな目玉がくっついて、寄り目になって……。アンミツ先生は思わず、やだぁ、と笑ってしまった。正直に言えば、オバケのQ太郎かガチャピンの出来そこないのような感じだった。

加藤朋美のウチの『生蕎麦 かとう』は老舗(しにせ)なので、お父さんが「娘の友だちで絵の得意な子がいるんだ」とゴリ押ししたのかもしれない。『松岡スポーツ』の若社長見習い中の松岡勇人が口添えもしたのだろうか。

いずれにしても、いかにもシロウトっぽい『銀天ちゃん』を見ていると、自然と肩の力が抜けてしまう。やれやれ、とあきれて笑ってしまう。それでも、そのガックリした感じは、決して悪いものではなかった。

ホームページには、銀天街でおこなわれたイベントの様子もこまめに報告されている。最新のイベントは、ひな祭りだった。

全国各地の商店街が「シャッター通り」になってしまったのと同様、銀天街も決して商売繁盛というわけではない。見取り図にも×印のついた空き店舗がいくつかあった。だが、銀天街は、そのスペースを無駄にはしない。店先を使っておひなさまを飾っていたのだ。

七段飾りのホンモノ、近所の幼稚園と協力してつくったオモチャのおひなさま、スポーツ選手やお笑い芸人を模した張りぼてのおひなさま……いろいろなおひなさまが、数カ所に分かれて飾ってある。これなら、アーケードの下をそぞろ歩くだけでも楽しいはずだ。

白酒やお菓子をふるまうコーナーもある。加藤朋美と井上莉奈がいた。近藤ゆうかもいる。あの頃の面影が、みんな、ちゃんと残っているのがうれしい。メガホンを使ってお客さんを呼び込んでいるのは千葉徹で、その後ろで袋入りのひなあられを配っている『銀天ちゃん』が、松岡勇人なのだろう。

ひな祭りからバレンタインデー、節分、成人の日、お正月の初売り、歳末セール、クリスマス……時間をさかのぼって、イベントのページを次々に開いていった。どのイベントにも五人がいる。お揃いのウインドブレーカーやハッピを羽織って、時には若手だけで、時には年配のひとたちに交じって、イベントを盛り上げている。

それを見ていると、アンミツ先生の頬は自然とゆるみ、やがて目にうっすらと涙が浮かんできた。うれしいのに、胸が締めつけられる。悲しさなどあるはずがないのに、せつなさが、まぶたの裏を熱くさせる。

がんばれ、がんばれ、がんばれ……。

声にならない声で五人を応援した。宿題のノートに赤ペンで大きな花丸を描き入れるときの気分が、ひさしぶりによみがえった。花丸は、成績や評価を示すものではない。励ましやごほうびとも、ちょっと違う。そこには「いいぞ、その調子」「よくがんばったね」という教師の喜びが込められているのだ。

イベントは秋のものに変わった。銀天街の親睦旅行や運動会、東日本大震災の被災地を支援する東北フェア、お月見と、五人の活躍はつづく。

画像をよく見ると、イベントのときでも商店街の客足はさほど伸びているわけではない。内輪の商店主は何人も写真に写っているが、その背景の商店街は、ひいき目に見ても、にぎわいにはほど遠い。もしかしたら、どのイベントも赤字覚悟なのかもしれないし、年配のひとたちの反対を押し切ってつづけているのかもしれない。

それでも、五人は楽しそうだった。笑顔でがんばっていた。

盆踊りのやぐらの下で、頬を寄せ合ってVサインをつくる浴衣（ゆかた）姿の女子三人は、すっかりおとなっぽくなって、アンミツ先生の本音では「ちょっとお化粧が濃すぎない？」と言いたい。福引きの司会をする男子二人にも「茶髪なんてやめなさいよ」「顎の不精ひげも剃ったら？」「ジーパンの腰の位置、もっと上げないと、裾を引きずっちゃうでしょう」と、言いたいことはたくさんある。

だが、それらを全部ひっくるめて、頬がゆるむ。しっかりがんばりなさいよ、あんたたち、と泣き笑いの顔になる。思いだした。ノートやプリントに描き入れる花丸には、時として、「ありがとう」という教師の感謝の思いも込められているものなのだ。

元気になった。

自分でも単純すぎるような気がしないでもなかったが、銀天街の五人組の元気の良さが、もう何日もアンミツ先生の胸の奥にわだかまっていた重苦しさを、ほんの少しだけでも取り除いてくれた。

思えば、あの五人は、二十一世紀になって初めて送り出した卒業生だった。ものごころつく前にバブル景気がはじけ、子ども時代はほとんど丸ごと「失われた十年」のトンネルの中で過ごしてきた世代だ。小学校を卒業してからも、リーマン・ショックに東日本大震災があった。生まれた時代の損得であえて言うなら、どう見ても損な時代に生まれてしまった世代だった。

だからこそ、五人を褒めたい。力を合わせてがんばっている教え子を応援したいし、誇りたい。「どう?」と誰かに胸を張りたい。「この子たち、わたしの教え子なのよ!」と誰かに自慢したい。その「誰か」の顔は——いまは、思い浮かべたくない。

もちろん、現実をもっと掘り下げていけば、厳しいものはいくらでも出てくるだろう。あの五人も笑顔ばかりではいられないはずだし、泣き顔や怒った顔、落ち込んだ顔やあきらめた顔もしているかもしれない。わかっている。それでも、五人は元気な近況を伝えてくれた。

めだかが元気に泳いでいる姿を見せてくれた。そのことがなによりもうれしいし、ありがたいとも思う。

夕方になって区立図書館から帰ってきた翔也を迎えるときも、ご機嫌だった。「今日はなんの本を読んできたの？」と訊く声は、まるでメロディーをつけたようにはずんだ。

翔也は少し困惑しながら、「星座の本」と答えた。「どんなギリシア神話が、なんの星座になったか、っていう本」

翔也は本を読むのが好きな子だ。ただし、小説や歴史の本は苦手らしく、図鑑や自然科学の本ばかり読んでいる。

「星座かあ。このあたりは夜中でも街の灯（ひ）が明るいから、星があまり見えないのよ。上毛市は夜空がきれいだったんじゃない？」

「うん、オリオン座とか、北極星の見つけ方とか……お母さんが教えてくれた」

お母さんのことを口にする前に、一瞬、ためらうような間が空いた。ふうん、とうなずくアンミツ先生の笑顔も微妙にぎごちない。

話題を変えるかどうか迷っていたら、電話が鳴った。

テンコさんからだった。田中校長から電話番号を聞いたらしい。

「あと……息子さんの交通事故のことと、お孫さんのことも、うかがいました」

さすがに学校で会ったときのような溌剌とした口調ではなかった。「遅れてしまいましたが、お悔やみ申し上げます」と殊勝な声でつづけられると、アンミツ先生のほうも「ご丁寧にありがとうございます」と、つい居住まいを正してしまう。

テンコさんは、お悔やみだけのために電話をかけてきたわけではなかった。

「さっき校長先生からチラッとうかがったんですけど……お孫さんの翔也くん、あさっての始業式、お休みなんですって？　風邪でもひいちゃったんですか？」

どこまで正直に伝えるか、一瞬迷った。

沈黙と呼ぶほどの間ではなかったが、テンコさんは察しよく「見当違いだったらごめんなさい」と前置きしてつづけた。

「体の具合が悪いだけで、月曜日には学校に来られそうなら全然OKなんですけど、もしも……万が一の話で、もしも別の理由があるんだったら、前もって相談していただいたほうが、こちらも学校として、いろんなフォローやお手伝いができると思うんです」

よけいなお世話――とは、思わない。

テンコさんの言っていることは、教師としてきわめて正しい。アンミツ先生自身、現役時代にはそうしてきた。

「それに、やっぱりご両親が不慮の事故でいっぺんに亡くなったわけですから、こちらも気を配ってあげないとだめだと思うんです」

まったくそのとおり。教師として非の打ち所がない正解だった。

テンコさんは、翔也を担任する森中先生について手短に紹介した。まだ三十そこそこでも、とても優秀な男性教師なのだという。二十人二十一脚にも熱心に取り組んでいて、クラスをまとめていく手腕にはベテランの同僚も一目置いているらしい。

「さっきも職員室で、森中先生と翔也くんの話をしたんですが、彼も翔也くんのメンタルのことを心配してました。それで、できれば明日にでも家庭訪問をさせてほしい、って言うんですけど……いかがでしょうか」

遠慮がちではあっても、断りづらい毅然とした響きがある。その口調も、正しい。正しすぎて、思わず「明日は予定があるの、ごめんなさい」と言ってしまった。

テンコさんが息を呑む気配が伝わった。だが、それは動揺して絶句したのではなく、「ほら、やっぱり」の一言をこらえた沈黙なのだということも、アンミツ先生にはわかる。

嘘をついてはいけない。嘘に嘘を重ねるのはもっといけない。その場を取り繕うのを繰り返していると、結局、どんどん追い詰められてしまうだけだから――。

現役時代に子どもたちに教えてきたことを自分自身に言い聞かせて、「翔也は風邪をひいてるわけじゃないの」と認めた。

「……ですよね」

「でも、いまはあの子自身、まだ落ち着いてなくて、自分でもどうしていいかわからないんだと思うのね。だから――」

「学校のフォロー、必要ですよね」

覆いかぶさるように言われた。

いや、そうじゃなくてね、とアンミツ先生が返す間もなくつづける。

「森中先生は三年前に不登校の六年生を受け持って、最後の三学期は皆勤で卒業させました。若くても経験は豊富なんです」

いや、だからね、それはわかるんだけど、と言いたくても、文字どおり口を挟ませない勢いでテンコさんの話はつづく。

「もちろん、わたしもバックアップします。わたしだけじゃなくて、この問題には杉の木小の全教師で取り組みます。不登校対策は、担任教師一人だけでは限界がありますから」

そのとおりだった。だが、教師同士の研修や勉強会ではあたりまえにつかっていた「問題」や「対策」という言葉が、いまは妙に耳にひっかかる。自分が初めて「不登校の子どもの保護者」になったせいなのだろうか。

「それで、上毛市にいた頃はどうだったんですか？　前の学校にいた頃から不登校の傾向があったのなら、去年までの担任の先生にもお話を聞かせてもらったほうがいいと思うんです。担任の先生の名前だけ教えていただければ、あとは森中先生のほうから連絡を取りますから」

小泉小学校の吉村先生の顔が浮かぶ。

その吉村先生に「変わってる子がクラスにいると困る」と言われたんだ、と打ち明けたときの翔也の顔も浮かんだ。

アンミツ先生は受話器を強く握り直して、かぶりを振った。

「ごめん、それ、やめてくれない？」

かすかに震える声で、けれど、きっぱりと言い切った。

受話器を置いたアンミツ先生は、憤然とした顔でため息をついた。

吉村先生との引き継ぎを断ったら、テンコさんは「そうですか？」と不服そうに返したのだ。鼻白んだというだけでなく、疑わしげな口調でもあった。

わたしたちの助けなしで、ほんとうにだいじょうぶですか——？

言葉には出さなくても、その本音は確かに伝わった。伝わるような言い方をあえて選んだのかもしれない。それが悔しくて、いまになって言い返す言葉が次々に出てくる。

心配ご無用。テンコさん、あなた、ちょっとナマイキじゃない？　わたしはあなたが小学生の頃から教師をやってきたのよ。リタイアしても、まだまだあなたに教育を語られるほど老いぼれてないつもりだから……。

翔也の話についてはそのまま引き下がったテンコさんだったが、「もう一つお伝えしておきたいことがあるんです」と話題を変えた。

週明けの月曜日に、新一年生と在校生との対面式がおこなわれる。そのとき、六年二組が在校生代表で二十人二十一脚を披露することになっている。学校紹介の動画に登場した五年二組が持ち上がりで進級したクラスだ。

「最初は記録会のときと同じように二十人で走らせるつもりだったんですけど、体育館でアンミツ先生にご意見をいただいたじゃないですか。それで急遽、補欠の子も参加させることに決めたんです」

「……意見なんて、大げさすぎるけど」

「いえ、でも、すごく参考になりました。やっぱり、補欠の子も含めて全員で走って、きちんと完走して、しっかり記録を更新していくのが、クラスの理想ですものね」

がんばります、と宣言した。始業式のある金曜日はもちろん、土曜日と日曜日にも特訓をするようクラスの連絡網で伝えたという。

「アンミツ先生、見ててください、わたし絶対に期待に応えてみせますから」

電話を終えてしばらくたつと、翔也の話のときとは違う思いが胸に湧いてきた。まるでアンミツ先生に張り合うかのようなテンコさんのことが心配になって、「少し肩の力を抜いたら？」と声をかけたくなったのだ。

昔の教え子は、おとなになってからも教え子――まあ、でも、テンコさんには「よけいなお世話です」って言われちゃうかな、と肩をすくめた。くすぐったさと寂しさ、さらにもっと重いものが入り交じった、複雑な苦笑いの顔になった。

翔也はアンミツ先生が電話をしている間に、二階に上がってしまった。まだオヤツを出す前だったが、電話で自分のことを話しているのだと察してしまったのかもしれない。声が大きすぎただろうか。こちらの受け答えの中に、翔也のことをにおわせる言葉が入っていただろうか。一人暮らしが長いと、そういうところの配慮がつい鈍くなってしまう。

気を取り直してキッチンに立ち、夕食の支度にかかりながら、今後のことを考えた。

杉の木小学校は、確かにまとまりのあるいい学校だった。アンミツ先生も、翔也のことさえなければ素直に認める。自分もこういう学校に勤めたかったと思うかもしれないし、田中校長やテンコさんにも拍手を送りたい。

それでも、あの学校は、まわりから「ガイジン」と呼ばれてしまう子どもにも、ちゃんと居場所を与えてくれるのだろうか――？

いや、田中校長やテンコさんなら、きっと笑顔で「こっちにおいでよ」と手招いてくれるだろう。だが、そこは、翔也のような「変わってる」子にとって、ほんとうに居心地がいいのだろうか――？

少し様子を見よう。本人が嫌がっているのを無理やり通わせると、翔也の心身は極度のストレスにさらされて、もっとよくないことになってしまうだろう。両親を喪うという悲しいことがあったばかりなのだ。あせってはいけない。辛抱強く見守るしかない。勉強はウチで見てやればいいし、興味があるのなら、近くのフリースクールに通うのも悪くない。

テンコさんの「そうですか？」の声がよみがえる。さっきよりもさらに不服そうな口調になっていた。それを払いのけるように、ニンジンを切る包丁の音をわざと大きく響かせていたら、玄関のチャイムが鳴った。

冷蔵の宅配便だった。発泡スチロールの保冷ボックスをくるむ包装紙は、大漁旗をイメージしたような派手な色合いだった。力強い書体で〈三陸・海の幸　復興祈念詰合せ〉と大きく書いてある。

首をかしげながら伝票を確かめた。差出人は横浜の菊池信一郎――見覚えのある名前だった。

キクチ、キクチ、キクチ……シンイチロー、シンイチロー、シンイチロー……。

のどの奥で声を転がすようにつぶやいていたら、不意に、記憶がつながった。

「キック！」

昔のあだ名も、口をついて出た。

保冷ボックスの中には、イカやカレイ、吉次（きちじ）の干物、しゃぶしゃぶ用にスライスされた水ダコ、ワカメ、瓶詰めのホヤの塩辛にイクラ、メカブ、海苔（のり）の佃煮（つくだに）……などなど、三陸の海の幸がたっぷり詰まっていた。

菊池信一郎——キックからのメッセージは、商品案内のちらしの裏に、老眼鏡を使わなくては読めないほどの小さな字で書いてある。

昔からそうだったなあ、と思いだす。クラスではおとなしいほうだったが、手先が器用で、図工でも家庭科でもコツコツと細かいことをするのが好きな子だった。

卒業したのは、たしか、阪神・淡路大震災のあとだったから、一九九五年。地下鉄サリン事件の少し前だったのも覚えている。

〈お手紙ありがとうございました。先月はずっと東北にいたので、昔の住所から横浜に転送

された手紙を読むのが遅れてしまいました。すみません〉

一九九五年の卒業生は一九八二年か八三年の生まれで、いまは三十歳あたりになる。

〈僕の両親は、東日本大震災で被災してしまいました。もともとウチの田舎は北三陸市で、親父が定年になると、自宅を処分して、おふくろと二人でUターンしたのです〉

キックと出会った武蔵西小学校は、学区内に消防署と警察署、さらに自衛隊の官舎もあったので、たくましい父親がたくさんいた。『おやじの会』の活動も盛んで、夏休みには校庭でキャンプをしたり、正月明けには凧揚げ大会を開いたりしていた。運動会では父親と教職員対抗の綱引きが名物競技で、アンミツ先生が勤務していた五年間、父親チームが負けたことは一度もなかったはずだ。

薄れかけた記憶だが、そういえばキックの父親も消防か警察、あるいは自衛隊で働いていたような気がする。保護者会などで話すとき、東北の訛りが覗く父親が意外と多かったことも、いま、思いだした。

〈両親と祖母は、命だけはなんとか助かりましたが、自宅は津波で流されてしまい、三人は夏まで避難所暮らしをつづけて、いまは市内の仮設住宅に入っています〉

北三陸市は、津波で特に大きな被害を受けた街の一つだった。リアス式海岸が天然の良港をつくって、震災前は漁業と水産加工業で栄えていたが、津波のときにはその地形があだになった。十メートルを超える高さで襲った津波は、数百人もの命を奪い、市街地を壊滅状態にしてしまったのだ。

キックは独身で、定職にも就いていなかった。派遣会社から紹介された職場を転々として、派遣の仕事が途切れたら短期のアルバイトで食いつなぐ、非正規労働者の典型的な生活をつづけていた。

〈30間近で恥ずかしくて情けないのですが〉と書きながら、〈でも、こんなときには、フリーで動けるほうがラッキーかもしれません〉とつづける。不安定さを身軽さと言い換えれば、確かにそうかもしれない。

実際、震災後は北三陸に足しげく通って、あまりにも過酷な運命に打ちひしがれている祖母や両親を力づけている。

〈意外と、津波のときのことを直接は知らないほうが、話し相手として気が楽になるみたいです〉——なるほど。アンミツ先生にもなんとなく納得がいく。

最初のうちは自分の家族のことだけを考えていたが、やがてボランティアにもかかわるようになった。

〈去年いっぱいは瓦礫(がれき)の片付けなど体を動かす作業がメインでしたが、いまは瓦礫よりも、むしろ仮設住宅で不自由な生活をつづける被災者のメンタルを考えることのほうが増えてきました。ウチもそうですが、みんな着の身着のままで逃げてきて、自宅を流されて、思い出の物を全部なくしてしまったひとがたくさんいます。そんなひとたちの思い出話を聞き取って、レポートのようにまとめていく仕事を、いまはメインでやっています。『語り部』ならぬ『聞き部』です。お年寄りの方言はキツいので大変ですが、僕たちに話すことで少しでも思い出を取り戻してくれるのなら、これからもできるだけ北三陸に通ってボランティアをつづけるつもりです〉

残りわずかな余白に、文字はさらに小さくなった。

〈先生の手紙を読んで、めだかのことをひさしぶりに思いだしました。めだかが太平洋を泳ぐって、やっぱりいいなあ……と、おとなになるとしみじみ思います〉

先生もうれしい。ちゃんと伝わってたんだなあ、と元気を再び取り戻す。

〈今日の海は凪いでいます。去年の3月11日が嘘のように、静かな太平洋です。ずっとこんな海だったら、めだかものんびり泳げたのになあ、と思います〉

先生、いつか北三陸にも来てください、魚が最高においしいです――と、手紙は携帯電話の番号とともに締めくくられていた。

第四章

1

日曜日の夜、ヒデヨシが電話をかけてきた。半月間の抗ガン剤治療を終えて、今日、退院したのだという。

治療の結果は、あまり芳しいものではなかったらしい。「副作用との差し引きで言ったら、赤字ですよ」とつまらなそうに笑う。

ただ、声は元気そうだった。ひさしぶりにわが家に帰ってきて気分がいいのか、一週間前に電話で話したときより、ずっと張りがある。いまは妻の理香さんに叱られながら、赤ワインをちびちび飲っているところだという。

「それで、先生の手紙に返事来てますか？」

電話の本題は、そのこと――。

「めだかの学校」の一期生で返事が来たのは、まだヒデヨシだけだった。

「なにやってんだ、あいつら、ほんとに……先生、すみません、せっかく手紙書いてくれたのに……」

「ヒデヨシくんが謝ることなんてないわよ」

かえって恐縮するアンミツ先生も、ちらりと覗いたガキ大将の名残に、思わず頬がゆるむ。

そもそも名簿が古すぎるのだ。八割、いや九割は転居先不明で戻ってきてしまった。

「同級生のいまの住所、俺も調べますよ」

「うん……でも、わたしは、もういいから」

「そうなんですか？」

「いきなり小学生の頃の担任から手紙が来て、昔話をされるのって、やっぱり迷惑だしね」

闘病中のヒデヨシに負担をかけたくないというのが半分、残り半分は本音で、もういいや、と思っていた。返事をくれない教え子に恨み言などない。むしろ一人ひとりに「ごめんね」と謝りたいほどだ。

「迷惑じゃないですよ。俺なんか、すごくうれしかったんだから」

「……ありがとう」

「じゃあ、後輩はどうですか？　どんな返事が来てるんですか？」

最初に銀天街の五人組の話をすると、ヒデヨシは「へえーっ、商店街ですか、いいなあ」と屈託なく喜んで、「俺、今度買い物に行ってみますよ」と言ってくれた。

遠出をして、だいじょうぶなの――？

思わず訊き返しそうになって、あわてて息を詰めた。その気配が伝わったのかどうか、ヒデヨシも咳払いを何度かして、「ねえ先生」と話をつづけた。「面白いですね、後輩の話を聞くのって」

「そう？」

「だって、考えてみればあたりまえの話なんだけど、俺たちが卒業したあともアンミツ先生はずーっと小学校の教師で、俺たちの知らない学校で、いろんなクラスを受け持ってきたわけでしょ？　なんか、それってスゴいよなあ、って……俺にとっては小学六年生は人生で一回きりだったけど、そんなの俺だけの話で、歴史はずーっと、俺なんて関係なしにつづいてるっていうか……」

言葉が途切れる。ヒデヨシはまた咳払いをして、「なに言ってるのか、自分でもよくわかんなくなったけど」と笑った。

話の途中から相槌が打てなくなっていた先生も、少しほっとして、「ヒデヨシくんの作文と同じじゃない」とからかってやった。「あなたの読書感想文って、いつも最後は『とにかくおもしろかったです』なんだもん」

そうでしたっけ、とヒデヨシは笑う。さっきより少しは自然な笑い方になってくれた。

「ほかには、どんな後輩がいるんですか？」

「小学校の先生になった女子もいたのよ」

テンコさんについては、ごくあっさり、その程度ですませた。悪口は言いたくないし、微妙なトゲをまったく覗かせずに話す自信もなかったし、なにより翔也についての立ち入った話をするのは、電話では難しい。

ヒデヨシはテンコさんのことも「アンミツ先生の後継者ですね」と喜んでくれた。

後継者ねえ、とアンミツ先生はため息を呑み込んで、そそくさと話を変えた。

「あと、こんな子もいるのよ」

キックの話を始めると、ヒデヨシの相槌が変わった。単純に喜ぶのではなく、自分自身で嚙みしめるように「はい……はい……」と低い声で繰り返した。

先生の話が終わると、ヒデヨシは口調をさらに真剣にあらためて言った。

「先生、俺、そのひとに会いたいです」

ヒデヨシの真剣さは、言葉だけのものではなかった。

「菊池さんにも会いたいけど、それより、俺、向こうに行きたいんですよ」

「向こう……って、被災地のこと？」

「そうです。いまの俺が行っても、力仕事はもうできないし、かえって足手まといになるだけかもしれないけど、でも、一度だけでいいから行きたかったんです。俺みたいな病人でも、なにかできることあるんじゃないかと思ってたんですよ」

それが見つかった。

キックが教えてくれた。

「戦争や災害の『語り部』はよくあるけど、思い出話の『聞き部』っていうのは初めて知ったし、俺、それ、すごくいいと思う。大賛成だし、俺もやりたいです、その仕事」

声に力がこもる。息が荒くなる。やはりしんどいのだろう、「だってね――」とつづけかけたところで息が切れて、声が途切れてしまった。

それでも、アンミツ先生が話を引き取ろうとするのをさえぎって、「俺、今年五十ですよ」と言う。「話の聞き手だったら、若い連中より絶対に俺たちのほうがいいでしょ。人生の経験値があるんだし」

「でも、いまは病気なんだから」

「だからいいんじゃないですか。元気ハツラツの奴らとは覚悟が違いますから、俺、絶対にいい聞き手になれると思うんですよ」

「気持ちはわかるけど――」

「わかってない」

ぴしゃりと封じて、「菊池さんの連絡先、教えてください」と言う。「先生には絶対に迷惑かけませんから」

「わたしのことはどうでもいいから」

先生もすぐに言い返す。わかってないのはあなたのほうよ、と叱りつけてやりたい。

「ヒデヨシくん、いまは体のことを最優先しなさい」

教師の口調で言った。「奥さんや息子さんたちに心配かけちゃだめでしょう？」――理香さんや和良の顔が浮かぶ。

「心配かけたくないから、元気なうちに行っておきたいんです」

屁理屈にもならない。子どもが意地を張って、駄々をこねているのと同じだった。

だが、その駄々に気おされて、先生は言葉に詰まった。意地を超えた執念のようなものが、そこには確かに宿っていた。

とりあえずボランティアを募集してるかどうか訊いてみるから――と、なだめすかして電話を切った。

キックに問い合わせたふりをして、「もう定員満杯だって」とあきらめさせることも考えたが、さすがに教え子に嘘はつけない。

　キックの携帯電話はすぐにつながった。「小学五年生と六年生のときに担任だった安藤です」と名乗っただけで「アンミツ先生ですか？」とあだ名で返してくる。

「そう、正解」

　うれしくなって、「よく覚えてたね、アンミツって」と声がはずんだ。ヒデヨシなら得意げに「あったりまえですよ」と言いそうなところだが、キックは「どうも……」と、突然の電話に困惑している様子だけだった。ヒデヨシのような元気いっぱいのワンパクではなく、黙ってコツコツとがんばっていた子だ。そのあたりはいまも変わっていないのかもしれない。正社員として就職できずにいるのも、おとなしい性格が災いしたのだろうか。

「干物やワカメの詰め合わせ、ありがとう」

「すみません、牡蠣（かき）のシーズンが終わりだったから、あんまりいいものを送れなくて」

「なに言ってるの。ぜーんぶおいしいわよ。タコのしゃぶしゃぶなんて最高だったもん」

「……よかったです」

「横浜の住所に、お礼の絵葉書を出したんだけど、金曜日の夕方にポストに入れたから届くのは明日かなあ」

　キックは「あ……」と喉の奥を鳴らし、いかにも申し訳なさそうに「すみません、いま北三陸にいるんです」と言った。「だから、横浜に来た葉書、しばらく読めないと思うんで、すみません、ほんと」

もちろん謝る筋合いなどない。これも性格だった。変わらないなあ、と先生は苦笑する。いまのご時世なら、きっと損をしてしまうことのほうが多いだろうな、とも思う。

「よくがんばってるね」

「まあ……親がこっちにいますから」

「でも、がんばってるわよ、ほんとに」

おべっかで褒めたわけではない。昔の教え子が、みんなのために尽くしているというのは、教師にとって——少なくともアンミツ先生にとっては、教え子が有名になったり金持ちになったり偉い人になったりするよりも、ずっとうれしく、誇らしいことなのだ。

だが、キックは意外そうに言った。

「だって、おとなになったらボランティアの精神を持ちなさいって、それ、アンミツ先生に言われたことですよ」

キックが小学校を卒業したのは、一九九五年の三月——阪神・淡路大震災の年だった。

正月気分も抜けきらない一月十七日の早朝、明石海峡を震源とするマグニチュード7・3

の直下型地震が近畿地方を襲った。

「火曜日の朝だったんですよね」

キックは言った。「火曜日の一時間目が体育で、三学期はマラソンだったから、かったるいなあって思いながら起きたら、テレビで、すごいことになってて……」

アンミツ先生もよく覚えている。いつものように六時半に起きて、いつものようにNHKのニュースを見るためにテレビを点けたら、いきなり画面いっぱいに高速道路が橋脚ごと倒壊している様子が映し出されたのだ。

「連休明けでしたよね、たしか」

「そうそう」

一月十五日で固定されていた成人の日が、あの年は日曜日だったので、月曜日が振り替え休日になったのだ。

「僕、あんなに大きな自然災害って、生まれて初めてでした」

「先生だってそうよ」

伊勢湾台風のとき、先生はまだ小学生だった。自宅にテレビもなかったので、「阪神・淡路大震災までは戦後最大の自然災害だった」と言われてもピンと来ない。

だが、阪神・淡路大震災は違った。観光で何度も訪れたことのある神戸の街並みが、一瞬にして瓦礫の山と化したのだ。インターネットや携帯電話がいまほど普及していなかった時代、被災地の状況を詳しく知るには、テレビや新聞などの報道に頼るしかない。義援金や支援物資は送っても、年度末で、しかも卒業生を担任していたら、ボランティアとして駆けつけたくてもなかなか現地へは向かえない。それがもどかしくてしかたなかったことが、いまでも忘れられない。

「先生はボランティアの活動のこと、たくさん教えてくれたんですよ。新聞の切り抜きを教室の後ろの掲示板に貼ったり、社会の授業で特別に赤十字の歴史を調べたりして」

「うん……そうだったわね」

「先生、よく僕たちに言ってましたよね。いまは小学生だから神戸や淡路島に行っても足手まといになるだけなんだけど、もっと大きくなって、おとなになって、また大きな災害が起きたら、被災地で困ってるひとたちをみんなで助け合おうね、って」

それが「いま」なんです、とキックは言った。先生のおかげですよね、と笑った。

アンミツ先生自身には、特別なことを言ったつもりはなかった。同じ時期にボランティアの意義を担任の先生に説かれた小学六年生は、きっと全国に数多くいるだろう。

ただ、キックの場合はそれに加えて、親の仕事柄というのもあった。

「ウチの親父は消防署員でしたから、もともと災害とかレスキューとか捜索とか救援とか、そういうのに敏感だったんです」

「うん……そうね」

「同級生にも親が自衛隊っていう奴、けっこう多かったですよね。神戸で救援活動をしてるのはなんとか方面のなんとか部隊だとか、詳しかったんですよ、みんな」

確かにそうだった。武蔵西小学校は自衛隊や消防や警察の官舎が学区内にあったので、災害時の救援活動にはリアリティがあった。職員室で同僚と話すときも、良くも悪くも、知識や理念だけでは終わらない。いつだったか、自衛隊のPKO派遣をめぐって、容認派の教師と反対派の教師がつかみかからんばかりの激しい言い争いをしたこともある。

「お父さんやお母さんはお元気なの？」

「ええ、昔取ったキネヅカってやつで、避難所にいた頃は自警団みたいなのをつくって、見回りをしたり行政との窓口になったりして、いろいろがんばってました」

震災前には、地元の消防団の顧問のような役に就いて、消防訓練から夏祭りの山車（だし）曳きまで、若手の面倒をあれこれ見ていた。酔うと、江戸時代の火消しの心意気を上機嫌で語っていたらしい。

「でも……」と、キックは声を沈める。

北三陸市は、津波で数百人の犠牲者を出した。その中には消防団のメンバーが何人もいる。

それも、運悪く津波に呑まれてしまったというだけではない。消防団の一員として、近所に逃げ遅れたひとがいないかどうか確認して回っているときに波が襲ってきたのだ。

「一番若手で、僕と同い歳の阿部ちゃんっていうひとがいたんですけど、そのひとなんか、奥さんと赤ん坊を連れてビルの屋上に避難したのに、消防団の仕事があるからって、自分だけまた外に出て……」

ずっと行方不明だったのが、去年の秋、半年ぶりに家族のもとに帰ってきた。消防団の火消し袢纏を羽織っていたのが、身元の手がかりになったという。

「阿部ちゃんの遺体が見つかってから、親父、ガクンと歳を取っちゃいました」

「聞き部」――被災者の話を聞くボランティアについて尋ねると、キックは「先生、興味を持っていただけたんですか？」とうれしそうに声をはずませた。「人手が足りずに困ってたところなんですよ。アンミツ先生みたいな方に手伝ってもらえれば、千人力です」

勘違いされたが、訂正はしなかった。アンミツ先生自身、キックの話を聞いているうちに、それも「あり」かも、と思いはじめていたのだ。

「向き不向きってあるの？」

「まあ、特別な資格が要るわけじゃないんですが、そうですねえ……やっぱり、こっちの皆さん、ほんとうにつらい体験をなさっていますから……」

興味本位は論外だし、浅はかな同情や共感も禁物だった。話の先を急いではいけない。途中で口をつぐんでしまっても、決してせっついてはならない。

「もともと無口なひとも多いですから、極端な話、半日ずっと同じ部屋にいても、テレビの話を二言三言するだけというのもあるんです。でも、その二言三言が救いになることだってあるんですよ。ひとりぼっちだと、そんな短い会話すらできないんですから」

「うん……それ、よくわかる」

先生も夫の宏史さんが亡くなって以来、数年間の一人暮らしで、話す相手のいない寂しさは身に染みている。

「大学生や若い連中には、なかなかそこの感覚がつかめないみたいで、体を動かすボランティアよりずっと疲れるって言ってました」

「やっぱり話を聞く方にも年季っていうか、人生の年輪が要る、ってことよね」

「そうそう、そうなんですよ、ほんとに」

だから、とキックはつづけた。

「こういう言い方ってよくないかもしれないんですけど……自分でもつらい思いをしてきたひとや、悲しい体験を背負ったひとのほうが、相槌一つにも重みや深みが出てくるみたいですね」

なるほど、と先生はうなずいた。

ヒデヨシの顔が浮かぶ。少年時代の笑顔と、年賀状に使ったバンダナキャップをかぶった闘病中の笑顔の両方が、いっぺんに。

そして不意に、翔也の顔も浮かんだ。最初は困惑したが、確かに翔也もつらい思いや悲しい体験を背負っているのだ。両親を喪い、住む家を追われたあの子にとって、いまの毎日は避難生活と同じなのかもしれない。

キックの返事を伝えると、ヒデヨシは大いに喜んで、「俺、なんだったら明日でもＯＫですよ」とまで言った。張り切っているだけでなく、体調が落ち着いているうちに行っておきたい、という思いもあるのだろう。

ヒデヨシの病気のことは、キックには話していない。かえって気をつかわせてしまうから、とヒデヨシに止められていた。だからキックは屈託なく「じゃあ、僕の大先輩ってことですね。お目にかかれるのが楽しみです」と笑っていた。もっとも、そのせいで、「どんなひとなんですか？」と訊かれて「ヤンチャ坊主で元気いっぱいの子だったのよ」と答えるときには、先生の胸に小さなトゲが刺さってしまったのだが。

翔也に被災地の話をすると、思いのほかすんなりと「僕も行ってみたい」と言った。

小学五年生の子どもでも手伝える仕事が、向こうにあるのかどうか。かえって足手まといになってしまうことを先生は案じていたが、キックは「大歓迎ですよ」と言ってくれた。

子どもの姿を目にするだけで、おとなの気持ちはおだやかになる。震災直後の避難所生活でも、子どもたちのあどけない笑顔が、おとなたちの支えになり、励みになって、「子どもの前で恥ずかしいことはできない」という思いが、すさんでしまいがちな心を立て直してくれていたのだという。

「仮設住宅に移ってからもそうです。小さな子どもの自転車が玄関の前にあったり、子どもたちが通路で遊んでいたりすると、その住宅ぜんたいに活気が出てくるんですよ」

キックはそこまで話すと、ふと思いだしたように「でも……お孫さん、学校のほうは休めるんですか？」と訊いた。「東京の学校はまだ春休みでしたっけ？　こっちのほうは先週から新学期でしたけど」

うん、まあ、ちょっとね、いろいろあって、と苦笑してごまかしていたら、胸にまた小さなトゲが刺さった。

同じことはヒデヨシにも訊かれた。だが、せっかちなヒデヨシは、先生が苦しいごまかし方をする前に「あ、そうかそうか」と一人で早合点してくれた。「どうせまだ学校の授業も本格的に始まってるわけじゃないし、それだったら被災地に行ったほうが意味がある、ってことですか。そうでしょう?」

なるほどなあ、さすがだなあ、と勘違いのまま褒められた。訂正はしない。代わりに、胸のひときわ深いところまでトゲが刺さってしまった。

2

水曜日の朝、アンミツ先生は翔也を連れて北三陸市に向かった。

学校の登校時刻をはずして朝早く家を出たのだが、外の郵便受けから朝刊を取っていた小池さんの奥さんに出くわしてしまった。

「あら、もう学校に行くの?」と訊いてきた奥さんは、翔也が背負っているのがランドセルではなくデイパックだと気づくと、「遠足?」と首をかしげた。「新学期、始まったばかりよねえ」

奥さんは先生が曳いているキャリーバッグにも目を留めて、「どこかに行かれるんですか?」と訊く。

「ええ、ちょっと……」

「また息子さんのことで、あっちに?」

「そう、そうなんです、そんな感じで」

逃げるように目をそらすと、今度は翔也に「学校、せっかく始まったのに、またお休みしちゃうのって大変よね」と声をかける。

よけいなお世話——しかも、奥さんはまた先生に向き直って、「よかったら、翔也くんのこと、お留守中はウチでお世話しましょうか？」と言いだした。「そのほうが学校も休まずにすむし、いいんじゃないかしら」

先週の金曜日の始業式から、週が明けた月曜日、火曜日と、翔也はまだ学校には行っていない。昼間は家で本を読んだり問題集を解いたりして、夕方になると図書館やコンビニまで散歩に出かける。ご近所のひとたちはまだ不登校に気づいていない。だが、いつまでも隠しとおせるはずはないし、黙ったままというわけにもいかないだろう。

「じゃあ今度から、そういうときがあって、もしアレでしたらご相談しますね。すみません、じゃあ、どうも……」

そそくさとバッグを曳いて歩きだした。

翔也も「行ってきまーす」と奥さんにぺこりと頭を下げて、小走りに先生のあとを追う。挨拶はよくできる子なのだ。はきはきしているし、愛想も悪くない。それがせめてもの救いのような、逆に、だからこそ話がやっかいになっているような……。

わが家を出て最初の角を曲がると、ようやく奥さんの視線から解放された。

「おばあちゃん、僕のことで迷惑してる?」

「……そんなことないわよ」

「ごめんなさい」

「気にしないでいいんだってば」

先生は足を速める。キャスターが路面を滑る音が、少し高くなった。


ヒデヨシとの待ち合わせ場所は、東京駅の構内にある広場だった。

アンミツ先生が着いたとき、ヒデヨシは理香さんに付き添われて、広場の隅の椅子に座っていた。

まわりのひとたちはすっかり春めいた服装をしていたが、ヒデヨシはニット帽に厚手のダウンジャケット、コーデュロイのパンツという冬のいでたちだった。マスクもつけているし、首にはネックウォーマーも見えた。

ほっとした。三陸地方の四月初旬はまだ寒い。キックからも「冬のつもりで来てもらったほうがいいですよ」と言われていたし、ヒデヨシの体は抗ガン剤で抵抗力が落ちているので、風邪をひいて肺炎になるのがなによりも怖い。ヒデヨシ本人というより、理香さんが気を配ってくれたのだろう。

それでも、二人の姿を見つけても、すぐには声をかけられなかった。ヒデヨシは年賀状の写真よりはるかに痩せている。体が細くなるのではなく、厚みがなくなってしまう痩せ方だった。宏史さんも同じだった。ガンのステージが進むにつれて、体が薄くなった。ダウンジャケットだと目立たないが、背広を着たら、首筋から肩、胸板にかけて、服がぶかぶかになっているのが一目でわかるはずだ。

理香さんが先生に気づいた。ヒデヨシの肘をそっとつついて知らせ、椅子から立ち上がって先生を会釈で迎える。そのしぐさや表情は、四月一日に初めて会ったときよりも疲れて見える。退院したといっても病気が治ったわけではない。かえって自宅で過ごすほうが、家族の負担や気苦労は増えてしまう。宏史さんの闘病を支えていた頃のアンミツ先生もそうだったのだ。

ヒデヨシがこっちを向いた。マスクで口元は隠れていたが、笑ったのがわかる。やあどうも、と軽く手を振って、目をしばたたく。

卒業以来三十七年ぶりの再会になる。

昔のヤンチャ坊主がおとなになった。家庭を築き、仕事をがんばって、きっと子どもの頃のように元気いっぱいに明るく毎日を過ごしてきたはずなのに、いま、こんなにも早く人生の黄昏を迎えてしまった。

　立ち上がろうとするヒデヨシを手振りで制して、先生はゆっくりと近づいていく。胸が熱いもので一杯になる。ヒデヨシは理香さんから手渡されたハンカチを目元にあてる。

「先生……ごぶさたしてます……」

　涙交じりの声で言って、「こんな体になっちゃいました……」と無理に笑った。

　理香さんは北三陸市までヒデヨシに付き添うつもりだったが、ヒデヨシは頑として拒み、ゆうべもケンカになったのだという。

「だってそうでしょ、こっちが大げさにすると、向こうのひとたちに気をつかわせるだけだし、自分のこともろくにできない奴が偉そうにボランティアに来るなんて、失礼だと思われるじゃないですか」

　ヒデヨシがアンミツ先生に言うと、理香さんのほうも「向こうで具合が悪くなって迷惑をかけるほうが心配なんですけど……」と先生に訴える。

　理屈からいけば理香さんのほうが正しい、と先生は思う。だが、ヒデヨシの気持ちもわかる。子どもの頃と変わらない意地の張り方が懐かしくて、うれしさとせつなさが胸の奥で複雑に溶け合ってもいた。

「でも先生、俺、ほんとにだいじょうぶですよ。痛み止めも持って来てるし、万が一の場合には医者の紹介状もあるし、ほんとにヤバくなっても、サイアク、東京に帰れる体力だけは残しておきますから」

「……痛み、あるの？」

「まあ、ちょっとだけ、背中とか脇腹が」

ときどきですよ、たまーにですよ、たいしたことないんですけど、と念を押すそばから、一瞬、顔をしかめる。

北三陸市では三泊する予定だったが、体調しだいでどうなるかわからない。

やはりキックに病気のことを伝えておくべきだっただろうか。覚悟していた以上の病状の重さに、あらためて不安がつのる。

だが、ヒデヨシは、自分の話はこれでおしまい、という様子で理香さんを振り向いた。

「お菓子とか飲み物とか買ってきてくれよ。あと、向こうのひとに手みやげも要るから」

翔也にも「一緒に買い物しておいでよ」と声をかけ、先生にそっと目配せする。二人きりで話したいのだろう。

先生も、なるほど、とうなずいて、翔也に「おばあちゃんのお菓子も買ってきて」と小銭を渡し、あとは理香さんに任せた。

翔也と理香さんが売店に向かうと、さっそくヒデヨシは「翔也くん、真面目そうな子ですね」と言った。

「うん……まあね」

「でも、勘違いだったらアレですけど……なにか悲しいこと、ありました？」

昔から、そういうところには敏感だった。優しいガキ大将だったのだ、ほんとうに。


三人の乗った列車は、定刻どおりに東京駅を出発した。長旅になる。朝八時前に東京を出ても北三陸に着くのは昼を回ってしまう。

窓際に翔也、真ん中にアンミツ先生、通路側にヒデヨシ——三人掛けの席に並んで座った。体に少しでも楽なように、先生も理香さんもグリーン車を勧めたが、ヒデヨシは「贅沢してボランティアに行くなんてスジが通らないだろう」と譲らない。失業中の家計のことも考えたのかもしれない。

理香さんは最後の最後までヒデヨシの体を案じて、先生に「よろしくお願いします」と頼み込み、走りだす列車をホームで見送るときには涙ぐんでいた。ヒデヨシは「みっともないなあ……」とそっぽを向いてしまって、そのまましばらく顔を戻さなかった。

ヒデヨシの病気のことは知らないはずの翔也も、おとなたちの様子に重苦しいものを感じ取ったのだろう、車中ではゲームで遊ばず、買い込んだお菓子やジュースにも手をつけず、じっと窓の外を見つめていた。

そんな翔也にヒデヨシが声をかけたのは、東京駅を出発した二十数分後、大宮駅を出た列車が上越新幹線との分岐点を過ぎてスピードを一気に上げたときだった。

真ん中のアンミツ先生をかわすように体を前に倒し、「おい、おい、翔也くん」と、以前からの知り合いのように呼ぶ。

振り向いた翔也に、「仲良くしような」とさらに親しげにつづけ、右手を差し出した。

子どもの頃と同じだった。あの頃も、転校生が来るたびに気さくに話しかけて、仲間にすんなりと引き入れてくれていた。

「ほら翔也くん、ヒデヨシおじさんが、握手しよう、って」

先生にうながされた翔也は、少し困惑しながらも手を伸ばし、握手をした。

ヒデヨシには翔也について、すべて――両親の交通事故死から不登校のことまで、話しておいた。最初はそうするつもりはなかったが、すっかり痩せてしまったヒデヨシを見ていると、なにかを隠したりごまかしたりするのがひどくずるいことのように思えたのだ。

ヒデヨシは先生の話にときどき驚いて目を見開きながらも、冷静に聞いてくれた。おだやかに相槌を打ち、「先生は息子さんを亡くされたんですね……」とつぶやく顔は、どこか透きとおっているようにも見えた。ヒデヨシに残された時間は、もう長くはないのだと、先生はそれで察したのだった。

被災地に向かうのは、アンミツ先生もヒデヨシも初めてだった。

「ずーっと気になってたんですよ。でも、その頃から病院通いになって……義援金とか救援物資を送るのが精一杯だったんです」

情けないです、ほんと、と自分を責めるヒデヨシに、先生は微笑んでかぶりを振った。

「自分が大変なときにも震災のことを考えるのって、いかにもヒデヨシくんらしいじゃない。子どもの頃とちっとも変わってない」

「そうですかねえ」

「そうよ、だってほら――」

思いだしたことがある。六年生の秋、多摩ヶ丘ニュータウンの小学校が連合してマラソン大会を開いたときのことだ。

六年四組からは男女五人ずつ選ばれて大会に参加した。「ああ、ありましたありました」とうなずくヒデヨシは、長距離走のタイムじたいは男子の四番目あたりだったが、誰よりも張り切っていた。お母さんに揃いのハチマキもつくってもらって、決める必要のないキャプテンにまで立候補した。

「しょうがないなあ、個人競技なのに」

ヒデヨシは照れくさそうに首をひねる。「バカでしたねえ、あの頃の俺って」

「でも、ヒデヨシくんのキャプテンって、名前だけのものじゃなかったのよね。四組の選手でバテて遅れちゃったり、リタイアしそうになった子がいたら、わざわざその子のところまで駆け戻って、『がんばれがんばれ』って励ましながら、一緒に走ってあげるの」

隣で聞いていた翔也も、びっくりした顔になって目を丸くする。

「コースは五キロだったのに、ヒデヨシくんは七、八キロぐらい走ったんじゃない？」

「俺、最下位だったんですよね」

「しかたないじゃない、他の子よりずっと長い距離を走っちゃったんだから」

「あー、ほんとにバカだったなあ……」

ヒデヨシは体をよじり、ニット帽の縁を引き下げて目をほとんど隠してしまう。よほど恥ずかしいのだろう。だが、先生は真顔で「最高のキャプテンだった」とつづけた。

「ヒデヨシくんのおかげで、六年四組の選手は全員完走できたの。それ、第三小ではウチのクラスだけだったのよ。先生、すごくうれしかったし、鼻高々だったんだから」

ヒデヨシは目を隠したまま、へへっ、と肩を揺すって笑う。照れ笑いよりも少し湿っぽさが増した笑い方になった。

「あと、こんなこともあったよね」

アンミツ先生は、五年生の遠足の話を懐かしそうに思いだした。

「奥多摩に行ったのを覚えてない？」

ヒデヨシは一瞬きょとんとしたあと、「あーっ、ありましたねえ……まいったなあ」と笑って頭を抱えた。「俺、川に入ってアンミツ先生に怒られたんですよね」

そうそう、と先生も苦笑する。

奥多摩の渓谷をハイキングして、河原でお弁当を食べた。秋だった。女子は「きれいだねー」と紅葉に染まった渓谷の眺めを楽しみながら歩いていたが、男子のヤンチャなグループは景色などおかまいなしで、ジャンケンで負けた子が五人分のリュックを背負ってしばらく歩かされたり、「こうすれば疲れないんだ」と言い張って後ろ向きに歩いたり、川の淵に大きな魚の影を見つけたと言っては大騒ぎして覗き込んだり……挙げ句の果てには、ヒデヨシはお弁当の時間に川に入ってしまい、先生にこっぴどく叱られたのだ。

「体育帽を網の代わりにして魚をすくおうとしたのよ」

先生は翔也に説明して、「できるわけないじゃない、ねえ」と笑った。翔也もヒデヨシの顔を見て、はにかみながら頬をゆるめる。ガキ大将の武勇伝の数々に後込(しりご)みしてしまうだろうか、と最初は案じていたのだが、うまく話を受け止めてくれたようだ。

「もし足を滑らせて転んだら、流されて溺れたか、心臓マヒを起こしてたか……ほんとに危なかったんだから」

女子の「せんせーい！　羽柴くんが川に入ってまーす！」の声に振り向いて、膝まで水に浸かったヒデヨシを見たときの驚きは、いまでも忘れられない。

「でも、先生、俺が川に入ったのって……」

「理由があるのよね、ちゃーんと」

翔也を振り向いて、「ヒデヨシくんは、魚を獲って、河原の焚き火で焼いて、お弁当を忘れちゃった友だちに食べさせてあげようとしたの」と教えてやった。

へえーっ、すごいっ、と翔也はびっくりして、ヒーローを見るようなまなざしをヒデヨシに向けた。「いいヤツでしょ？」と先生が言うと、笑顔でうなずく。

「まあ、俺って……みんなでワイワイやるのが好きな性格だったからさ」

ヒデヨシが照れくさそうに言う「みんな」を聞いても、翔也の笑顔は消えなかった。

宇都宮駅を過ぎる頃まではよくしゃべっていたヒデヨシだったが、車窓の風景がひなびてくるにつれて口数が少なくなり、受け答えのテンポも遅れがちになってきた。

しきりに腰のあたりを気にして、背筋を伸ばしてみたり、尻をもぞもぞさせて座り直してみたり、息を詰めたり、逆に長く尾を引くため息をついたりする。

「ヒデヨシくん……腰が痛いの？」とアンミツ先生は訊いた。

ヒデヨシはかぶりを振りかけたが、「すみません、ちょっと、さっきから調子悪くて」と、強がってごまかすのをあきらめて、苦笑交じりに認めた。

「なにか、してあげられることある？」

「あの、じゃあ……」

首をかしげ、荷物棚を指差した。

「俺のバッグ、取ってもらえますか」

立ち上がることすらキツいのだろう。

先生はすぐにバッグを棚から下ろし、ヒデヨシに言われるままファスナーを開け、腰にあてるエアクッションを取り出した。

「先生、悪いんですけど、空気入れてもらってもいいですか」

息を吹き込むのも、つらいのか。

「うん、わかってるわかってる、だいじょうぶ、すぐふくらませるから」

「俺、その間にトイレ行ってきます」

ヒデヨシは席を立った。

「恩師にこんなことやってもらって、自分はションベンに行くなんて、サイテーの卒業生ですよね、俺って」

口では冗談めかしていても、表情はこわばっている。歩きだすしぐさもぎごちない。

先生はクッションに息を吹き込むのを忘れて、デッキに向かって通路を歩くヒデヨシの背中をはらはらしながら見送った。不自然な力がこもった歩き方だった。気を張っていないとまっすぐに歩けないのか、いや、立っていることすらキツいのかもしれない。

心配でしかたない。トイレまでついていきたい。手伝いが必要なら、もちろん、こちらにためらうつもりなどない。だが、ヒデヨシのプライドを思えば、よけいなおせっかいはしないほうがいいのだろうか。

「おばあちゃん」

翔也が言った。「僕もおしっこに行ってきていい？」

振り向いて目が合うと、翔也はこっくりとうなずいて立ち上がった。

数分後、一人で席に戻ってきた翔也は、「ヒデヨシさん、体操してるよ」と言った。「腰痛はストレッチで治るんだって」

デッキの手すりをつかんで体を支え、いっちに、いっちに、と腰をひねったり伸ばしたりしているのだという。

アンミツ先生は憮然として、ため息をついた。こんなときにも強がって冗談に紛らしてしまうのは、いかにもヒデヨシらしい。それが、腹立たしいほどに、悲しい。

「でもね」

翔也はシートに座ると、声をひそめてつづけた。「僕、見たよ」

「なにを？」

「ヒデヨシさん、洗面所で薬を服んでた」

錠剤だった。何錠もあった。手のひらに溜めた洗面所の水で喉に流し込んでいた。薬を服んだあとは顔を洗い、頰をほぐすために鏡に向かっていろいろな表情をつくる。

通路からそれを見ていた翔也が声をかけるかどうか迷っていたら、その姿が映り込んだのだろう、ヒデヨシは「悪い悪い、心配かけちゃって」と笑って振り向いた。

翔也が「薬、服んでたんですか？」と訊くと、「ビタミンのサプリメントだよ」と言って洗面所を出て、乗車口の窓から外を眺めながら、ストレッチを始めたのだという。

「ヒデヨシさんって、おばあちゃんと一緒に会いに行ったときは入院してたでしょ？　病気、もう治ったから退院したんだよね？」

「……うん、そう」

「でも、具合悪そうだったよね、さっき」

「まだ本調子じゃないのよ。退院したばかりだから、ちょっと疲れちゃうと腰が痛くなっちゃうみたいね」

「ビタミンのサプリメントで治るの？」

違う。あの錠剤は鎮痛剤だろう。

「ヒデヨシさんの病気、なんだったの？　腰が痛くなる病気？」

「うん、そう……そういう病気」

「腰痛ってケガじゃないの？」

返す言葉に詰まったら、通路から「歳のせいだよ」とヒデヨシの声がした。話に夢中になって、戻ってきたことに気づかなかった。「オッサンはみんな腰痛で苦しんでるんだ」――ヒデヨシのほうは話のいきさつをわかっているのだろう、先生にいたずらっぽい目配せをして、「ひどいときには俺みたいに入院までするんだから」と付け加えた。

ヒデヨシはエアクッションを腰の後ろにあてがうと、「朝早かったんで、ちょっと寝ます」と目をつぶった。最初は姿勢を細かく調整していたが、やがて両手をおなかの上で組んで、寝息をたてはじめた。鎮痛剤が効いてきたのだろう。

「だいじょうぶ？」と翔也に小声で訊かれたアンミツ先生は、口の前で人差し指を立てて、だいじょうぶだいじょうぶ、と笑った。

翔也はほっとして笑い返し、窓の景色に目を移した。ほっとしたのは先生も同じだ。腰痛で入院という苦しい説明を、なんとか押し通せた。それになにより、翔也がヒデヨシになついてくれたのがうれしい。デッキで二人きりになったときには、おとな同士のように名刺までもらったらしい。小遣いが足りなくなったら俺に電話しろよ、とイバッて言っていた、という。

しばらくすると、翔也も窓にもたれかかるような格好で、うとうとしはじめた。

列車は新白河駅を通過して、東北——みちのくに入っていた。天気はよかったが、遠くの山にはまだ雪が残っている。さらに北上していけば、季節もさらに逆戻りするだろう。

先生は自分のジャケットを毛布代わりに翔也に掛けてやった。ヒデヨシの様子もちらりとうかがった。よく寝ている。鎮痛剤の中に眠くなる成分も入っているのかもしれない。

抗ガン剤の副作用で薄くなった眉毛に、白いものが交じっていることに気づいた。そのせいで、目の前にいるヒデヨシと、記憶の中の小学生のヒデヨシが、さっきまでよりも遠くなってしまった。

起きて話しているときには意識せずにすんでいたが、寝顔になると、眼窩が落ちくぼんでいるのがあらためてわかる。頬の肉も削げ落ちている。ネックウォーマーをはずしたら、きっと、首筋から喉にかけての皺は隠しきれないだろう。

郡山、福島、仙台……列車は北上をつづける。内陸を走る新幹線からは、震災の傷痕はほとんど見えない。だが、車窓の遠くをよぎる道路標識に、ニュースで何度も目にした被災地の地名が増えてきた。誰が見ているわけではなくても、先生は居住まいを正し、背筋を伸ばして座り直す。

あと十分ほどで下車駅に着くというところで、ヒデヨシが目を覚ました。

「すみません、ぐーすか寝ちゃって」

「どう？　具合は」

「おかげさまで、ばっちりです」

笑ってガッツポーズをつくる。

こういうのは強がりじゃないんだな、と先生は思い直した。これは、優しさなんだ。

3

ホームに降り立つと、覚悟していた以上の肌寒さに身震いした。

改札で出迎えてくれたキックも、真冬のいでたちで防寒していた。駅舎の中なのに吐き出す息が白い。列車を待っている間に体が冷えたのか、肩をすぼめて足踏みもしていた。

アンミツ先生がキックと会うのは、十七年ぶりになる。

「ごぶさたしてます……」

子ども時代の控えめな性格そのままに、照れくさそうに挨拶をする。そこにヒデヨシが『ごぶさた』だったら、俺なんて三十七年ぶりだったんだぜ」と混ぜっ返す。まだキックとは初対面の挨拶もしていないのに、すっかり兄貴分気取りだった。

改札を抜けると、あらためて「俺、ヒデヨシだ。アンミツ先生の一番弟子だからな」と自己紹介して、握手を求めた。「菊池さんのこと、俺も先生と同じようにキックって呼んでいいよな？」

「ええ……もちろん」

「こんなオッサンだし、土地勘もないんで、足手まといかもしれないけど、よろしく」

ヒデヨシは力強くキックの手を握った。

最初はヒデヨシの勢いに気おされていたキックも、しっかりと手を握り返して、「よろしくお願いします」と頭を下げた。

キックはヒデヨシの病気のことをなにも知らない。列車を降りる前に、ヒデヨシが痛み止めをもう一錠服んでいたことも。

キックは翔也にも、一人前の相手と同じように丁寧に「遠くまで来てくれてありがとう。

がんばってください」と挨拶をする。ヒデヨシがその礼儀正しさをからかうように「小学生にも仕事あるのか？」と訊くと、「ええ、もちろん」と真顔で答える。

「子どもたちにとっては、被災地の様子を見ることそのものが大切ですよ。目先のボランティアだけじゃなくて、未来のために……いまはうまく言葉にできなくても、おとなになってから、あのとき実際に自分の足で被災地を訪ねたんだっていうことが、どんどん意味を持ってくると思うんです」

ヒデヨシは「いいこと言うねえ、後輩」と笑って、翔也の肩をポンと叩いた。

「しっかりがんばらなきゃな、天涯孤独の不登校少年」

翔也は一瞬こわばった顔になったが、すぐにはにかんでうなずいた。

怪訝そうなキックに、ヒデヨシは「ついでに、いまのうちに業務連絡だ」と自分で自分を指差して、言った。

「余命、半年」

横で呆然とするアンミツ先生を振り向き、「退院するときに宣告されました」と淡々とした口調で言って、まるで他人事のように「進行が速かったり、脳に転移したりすると、二、三カ月かもしれません」と付け加える。

キックは困惑して、ヒデヨシと先生を交互に見た。

「ガンなんだ、俺」ヒデヨシはあっさり言った。「もう末期に近くて、いつまで遠出ができるかわからないから、先生に無理を言って連れて来てもらった」

先生は半ば無意識のうちに、翔也の手をつかんでいた。びっくりしたと思うけどしっかりして、と翔也に無言で伝えながら、ほんとうは自分自身に言い聞かせる。

「迷惑はかけない。自分で自分の面倒も見られなくなりそうだったら、すぐに東京に帰るから……許してくれ」

キックに小さく頭を下げると、マスクをつけ、ショルダーバッグを肩に提げ直して、一人で歩きだす。通路は改札から左右に延びていた。「右です、西口のほうです」とキックがあわてて言った。だが、あわてる必要などないことにすぐに気づく。ヒデヨシの歩調は子どものように遅い。さっきの力強い握手が嘘のように——いや、きっと、その握手で力を使い果たしてしまったのだ。

「バッグ、持ちます」

キックは追いかけて手を差し伸べたが、ヒデヨシはかぶりを振って、足も止めない。

「だいじょうぶですか？」

黙ってうなずく。俺のことにかまうな、と撥ねつけるようなそっけないしぐさだった。

そのとき、翔也の手が先生の手からするりと離れた。翔也はヒデヨシに駆け寄って、なにも言わずにショルダーバッグの底に手をあてがって、下から重みを支えた。

ヒデヨシは少しだけ驚いた様子だったが、すぐに、まあいいか、というふうに肩で息をついて、翔也の手助けを受けながら通路を進んでいった。

「ごめんね、びっくりさせちゃうことばっかりだよね」

先生はキックに謝って、「でもね」とつづけた。「ヒデヨシはわたしの孫に、なにかを教えようとしてるから……」

キックの車は横浜ナンバーの軽自動車だった。横浜の中古車販売店で一番安い車を見つけて、五百数十キロ離れたふるさとの北三陸市まで乗ってきたのだという。

「こっちで買いたくても、中古車の在庫がないんですよ。何十台も予約で埋まってて、順番が回ってくるのをいつまでも待ってるわけにはいきませんしね」

津波で無数の自動車が流されてしまった被災地のひとびとの生活再建は、「足」を取り戻すことから始めなくてはならない。車がなければ職探しや病院通いもできないのだ。

「でも、仮設住宅に車が並んでるのを見て、事情を知らないひとたちは『なんだ、もう車が買えるほど復興したんだ』って……違うんですよ、逆なんです。鉄道やバス路線がずたずたになったままだし、仮設住宅も遠くて不便なところばかりだから、自分の『足』は自分で確保しなきゃいけないんです」

　話題が被災地のことになると、おとなしいキックの口調も自然と強くなる。「こっちの足元を見て、ひどい車を法外な値段で売りつける業者もいるんです」とつづける声には、舌打ちも交じった。悔しい思いをしたことは、きっとまだたくさんあるのだろう。

　車はカーブの多い国道を走る。内陸部の新幹線の駅から太平洋に出るには、峠をいくつも越えなければならない。

　助手席のアンミツ先生は、シートベルトだけでは不安で、ずっと窓の上のグリップをつかんでいた。キックの運転が乱暴なわけではないが、とにかく車が小さくて、古い。

　先生の真後ろに座った翔也は、隣のヒデヨシの様子を案じて、車がカーブを曲がるたびに、体を横に向けて身がまえていた。もしもヒデヨシが体を支えきれずに倒れ込んだら、自分が支えるつもりなのだろう。

「ヒデヨシさんの病気のことを知ってれば、もっと大きな車を借りて来たんですけど」

　恐縮するキックに、ヒデヨシは「気にしないでくれ、こっちが勝手に押しかけてるんだから」と言う。

「途中で休みを入れましょうか」

「いや……早く行こう」

「いいんですか？」

「いいから、休みなしで早く行ってくれ」

「マスクをつけているせいで、声がくぐもる。目を閉じて、腕組みをして、北三陸市までの一時間半、ヒデヨシがしゃべったのは、そのときだけだった。

破壊され尽くした街を見渡すと、しばらく言葉が出てこなかった。

震災から一年、コンクリートの基礎や鉄骨だけを残して建物があらかた消えうせてしまった風景は、テレビや新聞、雑誌、インターネットで数えきれないほど目にしてきた。

だが、実際にその風景の中にたたずんでみると、津波によってすべてを奪われたあとの空白は、テレビやパソコンの画面のサイズをはるかに超えて広かった。どこにまなざしの焦点を据えればいいのかわからないほどの、そのどうしようもない広さに気おされ、押しつぶされそうになってしまう。

「風が強いでしょう」

キックが言う。「海からずうっと、さえぎるものがなにもなくなりましたから……」

アンミツ先生はうなずいて、ジャケットの襟のボタンを留めた。確かに風が強い。土埃をまきあげてもいるのだろう、風が当たる頬にピリピリとした痛みもある。

キックと先生がいるのは、山間部と沿岸部の境目あたりの小高い丘だった。もともと市民グラウンドがあった場所に、いまは市役所の仮庁舎が建ち、プレハブの商店街も設けられ、ヒデヨシと翔也は広場に出したテーブルでラーメンを食べている。

津波はこの丘の途中まで来た。グラウンドまでたどり着くことができずに津波に呑まれてしまったひとも、たくさんいた。

「でもね」

キックは、先生を諭すように言った。

「亡くなったひとや行方不明になったひとの数は数字でわかるんですが、身内やご近所のひとが津波に流されていくのを見てしまったひとたちの数は……まだ統計をとってる自治体はないし、これからもそれを調べたりはしないと思うんです」

だが、悲劇を目の当たりにしてしまったひとたちは数多い。おとなだけではない。子どもだって見てしまった。その子の心に刻まれた記憶が、今後どんな形で浮かび上がってくるのか、それはまだ誰にもわからない。

「実際に目撃しなくても、とにかくこれだけのひとの死を体験して、街が跡形もなく流されてしまったわけです。地元の小学校の先生もみんな、そのフォローをどうすればいいのか、いろいろ悩んでるそうです」

先生なら――と訊かれた。子どもたちにどんな言葉をかけますか？」

アンミツ先生はしばらく考えたすえ、ため息交じりに「ごめんね……」と言った。あまりにも難しい問いだった。児童心理についてはそれなりに学んできたが、生身の子どもたちの心と向き合うときの「論」や「学」のもろさについても、長年の経験で思い知らされている。

「一言で答えが出せるような問題じゃないし、よそから来たひとが、知ったふうなことを言うのって、やっぱり間違ってると思う」

半分は逃げ口上だったが、キックは「アンミツ先生らしいなあ、そういうところ」と納得顔でうなずいてくれた。

その話の流れに乗せて、先生は翔也についてのあらましを伝えた。

キックはさすがに驚いた様子で、「天涯孤独の不登校少年って、そういう意味だったんですね……」と嚙みしめるように言う。

翔也とヒデヨシは、まだ広場のテーブルにいる。翔也はすでにラーメンを食べ終えていたが、ヒデヨシの箸の進み方は明らかに遅い。脂っこいものがキツいのか、啜り込むのが難しいのか、食べ残さないのは、意地なのか、復興に向けてがんばっている地元のひとたちへの気づかいなのか……。

「だいじょうぶですか？　ヒデヨシさん。無理せずに残してもらっていいんですよ」

キックは心配そうに先生に言う。「翔也くんも、ほんとに無理せずに、ボランティアの仕事を手伝うっていうより、気分転換のつもりで遊んでもらえばいいですから」

キックに気をつかわせてしまっては、まさに本末転倒だった。

恐縮して肩をすぼめる先生に、キックは「みんな、いろんな悲しみを背負ってるんですね」と言った。「それが『生きる』ってことなのかなあ、なんてね」

そうかもしれない。悲しみに一度も出会わずに生きていきたいと願うのは、考えてみればずいぶん虫の良い話なのかもしれない。

「先生、僕、まだ覚えてますよ、卒業するときに先生が話してくれたこと。先生の手紙を読む前……いつだったかな、津波のあと、ここから海を見てて、思いだしたんです」

めだかのことを――。

太平洋を往く、めだかのことを――。

「津波で亡くなったひとたちの魂も、太平洋に泳いでいったんだと思えば……ちょっとだけでも、悲しみが薄れるかな、って」

無理でしたけどね、と寂しそうに笑う。

ヒデヨシは時間をかけて、ラーメンを完食した。それも、スープの最後の一滴まで、きれいに啜ったのだ。

空になったどんぶりを自慢げにキックに見せて、「この海鮮ラーメン、かなりのものだぞ」と満足そうに言う。

ワカメやホタテ、エビ、イカなどを載せた塩ラーメンだった。スープにはホタテの出汁が利き、ほんのひとさじのウニも載っている。「復興」と「幸福」を掛けて、幸せが戻ってくる「幸復そば」――そんなラーメンを、ヒデヨシが食べ残せるはずがなかった。

「言っとくけどな、キック、俺はべつに被災地のラーメンだから同情してヨイショしてるわけじゃないぞ。これでも先月までは外食チェーンの営業部長だったんだから、メシの美味い不味いは、ちゃーんとわかるんだ。これならB級グルメの全国大会に出しても入賞間違いなしだ。店のおばちゃんにも伝言してくれ、この店は三つ星だ、って」

キックが照れて、返事に困ってしまうほどの大絶賛だった。上機嫌のまま、勢い余って「ワカメで免疫力が高まって、ガンが消えるかもな」などと悪趣味な軽口までたたくものだから、アンミツ先生や翔也まで、どう応えていいかわからなくなってしまう。

だが、どんなに元気よく、威勢のいいことを言っていても、ガーデンチェアに座ったヒデヨシの右手はずっとみぞおちを撫でている。腹が張っているのか、胃もたれしているのか、それとも、痛みをこらえているのだろうか。

「ちょっと、ションベン……」

立ち上がって、商店街の隅の仮設トイレに向かう。翔也はすぐに付き添おうとしたが、「だいじょうぶだ」と笑って追い払われた。

先生は翔也に、放っとけばいいから、と目配せした。キックも、ですよね、と無言で応えた。先生もキックも、ヒデヨシの顔色の悪さに気づいていた。だからこそ、好きにさせるしかないんだ、と覚悟を決めてもいた。

用足しにしては長い時間をかけて、ヒデヨシが戻ってきた。

「キック、先生、俺はだいじょうぶですから、さっそく仕事をやらせてくださいよ。休んでる時間がもったいないですよ」

三泊四日の予定をこなす自信がなくなったのかもしれない。さっきまで青かった顔色は、いまは黄色がかった土気色に変わっていた。

それがわかるから、先生は「そうね」とうなずき、キックもなにも言わなかった。

4

キックは、翔也にボランティアの仕事を用意してくれていた。

市立図書館の本の仕分け――大変な力仕事というわけではないし、専門的な技術や知識も要らない。これなら小学五年生でも手伝えるだろう。

「図書館」といっても、案内されたのは、書棚を並べただけの仮設のプレハブだった。もともとの建物は津波で全壊して、蔵書もすべて流されてしまった。

「全国から本を送ってもらって、なんとかここまで持ち直したんです」

この二月に再オープンして、マイクロバスを改造した移動図書館のサービスも始めた。

「最初は『図書館よりも先に復興すべきものはあるだろう』とか、いろいろ言われたんですが……」

キックは「彼女ががんばってくれたんです」と、エプロン姿で本の仕分けをしていた若い女性を紹介してくれた。

菅原（すがわら）さんという。震災前は地元の保育園で保育士をしていた。いまは市役所の臨時職員として、深刻な人手不足がつづくなか、ほとんど一人で図書館を取り仕切っている。

「館長や正規の職員さんは、みんな別の部署と掛け持ちですから、スガちゃんがいないと再オープンはずっと先になってたはずです」

スガちゃんがいかに図書館の復興のためにがんばってきたか、キックは熱のこもった口調で話す。年齢はキックのほうが数歳上でも、スガちゃんに敬意を抱いているのはよくわかる。

もっと違う感情も、もしかしたら胸の奥にひそんでいるのかもしれない。

「菅原さん、下の名前は？」

ヒデヨシがなにげなく訊いた。

スガちゃんの顔が一瞬こわばる。「ミナミです」と答えるまでに少し間も空いた。

「東西南北のミナミ？」

「いえ……そうじゃなくて……」

歯切れ悪く答えて、キックに目をやる。助けを求めるようなまなざしだった。

キックもためらいながら、言った。

「ミナミは、美しい波なんです」

美波——いかにも海辺の町に生まれた女の子らしい名前だった。だからこそ、いまは、あまりにも悲しい名前になってしまう。

「『スガちゃん』と呼んであげてください」

キックがかばうように言うと、スガちゃんはようやく安堵して、肩の力を抜いた。

キックとヒデヨシは仮設住宅に向かい、アンミツ先生と翔也は図書館に残ってスガちゃんを手伝うことになった。

先生はヒデヨシの体調を案じて一緒に仮設住宅を回るつもりだったが、当のヒデヨシに「先生がそばにいても役に立ちませんよ」と、あっさり断られた。「もし具合が悪くなったら、地元のキックにぜんぶお任せです」――なあ、そうだよな、とキックの肩を抱いて、「おまえの判断が悪いせいでくたばっても、俺、恨んだりしないからさ」とタチの悪い冗談を言って、一人で笑う。

先生はプレハブの図書館の外で、「とにかくよろしくね」とキックに念を押し、「ほんとにごめんなさい」と謝った。

だが、キックはかえって恐縮した様子で、ヒデヨシのことは心配要らない、と請け合ってくれた。さらに、図書館の中の様子をうかがって、スガちゃんがこっちに注意を向けていないのを確かめてから、「じつは、僕のほうも先生にお願いしたいことがあるんです」と声をひそめて言った。

スガちゃんのことだった。

「彼女、保育士さんだったでしょう。津波の来た日も保育園にいて、スクールバスで子どもたちを高台まで運んで、なんとか園児に犠牲者は出なかったんです。でも、子どもを預けてた親のほうは、何人も津波に持って行かれちゃって……」

それはスガちゃんの保育園だけの話ではなかった。お父さんやお母さんを亡くした遺児や、両親をいっぺんに喪った孤児が、被災地にはたくさんいる。

そんな子どもたちに、自分はなにをしてあげられるのか。思えば思うほど、自分のできることの小ささと、津波の被害のあまりの大きさに打ちひしがれてしまう。

「でも――」と言いかけた先生に、キックも「ですよね」と苦笑交じりにうなずいた。

「彼女だって被災者なんですよ。家族は無事でしたが、自宅は全壊して、仮設住宅から通ってきてるんです」

そんなスガちゃんが、昨日から先生に会えるのを楽しみにしていた。

「そうなの？」

「ええ。先生が僕たちに話してくれた、めだかが太平洋を泳ぐ話……それを、あいつにも教えてやったんです」

すると、スガちゃんは目に涙をいっぱい溜めて、喜んでくれたのだという。

アンミツ先生と翔也が図書館に入ると、スガちゃんはさっそく段ボール箱を開けて、中身を見せてくれた。札幌で読み聞かせ活動をしているサークルが、寄付金を募って本を買い集め、送ってくれたのだという。絵本や児童書が数十冊――隙間を埋めるクッションの代わりに、小さなヌイグルミがいくつも詰めてある。

「こういうちょっとした優しさが、うれしいですよね」

スガちゃんの言葉に、アンミツ先生も「そうね」とうなずいた。送ってくれたひとの気づかいもうれしかったが、それ以上に、小さな優しさをしっかりと受け止めることのできるスガちゃんの笑顔がうれしい。

「本はどんなふうに分ける？　ＮＤＣでやっちゃえばいいの？」と先生は訊いた。

図書館の本は、図書分類法に基づいて分類され、ラベルが貼られて、書架に並べられる。日本のほとんどすべての図書館で採用されているのは、日本十進分類法、略称ＮＤＣという方法だった。これに従えば、たとえば日本文学の小説なら、９１３――９が文学、１が日本、３が小説になる。

だが、スガちゃんは「とりあえず大まかでけっこうです。子ども向けとおとな向けに分けるぐらいで」と言って、それより、と表情を少し引き締めて本題を切り出した。

「先生と翔也くんには、送ってきた本を、パラパラとでもいいから、ぜんぶ読んでほしいんです。文章も挿絵もぜんぶ」

「読んで……どうするの？」

「津波とか地震とか、洪水とか嵐とか、そういう場面があったら教えてください。あと、お話に海の場面が出てきたり、家族や友だちが亡くなったり、離ればなれになったりっていうお話を見つけたときも」

それは、つまり――。

「いろんな考え方があるんです」

スガちゃんはため息をついた。「子どもたちの悲しい記憶がよみがえったらどうするんだ、と言うひともいれば、それを隠すほうがよくないと言うひともいて」

いまはとりあえず、すべての本を確認して、「要注意」のリストをつくっている。「要注意」の本は子どもたちが直接取り出すことのできない棚に並べ、貸し出しや閲覧も、付き添いのおとなに事情を説明して、了承を得たうえで渡すようにしている。

「それがほんとうにいいのかどうか、よくわからないんですけど……」

スガちゃんは、またため息をついた。


キックに頼まれていた。

「スガちゃん、最近いろいろ悩んでるみたいなんです。生まれも育ちも北三陸で、正真正銘の地元ですから、そのぶん板挟みになることも多いみたいで」

地元の仲間には、意外と悩みを打ち明けられない、という。

仲間も決して「一つ」ではない。いろいろな考えがあり、いろいろな思いがある。

たとえば市の復興計画にしても、高台移転を望む声がある一方で、沿岸部の土地をかさ上げして、いままでどおりの街に戻したい、という声もある。線路や駅舎が津波で流されて運休したままの鉄道も、赤字覚悟で復旧を目指すことの是非をめぐって、議会や市民の意見は二つに分かれたまま、落としどころはまだ見えていない。

「震災の直後は、みんな無我夢中だったんです。とにかく生きることに必死だったし、亡くなったひとの死をなんとか受け容れなきゃいけなかったし、行方不明のひとを捜してあげる、ウチに連れて帰ってあげる、っていうことだけで、みんな一杯一杯だったんです。でも、逆に言えば、よけいなことを考えなかったぶん、みんなが一つにまとまってた、とも言えるんですよね」

だが、震災から一年がたち、これからのことを考える余裕ができてくると、今度はいくつもの選択肢が目の前に置かれてしまう。選ばなければ前に進めない。けれど、選べば選ぶほど、一つだった仲間たちはバラバラになってしまう。

「だから僕、せめて本音の話し相手になってやりたくて……」

実際、スガちゃんも、横浜と北三陸を行き来するキックのような「半・地元」のひとのほうが話しやすいらしく、ときには涙交じりの愚痴や弱音を漏らしている。

「でも、僕自身、横浜で一人前の社会人としてやれてるかって言われたら、違うじゃないですか。もうすぐ三十なのに、まだ正社員になれてなくて、将来の展望とか全然なくて……」

そんな自分にスガちゃんの相談相手になる資格があるのか、と思う。

「スガちゃんも、まだ僕にも言ってない本音がたくさんあると思うんです。でも、先生にだったらそれを打ち明けるかもしれないんで、そのときには、面倒だと思うんですけど、聞くだけ聞いてやってもらえませんか」

お願いします、と頭を下げたのだった。

段ボール箱にあった数十冊の半分近くが、「要注意」になってしまった。

「すごいね、こんなにたくさんあるんだ」

翔也は積み上げた本の高さを手で測って、圧倒されたように息をついた。

アンミツ先生も、びっくりしていた。仕事柄、児童書や絵本はたくさん読んできた。箱の中の本も、おそらく読み聞かせのサークルの皆さんが考えて選んだのだろう、先生もよく知っている「名作」や「古典」がほとんどだった。だが、嵐の場面がこんなにも多いとは思ってもみなかった。

「やっぱり嵐の場面は話が盛り上がるってことなんじゃないの？　ハラハラするし、絵本だったら迫力のある絵になるしね」

スガちゃんの説明に、翔也だけでなくアンミツ先生も、なるほど、とうなずいた。

「あと、海が舞台になってるお話って、すごーく多いでしょう？」

「うん、多かった多かった」

「だから……『要注意』だらけになるわけ」

こんなふうにね、とスガちゃんは手に持っていた絵本を「要注意」の本の山に積んだ。

「きりがないよね」

「そう、ほんと」

また新しい段ボール箱を開ける。送り主は大阪のおばあさん。同封の手紙によると、一年がかりの五百円玉貯金で、児童文学全集を買って送ってくれたのだという。

スガちゃんは「ありがとうございます」と手紙に向かって丁寧にお礼を言って、先生を振り向いてつづけた。

「でも、この全集だと……七割ぐらい『要注意』になります」

その苦笑いの顔に応えて、「『要注意』のほうが多いんだったら、意味がないんじゃない？」と先生は言った。

「でも、嵐や海が気になるひとがいるわけですから、無視はできません」

そうなのかなあ、と先生は曖昧に相槌を打った。正直に言うと、納得できないものがある。もちろん子どもたちの心のケアは必要でも、そこまで過敏になってしまうのは、逆効果になりそうな気もしないではない。

「なにが正しいのか、難しいですよね」

スガちゃんは、むしろ先生をなだめるように言って、作業のつづきにとりかかった。

先生はふと、テンコさんのことを思いだした。あの子なら、見せることと見せないことのどちらを「正しい」と言うだろう……。

夕方五時のチャイムが鳴った。百冊近い「要注意」の本を仕分けして、初日の仕事は終わった。

ほどなく、キックが車で迎えに来てくれた。

一人だった。図書館に回る前にビジネスホテルに寄って、とりあえずヒデヨシをチェックインさせたのだという。

「具合、良くないの？」

「ちょっと……疲れが出ちゃったかもしれません。東京から持ってきた体温計で熱を測ったら、三十八度近かったんで、少し横になりたい、って」

発熱したこともショックだったが、ヒデヨシが東京からわざわざ体温計を持参していたということ——むしろそっちのほうが、先生の胸を強く締めつける。

「でも、仮設住宅を回ってる間は、元気そうだったんです。気も張ってたと思うし、意地でも僕たちに心配かけたくないっていうか」

「そういう子だったのよ、昔から」

先生はうなずいた。自然と頬がゆるむ。けれど、自然とため息も漏れる。

仮設住宅を二軒回った。

最初は一人暮らしのおばあさんのウチに行って、キックが部屋の掃除や風呂の支度などをしている間、ヒデヨシはおばあさんの話し相手をつとめた。

「ヒデヨシさんも方言を聞き取るのが大変だったみたいですけど、にっこり笑ってうなずいてあげるだけでも、しゃべってるほうは気分がいいですから」

ただ、一軒目のおばあさんは、一人暮らしとはいっても、津波で家族を亡くしたわけではなかった。息子二人と娘一人は、それぞれ仙台や盛岡や東京にいる。

「ヒデヨシさんは、それが納得いかないみたいで、おばあさんのウチをひきあげてから、なんでだろう、なんで子どもたちが一緒に住もうって言ってあげないんだろう、って寂しそうな顔をしてました」

もちろん、赤の他人が口出しできることではない。ヒデヨシにもわかっている。わかっているからこそ、やるせない。

そのやるせなさは、二軒目で、さらに深まってしまった。

津波で奥さんを亡くし、おばあさんと高校生の息子と中学生の娘の四人で仮設住宅に入った四十代の父親――キックとヒデヨシを迎えたときには、紙パックの焼酎を抱きかかえるようにして飲んでいたのだという。

「失敗しました。お父さんは留守だと思ってて、ヒデヨシさんには、おばあさんの話し相手をしてもらうつもりだったんです」

キックの言う「留守」にも、苦いものが交じっている。水産加工会社に勤めていた父親は、震災で工場が全壊してしまい、職を失った。一年たっても再就職の目処は立っていない。ときどき道路や港湾の復旧工事の現場に出て日銭を稼いでいるものの、最近では、隣町のパチンコ店や居酒屋で姿を見かけることのほうが多くなってしまった。

そんな父親と差し向かいになったヒデヨシは、ぎごちない愛想笑いを浮かべて、あたりさわりのない世間話をするのがやっとで、しかも父親は、いかにも「よそもの」のヒデヨシが来たことを露骨に嫌がり、ひたすら無愛想に酒を呷るだけだったらしい。

「でも、ほんとうはヒデヨシさん、すごく我慢してたんだと思うんです。向こうのほうがちょっと年下なんで、『しっかりしろよ』とか『酒に逃げるなよ』とか、言いたいことはいっぱいあっただろうな、って。ヒデヨシさんってそうじゃないですか？　初対面で決めつけるのってアレですけど、こういうとき、いかにも説教っていうか、熱いハッパをかけそうなひとだと思うんですよ、僕」

「……当たってる、正解」

アンミツ先生はうなずいた。わかりやすい性格なのだ、ほんとうに、ヒデヨシという男は。だからこそ、狭い仮設住宅の一室で、昼間から酒やパチンコに逃げてしまう父親と向き合ったときの思いも、わかる。

「たぶんね、もっと若かったら、お説教してると思う、あの子」

先生の言葉に、キックも「ですよね」と苦笑交じりにうなずいた。

「小学生の頃だったら、ぶん殴ってるかもね、そんな下級生がいたら」

パンチの手振りをして言うと、キックは「でも、ヒデヨシさんも……やっぱり、おとなになったってことなんですよね」と遠くを見るまなざしになった。

そうよね、と先生も認める。

子どもなら、自分の「正しさ」を一方的に押しつけることができる。だが、おとなになれば、「正しさ」の難しさがわかる。だから、言えない。押しつけることができない。

「なんだか、それでストレスを溜めさせちゃったかなあって思うんですよ……」

キックは申し訳なさそうに言った。


キックは夕食の席を用意してくれていたが、ホテルに寄ってヒデヨシの具合を訊いてみると、熱がまだ下がらず、外に出るのはキツいという。

「じゃあ、わたし、ヒデヨシくんに付き添うから、翔也のごはんだけ、お願いしていいかしら」とアンミツ先生は言った。

キックは残念そうな顔になったが、本の仕分けをする間にすっかり翔也と馴染んだスガちゃんが「じゃあ、とりあえずわたしたち三人でごはんを食べに行ってきます。先生とヒデヨシさんにはお弁当にしてもらいますね」と、とりなすように言ってくれた。

「キック、ごめんね、でもまだ明日もあさってもこっちにいるから、おいしいものを食べさせてちょうだい」

口ではそう言いながら、先生は、明日はもうわからないな、と覚悟を決めていた。明日の朝になってもヒデヨシの熱が下がらなければ東京に帰るしかないし、ヒデヨシ本人も、キックたちに迷惑のかからないうちに帰りたいと言うだろう。

キックたちとはホテルのエントランスで別れた。翔也のことが心配ではないと言えば嘘になるが、翔也はキックとスガちゃんにすっかりなついている。いや、さらに本音を言うなら、翔也も、ヒデヨシと一緒にいたいのかもしれない。ヒデヨシやキックやスガちゃんと、小学校の「みんな」とは、どこがどう違うのか。年齢の違いではないだろうな、ということしか、いまはまだわからないのだが。

キックが翔也にごちそうしてくれる夕食は、海鮮バーベキュー――先生の表情が意外そうになったのを見て、キックはやんわりと諭すように言った。

「被災地でも、ふつうにおいしいものって、たくさんあるんですよ」

そうなのだ、もちろん。

キックの言う「ふつうに」の一言が、「ふつうではない」のを勝手にあたりまえにしている、被災地の外――「よそもの」の意識を、短くてもみごとに言い当てているのだろう。

先生はしゅんとして肩をすぼめた。

自分自身の、あまりにも一面的なものの見方の狭さが恥ずかしい。だが、それと同時に、昔はほんとうに幼い小学生だったキックに、おとなのふるまいを教わるということが、うれしいような、照れくさいような、ちょっと悔しいような……いずれにしても、意外と悪い気分ではなかった。

5

ビジネスホテルは、長期契約をしている復興工事の関係者で満室だった。キックがなんとか二部屋を確保してくれたものの、ヒデヨシの部屋は、エレベータのすぐ隣のエコノミー・シングル——震災前にはよほどの繁忙期以外には客を泊めなかった部屋だったし、アンミツ先生と翔也の部屋も、そうでなくても手狭なシングルルームにエキストラベッドを無理やり入れたので、ベッド以外のスペースはほとんどなかった。

ロビーには、震災直後のホテルの写真がパネルになって掲げられていた。

まだ電気や水道も復旧していない頃から、全国の自治体から派遣された職員や警察官の支援基地になっていたらしい。敷き詰められたブルーシートや、壁一面を埋め尽くす救援物資の段ボール箱、泥だらけの作業靴やヘルメットの写真が「ああ、あったあった」「そんな感じだったなあ」と懐かしく感じられるのは、震災直後の記憶がそれだけ薄れてしまったということなのだろうか。しかも、その「記憶」は自分がじかに目にして焼き付けたものではなく、テレビや新聞やインターネットで見ただけの「知識」や「情報」にすぎないのだ。

なんともいえない後ろめたさや申し訳なさを背負ってチェックインの手続きをしていると、フロントの壁に矢印のシールが貼ってあることに気づいた。

矢印の横には〈津波はここまで来ました〉という説明の紙も貼ってある。フロントの青年の背丈より上——二メートル数十センチ、いや、三メートル近いだろうか。

あの日、ここは水底だったのだ。急に息苦しさを感じた。港からだいぶ陸に入ったところに建つホテルにも、これほどの高さの波が来たのだから、海岸地区は、文字どおり波に呑み込まれてしまったのだろう。建物がほとんど消えうせた町の風景を思いだすと、息苦しさはさらにつのる。

フロントの青年は、部屋の鍵を先生に渡すとき、手元のメモを読み上げた。

「お連れの羽柴さまからご伝言なんですが、チェックインされたら、携帯電話に連絡が欲しい、とのことです」

ロビーから電話をかけた。コール音数回で電話はつながった。ヒデヨシは「お疲れさまです、すみません……」とか細い声で先生に応え、「ちょっと俺の部屋に寄ってもらえませんか」とつづけた。

光量を絞ったスタンドの明かりが、ベッドに横になるヒデヨシを照らす。光があたったところと影になったところの明暗がくっきりしている。特に目元や、頬から首筋にかけての翳りが深い。小学生の頃はむしろ小太りだった少年は、四十年たってこんなにも痩せてしまい、もうあの頃の丸顔に戻ることはないのだろう。

アンミツ先生はドレッサーを兼ねたデスクのスツールに座り、目を閉じたヒデヨシの顔を見つめる。先生を迎えたときには自分でドアを開け、しばらくはベッドに腰かけて話していたのだが、「すみません、ちょっと休ませてください」と言って横になると、そのまま、目までつぶってしまった。やはり病人なのだ、と嚙みしめるしかない。

壁のすぐ向こうはエレベータだった。昇降するたびに、音や震動が部屋に伝わる。仕事を終えた作業員が、現場から戻ってくる時分だった。酒や食事でまた外に出かけるひとも多いだろうから、エレベータの音や震動は夜遅くまでつづくことになる。もしもそれがしんどいようなら部屋を替わってあげたほうがいいだろうか……と思っていたら、ヒデヨシの落ちくぼんだ目が、ようやく開いた。

「出直したほうがよさそうです」

声はか細く、かすれてもいたが、口調はしっかりしていた。

「体の調子、やっぱりキツい？」

先生が訊くと、すぐに「それは平気ですよ、あと二、三日なら、なんとか」と返す。微妙にムッとしているようにも聞こえた。ほんの一瞬だけ、負けず嫌いのガキ大将の面影が覗く。それがうれしくて、悲しい。

「体っていうより、ちょっと心のほうがへばっちゃった感じで……」

「キックも心配してたわよ。ストレス溜まったんじゃないか、って」

ヒデヨシは苦笑するだけで肯定も否定もせず、代わりに「俺、先生から手紙をもらうまで忘れてたんです」と唐突に話を変えた。

「……なにを？」

「太平洋を泳ぐめだかの話です」

苦笑いに、懐かしさが交じる。

「奥さんからも、それ、聞いてた。ヒデヨシくんが手紙を読んで、すごく懐かしがってくれてた、って」

アンミツ先生が言うと、ヒデヨシは「しょうがないなあ、あいつ、なんでもペラペラしゃべっちゃって」と、まんざらでもなさそうな様子のしかめっつらになった。

「キックも覚えてたのよ、その話」

「へえ……」

「あと、ほら、銀天街の子たちも、キックよりもっと後輩になるんだけど、やっぱりめだかの話が懐かしい、って」

「先生……ずっと、みんなに話してたんですか、めだかのこと」

「六年生の担任のときは必ずね」

ふうん、というヒデヨシの相槌に、かすかな寂しさを感じた。めだかの話は自分たちだけの思い出ではなかったというのが、悔しくなったのかもしれない。そういうところは子どもの頃と変わらない。

先生は、あらあら、と笑って、「ヒデヨシくんたちは第一期生だから別格だけどね」と特別扱いをしてやった。

子どもの頃のヒデヨシなら、その一言で急に照れてしまって、それを隠すために理由もなく口をとがらせて怒りだすところだ。

だが、おとなの――そして早すぎる晩年を迎えつつあるヒデヨシは、さっきと同じ寂しげな相槌を打って、ぽつりと言った。

「太平洋を元気に泳いでるめだかって、どれくらいいるんでしょうね……」

ちょうどエレベータが壁の向こうを通ったところだったので、声がうまく聞き取れなかった。先生が耳を寄せて「え？」と訊くと、ヒデヨシは言葉を少し変えて言い直す。

「先生の教え子は、みんな幸せになってるんですか？」

先生は答えに窮した。当然だった。口に出さなくても、目の前のヒデヨシ自身が、その答えになってしまう。

「八割ぐらいかな」ヒデヨシは淡々とした口調で言った。「もっと低くて七割とか、六割とか……でも、半分以上は幸せでしょう？」

先生は黙ってうなずいた。教え子が全員そろって幸せになっているというのは、さすがに不可能な夢なのだと認める。だが、幸せな教え子のほうが多いんだというのは信じていたいし、信じさせてほしい。それくらいの夢すら見られないのなら、教師という仕事になんの楽しみがあるのだろう。

「先生、俺、おとなになってもずうっと先生の教え子でいいんですよね？」

ヒデヨシが訊く。「もちろん」とアンミツ先生が返すと、「じゃあ、俺、もっと質問します」とつづけた。

「先生の息子さん、交通事故で亡くなったわけじゃないですか。先生は、息子さんの人生、幸せだったと思います？　それとも、不幸だったんですか？」

また言葉に詰まってしまった。

ヒデヨシはさらに質問を重ねる。

「翔也くんって、両親がいきなり事故で二人とも亡くなって、しかも学校に馴染めない子どもですよね。天涯孤独の身になって、おばあちゃんに引き取られて、でもおばあちゃんとは血のつながりがなくて、いままでほとんど会ったこともなくて……。そんな翔也くんって、やっぱり不幸な人生ですか？」

これは、少しは答えられる。

「まだ子どもなんだから、不幸な人生だって決めつけるのはおかしいわよ。これから自分の人生を自分で切り拓いていくんだから」

「でも、幸せだね、とは言えませんよね」

「それは、まあ……かわいそうよね」

ヒデヨシはそれを聞くと、目をすっと閉じてしまった。なんだか、そっぽを向く代わりのようなしぐさだった。

「先生、『不幸』と『かわいそう』って、同じですか？　違いますか？　もし違うんだったら、どこがどんなふうに違うんですか？」

答えられない。

絶句した先生が沈黙の気まずさを背負う前に、ヒデヨシは目を閉じたまま「すみません、屁理屈言っちゃって」と謝った。

「ううん、そんなことない……」

見えないのはわかっていても、首を大きく横に振った。「あなたがいま言ったこと、すごく大切なんだと思う」

夕方、図書館でスガちゃんと「要注意」の絵本について話したときと同じように、なぜか不意に、テンコさんの顔が浮かんだ。自信たっぷりに、潑剌と、にこやかに笑っている顔だった。あの子なら、いまのヒデヨシの問いにどう答えるのだろう——。

「ごめんね、先生、いまはうまく説明できない。宿題にしていい？」

今度も、見えないのはわかっていても手を合わせて謝って、ヒデヨシの顔を覗き込んだ。つぶった上下のまぶたの隙間に涙が光っていることに、そのとき、気づいた。

「先生、俺、昼間に仮設住宅を二軒回ったんですよ」

ヒデヨシが言う。「ちょっと、そのときのこと話していいですか」——アンミツ先生はときどき相槌を打つだけで、あとは聞き役に徹した。

「言いたいことは山ほどあったんですよ」

都会にいる子どもたちから「一緒に住もうよ」という声のないまま、仮設住宅で一人暮らしをしているおばあさんにも。

津波で奥さんを亡くした悲しみから立ち直れずにいて、酒とパチンコに逃げている父親にも。

どうか寂しさに負けないでください、と言いたい。子どもたちのためにもしっかりしてくれよ、とも言いたい。それ以前に、もし失礼にならないのであれば、ただ黙って手を取って、涙を流すことで、言葉にならない思いを伝えたい。

「でもね、俺、見ちゃったんです。どっちのウチにも、家族の写真が飾ってあったんですよ。おばあさんのほうは、十年以上前に亡くなったダンナと、三人の子どもがまだガキだった頃の写真。飲んだくれのほうは、津波で死んだ奥さんと、息子と娘が一人ずつで、どっちもまだ小学生の頃の写真で……」

二枚の写真は、どちらも家族がみんな笑顔で、見るからに幸せそうだった。

「あとでキックに聞いたんですけど、写真が残ってるだけでもラッキーなんですよ。家族の思い出とか歴史がいっさいがっさい津波に流されたウチのほうが多いんですから」

その写真を見ていると、急に「幸せ」の意味がわからなくなった。

なぜなら――。

「俺、そんな写真がないんです。写真だけじゃなくて、そういう家族の幸せを実感したことがないっていうか……いや、実際、なかったんです、ほんとに……」

だが、先生が受け取った年賀状の写真は、家族全員そろって微笑んでいたのだ。ヒデヨシの病気のことさえ除けば、いかにも仲良しで幸せな家族のように見えていたのだ。

「俺の病気がわかってからなんです、ウチの家族が一つになったのって。それまでは、俺は仕事仕事で、ウチのことはカミさんに任せきりで、息子たちも、なんか俺のことが煙たいみたいで……家族そろって撮った写真なんて一枚もないし、みんなで笑ったことじたい、めったになかったんですよ……」

皮肉な話と言えばいいのか、悲しみの中に灯（とも）った小さな光だと考えるべきなのか、ヒデヨシの食道ガンがわかったのをきっかけに、ばらばらだった家族がまとまった。

「線が細くて、なにをやらせてもボーッとしてた長男が、いまでは一家の大黒柱ですよ。女房はもう長男に頼りきりだし、弟二人も兄貴をよく支えてくれてます」

そうだった、確かに。ヒデヨシの自宅を訪ねたときのことを思いだして、アンミツ先生は「男の子って、ピンチのときに成長するのよね」と微笑んだ。「ヒデヨシくんだって、そうだったんじゃない？」

ヒデヨシは頬をゆるめたが、それが笑顔になる前に、ため息交じりにかぶりを振った。

「でも、遅いですよ」

「そう？」

「だって、親父が余命半年の宣告を受けたあとで家族が家族らしくなっても、もう遅すぎるじゃないですか。親父が死ぬことで家族が初めてまとまるんだったら、じゃあ親父って……俺の人生には、いったいなんの意味があったんだよ、って……」

先生は黙ったままだった。慰めや励ましの言葉はいくつか浮かんだが、なにを言っても、建前のきれいごとにしかならないだろう。

「仮設住宅で会った飲んだくれは、俺とは正反対ですよ。家族の幸せな思い出がたくさんあるんですよ。ほんとに、あの写真、みんな幸せそうな笑顔だったんですから。家族思いの奴だったんですよ、絶対に。だから、いま、シラフじゃいられないほどつらくて、悲しいんですよ、あいつ……」

言葉が止まる。しばらく肩で息をついたあと、ヒデヨシは体を起こした。時間がかかる。息があがってしまう。

「トイレ？　肩を貸したほうがいい？」

先生があわててスツールから腰を浮かせると、「そうじゃないんです」と笑って、座り直してほしいと手振りで伝えた。

ようやく体を起こし、ベッドのヘッドボードにもたれて、先生を見つめる。スタンドの明かりが当たる角度が変わったせいか、眼窩が落ちくぼんでいることと関係あるのか、目が怖いぐらいにギョロリとして、鈍い光をたたえている。

「先生、教えてください」

「なに？」

「俺の人生と、飲んだくれのあいつの人生、先生はどっちを褒めてくれるんですか？」

ベッドに寝ころがった翔也は、ものの数分もしないうちに寝息を立てはじめた。シャワーを浴びた髪はまだ生乾きだったが、アンミツ先生が仕上げにドライヤーをあてる間もなかった。東京を発ったのが朝早かったし、移動した距離も長かったので、やはり疲れていたのだろう。

ただ、夕食の海鮮バーベキューは、おとなの一人前をぺろりとたいらげて、追加で頼んだ特産のホッキ貝もほとんど一人で食べきったのだという。

キックやスガちゃんともよく話をした。二人の気づかいをよそに、翔也は自分から両親の事故死のことを打ち明け、不登校の話も、さらりと口にした。北京浜小学校や上毛市の小泉小学校で仲良しだった外国籍の友だちのことも次々に、ほんとうに楽しそうに、懐かしそうに、話したのだった。

ホテルまで翔也を送ってくれたキックは、先生にこっそり言った。

「被災地って、とんでもなく悲しい出来事があった場所でしょう? 翔也くん、自分と通じ合うものを感じてるのかもしれませんね」

明日も朝から図書館の仕事を手伝うんだ、と張り切っていたらしい。

「僕らも大歓迎なんですけど……ヒデヨシさんのほうは、具合、どうですか?」

「明日の朝にならないとなんとも言えないけど、いまの感じだと、早く東京に帰ったほうがいいかもしれない」

「ですよね。とにかく体調が最優先ですし、今夜またなにかあったら、いつでも電話してください。すぐに駆けつけます」

「……ありがとう、キック」

「やめてくださいよ、アンミツ先生にお礼言われるなんて、照れくさいですよ。困ったときはお互いさまだし、被災地にいると、それがしみじみわかるんです」

子どもの頃と変わらない優しい性格に、おとなの頼もしさが加わった。

そんなキックが、正社員として就職できないまま三十歳になってしまうなんて――いくら不況で就職難だとはいっても、どうしても納得がいかないのだ、先生には。

寝入ってしまった翔也の肩に布団を掛けてやって、部屋の明かりを消した。

ヒデヨシは自分の部屋のベッドで、ちゃんと眠れているだろうか。先生が答えられなかった問いは、いまもまだ、暗がりに浮かんだままなのだろうか。

自分の命と引き替えに、ばらばらだった家族が一つになるのを見届けて、しかし自らは楽しかった思い出をなにも持たずに旅立つ父親――。

仲が良かった奥さんを喪った悲しみから立ち直れず、孤独な生き残りの歳月を生きる父親——。

「ねえ、先生」

ヒデヨシは上体をヘッドボードに預け、まっすぐにアンミツ先生を見つめたまま、質問を変えた。

「俺と仮設住宅のあいつ、どっちも不幸は不幸なんですけど……先生なら、どっちがましだと思いますか？」

言葉に詰まった。絞り出すように「……『まし』っていう言い方、やめようよ」と言うのがやっとだった。

だが、ヒデヨシは「質問の答えになってませんよ」とかぶりを振る。「じゃあ……どっちが、少しは幸せなんですか？」

「……どっちも」

「だったら、どっちを褒めてくれますか？」

「……どっちも」

「ずるいなあ」

ヒデヨシは苦笑して、ベッドにずぶずぶと沈んでいくような格好でヘッドボードに背中を滑らせ、また仰向けになった。

もう新しい質問はしなかった。いまの先生の答えを受け容れたかどうかも言わず、「おやすみなさい」とつぶやいて、目を閉じた。

先生は黙って部屋を出た。

教師と教え子の関係は、卒業してから何十年たっても変わらない。永遠に変わらない。そうであってほしい、と祈ってもいる。

だが、かつての教え子は、やがておとなになる。おとなになるとわかる。教師は世の中のことをすべて知っているわけではないし、答えがいつも正解というわけでもない。教師が「いま考え中でーす」と逃げてしまうことだって、ほんとうはたくさんあるのだ。

先生は翔也のベッドから離れ、窓を少し開けて空気を入れ換えた。窓は港の方角に取ってあったが、町の灯はほとんどない。仮設の街灯の頼りない光が、ぽつりぽつりと散っているだけだった。

第五章

1

ヒデヨシは翌朝早く、自分でタクシーを呼んで東京に帰ってしまった。

キックにはホテルをチェックアウトする前に連絡を入れていたが、アンミツ先生には新幹線の駅に着いてから、しかもショートメールで〈動けるうちに帰ります。また連絡します〉――それだけだった。

メールを受け取ってほどなくホテルに迎えに来たキックに、先生は思わず愚痴をこぼした。

キックは「先生に心配かけたくなかったんですよ」と言う。「僕に電話をかけてきたときも、自分の体のことはなんにも言わずに、先生と翔也くんをよろしく頼むよろしく頼むって、そればっかりでしたから」

さらに、自分が予定を早めて帰京することも、ホテルに迎えに行くまで伝えるな、あわてて電話なんかして先生に早起きさせるな、昨日は東京から長旅で疲れてるんだから、と念を押していたらしい。

よけいなお世話、と口をとがらせた。怒ったふりをして気を張っていないと、涙ぐんでしまいそうだった。

ホテルを出ると、白い霧に包まれた。

夜明け頃からたちこめていた霧は、八時を回っても消えていない。時間がたつにつれて、さらに濃くなったようにも見える。

「海から流れてくる霧なんです」

よく晴れた昼間でも、急に沖のほうに霧が発生することがある。霧は東風に乗ってたちまち陸地に達し、ひどいときには百メートル先の信号すら見えなくなる。

「視界も利かなくなるし、気温も下がるんですよ」

いまもそうだった。四月半ばに差しかかっているのに、吐き出す息が白い。先生も翔也もセーターとジャケットを重ね着した上に、ウインドブレーカーを羽織っていた。キックの車には暖房が入っていたが、車内でもウインドブレーカーを脱ぐ気にはなれなかった。

「この時季はまだいいんですが、梅雨が明けても冷たい風が吹く年があって――」

「『やませ』っていうんだっけ」

「そうです。それが長くつづくと稲が育たなくなって、冷害になるわけです」

寒々しく痩せた土地だ。冷害による飢饉で多くのひとびとが餓死した時代もある。町が壊滅してしまうほどの津波にも、繰り返し襲われてきた。

「逆に言えば、そのたびに生き残ったひとたちが町を復興してきたわけですから、たくましいんですよ。僕たちも、そのたくましさのＤＮＡを受け継いでるはずなんです」

キックはそう言って、「でも……今度ばかりは、キツいかもしれません……」と力なく首をかしげながら、つぶやいた。

深い霧の中、ヘッドライトを灯したキックの車は、スピードを落として港の近くを走っていく。

「今日みたいな日は、ほんとうは沖のほうから船の霧笛が何重にもかさなって聞こえてきて、にぎやかなような、逆にもの寂しいような、不思議な感じなんですけど……」

いまの港に船の出入りはなく、人影もほとんど見えず、しんと静まりかえっている。魚市場の競りは去年の暮れから再開したものの、震災前に比べるとまだ十分の一以下の水揚げしかないという。

「船が漁に出て、水揚げをする港があって、市場を開ければそれでいい、っていうものじゃないんです」

製氷業者がいなければ、冷蔵用の氷がない。氷があっても、発泡スチロールの業者が操業を再開しなければ、魚を詰める箱がない。水産加工業も同じだ。津波で流されてしまった缶詰工場がようやく新築されても、調理用の醬油がなければ、いままでどおりの味の缶詰はつくれない。だが、地元の醬油メーカーは津波で蔵が被災してしまい、とても醬油を仕込める状況ではないらしい。

「あと、建物の損害はもちろんですけど、技術と経験を持ったベテランのひとや、将来のこの町を支える若手がたくさん亡くなったこと、これからボディブローみたいに効いてくると思います。特に若い奴らは、こんな田舎に残って、骨を埋めようとしてくれてたわけですから……僕なんかが言う資格はないんですけど、大きな痛手だと思います」

先生が黙ってうなずくと、キックは「ほんとうはね」とつづけた。「親父もおふくろも、少し肩身の狭い思いをしてるんですよ」

「なんで？」

「僕は横浜にいたから助かったんです。でも、地元で暮らしてる若い連中はたくさん津波に呑まれたんです。地元で子どもを育てて、仕事や消防団でがんばってた阿部ちゃんたちが亡くなって、都会でハンパにやってた僕が、のうのうと生きてて、ボランティアなんてやってるわけですから、複雑な思いで僕を見てるひともいるはずですよ、きっと」

「でも、あなたは、べつにこの町で生まれ育ったわけじゃないんだし、たまたまお父さんの生まれ故郷だったっていうだけで――」

先生の言葉をさえぎって、キックは「でも、僕はこの町を『ふるさと』だと思いたいんです」と言った。

今日の仕事は、昨日につづいて、スガちゃんのお手伝いだった。

「午前中は本の仕分けをお願いしますが、お昼からは外に出ましょう」

今日は、近隣の自治体に点在する仮設住宅を回る移動図書館の日だった。

スガちゃんは「名目は本の貸し出しなんですけど、それ以上に大事な仕事があるんです」と言った。

仮設住宅で暮らしているひとたちは皆、住み慣れたわが家を津波で失い、いままでの暮らしを文字どおり根こそぎ奪い去られてしまった。知り合いや身内や家族を亡くしたひとも数多い。しかも、北三陸市から離れ、別の市町村に、いわば居候しているのだ。

「市内の仮設住宅でも、皆さん心細い思いをしてるんですから、遠く離れた仮設住宅にいるひとたちは、もっと不安で、孤独です」

だから、こうして定期的に仮設住宅を巡回することが必要になる。

「皆さんのことを決して忘れてはいませんよ、わたしたちはずっとそばにいますよ、というのを伝えたいんです」

キックも横から「お互いに顔を合わせて世間話をするだけでも、全然違うんです」と付け加えた。「体調の悪そうなひとや、心のケアが必要なひとのことも、実際に顔を見れば多少は察しがつきますから」

キックは、移動図書館の日はドライバーとしてスガちゃんに同行する。先月は一人のおばあさんの様子がちょっと変だと気づき、しばらく話し相手を務めた。

「そのおばあさんは津波で中学生のお孫さんを亡くしたひとで、ずっと自分を責めてたんです」とスガちゃんが言った。「年寄りの自分が生き残ってしまうなんて」という自責の念にさいなまれ、自殺まで考えていたというおばあさんが話す弱音や嘆きを、キックは穏やかな相槌を打ちながら、ねばり強く聞いていった。

キック自身は「まあ、それがなんの役に立ったのかはわかりませんけど……」と照れくさそうに言ったが、そんな謙遜を打ち消して、スガちゃんが教えてくれた。

翌日、図書館にそのおばあさんから電話が来た。昨日キックと話したおかげで、ゆうべはひさしぶりにぐっすり眠れた。おばあさんは涙ぐみながら、「ありがとうございます、ありがとうございます」とお礼を繰り返していたのだという。

キックは「お昼にまた顔を出します」と言って、図書館をあとにした。これから市役所で、自動車教習所の誘致をめぐる話し合いがあるのだという。

「教習所って――」

アンミツ先生は怪訝な顔でスガちゃんに訊いた。正直に言って、いますぐ必要なものとは思えなかった。震災から一年をへても、町はまだ、瓦礫の山がようやく集積場に移された段階なのだ。

「だから、要るんです」

スガちゃんは、本の入った段ボール箱の梱包を解きながら言った。「大型特殊免許がないと重機を動かせませんから」

あ、そうか、と遅ればせながら気づいた。被災地ではこれから何年もかけて復興の工事がつづく。パワーショベルやクレーンの免許を持っていれば働き口を見つけやすい。地元に教習所をつくって免許を取りやすくすれば、それがそのまま雇用対策になる。

「いまは外から来てるひとたちが中心になって工事をやってますけど、やっぱり、そろそろ地元のひとたちの就職口にしないと」

目先の収入のことだけではなく、町の将来の展望も見えなくなってしまう。

「いまは中学生や高校生が学校を出ても、町に就職先がありません。都会の大学を卒業して帰ってこようと思っても、仕事がなければ帰れません。若い子たちを引き留めることができないと、十年後に町を支える世代がいなくなっちゃうんです」

「うん……」

「いまの小学生のパパやママもそうです。仕事を求めて仙台や盛岡や東京に出て行ったら、子どもたちも一緒にいなくなっちゃうんですよ。出て行った子どもは、もう帰ってきません。ということは、いまどんなにがんばって町を復旧しても、二十年後とか三十年後には、だーれもいなくなっちゃうじゃないですか」

「うん……」

先生は低い声で相槌を打ち、小さくうなずくことしかできない。被災地の現実――いや、それは、震災に遭う前から町に重くのしかかっていた「地方」の現実だった。

スガちゃんは「菊池さんも――」と言いかけて、「キックさんっていうあだ名、わたしも真似していいですか？」と笑い、「キックさん、決めてるんです」

たとえ自動車教習所の誘致に成功しても、キックは通わない。大型特殊免許の取れる教習所は東京や横浜にはいくつもあるが、そっちに通うつもりもない。ふるさとの支援はあくまでもボランティアで、生活の糧（かて）は横浜での派遣の仕事で得る、と決めている。

「椅子を取りたくないって言うんですよ、キックさん」

椅子とは、つまり――。

「自分がこっちで就職をすると、地元に残ったひとたちの働き口が一人分減っちゃうじゃないですか。それは絶対にできない、って」

スガちゃんは少し悔しそうに言う。キックの決めたことに、まだ微妙に納得のいかないものがあるのだろう。

アンミツ先生も同じだ。いかにもキックらしい気づかいと、優しさはわかる。だが、それが要領の悪さになってしまうのが、いまという時代の寂しい現実でもあるのだ。

「派遣でいろんな工場を回るのって、絶対に不安定ですよね」

「うん……はっきり言って、たとえいまはなんとかなっても、これからどんどんキツくなっていくと思う」

「ですよね……」

風邪をこじらせて一週間寝込んでしまっただけでも、生活の基盤が揺らいでしまう。仕事を失い、場合によっては住まいさえ追われてしまうことだって、ありうるのだ。

「わたし、キックさんみたいに、とことん真面目なひとが正社員で就職できないっていうのが、不思議でしかたないんですけど」

先生だって同じだ。けれど、「とことん真面目」だからこそ就職が難しかったんだろうな、とも思う。

「わたしなんかが言うのってナマイキなんですけど……キックさんの人生って……これから、どうなっちゃうんでしょうね……」

もうすぐ三十歳。結婚をしている同級生や子どものいる同級生を見て、キックはなにを思うのだろう。若くしてマイホームを構え、経済的に豊かな生活をしている同級生は、キックのことを、どんな目で見ているのだろう。

話が途切れた。絵本をぱらぱらめくって「要注意」の場面を探していた翔也が、その手を止め、遠くに目をやって言った。

「キックのお兄ちゃんって、恋人いないのかなあ……」

そのつぶやきに、スガちゃんは頬をカッと赤らめてしまった。

アンミツ先生は、もちろん、スガちゃんの赤い頬には気づかないふりをした。

翔也も、どこまでの深い意味を込めていたのか、一言つぶやいたあとはスガちゃんの反応にはまったく興味を示さず、すぐに「要注意」探しの仕事に戻った。

スガちゃんは一人でどぎまぎして、何度か咳払いをして、言った。

「キックさんって、小学生の頃から真面目だったんですか？」

先生はクスッと笑う。あせりながらでも、キックの話題から離れないところが、ちょっとおかしくて、うれしい。

「そう、ほんとに真面目で、優しかったの」

「自分が損しちゃっても、誰かのために……っていう感じの……」

「そうそう、ほんと、そのとおり。スガちゃんよくわかってくれてるね」

スガちゃんの頰はまた赤くなる。それで先生はまたうれしくなる。

キック、あなたもいろいろと大変だとは思うけど、あんがい友だちの誰よりも幸せなのかもしれないよ――。

問題は、あなたがそれに気づいているかどうか、なんだけど――。

キックの優しさは、ヒデヨシとは、またひと味違う。ヒデヨシはガキ大将らしい頼もしさでそばに寄り添う優しさだが、キックのほうは、そっと席を譲る優しさなのだ。

ヒデヨシが「俺も一緒に行ってやるよ」と仲間の肩を抱いて歩きだすタイプなら、キックのほうは「俺のことは気にしなくていいから」と一歩下がって、バイバイと笑顔で手を振りながら仲間を見送るタイプ――。

先生の話に、スガちゃんは「わかります」と得心した顔で大きくうなずいた。「キックさんのこともよくわかるし、ヒデヨシさんも……体の具合が悪くても、そういう性格だというのは、よくわかります」

「まあ、ヒデヨシがこの場にいたら照れちゃって、逆にぷんぷん怒りだしちゃうかもしれないけどね」

やだあ、とスガちゃんが笑ったとき、また翔也が手を止めた。

「おばあちゃん」

「え？」

「あのね……僕、いま、思ったんだけど……キックさんって、お父さんに、似てる」

言われて気づいた。確かにそうだ。健夫の優しさとキックの優しさは、よく似ている。

2

本の仕分けが一段落つくと、午後からの移動図書館の準備に取りかかった。

全国から本が寄贈されているとはいえ、「要注意」の本を除いてしまうと、プレハブの本館と大型ワゴン車を改造した移動図書館の両方を満たすほどの冊数にはならない。

「だから、移動図書館の日は、本の割り振りをいろいろ考えなきゃいけないんです」

スガちゃんは、本のローテーションをつくっていた。本館からワゴン車に移す本と、逆にワゴン車から本館に戻す本を、それぞれ一覧表にして、アンミツ先生と翔也に渡す。

「棚から抜き取った本は、買い物カゴに入れて、提げて運んでください。それが一番効率的なんです。一冊ずつ運ぶと手間ばかりかかるし、これ以上大きな容れ物を使うと、今度は重すぎて腰や肩を痛めますから」

図書館で使っている買い物カゴには、ショッピングセンターのロゴが入っている。店舗は津波で流されて、いまはもう跡形もなくなっている。カゴは瓦礫の中から持って来たのだという。確かによく見ると、カゴの表面はボロボロになっている。

「カゴを見るだけでも津波の記憶がよみがえる、って怒るひともいるんですけど、使えるものはなんでも使わないと、とにかくいまは、モノもひともお金も足りないんですから」

貧乏性ってことなんですけど、と肩をすくめて苦笑する。

ほんとうに明るくていい子だな、とアンミツ先生は思う。しかも、その明るさは、たんに無邪気で陽気というのではなく、深い悲しみをちゃんとわかっていて、そのうえで笑顔を選ぶ明るさなのだ。

先生はすっかりスガちゃんのファンになっていた。いいひとと出会えたね、とキックに言ってやりたい。あなたももうすぐ三十歳なんだから、そろそろ真剣に考えないと……とつづけるとセクハラになってしまうのだろうか？

それでも、結婚の前に、就職の壁が立ちはだかっている。

キックの場合は、そっちの壁を乗り越えるほうが難しいかもしれない。どこかの会社の人事部の採用担当者を問いただしてみたい。ねえ、あなたの会社は、キックのどこが気に入らないわけ――?

いいんですよ先生、と寂しそうに笑うキックの顔が浮かぶ。その表情がリアルに想像できてしまうところが、結局、キックの一番の弱さなのだろうか……。

お昼前に本の入れ替えを終えた。そろそろ昼食に出かけようかという頃、キックからスガちゃんに電話がかかってきた。

スガちゃんの受け答えの声は途中から沈みがちになり、「はい、わかりました……じゃあ、気をつけて」と電話を切ったあとには、やれやれ、という息をついた。

キックはいま、ご近所のおばあさんの付き添いで隣の市の病院にいる。「隣」といっても車で小一時間かかる距離だ。直通のバス路線もない。ふだんは還暦近い息子さんが送り迎えしているが、今日は息子さん自身の体調が思わしくないので、相談を受けたキックが車を出すことになった。しかたなく自動車教習所誘致の会議を中座して、なんとか午前中にすませよう、と急いでおばあさんを送っていったものの、待合室は近隣の市町村から来た老人たちで満杯で、診察まで軽く一時間は待たされそうだという。

「しかたないんです。海沿いの町にあった病院はみんな津波で流されたので、内陸部の病院に患者さんが集中しちゃって」

でも、とアンミツ先生は本音では思う。ご近所とはいえ、どうしてキックがそこまで世話をしなくてはならないのか。そのおばあさんの家族、たとえば息子さんの奥さんには頼めないものなのか……。

その思いが顔に出てしまったのか、スガちゃんは寂しそうに苦笑して言った。

「息子さんの奥さん、津波で流されて、まだ行方不明なんです」

絶句する先生に、スガちゃんは「みんな悲しい目に遭ったんです、この町は」と、もっと寂しそうに笑った。

そんな状況でも、キックはアンミツ先生たちの昼食に、一日限定二十食の海鮮フライ弁当の手配をしてくれていた。

スガちゃんが買ってきてくれたその弁当は、確かにおいしかった。翔也は海老フライの大きさにびっくりしていたし、先生は肉厚なホタテのフライの甘みに感動した。

ありがたさと申し訳なさに恐縮しながら箸を進める先生に、スガちゃんは言った。

「やっぱりアンミツ先生だから張り切ってるんですよ。キックさん、先生が来てくれるのをすごく楽しみにしてたんですから」

先生は照れくさくなってお茶を啜る。

横から翔也が「おばあちゃんはどんな先生だったの？」と訊いてきた。「厳しいとか、優しいとか、熱血とか……」

「でも、『アンミツ先生』って名前、全然フツー」

「フツーの先生よ、ドラマっぽくない？」

やだぁ、と噴き出した。「安藤美津子だからアンミツ、それだけ」

翔也も冗談で話を振ったのだろう、えへへっ、と笑い返して、すぐに食事に戻ったが、スガちゃんは急に真顔になって言った。

「特別な先生ですよ、アンミツ先生は。もちろん、わたしは先生の教え子じゃないけど、絶対に特別です、すごいです」

太平洋を泳ぐめだかの話をキックから聞いて、そう確信した、という。

スガちゃんの運転する移動図書館のワゴン車は、川沿いの国道を走って隣の矢作(やはぎ)市に向かった。津波は川をさかのぼって山あいの地区も襲っていた。川の両岸は、驚くほど上流のほうまで壊滅していて、瓦礫は一年たってもまだ片づけがほとんど進んでいない。

だが、その荒涼とした風景も、峠のトンネルを抜けて矢作市に入ると一変する。

のどかな田園地帯の春だ。菜の花が咲いている。田んぼや畑を耕すトラクターの動きは、瓦礫を片づけるパワーショベルのそれと似ているようで、哀しいほどに違う。

震災で亡くなった矢作市の市民は三十人ほどいる。ただ、そのひとたちは、北三陸市に勤めに出ていて津波に巻き込まれてしまったのだ。地震そのものによる被害はほとんどなかった。屋根が崩れて半壊した倉庫が二棟、ブロック塀の倒れた家屋が十戸足らず、人的被害も市内にかぎれば軽傷者が数名といった程度だったという。

山を隔てて、世界は二つに分かれてしまった。一年前の「あの日」をなんとかやり過ごすことのできた世界と、それが叶わなかった世界――。

「『世界』なんて言うと大げさかもしれませんけど、移動図書館でまわりの市町村を回ると、ほんとうにそれを実感するんです」

スガちゃんの言葉に、アンミツ先生は納得してうなずいた。大げさな言い方だとは、ちっとも思わない。津波が壊してしまい、奪い去ってしまったものは、風景だけではない。ひとびとの命だけでもない。その土地が紡いできた歴史や、ひとびとが語り継いできた記憶――過去から現在へと流れてきて未来へとつづくはずだった時間もまた、粉々に打ち砕かれてしまった。風景、命、そして時の流れ。それらをすべて言い表せる言葉は、「世界」以外にはありえないのではないか？

「矢作市のひとたちには、ずっと迷惑をかけてるんです」

北三陸市で被災したひとたちが身を寄せる仮設住宅は、矢作市の市民グラウンドに建っている。それはつまり、矢作市の市民がグラウンドを使えなくなったということなのだ。

「毎年秋に大きなお祭りがあって、そのメイン会場が市民グラウンドなんですが、結局去年はメイン会場を別の場所に分散するしかなくて、いろいろ大変だったんです」

矢作市にかぎらず、そんな例はいくつもあるという。

困ったときはお互いさま。みんなわかっている。「助け合い」「思いやり」「絆」の尊さや重みも、ちゃんと嚙みしめている。

「でも、『現実』も尊いし、重いんです。それを否定するとだめだと思うんですよね」

スガちゃんによると、内陸部の市町村では、沿岸部からの移転需要を見越して、住宅や事業用地の相場が急騰しているらしい。賃貸物件も市場から払底している。仮設住宅を学校のグラウンドに建てた町では体育の授業ができずに困っているし、ゴミ出しや路上駐車をめぐって、仮設住宅の住民と地元の住民がトラブルになっている町もないわけではない。

「知ってますか？　仮設住宅って『仮設』なんですから、ずっと住めるわけじゃないんですよ。二〇一三年度末、だから、二〇一四年の三月いっぱいで出なきゃいけないんです」

ベンチシートの助手席に座ったアンミツ先生も、先生とスガちゃんに挟まれて座った翔也も、同時に「えーっ？」と訊き返した。

「だってまだ復興計画も固まってないし、生活の再建だってできてないのに、いくらなんでも——」

先生が言いかけるのを制して、「出て行けって言われても無理ですよね」とスガちゃんは苦笑する。「だから、おそらく、入居期間は延長されると思います」

「そうよね……」

ホッとして胸を撫で下ろすと、スガちゃんは「でも——」と諭すように言って、話をさらにつづけようとした。

その前に、翔也が「じゃあ、市民グラウンドはずーっと使えないの？」と言う。「矢作市のひとたち、大変だよねー」

「そう、そう、そうなのよ、翔也くん」

スガちゃんは大きく何度もうなずいた。「仮設住宅で暮らす期間が長くなるのは、必ずしもいいことばかりじゃないのよ」

遅ればせながら、先生も、ああそうか、と気づいた。仮設住宅に入居している被災者のことしか考えていなかった。仮設住宅のための土地を提供しているひとたちにも、それぞれの事情があるはずだということは、理屈で考えればすぐにわかるはずなのに、つい頭の中から抜け落ちてしまう。

「二〇一四年の四月には元通りにする、という条件で土地を提供した自治体や民間のひとたち、たくさんいるはずなんです。急に延長になったら、みんな困りますよ」

まさにそのとおりだった。

「ごめんなさい、愚痴をこぼすつもりなんてないし、屁理屈を言うつもりもないんです」

スガちゃんはすぐにアンミツ先生に謝ったあと、「ただ……」とつづけた。「仮設住宅のひとたちは、みんな不安で、まわりに気兼ねをしながら、心細い思いをしてるんです」

だからこそ――。

「せめて子どもたちには、伸び伸びと過ごしてほしいんです。いまはおとなも子どもも大変だけど、それを乗り越えたら、きっと大きな大きな未来が広がってるんだ……って、信じてほしいんですよ」

スガちゃんの口調は、しだいに強くなる。言葉がまっすぐに先生に向かってくる。車の運転さえしていなければ、スガちゃんはきっと体ごと先生に向き合って、訴えかけていただろう。

「ですから、やっぱり、めだかの話がすごく大事なんだと思うんです」

また話はそこに戻る。

さっき昼食の弁当を食べているときにも、さんざん言われた。

スガちゃんはめだかの話をほんとうに気に入っていて、感動もしていて、その感動をもっと広めたい、と先生に言った。卒業のはなむけとして、教え子だけに話すのはもったいない、被災地の子どもたちにも聞かせてあげてほしい……。熱のこもった口調で、切々と説いていたのだ。

「もしよかったら、今日いまから、どうですか？　移動図書館が回ってくるのを毎週楽しみにしてるひともたくさんいますから、十人とか二十人ぐらいだったら、すぐに集まると思うんですよ」

先生は困惑して、「短い話なのよ。わざわざ集まってもらって話すようなことじゃないから」と顔の前で手を振った。「学校でも、卒業式の日の『終わりの会』で、ちょっと時間をとって話しただけなんだから」

十数秒もあれば終わってしまう話なのだ。

「あなたもキックからそれを聞いたとき、すぐに終わっちゃったでしょう？　ほとんどあらすじっていうか、ストーリーもなくて、『ももたろう』の話よりも全然短いんだから」

「短くてもいいんです、時間の長い短いは問題じゃないんです」

「いや、だからね……」

まいっちゃうなあ、と先生はため息を呑み込んだ。そのやり取りも、さっきの繰り返しになってしまった。

決して勿体をつけているつもりはない。教え子以外には話したくない、というような狭い了見でもない。

ただ、本音を言えば——怖い。

「わたしだって、子どもたちに元気になってほしいし、希望を持ってほしいと思ってる」

アンミツ先生は自分自身でも確認するように言って、「でもね」とスガちゃんの横顔を見てつづけた。

「東京から突然やってきたおばあちゃんが、いきなり『皆さんは小さなめだかです』なんて言えないわよ。『いつか広々とした太平洋を泳いでください』なんて言っても、説得力ないでしょう？」

めだかの話をした教え子は、五年生と六年生の二年間クラス担任をして、一人ひとりのことがよくわかっていた。だからこそ、おとぎ話にも至らないほどの短い話でも、思いを込めて語りかけることができたのだ。

「でも、アンミツ先生なら、被災地の子どもたちにもちゃんと思いを込めて話せるんじゃないですか？　わたし、そう思います」

スガちゃんはハンドルを持ったまま、こっちを振り向く。先生は「運転、しっかり集中して」と釘を刺してから、つづけた。

「ゆうべ、ヒデヨシくんに質問されて答えられなかったことがいくつもあるの。キックにも、本人は黙ってても、いろんなことをたくさん質問されてるような気がする」

「それって、たとえば……」

「言葉ではうまく言えないんだけど、どれもすごく難しい質問なの」

「はあ……」

「難しい質問だから、わたしの答えがきれいごとになるのが一番怖いわけ」

「でも、先生はきれいごとなんて――」

「めだかの話もそうよ。わたしは正直に言って、いま、あの話はきれいごとだったかもしれないって思ってるから」

病に倒れたヒデヨシの痩せた姿がよみがえると、それをあらためて思い知らされる。優しさと穏やかさだけでは就職すら覚束ない、キックをめぐる現実の厳しさが、きれいごとの甘さを打ち砕く。

「だから、ごめんね、無責任に子どもたちに話す資格なんてないのよ、わたしには」

両手を合わせて謝った。ちょうど車はカーブに差しかかったところだったので、スガちゃんは目を向けることもできず、小さくうなずくだけだった。

仮設住宅の前の広場には、すでに十人ほどのひとたちが集まって、ワゴン車を待っていた。車が着くと、その人数はあっという間に二十人を超え、荷室のドアを開けて階段を出しているうちに、三十人以上が列をなした。

大半はお年寄りと幼い子どもを連れた母親だったが、四、五十代の男性もちらほらいる。震災で職を失い、新しい仕事がまだ決まっていないのだろう。平日の昼間から仮設住宅に閉じこもっている、というだけでアンミツ先生は胸をふさがれる思いになってしまうのだが、スガちゃんは「移動図書館で本を借りてくれるだけでも、こっちとしては安心なんです」と言っていた。「たとえお酒臭い息をしてても、寝間着のジャージのままでも、とにかく顔を見せて、病気じゃないって教えてくれるだけでいいんですから」――移動図書館は、安否確認の場でもあるのだ。

ワゴン車の荷室には、折り畳み式のガーデンテーブルと椅子が何セットも積んである。それを車の前に出し、お茶とお菓子の用意もした。手狭な仮設住宅に暮らすひとたちに少しでも気分を変えて、くつろいでもらいたい。そして、茶飲み話の中で不便や要望をさりげなく聞き取っていくのも、スガちゃんたちの大切な仕事だった。

「いつもはキックさんと交代しながらやるんですけど――」

もちろん、そこから先はスガちゃんに言われなくてもわかる。

「だいじょうぶ、こっちは任せて」

先生は指でOKマークをつくって、貸し出しや返却のカウンター業務を引き受けた。

返却ポストに本を返すひと、書架から本を選ぶひと、カウンターで貸し出し手続きをとるひと、テーブルでお茶を飲み、お菓子をつまみながらおしゃべりをするひと……。

みんな元気そうに見える。ときどき笑い声もあがる。けれど、ここにいるひとたちは誰もが住み慣れた自宅を失っていて、家族を亡くしたひともいるだろう。先生は笑顔でカウンター業務をつづけながら、それを忘れてはいけない、と何度も自分に言い聞かせ、心の中で表情を引き締めた。

翔也もかいがいしく手伝ってくれている。おばあさんに「ボク、今日は学校は？」と訊かれたときも、はきはきと「特別に休みをもらってボランティアに来ました」と答える。いかにも「いい子」らしい態度でも、いままでのようなつくりものめいた様子はなかった。

市民グラウンドの仮設住宅は一時間ほどでひきあげた。「小学生の低学年の子が下校するまで待ちたいんですけど、今日はあと三カ所回らないといけないから……」とスガちゃんは残念そうに言う。テーブルや椅子を片づけるときも、ほんとうに申し訳なさそうに「また来週来ますから」と誰彼なしに声をかけ、頭を下げていた。

次の仮設住宅からは、学校から帰ってきた小学生も集まってきた。来週は市民グラウンドの仮設住宅を訪ねる順番を遅くして、不公平にならないようにするのだという。移動図書館用の車がもう一台あれば、もっと効率よく回れる。「でも、ないものねだりをしてもしかたないです」とスガちゃんはさばさばと言って、「この一年で、そういう気持ちの切り替えはうまくなりました」と笑う。

予定の四カ所を回り終えた頃には、もう陽は暮れ落ちていた。

閉館の時間を見計らったのだろう、車を出す前に、キックからスガちゃんに電話がかかってきた。おばあさんの病院の送り迎えは無事に終わったものの、おばあさんを連れて仮設住宅に帰ってみると、また別のトラブルが持ち上がっていた。朝から具合が悪かった息子さんの血圧が跳ね上がって、ひどい目まいがするというのだ。息子さんを車に乗せて内陸部の病院にトンボ返りした。待合室は午後からさらに混み合っていて、診察と治療が終わるのは夜になりそうだし、おばあさんが不安がっているので今夜はずっとそばにいてやるしかない……。

ヘッドライトを灯して帰路を急ぎながら、スガちゃんは言った。

「今夜の晩ごはんはキックさんが案内できないので、わたしのほうでお店を探しますけど、よろしいですか？」

「そんなのいいって、ほんと、気をつかわないで、お願い。晩ごはんはコンビニでお弁当買うから」

あわてて言った。キックやスガちゃんの優しさがうれしくて、だからこそ、申し訳なくていたたまれない。翔也も「僕、さっきからコンビニの肉まん食べたかったんだよね」と言ってくれた。この子も優しい。

胸がじんとして、「おばあちゃんも肉まん欲しいなあ」と翔也の肩を撫でた先生に、スガちゃんは口調をあらためて言った。

「先生、わたし今夜はひさしぶりにお酒飲みたいなあって思ってるんですけど……付き合ってくれませんか？」

3

スガちゃんがアンミツ先生を案内したのは、仮設商店街の居酒屋でも、津波で流されずにすんだビルのスナックでもなかった。

「寒いんですけど……外で飲みたいんです」

「外？」

「ええ……ごめんなさい」

ホテルを出て、コンビニに寄った。缶入りのワインとチューハイ、温かいお茶、熱々のおでんに、さらに使い捨てカイロも買った。店内で顔見知りに出くわして、遠慮がちに会釈をするスガちゃんを見ていると、居酒屋やスナックで飲みたくないという理由が、先生にもなんとなくわかる気がした。

「翔也くんに明日謝りますね。一人で留守番なんてさせちゃって……」

スガちゃんは申し訳なさそうに言う。

だが、翔也は先生に自分から「僕、部屋でテレビ観てるからだいじょうぶだよ」と言ったのだ。「スガちゃんと二人でお酒飲んでくれれば？」――アンミツ先生は日本酒が好きだから、というだけではないのだろう。

「あの子、優しいのよ」

先生はそう言って、「優しすぎるかな」と苦笑交じりに首をかしげ、翔也が先生と同居するまでのいきさつを話した。

おおまかなところは翔也から聞いていたスガちゃんだったが、健夫と薫さんの結婚、さらには薫さんの前夫のことにまでさかのぼって話していくと、途中からは相槌が静かになった。

声に出さない代わりに、深くなった。

「でも、明日あの子に会っても、さっきまでと変わらずにいてあげてね」

先生はやんわりと釘を刺し、「いま、あの子は、外の世界を一所懸命に見ようとしてるところだから、見せてあげて」と言った。

スガちゃんも、いくつもの言葉をグッと呑み込んだ顔になって、黙ってうなずいた。

仮設の街灯の明かりを頼りに、建物の土台しか残っていない街をしばらく歩いて、小さな公園に着いた。ブランコやジャングルジムなどの遊具はすべて津波で流されてしまい、枯れた雑草に地面が覆われた中、コンクリートでつくったベンチだけが残されている。

「この公園、津波が来るまでは、全然つまらない場所だったんですよ。ベンチに座っても道路の向かいのビルしか見えなくて」

だが、いまは――。

スガちゃんに勧められるまま、ベンチに並んで座った先生は、「なるほどねえ……」とうなずいた。通りを挟んで何重にも建ち並んでいたはずのビルがすべて消えてしまい、港の防潮堤と、その先の海まで見わたせる。潮騒（しおさい）も聞こえるし、吹き渡る夜風には潮の香りが確かに溶けていた。

チューハイで乾杯して喉を潤すと、すぐに二人ともおでんを頬張り、カイロを袋から取り出した。やはり外は寒い。吐き出す息は真っ白だった。

「よく来るの？　ここ」

「たまに、ですね。お酒飲んじゃうと帰りの『足』がなくなるんで、いろいろ迷惑もかけちゃうし……」

迷惑という言葉で、ピンと来た。

「キックも一緒？」

スガちゃんは意外と素直に「ええ」とうなずいた。「キックさんってアルコールが体質的にだめなんです。だから、ここに来る日は、いつもキックさんにウチまで車で送ってもらって……迷惑かけてるんです、ほんとに」

その「迷惑」は、車で送ってもらうことだけではないのだろう。そして、キック自身は、それを「迷惑」だとはまったく思っていないのだろう。先生は、ふうん、とうなずいてチューハイを啜った。自然と頬がゆるんだ。

スガちゃんは缶チューハイが一本空かないうちに、ほろ酔いになった。「わたしぃ、お酒は好きなんですけどぉ、すごーく弱いんですよねー」と言う口調も、少し呂律が怪しくなっている。

ただ、タチの悪い酔っぱらい方ではなさそうだった。頬が自然とゆるむのか、うふふっ、うふふっ、とくすぐったそうな微笑みが消えない。お酒が入ると上機嫌になるのだろう。

だが、アンミツ先生は、愚痴や泣き言に付き合う覚悟はできていたし、そうしてほしい、とも思っていたのだ。お酒の酔いのせいにして本音をさらせばいいのに。地元のひとには言えないことだって、こっちは部外者、いわば「よそ者」なのだから、かえって気づかいなく打ち明けられるはずなのに。

「ねえねえ、先生、キックさんって小学生の頃はどんな子だったんですか?」

じつを言うと、思い出がそれほどたくさん残っているわけではない。おとなしくて真面目な子は、そのぶん教師の記憶にも残りづらい――いつも申し訳なく思っている。

「女子に人気があったんですか?」

「……気になる?」

からかうように訊くと、真顔で「はいっ」とうなずく。「だって、そんなの、気になるじゃないですかぁ、とーぜんですよぉ」

お酒に酔うと、意外なところが無防備になる。それでいい。うれしい。

だからこそ、先生は迷った。ここで真正直に、当時のキックの思い出がほとんどないことを告げるのは、ヤボではないか。別の子のエピソードを混ぜ合わせて話しても、きっとだいじょうぶ。実際、たまたま先生が覚えていないだけで、似たようなことはキックの先輩も後輩もやってきたはずなのだ。おとなしさや真面目さというものは、時代が移っても、それほど変わるものではないのだから。

だが、先生はおでんのカラシを箸の先につけて、なめた。カラシの刺激に口をすぼめ、目もつぶって、自分のずるさを叱った。

「ごめんね……キックのこと、そんなによく覚えてないの」

スガちゃんは納得顔でうなずいた。

「キックさんも、そう言ってました」

先生は俺のことをほとんど覚えてないと思うけどさ——。

「でも、わたし、そういうのを正直に言うキックさんのこと、大好きです」

スガちゃんの頬はポッと赤く染まった。

嘘をつかなくてよかった。アンミツ先生は心から思う。と同時に、ほんの束の間でも、その場しのぎの嘘をついてしまおうかと迷ったことが恥ずかしくなった。だが、それ以上に恥ずかしいのは、やはり——。

「キック、そんなこと言ってたんだね……」

ぽつりと言う先生に、スガちゃんはあわてて「違うんです違うんです」と顔の前で手を振った。「全然、文句じゃないんです」

「でも、それはやっぱりだめよね、教師としてだめだと思う」

「そうですか？　でも、学校の先生って毎年教え子がいるわけでしょ？　全員のことをずーっと覚えてるって無理ですよ。わたしだって、もともとは保育士だから、同じです。忘れちゃう子っているんですよ、ほんとうに」

たとえば、とつづける。

「ヒデヨシさんみたいなひとはみんなに覚えてもらえるんです。小学校でも中学校でも高校でも、幼稚園とか保育園でも。でも、キックさんは違いますよね」

そんなことはない——とは言えない。また自責の念に駆られそうになる先生を励ますように、スガちゃんは「でも、ほとんどのひとはキックさんと同じですよ」と言う。「ひとも、町も、そう」

「町……って？」

「わたしたちの町のこと、いまはみんな知ってますよね。でも、二十年後にも覚えてますか？　『東北』とか『三陸地方』は忘れなくても、『北三陸市』の名前まで一緒に、日本中のひとが覚えてくれてると思いますか？」

先生は言葉に詰まる。スガちゃんは「地味な町ですから」と笑って、さらにつづける。

「津波の犠牲者と行方不明のひとは、市内で四百六十九人です。でも、無名のひとばかりですから、外のひとたちには一人ひとりの顔や名前は全然浮かんでこないですよね」

責める口調ではない。恨んでもいない。

「でも、いいんです」

「……そう？」

「だって、みんなに覚えてもらわなくても、世界中でたった一人だけ忘れずにいてくれていれば、そのひとは消えないんです。ちゃんと、ずっといるんです」

キックさんのことも、わたしがこれからずーっと覚えてますからだいじょうぶでーす、とスガちゃんは胸を張って笑った。

先生は「いいぞおっ」と拍手を送る。酔ったふりで――けれど、真剣な思いを込めて。

飲むお酒がチューハイからワインに替わると、スガちゃんもアンミツ先生もピッチが上がった。酔いの勢いがついたせいもあるし、なにより寒い。おなかの内側から温めないと風邪をひいてしまいそうだった。

スガちゃんはお化粧のパフをはたくように手の甲に使い捨てカイロをあてながら、キックがいかに優しくて、いかに働き者で、いかに地元のひとたちに気をつかっているかを先生に話してくれた。

口調は明るく朗らかだったが、もどかしさや寂しさは、やはり隠しようがない。

「ヒデヨシさんの半分でいいから、キックさんにも押しの強さっていうか、ずうずうしさっていうか、ずんずん踏み込んでくる力強さが欲しいんですよねー。ナマイキですけど、わたし、ほんとに思うんです」

先生からも言ってあげてくださいよ、と頼まれた。気持ちはわかるのだが、そう言われても困る。曖昧にうなずくと、「あー、いま、テキトーに逃げたーっ」と笑って抗議された。さすがに酔いが回ってきた様子だった。もちろん、それを咎める気などない。

「ねえ、スガちゃん」

「はい?」

「あなたは自分の気持ちを、もうキックに伝えてるの?」

スガちゃんは、ふーう、と息をついて夜空を見上げた。返事はない。まなざしをうんと遠くに放ってしまうことが、答えの代わりだったのだろう。

しばらく沈黙がつづいたあと、スガちゃんは夜空を見上げたまま、「質問していいですか」とつぶやくように言った。

太平洋を泳ぐめだかのこと――。

「めだかは川の中で流れに逆らって泳いでるんだけど、ちっぽけすぎるから、力がなくて前に進めないんですよね？　でも、いつかは広ーい太平洋を泳いでほしいっていうのが、先生の夢なんですよね？」

「うん……そう」

「で、ここから質問なんですけど……めだかは、太平洋を仲間と一緒に泳いでいるんですか？　それとも自分だけなんですか？」

虚を衝かれた。いままで具体的にイメージしたことはなかった。

「わたしは仲間と一緒に泳いでると思ってたんですけど、キックさんは一尾だけで泳いでるのを想像してたって言うんですよ。正解って、どっちなんですか？」

厳密な意味での「正解」など、もちろん決められるはずもない。ただ、どちらかに決めるのであれば――。

「一尾だけっていうのは、ちょっと寂しいかなあ」とアンミツ先生は言った。

「ですよねー」

スガちゃんはうなずいた。自分と同じ答えだったのに、残念そうな口調になる。「キックさん、間違ってるんですよ、ね、間違ってますよね？　広ーい太平洋に小さなめだかが一尾だけぽつんと泳いでるのなんて、寂しくて心細いだけじゃないですか」

確かに先生も、いまはそう思う。

だが、正直に記憶をたどってみると、最初に思い描いたときの太平洋を泳ぐめだかは、たとえ一尾きりでも、「ぽつんと」という感じでは泳いでいなかった。もっと堂々として、悠々として、寂しさや心細さなど微塵も感じさせずに大海原をぐいぐい進んでいた。それは、なぜか——。

「あのね、スガちゃん」

「はい?」

「わたし、すごーくずるいことを思ってたのかもしれない」

「ずるい……ですか?」

怪訝そうなスガちゃんに説明した。

先生が思い描いたのは、クジラのように大きなめだかが海を泳ぐ光景だったのだ。これなら一尾でも堂々としていて当然だった。

「べつに絵に描いて話したわけじゃないけど、子どもたちにもそのニュアンスは伝わってたと思うの。だから、キックも、一尾だけで泳ぐめだかを想像したのかもしれない」

話しているうちに、どんどん心配になってきた。めだかは海に出たからといって、クジラになれるわけではない。自分はそのことを伝えそこねていたのではないか? いや、めだかの小さな体の悲しいほどの無力さを、おとなは知っている。知っているからこそ、そこから目をそらし、気づかないふりをして、小川を太平洋に替えるだけですませてきたのではないか……？

「キックに伝え直さないと」

つぶやくように言った先生に、かえってスガちゃんのほうが気をつかって、「だいじょうぶですよ、わかってますよ、キックさんだっておとななんですから」と笑った。

そうだといいけど、と声に出さずにつぶやいたとき、小鳥がさえずった。

違う、先生の携帯電話の着信音だった。

電話はカナダのトロントにいる麻美からだった。

「おはよう……っていうか、こんばんは」

日本とトロントとの時差は、いまはサマータイムの時期なので、十三時間——日本の夜八時半は、トロントでは朝七時半になる。スカイプのコールに反応がなかったので電話にした、という。

「べつに急ぎの用があるわけじゃないんだけど、バタバタしててずーっとごぶさただったから……どう？　お母さん、元気？」

てきぱきした口調で訊かれた。アンミツ先生は「ちょっと待って」とベンチから立ち上がり、ごめんね、とスガちゃんに目配せして、通りに向かって歩きだした。

「もう学校始まってるんでしょ？　翔也くん、どんな感じ？　お互いに少しは慣れた？」

どこから話せばいいのだろう。いきさつをすべて説明するには時間がかかりすぎる。

「だいじょうぶ、二人とも元気にやってるから」——とりあえず、それだけ伝えておくことにした。

あ、そう、じゃあよかったね、と麻美はすぐに話題を変えた。

「それで、お兄ちゃんと薫さんの四十九日なんだけど……予定どおりでいい？　四月三十日、だいじょうぶね？」

「うん、それはもう決まってるから」

「わたしも、できれば二、三日前に日本に帰るから。いろいろケリをつけたり話し合ったりしなきゃいけないこともあるんでしょ？」

「うん……」

「わたしが日本にいる間に、面倒なことはぜんぶすませちゃったほうがいいよ。お母さん一人だと、やっぱり心配だし」

よけいなお世話とは、言えない。悲しいくらいに小さなめだかは、いまの自分でもあるのかもしれない、と不意に思った。

「それでね、いま電話したのは、もう一つあって」話がまた変わる。「お兄ちゃんのパソコンのことなんだけど」

まだログインできない。健夫が設定したパスワードがどうしてもわからないのだ。

「なにか言葉とか数字、ない？」

そうねえ……とつぶやいて応えながら、通りから公園を振り向いた。ベンチに残ったスガちゃんも携帯電話で誰かと話している。

その姿を見て、ふと思いついた。

「ねえ、『めだか』って入れてみて」


電話を切って公園に戻る足取りは、自然と速くなった。

確信はない。それでも、もしも健夫が「めだか」を使っていてくれたらほんとうにうれしい、という希望がある。

MEDAKA――大文字と小文字の組み合わせはいろいろあるし、もしかしたら誕生日や生まれた年、自宅の番地などの数字も加えているかもしれない。手作業で試すのは大変でも、いまは組み合わせるアルファベットと数字の候補を入れれば自動で片っ端から入力してくれるアプリがあるのだと麻美が教えてくれた。

いまから仕事で出かけるので、あとで試してみる、とも麻美は言ってくれた。もしも首尾良くログインに成功して、ハードディスクの中に健夫の私的なメッセージを見つけられたら、それが彼の遺言ということにもなるのだ。

4

公園ではスガちゃんがお酒やおつまみを片付けていた。

「キックさんに叱られちゃいました。先生が風邪ひいたらどうするんだ、って」

肩をすくめ、ぺろりと舌を出す。

アンミツ先生が公園から離れるのと入れ替わるように、キックから「先生と翔也くんの晩ごはん、だいじょうぶだったか?」と電話がかかってきた。スガちゃんが先生をお酒に付き合わせたことを知ると、最初はぷんぷん怒っていたものの、電話を切る前には「よかったな」と言ってくれたのだという。

「優しいですよねー、ほんと、キックさんってサイコーだと思います」

スガちゃんもうれしそうだった。いまから車で迎えに来て、先生をホテルに、スガちゃんを仮設住宅に送ってくれるらしい。まったく優しい。先生の本音としては、いささか優しすぎるような気もしないではないのだが、そんなキックだからこそ——。

「あと、さっきヒデヨシさんから電話があった、って。無事に東京に帰れたから、先生にも心配しないように伝言してほしい、って」

「やだ、そんなの自分で電話してくればいいのに……」

笑いながら口をとがらせると、スガちゃんも「キックさんって、電話しやすいんですよね」と笑う。「代わりに謝っといてとか、悪いけど適当にうまく言っといてとか……けっこういろんなひとにお願いされてますから」

頼りにされているというより、利用されているだけなのかもしれない。スガちゃんも「田舎って人間関係が面倒ですし……」と微妙な含みを持たせて付け加えて、「ねえ、先生」と口調をあらためた。「キックさんの就職先、先生が紹介することは無理なんですか?」

東京でも、横浜でもいい。給料や職種にこだわることもない。ただ、とにかく――。

「キックさんにとっては、ここにずっと残ってることが幸せだとは思えないんです」

車で迎えに来たキックに、アンミツ先生はよけいなことはなにも言わなかった。

伝えたいことや確かめたいことはすべて呑み込んで、ハンドルを握るキックと助手席に座ったスガちゃんを後部座席から見て、なるほど、うんうん、そうね、と声に出さずにつぶやくだけだった。お似合いの二人だ。認める。ただ、そんな二人が幸せな暮らしを営む場所は、

「ここ」なのか、東京や横浜の「あそこ」なのか、それがわからない。だから、なにも言ってはならないんだ、と自分に言い聞かせるしかない。

次の日、図書館でスガちゃんのお手伝いをしているときも、ゆうべの話は蒸し返さなかった。スガちゃんも同じ。お酒のせいで饒舌になったのを悔やんでいるのかもしれない。

キックはあいかわらず忙しかった。「すみません、ゆっくりできる最後の日なのに町の案内もできなくて」と申し訳なさそうにアンミツ先生に謝っていても、表情は活き活きとしている。ただ、その忙しさが金銭的な報酬につながるわけではないということが、「こっちは気にしなくていいから、がんばって」と応える先生の笑顔に微妙な翳りを落としてしまう。

とにかく、三日間のボランティアが終わった。有意義な三日間だった。翔也が一所懸命に手伝ってくれたのがうれしい。キックやスガちゃん、そしてヒデヨシになついたのもうれしい。なにより、被災地の様子を自分の目で見て、自分の足で歩いたことは、あの子の胸に大切なものを残してくれたはずだ。

最後の夕食は、キックが鮨屋を予約してくれた。地元で一番の人気店だという。確かにカウンターやテーブル席は満杯で、先生と翔也、キック、スガちゃんは小上がりの座敷に通された。

そこに、先客がいた。

「息子が座敷を予約したって聞いたんで、先生にご挨拶だけでもしようと思いまして」

キックの父親の康正さんだった。キックはなにも知らなかったのだろう、あわてて「ちょっと――」と言いかけたが、それを制して「ごぶさたしております。このたびは息子がお世話になりまして」と先生に挨拶をした。

「ごぶさた」と言われても、記憶は曖昧だった。授業参観日や家庭訪問などで会った機会があったかどうか。現役時代は消防士だった。それはキックから聞いた。キックの将来の夢が「お父さんみたいな勇敢な消防士になること」だったということも、いま、思いだした。

康正さんは六十五歳という年齢の割には大柄な体つきだった。定年退職から五年、消防の仕事で鍛えてきた名残はまだ充分にある。

ただ、体調は良くない。震災で自宅を流され、避難所をへて仮設住宅に入ってから、血圧が急に高くなってしまった。降圧剤が手放せず、ときどき布団から出られないこともあるのだと、これもキックから聞かされていた。

それでも、康正さんはジョッキのビールを勢いよく干すと、当然のように日本酒の冷酒を頼んだ。キックが止めようとしても、鼻白んで一瞥するだけで、息子の言葉を聞き入れるつもりなど端からなさそうだった。

よっぽどの頑固親父なのだろうか、と最初は思っていたアンミツ先生だったが、話をするうちに、そうではないことに気づいた。

「ふらふら」という言葉を、康正さんは何度もつかう。キックのことだ。不安定な派遣の仕事で「ふらふら」している、三十ヅラをさげて「ふらふら」している、結婚もせずに「ふらふら」している、ボランティアもけっこうだが自分自身の「ふらふら」した人生をなんとかしてくれないと……。

キックは「厳しいんですよ、親父は」と先生に言う。苦笑交じりではあっても、思いもよらない展開に困惑しきっているのだろう、声はひどくうわずって、目も泳いでいる。

スガちゃんは辟易した様子でずっと黙り込んでいる。ゆうべのおしゃべりな酔い方が嘘のようだ。

「ねえ、先生」

康正さんは先生に酌をしながら言う。「先生の教え子は、何人ぐらいいるんですか。定年までだと何百人っていう数でしょ？」

「ええ……」

「どうですか、やっぱり皆さん、しっかりしてるんでしょう？　一人前のおとなになってビシッとやってるんでしょうねえ」

どう応えていいかわからない。

「ウチの息子みたいに、いい歳してまだ『ふらふら』してるのなんて、いないでしょ？」

そんなことはない。いまのような時代なら、きっとキック以外にも「ふらふら」している——せざるをえない教え子は、何人もいるだろう。ヒデヨシの顔が浮かぶ。ヒデヨシもいまは無職の身だ。この場にヒデヨシがいたら、うまく康正さんに切り返してくれるだろうか。それとも事態はさらにややこしくなってしまうのだろうか……。


座卓には舟盛りを中心に、海の幸が並んだ。店の主人と康正さんのやり取りからすると、どうやら康正さんの「顔」で、予算以上のごちそうを出してくれているらしい。

ただ、せっかくの料理の味もわからなくなってしまうほど、雰囲気の重い食事になってしまった。

康正さんはアンミツ先生を相手に、ふるさとの町の歴史を熱い口調で語る。

貧しい町だった。夏場の「やませ」で冷害にしばしば見舞われ、切り立ったリアス式海岸の地形では産業もふるわない。昭和四十年代までは出稼ぎがあたりまえだったし、もっとさかのぼれば、ハワイや南米への移民、凶作の年には娘の身売りも少なくなかった。

「みんな生きるのに必死だったわけです。贅沢なんて言ってられなかったんですよ。でも、そうやって鍛えられてきたんです」

言葉の端々にトゲが覗く。キックはなにも言い返さない。スガちゃんが割って入ろうとするのを目で止めて、いいんだよ、と寂しそうに笑うだけだ。そんな二人にかまわず、康正さんは話をつづける。

この町が遠洋漁業や水産加工の基地として栄えるようになったのは、鉄道や国道が開通し、冷凍技術が進んだこの三十年ほどのことで、それまでは、地元に若者の就職先などほとんどなかったという。

康正さんも中学を出ると東京の自動車工場に働きに出た。仕事のかたわら定時制高校を卒業し、転職を何度かしたすえに消防士の採用試験を受けた。まだ二十歳そこそこの頃からふるさとの家に仕送りをつづけ、それは定年退職まで一度も欠かすことがなかったという。

「働きづめでしたよ、ほんとうに。べつに自慢するわけじゃないんですけどね、田舎の親のために、弟や妹の学費のために、結婚してからは女房子どものために……自分一人そこそこメシが食えればそれでいい、なんていう甘っちょろいこと、一度も考えたことありませんよ。なにかを背負って、誰かのために一所懸命、ひたすら歯を食いしばってがんばる……みんな、そうだったんですよ。ねえ先生、そうでしたよねえ、昔のニッポンは」

確かにそうだった。

「でもね、先生……そうやって守ってきたものや、つくってきたもの、ぜーんぶ津波に持っていかれちゃったわけですよ……」

その無念も、安易に「わかる」とは言えなくても、やはり、胸に重く迫ってくる。

若い男ばかり数人のグループが店に入ってきた。力仕事に就いているのか、みんなたくましい体つきをして、話す声も太くて大きく、あまりガラが良さそうではなかった。

だが、そんな彼らが、小上がり席の康正さんに気づくと礼儀正しく挨拶をする。康正さんも「おう、やってるか」と上機嫌で挨拶を返し、店の主人に「乾杯のビールは俺につけといてくれ」と声をかけた。

康正さんが顧問をつとめる消防団の若手だという。いまの挨拶の様子だと、年の功で祭り上げられているのではなく、本気で慕われているのだろう。テーブル席に陣取った彼らを眺める康正さんのまなざしも温かい。

「ヤンチャな連中ですけど、みんなしっかりしてます。結婚して、地元に根を張って、ふるさとのためにがんばってくれてます」

笑顔で話していても、言葉のトゲがチクチクとキックの胸を刺す。

「がんばりすぎて……津波に呑まれた子もいるんです」

「阿部さん、でしたっけ」

アンミツ先生は「信一郎くんから話をうかがいました」と付け加えた。

康正さんは眉をひそめ、キックを一瞥してから先生に向き直った。

「いい子でした。ウチのせがれと同い歳なんですけど、結婚して、子どももいて、一家の大黒柱ですからね、独り身で正社員にもなってないのとは全然違うんですよ。もっと、こう、背筋がビッと伸びてましてね。去年の正月も、出初め式のあとの飲み会で、夏の盆踊りはそろそろ阿部くんを世話役に抜擢してやろうって盛り上がって……」

その二カ月後に津波が町を襲い、阿部さんは火消し袢纏を羽織ったまま亡くなった。

「あいつのことを思うとね、ほんとうに、もうかわいそうでかわいそうで……たまりませんよ」

ハナを啜り上げた康正さんが冷酒のお代わりをするのを、「また血圧が上がるといけないから」とキックが止めた。

だが、康正さんは強引に店主に注文を通したあと、キックをにらみつけて言った。

「俺はな、悔しいんだよ、おまえを見てると阿部くんに申し訳なくて、消防団の若い奴らにも恥ずかしくて……情けないんだよ」

険しい顔がゆがむ。「なにやってるんだ、三十ヅラさげて……」とつづける声が揺れる。康正さんは泣いていた。キックは父親の涙から、力なく逃げるように目をそらした。

「ねえ、先生」

康正さんは居住まいを正し、座卓に身を乗り出した。「先生からも言ってやってもらえませんか、信一郎に」

なにを――とは、訊かなくてもわかる。

アンミツ先生は困惑して、とりあえず愛想笑いで康正さんをなだめようとした。キックも「先生は関係ないだろ、やめてよ」と言った。だが、康正さんも今夜は腹をくっているのだろう、「関係ないから、冷静に見てもらえるんじゃないか」とキックの抗議を撥ねつけると、あらためて先生に言う。

「先生、私はね、息子にボランティアなんてやらせたくないんですよ。学生ならともかく、もうすぐ三十なんですよ、ひとさまの面倒を見る前に、まず自分でしょう？　中途半端な奴がのこのこ親の田舎に帰ってきて、つまみ食いみたいに手伝うだけなんて……町の皆さんにかえって失礼だと思ってるんですよ、私は」

「皆さん」のところで康正さんは店内を見回した。さすがに店の主人は「いやいや、信一郎くんはよくやってくれてますよ」とキックをかばったが、応援の声はそれ以上は増えない。

「逃げてるんですよ、息子は」

康正さんはぴしゃりと言い切った。「就職でも結婚でも、自分がしっかり向き合わないといけない現実から逃げてるんです」

キックの顔色が変わる。違う、違う、と口をわななかせながら、悔しそうに、悲しそうに、首を横に振る。

だが、康正さんはキックには目も向けずに「その口実にボランティアを使ってるだけなんですよ」と言う。

スガちゃんは「やめてください……そんなふうに言わないでください……お願いします……」と泣きだしてしまった。「一所懸命やってるんです、ほんとです、いつも本気で、真面目で、すごく優しくて……」

すると、康正さんは、思いのほか静かな口調で「わかってるよ」と返した。「俺だって親なんだから、それくらいわかってる」

「だったら——」

「でもな、現実の厳しさから逃げるためにボランティアをがんばられても困るんだ」

ほんとうに逃げているのか。逃げているように見えるだけなのか。先生にもわからない。キックをかばってやりたい。けれど、康正さんの気持ちも、わかる。

そのときだった。

「おじさん、キックさんのこと嫌いなの？」

翔也が訊いた。

不意をつかれた康正さんは「え？」と返したきり返事に窮してしまい、キックとスガちゃんも、とっさにはなにも返せなかった。

アンミツ先生はあわてて「違う違う、それ、翔也くんの勘違い」と笑った。「そんなのあるわけないじゃない」とおとな三人の誰にともなく言って、やだあもうほんと、とまた笑う。

実際、子どもならではの無邪気な鋭さにひやりとしたものの、それは決して好き嫌いの問題ではない。逆に考えれば、康正さんの厳しさが「息子が嫌いだから」で片付けられるのなら、むしろそのほうがわかりやすくて楽になるはずなのだ。

「じゃあ」と翔也は質問をつづけた。「キックさんはみんなに負けてるの？」

「え？」

「負けてるから、おじさん怒ってるの？」

「いや、だから……違うんだよボク、おとなの話だから、ちょっとアレなんだよ」

康正さんの目が、落ち着きなく泳ぐ。「おじさんは、いま、そういうことを話してるわけじゃなくて――」

「嘘！」

スガちゃんが泣きながら叫ぶ。「さっきからずーっと、そういうことばっかり言ってるじゃないですか！」

そのまま店を飛び出したスガちゃんを追って、キックも外に出た。残された康正さんは不機嫌そうな咳払いを繰り返すしかない。

アンミツ先生は責任を感じてうつむいてしまい、翔也もしょんぼりして「ごめんなさい……」と謝った。

気を取り直した康正さんは、「いや、いいんですよ」と寂しそうに笑って、キックとスガちゃんの座っていた席を見つめた。

「仲良くしてもらってるんですよ、彼女に」

「ええ……いい子ですよね、スガちゃん」

「でも、どうなんでしょうねえ、将来を考えたら、彼女も愛想を尽かしちゃうんじゃないですか。とにかく頼りない奴ですから」

突き放していながらも、見捨てることはできない。厳しく接していても、不安や心配はいつも胸にある。その気持ちは、同じ親として先生にもよくわかる。好き嫌いではないのだ。勝ち負けでもないのだ。そうではなくて、もっと……。

「比べちゃだめだって、お父さんはいつも言ってたけど」

翔也はぽつりと言った。お父さん——健夫のことだった。

健夫は、まだ戸籍上の「父親」になる前から、翔也に繰り返し言っていたのだという。

「誰かと誰かを比べると、好き嫌いや勝ち負けができるでしょ？　ほんとうは嫌いでも負けでもないのに、比べちゃったせいで嫌いになったり負けちゃったりするのって、よくないよ……って」

「それ、どういうときに言ってたの？」

アンミツ先生が訊くと、記憶をたどる間もなく、「僕がいろんなひとに『ヘンな子』って言われたときもそうだし、ガイジンの友だちと遊んでて、いじめられたときもそうだった」と答えた。

まわりの子と比べて、ちょっとはみ出しているところがあるというだけで、「ヘンな子」「変わった子」と決めつけるおとながいる。

日本人とそうでない国や民族の子を比べて、「日本人より劣っている」「みんなと違うからガイジンは信用できない」と言い切ってしまうおとなもいる。

だから——。

「最初から比べちゃだめなんだって。別の誰かと比べないとその子のことがわからないのは、おとなのほうが間違ってるんだって」

「お父さんがそんなこと言ってたの？」

こくん、とうなずいた。

「そう……」

相槌と同時に、胸が熱くなった。健夫とひさしぶりに会えたような気がしてうれしくなったし、だからこそ逆に、もう永遠に会えない現実の悲しみが、ずしん、と響く。

「テレビを観てても言ってた。比べると競争になるし、競争になると戦いになるじゃない？　戦いになったら強いほうが勝つけど、弱いほうは負けるしかないじゃない？　でも、そんなのって……よくないよ、って……」

胸の熱さが、まぶたの裏にも伝わる。「ナマイキなこと言ってたのねえ、お父さん」と憎まれ口をたたかないと、いきさつをなにも知らない康正さんの前で涙を流してしまいそうだった。

翔也は「だからね」とつづけた。「キックさんも、ほかの誰かと比べられちゃうと、弱くて、負けちゃうんじゃないかなあ、って」

一瞬、先生はひやっとした。康正さんの性格からすれば、息子の弱さを認められるはずがないし、それを他人から——ましてや子どもから言われることなど、許せないはずだ。

だが、康正さんは黙っていた。無言で、翔也に微笑みかけて、小さくうなずいた。

翌朝、キックとスガちゃんはホテルまで見送りに来てくれた。

「先生、教えてくださいよ、親父になにを話してくれたんですか？」

キックに訊かれた。スガちゃんも隣で、お願いします、と頭を下げる。

ゆうべも訊かれた。だが、アンミツ先生はゆうべも今朝も「なーいしょ」といたずらっぽくかわして、答えは教えない。お手柄の本人の翔也もにこにこ笑うだけだった。

ゆうべ、泣きやんだスガちゃんを連れて鮨屋に戻ってきたキックは、カミナリを落とされるのを覚悟していた。だが、康正さんは拍子抜けするほど穏やかに二人を迎えた。「俺は向こうで飲むから」と消防団の席に移る口調や物腰も上機嫌そのものだった。いや、たんに機嫌がよくなったというだけではなく、こわばっていたものがほぐれてくれたような、やわらかい笑みを浮かべていたのだった。

「ねえ、キック」

声をかけると、スガちゃんは翔也を連れて外に出て、先生とキックを二人にしてくれた。ほんとうにいい子なのだ。だからこそ――。

「横浜から通いつづけるのもいいけど、やっぱり、そろそろこっちに腰を据えて就職先を探してもいいんじゃない？」

「ええ……まあ、そうですよね……」

煮え切らない返事だったが、教師の実感としては「そんなものだろうな」と受け止められる。実際、そういう男子は「平成」になってからほんとうに増えたのだ。

「あなたの『ふるさと』よ、ここは」

「いや、でも……親父にとっては生まれ故郷でも、僕は東京生まれの東京育ちですから」

「だから地元のひとに気をつかってる、と」

「しかたないですよ、僕はよそ者みたいなもので、こっちに友だちもいないし……」

「でも、スガちゃんがいるじゃない。仲良しでしょ？　友だちでしょ？」

照れくさそうにうなずいたところに、さらに攻勢をかけた。

「それで、スガちゃんにとっては、ここが『ふるさと』なのよね？」

「ええ……」

「じゃあ、あなたにとっても『ふるさと』でいいじゃない。好きなひとが生まれ育った町なんだから、『ふるさと』でいいじゃない」

違う？　と目で訊いた。キックはうなずいたまま黙っていたが、赤くなった耳たぶが、答えの代わりになった。

第六章

1

アンミツ先生と翔也が東京に帰ったのは、土曜日の午後だった。

週末はゆっくり休んだ。月曜日からの学校のことは先生のほうからは口に出さなかったし、翔也も「行ってみたい」とも「行きたくない」とも言わなかった。

すでに四月も半ばになった。このまま学校を休みつづけることが「正しい」とは、決して思わない。けれど、それを「間違っている」と言い切ってしまうと、ようやく少しずつ近づいてきた翔也との関係が、また遠ざかってしまいそうな気もする。

月曜日は、朝五時に目が覚めた。ふだんより一時間も早い。もう一度寝直そうかとも思ったが、まあいいか、と布団から出た。「これからの翔也のことを、一人でじっくり、頭のすっきりしている朝のうちに考えなさい」と神さまが言っているのかもしれない。

目覚めのコーヒーをいれるためにお湯を沸かしていると、まるでその早起きを見透かしていたかのように、麻美から電話がかかってきた。

トロントと日本の時差は頭に入れているはずなのに、ついうっかりトロントと同じ夕方だと思って電話をかけてきて、「あ、ごめん、寝てた？」と謝る――そんなそそっかしさに半ばうんざりして、半ば懐かしさも感じながら、電話に出た。

すると、「朝早くごめん」と、思いのほか引き締まった口調で言われた。「寝てるのはわかってたんだけど、もう、一分でも一秒でも早く教えてあげたかったから」

「……なにを？」

「パソコン！　お兄ちゃんのパソコン！」

ログインするパスワードが、やっとわかった。

アルファベットの小文字でｍｅｄａｋａ――そのあとに健夫と薫さんと翔也の誕生日を、それぞれ四ケタでつづける。

「やっぱりお兄ちゃんは家族が大好きだったのよ」

「……うん」

「赤ちゃんが生まれたら、パスワード、もっと長くなってたと思う」

麻美の声に涙が交じる。そうだね、絶対にそうだね、と応える先生の声は嗚咽にかき消されてしまった。

健夫のパソコンにログインした麻美は、半日がかりでハードディスクの中のデータを確認していった。

「どこを見ても、翔也くん、翔也くん、翔也くん、翔也くん……動画も翔也くん、画像も翔也くん……ときどき薫さんも登場するんだけど、お兄ちゃんは自分が撮影してるから、ぜーんぜん写ってないわけ。知らないひとが見たら、再婚前と同じように、やっぱり母一人子一人のままにしか見えないよね」

お兄ちゃんらしいでしょ、と麻美が笑う声が、地球をほとんど半周して、アンミツ先生の耳に流れ込む。

「でもね、デスクトップの壁紙に使ってるのは、家族三人水入らずの貴重な写真なの」

「水入らずって、どんな？」

「翔也くんが真ん中で、お兄ちゃんと薫さんが左右に立って、みんなで手をつないでるの。バックは一面の菜の花畑で、その先に灯台があって、もっと先は海」

暮らしていた上毛市は内陸にあるので、遠出のドライブをしたのだろう。房総だろうか。伊豆だろうか。ついでに東京にも寄ってくれればよかったのに――と思いかけた先生の胸に、小さなトゲが刺さる。

健夫が薫さんや翔也を連れて遊びに行きたいと言ったことは、何度もあったのだ。そのたびに理由をつけて、会うのを避けてきたのは、先生自身だったのだ。いまさら勝手なことを言わないでよ、と健夫に叱られてしまうかもしれない。

「三人とも、すごく楽しそうで、うれしそうで、幸せそうな顔してるんだよ」

「そう……」

先生は胸の痛みとともに相槌を打った。

「それでね」と麻美はつづけた。

「薫さんの服がマタニティウェアだから、事故に遭う直前に撮った写真だと思う」

ほんとうに幸せそうなんだよ、お兄ちゃんも薫さんも、と寂しそうに笑った。

麻美は、健夫と薫さんの四十九日の法要に合わせて帰国する。そのときに健夫のパソコンも持って来るという。

法要は四月三十日——前日の「昭和の日」が日曜日なので、振り替えで休日になる。

「上毛市のお寺で営むから、行き帰りだけで半日ずつ余分にかかると思うの。だから、あなたの日程、少し余裕を見ておいてね」

アンミツ先生が言うと、麻美は「それはだいじょうぶだけど……納骨はどうするの?」と訊いてきた。「ウチのお墓でいいの？」

「まあ、いちおう、いまのところはね」

先生の答えは歯切れが悪くなってしまう。

「でも、お父さんって、昔からカゲのあるオンナのひとが好きだったから」

麻美は女優の名前を何人か挙げて、「薫さんが同じお墓に来ても、歓迎してくれるんじゃない？」と言った。「将来、お母さんが入って来たときには、すっかり仲良しの嫁と舅になってたりして」

もちろん、冗談の口調だった。先生にもわかっている。それでも、笑えない。「なにバカなこと言ってるの」と軽く叱るわけにもいかない。そこに、健夫の夫婦と先生との関係のややこしさがある。麻美は一番やっかいな問題を冗談に紛らせたのだろう。

「ねえ、お母さん」

念のために訊くだけだから怒らないでよ、と前置きして、麻美は言った。

「翔也くんの前で薫さんの悪口なんて言ってないよね？　だいじょうぶだよね？」

「あたりまえじゃない」

ムッとして返した。麻美もあわてて「だから、念のために訊くだけだって言ったじゃない」と言い訳して、「それでね……」と声を少し沈めた。

健夫のパソコンの中に、翔也に宛てた長い手紙があった。

「お兄ちゃん、ときどき日記をつけてて、ほとんどはメモ程度の簡単なものなんだけど、たまに翔也くんに宛てた手紙みたいなスタイルで書いてる日もあって……日記の最後もすごく長い手紙で、翔也くんにいろんなことを伝えてるの」

「いろんなこと、って？」

「お兄ちゃんの本音っていうか、思いっていうか、父親としての教えっていうか……」

さっぱり要領を得ない。麻美も「実物を読んでもらうのが一番早いんだけど」と認めたが、「お母さん、読みたい？」と訊く声には、微妙な後込みも感じられた。「どうせ帰国するときに持って帰るけど、お母さんが少しでも早く読みたいっていうなら、すぐにメールで送ってもいいし……」

どっちがいい？　と麻美に訊かれた。

いつものアンミツ先生なら、迷う間もなく「いますぐ」を選ぶだろう。もともとせっかちな性格だし、なんといっても、亡くなった息子の文章なのだ。思いも寄らないところからもたらされた遺言、形見の言葉なのだ。「いますぐ」どころか、メールを待つことさえもどかしくてたまらないはずだ。

だが、先生はため息を一つついて、「あなたは？」と麻美に訊いた。「先に読んだんだから、あなたに任せる」

麻美が「どっちがいい？」と訊いた時点で、おかしい、と思っていた。麻美は母親以上にせっかちな性格なのだ。

「任せるって言われても……お母さん、自分のことなんだから、自分で決めてよ」

そういう言い方も、ふだんの麻美なら決してしない。決めるなと言われても勝手に決める、よけいなお世話なのに他人のことまで決めようとする、そんな性格なのだ。

だから——。

先生は、またため息をついて、言った。

「……お母さんのこと、やっぱり怒ってるんだろうね、健夫は」

「いや、べつに、怒ってるとか、そんなのじゃなくて……」

声が裏返った。「お兄ちゃんにもお母さんの気持ちはわかってるんだし、ほら、お兄ちゃんって優しいし、ね、そういうこと言わないひとだったじゃない」

「言わない性格だから、書いちゃったんじゃないの？　どう？」

落ち込む心を必死に立て直して、笑いながら訊いた。

だが、麻美は笑い返さない。

「まあ、読んでみてどう感じるかは、わたしが想像して決められることじゃないから」

「でしょ？　そりゃあそうよ、個人の感想なんだもんね」――なんでこっちが無理やり陽気にならなきゃいけないんだろう、と自分でも情けなくなってしまう。

「わかった、じゃあ、メールに添付して送る。うん、そのほうがいい。お母さん一人で、ゆっくり、じっくり、読んだほうがいいよ」

そう言われて急にひるんでしまった先生だったが、やっぱりやめようか、と返す間もなく電話は切れてしまった。

お湯を沸かし直して、コーヒーをいれた。ペーパーフィルターをドリッパーにセットするとき、指先が震えていることに気づいた。咳払いをして気持ちを落ち着かせたが、コーヒーの粉をメジャーカップからフィルターに移す手元が狂って、少しこぼれてしまった。

ダイニングテーブルの上に置いたノートパソコンに、まだメールは着信していない。

お湯をコーヒー専用の注ぎ口が細いケトルに移し、粉にゆっくりと注ぐ。最初は粉がじっとりする程度でお湯を止めて、しばらく蒸らして香りを引き出す。蒸らし時間は最低でも三十秒は取りたいものだが、なにしろアンミツ先生はせっかちな性格なので、ついつい早めに「もういいや」と残りのお湯も注ぎたくなる。おいしいモーニングコーヒーのために我慢できるかどうかが、その日の先生の心のコンディションを測るバロメーターにもなっているのだが――。

今朝は最短記録だった。蒸らし時間はゼロ。一気にお湯を注いで、しかもコーヒーがまだ滴り落ちているうちにドリッパーをカップからはずしてしまった。心のコンディションはかなり悪い、ということになる。

苦みと酸味のキツいコーヒーを啜りながら、パソコンの画面をぼんやりと見つめる。

デスクトップの壁紙には、まったく凝っていない。もともとパソコンに入っていた無地のダークグリーン――学校の職員室の机で使っていたデスクマットに似ている。同僚にはよく「実用本位ですねえ」とからかわれていたものだった。

もちろん、家族やペットの写真を壁紙に使うひとの気持ちは、先生にもよくわかる。自分自身は照れくさいので真似る気はないが、赤ちゃんの写真を壁紙にしている同僚を見ると、こっちまで気分が穏やかになる。

健夫もきっと微笑みを浮かべて、それが最後の家族写真になるとは夢にも思わず、家族三人の写真を壁紙にしたのだろう。その様子を想像すると、写真を実際に目にしたわけではないのに、つい逃げるようにうつむいてしまう。ごめんね、と口も小さく動く。

どうして、健夫と薫さんの結婚を、もっと素直に、気持ちよく、お祝いしてあげられなかったのだろう……。胸がキリキリと痛む。もしも健夫たちの事故がなければ、きっといままでも、息子一家との間には微妙なよそよそしさがあっただろう。それが自分でもわかるから、よけいつらいのだ。

六時を回った。メールはまだ来ない。

六時半。テレビを点けて、NHKのニュースを観た。お天気コーナーで屋外からリポートする気象キャスターのお姉さんが、アンミツ先生のお気に入りだ。とりすました美人ではないところがいい。明るくハキハキとした笑顔を見ると、こっちまで元気になる。

だが今朝は、その笑顔がかえってつらい。つい薫さんのことを思いだしてしまう。

薫さんは天真爛漫なひとではなかった。苦労してきたぶん、よく言えば慎み深く控えめで、悪く言うなら無口で雰囲気が暗い。笑っていても、どこかに微妙な翳りがある。先生に細かく気をつかってくれているのはうれしくても、かえってそれが先生を疲れさせてしまうことも多かった。

健夫は「ああ見えて、けっこうお笑い好きだったり、おっちょこちょいだったり、面白いところもあるんだけどなあ」と言うのだが、麻美はさすがにクールに「薫さんってお母さんの好みのタイプじゃないよね」と断言した――「でも、お兄ちゃんと気が合うんだったら、なんの問題もないからね」と、先生に釘を刺すことは忘れなかったのだが。

確かにそうなのだ。わかっている。健夫が生涯の伴侶に決めたひとだ。健夫の人生だ。こっちが口出しをする筋合いなどない。

それでも、先生の心の奥には、不満には至らない程度の淡い寂しさが、常にあった。気象キャスターの彼女をテレビで観て、こんな子がお嫁さんだったら……とため息をついたことも、一度もなかった、とは言えない。

お天気コーナーが終わった。今日は終日曇りで、明日からは天気がくずれ、荒れ模様になるという。

メールはまだ来ない。麻美に催促する気はない。むしろ逆に「忙しかったら無理しないで、時間のあるときでいいわよ」と半ば逃げ口上で言ってやりたいほどだった。読むのが怖い。

「お母さんは反対してると思うけど、僕は薫と結婚して、翔也くんの父親になるから」と言ったときの、健夫の真剣な表情とまなざしが、あらためて先生をたじろがせる。

翔也がキックの父親に伝えた「ひととひとを比べてはいけない」という健夫の教えは、ほんとうはアンミツ先生に訴えたい言葉だったのかもしれない。

七時前。階段を下りる翔也の足音が聞こえてきた——と同時に、パソコンでは短くベルが鳴る。メールが着信したのだ。

中身を確かめる余裕はなかった。翔也は階下に来ると、まっすぐにダイニングキッチンに入ってきた。

「おばあちゃん、おはよう」

パジャマを、もう着替えている。

アンミツ先生は、あらあら、とのんきに驚いたお芝居をして、「早起きしたのね、まだ目覚まし時計鳴ってないでしょ」とノートパソコンのディスプレイを閉じた。

「朝ごはん、ちょっと早いけど、せっかく起きたんだったら、もうつくっちゃおうか」

翔也に背中を向けて、冷蔵庫のドアを開ける。「卵は、目玉焼きにする？　それともオムレツがいい？　あと、スクランブルエッグとか」

「……おばあちゃん」

翔也の声を、最初は聞き逃してしまった。

「卵と、ベーコンを炒めて、あとはサラダにしようか」

冷蔵庫の野菜室を覗き込んで、トマトやキュウリやレタスを取り出していたら、「おばあちゃんっ」と強い声で呼ばれた。

「なに、どうしたの？」

今度はお芝居抜きで驚いて振り向いた。

「あのね、今日、ちょっと行ってみたいところがあるんだけど」

翔也の顔は寝起きのぼうっとしたものではなく、いますぐにでも外に出かけられる様子だった。学校に行く気になったのだろうか？

期待と不安を入り交じらせて「どこに行きたいの？」と訊き返すと、翔也はまっすぐに先生を見つめて言った。

「昔のウチ。上毛市に引っ越す前の」

「……北京浜の？」

「そう。お母さんと住んでたアパートとか、小学校とか……友だちはもうみんないなくなっちゃったから、べつに誰にも会わなくていいんだけど、行ってみたくて」

先生は、うーん、とうなった。

学校を休んでまで——とは言わない。このまま不登校をつづけることは、確かに「正しくない」。だが、それを「間違っている」とは、まだ決めつけたくない。

ただ、理由を知りたかった。

「誰にも会わなくてもいいの？」

「うん、全然オッケー」

「でも、訪ねてみたいの？」

翔也はうなずいて、「だって」と自分から理由を口にした。「ヒデヨシさんやキックさんと会ったから」

ガンに冒されたヒデヨシは、人間は誰もが「人生の残り時間」の中を生きているのだということを、身をもって伝えてくれた。

震災の被災地に通い詰めるキックは、「ふるさと」とはなんであるかを、キック自身まだ迷いながらも、問いかけてくる。

二人の教え子の姿に、翔也はなにを感じ、なにを思ったのか。薫さんの顔が浮かび、健夫の顔も浮かぶ。寂しさとも悔しさともつかない微妙な感情が、アンミツ先生の胸にじわじわと広がっていく。

「懐かしくなっちゃったの？」

「懐かしいっていうよりお父さんとお母さんに教えてあげたくなったから」

「教えるって、なにを？」

「北京浜のアパートがいまどうなってて、お母さんが勤めてた工場がいまどんなふうに変わったのか、お父さんもお母さんも絶対に知りたがってるから」

だって、と先生に言葉を返す間を与えずにつづけた。

「お父さんとお母さん、事故の前によく話してたんだよ、二人で。昔のアパートに今度行ってみたいなあとか、あの工場どんなになってるかなあとか……今度行ってみようって、事故のちょっと前にも言ってたんだよ、ほんとだよ、ほんとのほんとに」

「うん……わかってる、わかってるから」

「行っていい？」

翔也の目には、「だめ」と言われたら家出すらしかねない強い意志がみなぎっていた。

「うん、まあ……でも、ちょっと待ってね、おばあちゃんの予定も――」

「一人だよ」

「え？」

「僕、一人で行ってくる」

あたりまえじゃないか、そんなの、と言いたげに口をキュッと結んで、まなざしをさらに強めた。

止めることはできない。

先生は翔也が朝食を食べている間に乗り換えのルートをパソコンで調べ、昼食や緊急事態のために二千円を渡し、さらに補導員や警察官に呼び止められたときに備えて、「なにかあったら、これを読んでもらいなさい」と、学校を休んだのは保護者公認だと説明した手紙も渡した。自分は元・小学校の教師であるということも書き添えておいた。

至れり尽くせりだった。翔也も思いのほか先生があっさり認めてくれたことに、かえって戸惑っている様子だった。

「翔也くんは、家族の代表なんだもんね。お父さんやお母さんのぶんも、昔のアパートやご近所をしっかり見てきてあげて、いろんなことを思いだしてあげてね」

「……はい」

「その代わり、道に迷ったり具合が悪くなったり、困ったことがあったら、すぐにおばあちゃんに電話してね。いい？　それだけ約束してちょうだい」

「……うん、わかった」

困惑したまま家を出る翔也を、玄関で見送った。笑って手を振りながら、先生は心の中で何度もため息をついていた。

いまさら罪ほろぼし——？

胸の奥に、自分を突き放す自分がいる。

翔也の「家族」は、健夫と薫さん、そして九月に生まれてくるはずだった妹の三人だけだ。そこに自分も加えてほしいと望むのは、やはり身勝手に過ぎないだろう。

部屋に戻った。朝食はまだとっていなかったが、食欲がない。胃がシクシク痛む。起き抜けのコーヒーの刺激が、いまになって——そんな理由ではないことを、先生自身がちゃんと知っているのだが。

テーブルについた。ノートパソコンを正面に置き直し、麻美からのメールを開いた。

〈遅れてごめんなさい。とりあえず「こんな感じ」というところを送ってみます。残りはリクエストがあればすぐに送りますが、まあ、正直言って、わたしが帰国したときでもいいかな、という気がしないでもありません〉

それはつまり、先生が一人で読むにはキツい内容だということなのだろう。メールが来るまで時間がかかったのも、どこまで送るか迷っていたせいかもしれない。

だいじょうぶ。覚悟はできている……と、思う。先生はメールに添付されていたテキストのファイルを開いた。

健夫は手紙の中で翔也のことを〈ショウくん〉と呼んでいた。

2

〈お父さんはいま、ショウくんとお母さんの寝顔を見ながら、この手紙を書いています〉

〈明日、お父さんとお母さんは、お母さんのおなかの赤ちゃんの様子を診てもらうために病院に行きます。もしかしたら、明日いよいよ赤ちゃんが男の子か女の子かわかるかもしれません〉

〈男の子だったらショウくんの弟、女の子だったら妹です〉

アンミツ先生は息を詰める。この手紙は、健夫と薫さんが事故で亡くなる前夜に書かれたものだった。

〈これは神さまが決めることだから、お父さんたちもドキドキです。ショウくんは「弟がいい」と言っていましたが、妹ができても、きっと優しいお兄ちゃんになれるよ。よく考えてみたら、弟でも妹でも、ショウくんが「お兄ちゃん」だというのは同じなんだから〉

〈お父さんが今夜ひさしぶりにショウくんに手紙を書いているのは、ショウくんにお願いがあるからなんです。さっき、ショウくんが眠ったあと、お母さんに聞きました。ショウくんは「赤ちゃんが生まれたら、お父さんは赤ちゃんばかり可愛がるんじゃないか」と心配しているんだね。お父さんはショウくんと血がつながっていないけど、赤ちゃんとは血がつながっているから……って〉

〈バカだなあ。ショウくん！　そんなこと考えるなよ！　いま、思わずショウくんの寝顔をにらんじゃったよ（にらんだあとで泣きそうになったけど）〉

先生も胸が締めつけられる。あの子はそんなことを心配していたのか。翔也の寂しさがせつない。そして、「息子」の寂しさを受け止めるしかない健夫の「父親」の寂しさを嚙みしめると、もっとせつなくなってしまう。

〈ショウくん、お父さんは約束するよ。神さまに誓うよ。弟ができても、妹ができても、ショウくんはお父さんにとって世界で一番可愛い子どもだ。いままでもそうだったように、これからもずーっと、永遠に、世界一の息子だ。でも、生まれてくる弟だって、妹だって、世界一可愛い。お母さんのことも、世界一愛している。「世界一」は一人きりじゃなくてもいいんだよ。お父さんには「世界一」愛するひとが何人もいる。それが、お父さんはすごーく、すごーく、幸せなんだ〉

先生の目に、涙が浮かんだ。
健夫の手紙は、さらにつづいていた。

〈お母さんのおなかの中に赤ちゃんがいることがわかってから、ショウくんが寂しい思いをしているのは、お父さんにもわかっていました。もちろん、その寂しさをグッと呑み込んで、「赤ちゃん、早く生まれてこないかなあ」と言ってくれるショウくんの優しさだって、ちゃ

ーんとわかっていました〉
〈だから、お父さんはいつも心の中でショウくんに謝っていました。いまでもそうです。ショウくんに寂しい思いをさせてごめん。寂しさをガマンさせてしまってごめん〉
〈それから、東京のおばあちゃんのことも、ショウくん、ごめんな〉

不意打ちのように〈東京のおばあちゃん〉の文字が、アンミツ先生の目に飛び込んできた。なんで……と思わずつぶやいた声は、震えて、かすれて、裏返ってしまった。

〈東京のおばあちゃんは、お母さんの妊娠がわかってから、よくウチに電話をかけてくるようになりました。お父さんにも赤ちゃんのことをいろいろ訊いてくるし、お母さんにも「体に気をつけなさい」とか「無理をしないように」とか心配してくれています。ショウくんと電話で話すときにもそうだろう？　「お母さんのお手伝いをしてあげてね」とか「もうすぐお兄ちゃんになるのね」とか……〉
〈おばあちゃんは、赤ちゃんができたことをすごく喜んで、赤ちゃんが生まれてくるのをすごく楽しみにしているのです。おばあちゃんが喜んでくれると、お父さんもうれしいし、お母さんはもっとうれしい。そして、ショウくんは、お母さんがうれしそうにしているのが、

一番うれしいんだよね〉

〈でも、おばあちゃんと電話で話したあとは、お父さんもお母さんも、いつも寂しい思いをしていました。おばあちゃんが赤ちゃんの誕生を心待ちにすればするほど、ショウくんのことがかわいそうになってしまうのです。赤ちゃんができるまでは、おばあちゃんが電話をかけてくることなんて、めったにありませんでした。ショウくんに対しても、よそよそしい態度ばかり取っていました。そのことはショウくんも……気づいていたんだよね。お母さんから聞きました。「おばあちゃんは、お母さんや僕のことが嫌いなの？」と、お母さんに訊いたこともあったらしいね〉

違う、違う、違う違う違う、そんなことはない……。先生は喉の奥を低く鳴らして、何度もかぶりを振った。

〈ショウくん、もしも東京のおばあちゃんのことで、きみが寂しい思いや悲しい思いをしているのなら、どうかおばあちゃんを許してあげてほしい。おばあちゃんのことを怒ったり、憎んだり、恨んだりしないでほしい〉

先生はハナを啜り、ティッシュで目元の涙を拭きながら、パソコンの画面をにらみつけた。違うでしょう、と健夫に言いたい。万が一、翔也がおばあちゃんの態度に寂しさや悲しさを感じていたとしても、それは絶対に誤解であり、勘違いなのに。

〈悪いのはお父さんだ。お母さんと結婚することを、もっと時間をかけて、言葉を尽くして、おばあちゃんに話すべきだった。ショウくんのパパになりたいんだという決意を、もっと丁寧に、おばあちゃんに納得してもらえるように説明しなければいけなかった。それをしっかりやらずに、最後は「僕の人生は僕が決めるんだから、口出ししないでよ！」と強引に決めてしまったのが、そもそもの間違いだったんだ〉

そうじゃなくて、違うんだってば……と、先生は歯がゆい思いでため息をついた。納得しているのだ。健夫の人生は自分で決めればいい。そんなのは当然のことで、口出しなどするはずがないし、する権利もないことは自分でもちゃんとわかっている。

〈でも、まだ遅くない。まだ間に合う。あわてて大急ぎで仲良くならなくても、ゆっくりと時間をかけて、おばあちゃんと「家族」になろう。お父さんとショウくんだって、出会って

すぐに「家族」になれたわけじゃないんだものな。みんなで、ゆっくり、あせらず、あきらめずに、少しずつ「家族」になろう〉
〈おばあちゃんが学校の先生だった頃のお得意の話――太平洋を泳ぐめだかのこと、お父さんはショウくんにも何度も話してあげたよな。おばあちゃんは『めだかの学校』の歌からその話を思いついたらしいけど、小川には「めだかの家族」だっているんだ。ショウくん、僕たちも「めだかの家族」だ。いつか、みんなで、太平洋まで泳いでいこう〉
〈そろそろ日付が変わる。とりとめのないままだけど、今夜の手紙はこれでおしまい。おやすみ。また明日〉

先生は唇を噛んだ。そうしないと嗚咽が漏れてしまいそうだった。健夫の人生は、手紙を書き終えたときから十数時間しか残されていなかった――ゆっくりとあせらず「家族」になっていくことはできなかったのだ。

3

午前中いっぱい、落ち込んだ気分で過ごした。掃除をしても洗濯をしても、ため息ばかりついてしまう。思いきって「隠居」の特権をフルに使おう、と朝風呂にも入ってみたが、お湯に浸かって全身が火照(ほて)っても、肝心の元気はちっとも湧いてこなかった。

その様子を地球の裏側から見抜いたかのように、風呂に入っている間に麻美からメールが届いていた。

〈お母さんにとっては、ちょっとショックな内容だったと思います〉

「ちょっと」どころじゃないわよ、まったく、とんでもない話じゃない……と、せめて口に出してぼやく相手がそばにいてくれれば、少しは気も晴れるのだが。

先生のことは、ほかの日にも、ときどき出てくるらしい。〈お兄ちゃんは、お母さんのよそよそしい態度のことで、薫さんや翔也くんにずっと申し訳ない思いを抱いていたみたいです〉と麻美は書いていた。〈もちろん、お母さんにも言いぶんはたくさんあると思うけど……〉という気づかいの一言に、かえって胸が重く塞がれてしまう。

〈ただ、ほとんどは、もっと他愛なく、明るい内容です。翔也くんと仲良くなったことを喜んでいたり、お兄ちゃんの子どもの頃のことを思いだしながら書いていたり、今度の夏休みにはオトコ同士でキャンプをしようぜ、とか……。そういう日をピックアップして送ることもできますので、読みたくなったらいつでもリクエストしてください〉

そんなことはしない。自分に都合のいい箇所だけを選んで読むのは、ずるい。

〈お母さんがショックを受けるのは覚悟していましたが、あえてお兄ちゃんが最後に書いた手紙を送ったのは、それが「遺言」だと思ったからです。翔也くんと仲良くしてあげてください。翔也くんと「家族」になってください。お兄ちゃんが（そして薫さんも）天国からなによりも心配して、祈っているのは、そのことだと思います〉

わかっている。麻美に言われなくても、ちゃんと。わかっているからこそ、ずっと、ずっと、落ち込みつづけているのだ。

昼食の時分になっても、食欲はない。お蕎麦でも茹でようか、と鍋にお湯を沸かしていたら、電話が鳴った。

杉の木小学校のテンコさんから――。

「残念です」と開口一番にテンコさんに言われた。連続欠席記録を今日も更新してしまった翔也のことだ。

「月曜日ですし、新しい週に入って、そろそろ来てくれるんじゃないかと思って、担任の森中先生と一緒に楽しみにしていたんですけど」

学校と翔也の間をとりもつテンコさんの立場を思うと、先生としては「ごめんなさい……」と謝るしかなかった。

「もちろん、本人の気持ちが一番大事で、嫌がるのを無理やり登校させるのは絶対によくないと思います。それに、ふつうの保護者さんならともかく、翔也くんの場合はアンミツ先生がいらっしゃるんですから、そこのところはわたしも安心っていうか、信頼してるつもりです」

褒められているのだろうか。「むしろ、ここから先生がどんなふうに翔也くんの不登校を治していくのか、わたしも勉強させてほしいほどです」——微妙な皮肉や揶揄も交じっているのだろうか。どちらにしても、不登校を「治す」という発想は、あまり好きではない。

「翔也くん、先週は東日本大震災の被災地に行ってきたんですよね」

「そう……ボランティアで図書館の本の整理のお手伝いをさせてもらったんだけど」

「どうでした？　少しは効果ありました？　『つながり』や『絆』の素晴らしさとか、毎日を一所懸命に悔いなく生きることの尊さとか……そういうのって、やっぱり教科書やふつうの授業では、リアリティに限界がありますから」

「……いまの時点で、目に見えてなにかが変わったっていう感じじゃないけど」

「でも、やっぱり、いい体験ですよね。さすがアンミツ先生、不登校の間もむだにしないんだな、って思ってたんです」

なぜだろう。言葉の端々に微妙なトゲを感じてしまう。さっきの健夫の「遺言」の後遺症なのだろうか。

「それでですね、先生、提案なんですけど。翔也くんに被災地のリポートっていうか、被災地で見たことや聞いたこと、感じたことや考えたことを、みんなに発表してもらうのってどうでしょうか。そうすれば、クラスのみんなも翔也くんを受け容れやすいと思うし、翔也くんのほうも、ただの不登校じゃなくて大切な体験をしてきたんだ、ということで、後ろめたさが消えるんじゃないですか？」

電話を終えると、夕食の買い物に出かけた。そうでなくても乏しかった食欲は、これっぽっちもなくなっていたが、だからこそ今夜は、元気の出るものを食べよう。体よりもむしろ心のスタミナをつけておかないと、明日を乗り切れそうにない。

「翔也くん、明日はだいじょうぶですか？」とテンコさんに訊かれたのだ。「丸一日というのがキツければ、午前中だけやお昼からでもいいんです。とにかく一度は学校に来てほしいんです」――それができなければ、「家庭訪問で担任の森中先生のほうからおうかがいすることも考えています」と言われた。

いや、テンコさんの本音としては、今日の午後の授業だけでも翔也に受けてほしいのだろうし、今日の夕方に家庭訪問をすることだって充分に考えていたはずだ。もしも翔也が朝から外出していることを正直に伝えてしまったら、電話はいまもまだつづいていただろう。

なんとか話をかわして、すべては明日に持ち越し、ということにした。

もちろん、テンコさんは決して納得しているわけではない。電話の最後に、念を押して言われた。

「四月はどこのクラスも、二十人二十一脚のチームの組み直しなんです。特に五年生はクラス替えしたばかりですから、ゼロからチームワークを築き上げていくんです。未経験の翔也くんには、少しでも早いうちにコツを覚えてもらいたいし、とにかくクラスに一日でも早く馴染んでもらいたいんです」

そうしないと……と、つづける声が、聞こえなくても、聞こえた。

そうしないと、翔也くん、ずうっと「ガイジン」のままですよ――。

テンコさんの幻の声は、重い足取りで街を歩いている間も、耳の奥から消えない。

天気はあいかわらずはっきりしない。朝のうちは花曇りの空だったが、いまの雲の色はだいぶ暗い。天気予報より早く、今日のうちに雨が降りはじめるのかもしれない。

駅前のショッピングセンターに入った。食料品売り場は一階だったが、エスカレーターで三階まで上がった。フロアの隅のペットショップに向かい、めだかの水槽の前にたたずんだ。

このまえ来たときに応対したウサギ担当の女性店員は、アンミツ先生の顔を覚えていて、「すみません、『昔めだか』はまだなんですけど……」と申し訳なさそうに言って、「でも、ヒメダカが入ってます」とつづけた。

先生は無言でうなずいた。わかっている。さっき気づいた。淡い黄色やオレンジ色のめだかが、小ぶりな水槽の中で何百尾と泳いでいる。縦に数段並んだ水槽の一番下。ディスプレイの効果としてはゼロに近い位置だ。無理もない。ライトアップされた水槽の中を優雅に泳ぐ美しさなど、売るほうも買うほうも求めてはいない。水槽はただの容器であり、その中で窮屈そうに泳ぐめだかの群れは――。

「ねえ、ちょっと」

先生は店員を呼んだ。声が震えているのが自分でもわかる。顔もきっと、怒りと悲しみでゆがんでいるだろう。

「ここに書いてあるの……どういう意味？」

『ヒメダカ』の水槽に掲げられた手書きのPOPを指差した。その指先も震えてしまう。

〈SALE!　エサ用めだか　10尾・280円、100尾・2500円〉

店員は怪訝そうに首をかしげ、「……どういう意味って、エサ、ですけど」と言った。

「めだかがエサになるの？」

「ええ、アロワナとか、小さな魚を食べる熱帯魚、けっこういるんです。人工のエサもあるんですけど、やっぱり生きてるほうがおいしいんじゃないですか？」

軽く言われた。あたりまえのように言われた。先生が複雑な表情になると、逆にその甘さを咎めるように「自然の川でも、ふつうに食べられてますからねえ、めだかって」と付け加えた。「それが大自然の掟ですから」

先生は一瞬言葉に詰まり、水槽から目をそらして、泣きたい思いで苦笑した。

「でも、こんなに安いとは思わなかった」

「だって、高かったらエサにできませんよ、もったいなくて」

店員は屈託なく笑う。インターネットの通販なら、もっと安く、一尾十円ほどで売っている店もあるらしい。

「ヒメダカって養殖が簡単で、すぐに増えるんです。だから安くお出しできるし、逆に言えば、エサにしていっぺんにたくさん買ってもらわないと、業者さんやショップも困るんです。管理の手間やコストは同じなんですから、観賞用もエサ用も」

こちらは——ビジネスの掟なのだろう。

入ってきたときよりもさらに重い足取りでショッピングセンターを出た。食料品売り場でとりあえず買い物はしたが、買い物リストのメモと陳列棚に交互に目をやって、必要なものを機械的にカートに入れただけだった。ふだんはチェックを怠らない値段やサイズや産地や消費期限も、今日はフリーパスにした。なんだかもう、頭を使う気力も湧かない。代わりに、昔のことをとりとめなく思いだした。

太平洋を泳ぐめだかの話は、必ずしも、同僚の教師全員が「なるほど」と納得してくれたわけではない。教え子の未来の姿をちっぽけで無力なめだかに譬えるのはいかがなものか、と反駁する同僚は何人もいた。

確かに、大海原を悠々と泳ぐクジラや魚の王さまのタイ、あるいは賢くて優しいイルカに譬えたほうが話はきれいにまとまるだろうし、卒業する教え子がクジラやタイやイルカの人生を歩んでくれることを望まない教師はどこにもいないはずだ。

それでも、アンミツ先生は、めだかの人生――世の中の片隅でささやかな幸せを追い求める暮らしを、子どもたちに否定してほしくなかった。小さなことや弱いことを「負け」だと決めつけてほしくなかった。クジラやタイやイルカにはなれなくても、自分の人生を精一杯に生きてほしかった。弱者や少数者を切り捨ててしまう社会の風潮や価値観に棹さして流されるのではなく、たとえグイグイと前に進むことはできなくても、めだかのように流れに逆らって生きてほしかった。

出世できなくてもいい。お金持ちになれなくてもいい。家族や親子や夫婦をめぐる生き方が、世の中の主流とは相容れなくてもいい。自分の選んだ人生を自分の力で生きてくれれば、教師としてなにも言うことはない。

元気に泳いでほしい。「悠々と」や「堂々と」という言葉がつかなくてもいい。とにかく自分に与えられた人生の時間を、自分なりに精一杯、悔いのないようにまっとうしてほしかったのだ。

甘かったのだろうか。いかにも教師らしい世間知らずだったのだろうか。

エサとして安く売られていた無数のめだかの姿が、帰宅してからも消えない。魚は鳴かない。声を持たない。だから救われている。もしも、あの水槽の中のめだかが話せるのなら、どんな言葉を、どんな声で、伝えてくるのだろう……。

やるせない思いとともに帰宅した。なんだかひどく疲れてしまった。今日一日の、というより、三月の終わりからの心身の疲れが、ここに来てズシンと両肩にのしかかったように感じる。

しばらく食卓に突っ伏した。眠っているわけではなかったが、頭がぼうっとしていたのだろう、携帯電話の着信音に思わず体が跳ねそうになった。

電話はヒデヨシからだった。

「もしもーし、アンミツ先生、俺です、俺、ヒデヨシです」

太い声が耳に飛び込んできた。そのとき、先生の脳裏にほんの一瞬だけ、まだガンに冒される前の元気なヒデヨシの姿が、会ったことなどないくせに、くっきりと浮かんだ。そしてそれは、太平洋の大海原を泳ぐ巨大なクジラの姿にも似ていたのだ。

「……どうしたの？　具合、どうなの？」

声は元気そうだ。先週、北三陸で別れたときと比べると、まるで別人と言っていいほどだった。

だが、ヒデヨシは「俺のことはいいんです」と笑って言う。「それよりねえ、先生、いま俺がどこにいるのか知ったら、絶対にびっくりしますよ」

「……どこなの？」

「だめですよ、すぐに正解を訊いたら。自分で考えてください」

間を置かずに、「チッ、チッ、チッ……」とクイズ番組のタイマーの口真似をする。イタズラ小僧で、すぐにおとなをからかってきた小学生の頃となにも変わらない。

「ブーッ、時間切れでした」

「ちょっと、ヒデヨシくん、ふざけないで」

さすがに声を強めると、ヒデヨシはやっと正解を告げた。

「いま、北京浜の交番です。翔也と一緒なんですよ」

4

多摩川の河口にほど近い北京浜は、典型的な工業地区だった。海に面した埋め立て地域にはコンビナートが広がり、運河が縦横に巡らされた内陸部に入ると、小さな町工場や倉庫が軒を連ねている。

最寄りの地下鉄の駅から地上に出ると、出口のすぐ前は片側三車線の産業道路だった。ひっきりなしに行き交う冷凍トレーラーやタンクローリー、キャリアカーの轟音が、アンミツ先生のおなかに直接響いてくる。

北京浜を訪ねるのは初めてだった。こんなに騒々しい街とは思わなかった。空気も良くない。マスク代わりにハンカチを口元にあてていないと、咳き込んでしまいそうだった。

産業道路から、商店街と飲み屋街が入り交じった通りに入った。まだ陽は高かったが、工場の三交代勤務に合わせているのか、早くも酔客が騒いでいる居酒屋もある。焼肉屋の換気扇から漏れる香りはいかにも脂っこく、ギトギトとしていた。

よく言えば活気があって力強い。だが、こういう学区だと、小学校の生活指導や交通安全指導は大変だろう。

健夫はよく「学校の社会科見学の行き先、北京浜なんていいと思うけどなあ。大企業の工場だけじゃなくて、町工場のモノづくりの現場を見ると勉強になると思うよ」と先生に言っていたが、結婚前の薫さんや翔也を先生に会わせるときは、いつも先生の自宅を訪ねる格好だった。「おふくろはどうせ北京浜みたいな街は気に入らないと思うから」という理由を、健夫からじかに聞かされたような、それは記憶の捏造のような……。

後ろ向きなことばかり考えてしまう。

健夫の手紙のショックが、やはりまだ癒えていない。さらにいまは、もう一つ――。

ヒデヨシから伝えられた待ち合わせの喫茶店の場所をメモで確認しながら、先生は力なくため息をついた。

翔也はお昼前に北京浜の街を歩いていて、警官に「ボク、学校はどうしたの?」と声をかけられた。心配は要らない。そのために事情をこと細かに説明した手紙を持たせたのだし、先生のケータイや自宅の電話番号も翔也はもちろん知っている。

なのに、翔也は連絡してこなかった。交番に連れて行かれても、先生の手紙を見せなかった。代わりに、新幹線でもらった名刺を頼りにヒデヨシのケータイに連絡を入れて、迎えに来てほしい、と頼んだ。おばあちゃんには助けを求めなかったのだ。

翔也と一緒に暮らしはじめて約三週間、距離は多少なりとも縮まったと思っていた。「すべてわかりあえた」とまでは言えなくても、「わからないところがずいぶん減った」ぐらいは認めてもいいんじゃないか、とアンミツ先生は思っていたし、信じてもいた。

それが根底からくつがえされた。悲しさと悔しさ、寂しさと情けなさが、複雑に入り交じる。一緒に被災地に出かけて、自分なりに手応えを感じはじめていた矢先だからこそ、よけいに悔しくて、せつなくて、腹立たしくて、もどかしくて、やはり悲しい。

飲食店と商店が混在する通りをしばらく進むと、町工場の建ち並ぶ一角に差しかかった。工場で働くひとたちや道を歩くひとたちの中には、アジア系やラテンアメリカ系の外国人もいる。その一角を抜けると、また小さな飲食店が並ぶ通りに出た。看板に外国語が目立つ。英語、スペイン語、ポルトガル語、中国語、ハングル、タイ語やベトナム語もある。

待ち合わせの店は、そんな中の一軒——ヒデヨシは喫茶店だと言っていたが、そこはどう見ても、屋台に毛の生えたような露店だった。客は路上に並べたガーデンテーブルで小さな丼の麺類を啜り、串焼きや炒め物を食べながら、小瓶のビールをじかに口につけて飲んでいる。

ヒデヨシと翔也も、円形のガーデンテーブルを二人で陣取っていた。翔也は赤い色のジュースを飲み、ヒデヨシはお好み焼きのような料理を肴(さかな)にビールを飲んでいた。

先生に気づいたヒデヨシは、屈託のない様子で「こっちです、どーもどーも」と笑って手を振ったが、翔也は逃げるようにうつむいてしまい、そんな翔也の肩をヒデヨシは、ほらしっかりしろよ、おい、と笑いながら小突いた。翔也はちらりと上目づかいで先生を見た。さすがに気まずそうな様子だった。先生と目が合うと、またサッとうつむく。ヒデヨシは、しょうがねえなあ、と苦笑して、あらためて先生を迎えた。

「アンミツ先生、まあ、いろいろ言いたいこともあるでしょうけど、ここは一つ、不肖の教え子に免じて、ビールでもいかがですか」

先生はムスッとしてテーブルにつき、翔也はあえて無視して、ヒデヨシに言った。

「ビールなんて飲んで、平気なの？」

ヒデヨシは笑顔でうなずき、「ガンの宣告を受けてから、今日が一番元気ですよ」と言った。「本気の本気ですよ、いまの」

アンミツ先生もビールを頼んだ。妙に余裕のあるヒデヨシに対する負けず嫌いの意地に加えて、シラフよりもほろ酔いかげんのほうが冷静に事態を整理できそうな気がしたし、なにより駅からここまでの道程があまりにも埃っぽくて、喉を潤さずにはいられない。

店員が持ってきたのはベトナムのビールだった。「このあたりの工場は東南アジアから来てるひとが多いみたいです」とヒデヨシが教えてくれた。確かに店員の顔立ちや小柄な体格も、どことなく東南アジア風だった。

「俺も北京浜に来たのは初めてなんですけど、翔也に聞いてみたら、世界中のいろんな国のひとが働いてるんですね。ベトナム、ミャンマー、タイ、トルコ、日系のブラジル、ペルー、パキスタン……」

ヒデヨシは四方を見回して、「みんな、海を渡ってきたんですよ」と付け加えた。先生は黙ってうなずく。太平洋を泳ぐめだかの話を思いだした。ペットショップでエサとして売られていたヒメダカの水槽も目に浮かぶ。

「やっぱり、人件費も安くあがるっていうことなのかしらね」

ふと言った――違う、わざと、冷ややかで突き放すような発想をして言ったのだ。

ヒデヨシは一瞬不本意そうな顔になったが、「まあ、いまはもう工場ごと海外に持って行っちゃう時代ですけどね」と応え、「そういう時代に街を復興させるキックも大変ですよ」と被災地に思いをはせた。唐突ではあっても、話はつながっているような気もする。

先生は翔也に目をやった。さっきから黙ったまま、うつむいて、こっちを見ようとしない。

ヒデヨシはその空気を察して、「先生、叱らないであげてください」となだめる。「翔也は、俺のために電話してくれたんですよ」

なに言ってるのよ、と最初は取り合わなかった。どうせおばあちゃんに叱られるのが怖くて、ヒデヨシに泣きついただけだ。

だが、ヒデヨシはきっぱりとつづけた。

「翔也が電話してくれたおかげで、俺、ひさしぶりに気持ちがピンと張ったんです」

朝から体調が優れずにベッドでぐったりしていたところに、電話がかかってきたのだ。

「頼りにされるのって、やっぱり、気持ちがいいものですよね」

ヒデヨシはそう言って、「なっ」と翔也に笑いかけた。翔也も初めて顔を上げて、はにかんで笑い返した。


ベトナムのビールは薄味で飲みやすく、あっという間に小瓶一本を飲み干した。

「先生、ちょっと付き合ってくださいよ。俺もさっき翔也に教えてもらったばかりなんですけど、いい場所があるんです」

店を出てヒデヨシに案内されたのは、歩いて数分の運河に架かる橋だった。倉庫や小さな町工場が両岸に並ぶ、なんの変哲もない運河だったが、橋の真ん中にしばらくたたずんでいると、「いい場所」の所以がわかった。

羽田空港から離陸したばかりの飛行機がぐんぐん上昇していくのを、真横から見ることができる。びっくりするほど近い。尾翼にペイントされた航空会社のマークを見てとるのはもちろん、客席の窓も一つひとつはっきりと見える。当然、ジェットエンジンの音も大きく、飛行機が見えている間は声を張り上げないと会話もできない。

「すごい迫力でしょ？　一日中いても飽きませんよ」

ヒデヨシはうれしそうに言う。「なっ、最高だよなっ」と翔也と笑い合う。

先生には音がうるさいだけで、どこが面白いのかわからない。ただ、「男子ってこういうのがほんとに大好きなのよねえ……」とあきれて言うと、自然と頬がゆるんだ。ヒデヨシがまだ男の子らしさを忘れていないのがうれしいし、翔也にも意外に男子っぽいところがあるのを知って、ほっとした。

「いい場所、まだほかにもあるんです」

運河に架かる橋を渡り、海に向かってさらに歩くと、踏切に出た。今度は飛行機ではなく、鉄道――工場の引き込み線だった。

「ときどき何十輌もつないだタンク車が通るって翔也が言うんで、絶対に見てみたいんですけど、今日はタイミングが悪くて」

ヒデヨシは残念そうに言う。今日がだめでも日を改めて出直しかねないほどの張り切り具合だった。その元気が先生にはうれしい。と同時に、ヒデヨシを「いい場所」に連れて行く翔也の姿を想像するのも、あんがい悪い気分ではなかった。

まだ許してるわけじゃないんだけどね、と自分で自分に釘を刺しながら、「ねえ、翔也くん」と声をかけた。「こういうところ、外国人の友だちと遊びに行ってたの？」

「友だちと一緒のときもあったけど……」

翔也は少し迷うように答え、間をおいてから、「お父さんと一緒のときのほうが多かった」と言った。

薫さんと結婚する前、まだ「杉田のおじさん」だった頃の健夫は、休みの日には必ず北京浜に来て、翔也と遊んでいた。少しずつ「お父さん」になろうとしていたのだろう。

三つめの「いい場所」は、踏切を渡ってさらに海に向かった先の行き止まり——倉庫が建ち並んだ岸壁だった。海が見える。錆び付いた金網のフェンスと『部外者立ち入り禁止』のボードが立ちはだかって、波打ち際までは行けなかったが、吹きわたる風には、オイルや埃のにおいに交じって、確かに潮の香りも溶けている。

ここもまた、翔也がよく健夫に連れられて遊びに来ていた場所だった。

ヒデヨシは翔也から少し離れた位置にアンミツ先生をそっと呼び寄せて、小声で教えてくれた。

「お母さんには内緒だったらしいんですよ。健夫さんと翔也の秘密基地っていう感じで」

なるほど、と先生がうなずくと、ヒデヨシは「俺、今日は健夫さんのピンチヒッターみたいなものだったんですよ」と笑った。「翔也はイバって案内してくれました。ヒデヨシさんにも特別に教えてあげるよ、って」

ると、あの頃と変わらない風景を見るとホッとした顔になり、変わってしまったところを見つけると、しょんぼりしていたらしい。

「じゃあ、あの子がわたしじゃなくてあなたに電話したのも、健夫の代わりに、ってこと?」

「ええ……」

結婚前から健夫は翔也によく言っていたらしい。「お母さんに言えない困ったことがあったら、俺に相談してくれよ。オトコ同士の友情で、絶対助けてやるから」──カッコつけちゃって、と先生は無表情で肩をすくめる。そうしないと、頬をゆるめたとたん、泣き顔に変わってしまいそうだった。

「翔也は、おばあちゃんには迷惑も心配もかけたくなかったから、とっさにその言葉を思いだして、お父さんみたいなオッサンの俺に電話してくれたんですよ」

先生は黙ったまま、海をじっと見つめた。

「……すみません、息子さんと俺なんかを一緒にするのって失礼なんですけど」

ううん、そんなことない、と先生は首を横に振った。今度はだいじょうぶ、泣き顔にならずに笑うことができた。「おばあちゃん」には決して加わることのできないオトコ同士というやつに、ちょっと嫉妬しながら。

「翔也を叱らないであげてください」

ヒデヨシは産業道路を歩いて駅に向かいながら、何度も念を押した。翔也は一人で先を歩いている。行き交う車の音が騒がしいおかげで、話し声を聞かれる心配はないだろう。

「俺、あいつがおばあちゃんに迷惑や心配をかけたくないと思ってくれたことがうれしいんです。おまえって優しい奴だなあ、って」

アンミツ先生にもわかっている。

それでも、やはり寂しい。

「迷惑かけてもいいのよ、心配させてもいいのよ、一緒に暮らすっていうのは、そういうのを全部引き受けるってことなんだから」

きれいごとかもしれない。けれど本音だ。実際、親や教師の毎日から「子どもに迷惑をかけられること」と「子どもを心配すること」を取り除いてしまったら、あとにはいったいなにが残るというのだろう。

「ヒデヨシくんにもわかるでしょ。あなただって息子さん三人のパパなんだから」

ヒデヨシは少し考えてから、「いまなら、わかります」とうなずいた。「でも、子どものうちはわからないものなんですよね」

「そうなの？」

「ええ……自分がおとなになって、親になって、それで初めてわかるんです」

親にいくら迷惑をかけてもいい。どんなに心配させてもいい。その代わり――。

「生きるんだぞ、って……子どもにはとにかく、生きていてほしいんです。俺、息子たちがガキの頃は、夜遅く仕事から帰ってきて、息子たちの寝顔を見ながらビール飲むのが一番幸せな時間だったんです。で、ビールのほろ酔いで、思わず泣きそうになっちゃうんですよ。死ぬなよおまえら、絶対にお父さんより先に死んじゃうんじゃないぞ……ってね」

感慨深そうに昔を懐かしんだヒデヨシは、ふと現実に引き戻されて、「あ――」と息を呑んだ。先生が息子に先立たれてしまったことを、遅ればせながら思いだしたのだ。

「……すみません、俺、調子に乗って、勝手なこと言っちゃって……」

ううん、と先生は笑って首を横に振る。「親はみんなそうよ」

健夫や薫さんも、きっと同じことを思っていたはずだ。だとすれば、二人は事故のとき、翔也を巻き添えにしなかったことを喜びながら息を引き取ったのかもしれない。

無念の暗い闇に沈んでいた二人の悲劇に、初めて、ほのかな光が射し込んだ気がした。

ヒデヨシとは地下鉄の乗り換え駅のコンコースで別れた。

最後まで元気そうなヒデヨシだったが、別れぎわ、ああそうだ、と忘れものを思いだした顔になって——とても大事なことを、アンミツ先生に打ち明けた。

「来週から、また入院です」

被災地から帰京してすぐに受けた血液検査の結果が良くなかった。腫瘍マーカーの数値が跳ね上がっていたのだ。

驚いて声も出ない先生とは対照的に、当のヒデヨシは「抗ガン剤治療じゃなくて検査入院ですから、二、三日で退院できますよ」と笑って言う。その口調の軽さや穏やかさが、逆に現実の重さと厳しさを伝えてくる。

「ウチにいると、どうしても暗いことばかり考えちゃうんです。だから、ほんとうに今日は翔也に呼んでもらって助かりました。まだ俺にも役目があるっていうか、俺を必要としてくれるひとがいるんだと思えると、ちょっと元気になれるんですよ」

そう言って、翔也に向き直り、「またオトコ同士で遊ぼうな」と握手を求めた。翔也もはにかみながらそれに応える。

「今度はオジサンが多摩ヶ丘の秘密基地を教えてやるから」

「はい……」

「あとな、おばあちゃんをどんどん困らせてやればいいんだからな」

「え？」

「人間、困ってるうちは老け込まないんだ。なんとか解決しなくちゃいけないから、頭もフル回転するし、アクションも起こす。それが細胞を活性化して、免疫力を高めるんだ」

ほんとだぞ、といかにもアヤしげにウインクして、「でも、『困る』にも二種類あって、おまえが黙り込んで動かない『困る』はだめなんだ」とつづける。「おまえがどんどん動いて、問題を起こして、てんてこまいで目がまわりそう……っていう『困る』こそが、おばあちゃんを若返らせて、元気にしてくれるんだ」

いいかげんなことばかり言う。先生はあきれはてて肩をすくめた。だが、そのあとで思わず頰がゆるむ。ヒデヨシの優しさが胸に染みて、じんとする。

「明日、学校に行って、いろいろ問題を起こして、先生やおばあちゃんを困らせてやれ」

マンガでもドラマでも、転校生ってのは昔からそういうものなんだよ——いたずらっぽく付け加えて、じゃあな、と別れた。

5

自宅の最寄り駅に帰り着いたときには、もう陽はとっぷりと暮れ落ちていた。

ラッシュアワーで混み合った電車の中では、翔也とゆっくり話す余裕はなかったが、訊きたいこと、言いたいこと、そして決めなくてはならないことは、いくらでもある。

「いまからつくると時間が遅くなるから、晩ごはん、どこかで食べていく？」

アンミツ先生が訊くと、翔也はうつむいて「ウチでいい。なんでもいい」と短く返す。なにかをじっと考え込んでいて、先生との会話も上の空という感じだった。

別れぎわにヒデヨシに言われたとおり、明日は学校に行くのだろうか。やはりだめなのだろうか。いま翔也自身が迷っているのがわかるから、先生も待つしかない。

「じゃあ、お弁当でも買って帰ろうね」

駅前のショッピングセンターに入った。

その時点では思ってもみなかった考えが、入り口の近くにあるエスカレーターを目にした瞬間、頭の真ん中にふわっと浮かんだ。

カート置き場に向かって歩いていた翔也を、こっちこっち、と呼び戻して、上りのエスカレーターに乗った。

「おばあちゃん、なに買うの？」

「めだか」

きょとんとする翔也に理由やいきさつを説明する間もなく、三階に着いた。

ペットショップは閉店の時刻が迫って、店じまいの準備に取りかかっていた。

昼間の女性店員に「めだかの飼育セットみたいなのがあったら、買って帰りたいんだけど」と言うと、店員は愛想笑いとともに、色のきれいな「楊貴妃」や体が輝く「ヒカリめだか」の水槽に二人を案内した。

だが、先生は最下段の水槽の前でしゃがんで、「この中から選びたいんだけど」と特売品のヒメダカを指差した。

「あの……これ、アロワナとかのエサ用なんで、観賞とか繁殖には向かないんですよ」

店員は「昼間も言いましたよね」と物わかりの悪さを咎めるように言った。

「でも、エサ用なんて、生まれたときから決まってるわけじゃないでしょ？　ほかの魚に食べられるぎりぎりの瞬間まで、エサになるかどうかなんてわからないじゃない」

先生がムッとして言い返すと、翔也が横から「違うよ、おばあちゃん」と言った「エサ用のめだかは、エサにしかならないんだって……お父さんが昔、言ってた」

ペットショップの店員が、翔也の話を引き取ってつづけた。

エサ用として販売されるめだかは、もともと観賞用の「商品」として売るのが難しい「ワケあり」である場合が多いのだという。

「色の出が良くない、とか？」とアンミツ先生は訊いた。その程度だったら、まったくかまわない。

だが、店員は「そういう見栄えだけじゃないんです」と言う。

「もともと成育環境も長生きさせることを考えて育ててきたわけじゃありませんから、やっぱり体が弱いんです。あと、ぎゅうぎゅう詰めで育ててますから、体が傷だらけになった生体もありますし」

エサ用のめだかは、たとえ飼っても長く育てるのが難しい。

「ワンちゃんやネコちゃんほどじゃなくても、やっぱり、お魚だって死んじゃうと悲しいじゃないですか。子どもさんのいるお宅だと、特に……。そういうリスクも考えると、ショップとしても、ちゃんとした観賞用のほうをお薦めしたいんです」

先生は憮然とした面持ちでうなずいた。店員の言うことはよくわかる。単純にビジネス優先で生き物の命を軽んじているわけではないことも、認める。けれど、胸の奥のどこかに釈然としないものがあるのも確かだった。

そのもやもやした思いにケリをつけてくれたのは、翔也の一言だった。

「僕、エサ用のめだかを飼いたい」

きっぱりと言った。

店員は途方に暮れた顔になって、「あのね、ボク、いまのおねえさんの話、聞いてくれてたよね？　エサ用のめだかってね……」と、また最初から説明をやり直そうとした。

だが、翔也はそれをさえぎって、「すぐ死んじゃってもいいんです」と言う。

「あのねえ、そんなこと言うけど、生き物が死んじゃうっていうのは、ボクが思ってるより悲しいのよ？　まだわかんないかなあ」

「わかります」

「だって、ボクはまだ子どもなんだし――」

「でも、わかります」

「すぐに死んじゃうのに飼うのって、かわいそうだと思わない？」

「かわいそうじゃない！　全然違う！」

強い声で言った。肩を大きく震わせた。その震えが顎に伝わったのと同時に、店員をキッとにらみつけていた目が潤みはじめた。

アンミツ先生はあらためて特売の水槽を指差して、「ここのヒメダカをお願いします」と言った。「なるべく元気なのを選んでもらえますか？」

店員もさすがに翔也の様子に真剣な決意を感じ取ったのだろう、「これだけたくさんいますから、細かくチェックするのは無理ですけど」と言いながらも、「できるだけ傷のない生体を選びます」と約束してくれた。

五尾買った。百四十円。確かに、哀しいほどに安い。縦・横・高さが十数センチの樹脂製の水槽にフィルターとエサと水質調整剤を付けた、初心者向けの飼育セットも買った。店員の勧めで砂利と水草も買い足した。

薬剤で塩素を中和した水槽の水に、めだかとショップの水を入れたビニール袋を浮かべる。しばらくそのままにして袋の中の水と水槽の水の温度を合わせてから、袋の口を開けて、めだかを水槽に放つ。手順を説明してくれた店員は「とにかく、決してじょうぶな生体ではありませんから、そこのところはほんとうにご理解ください」と念を押した。

水槽は先生が提げ、めだかを入れたビニール袋は翔也が持った。

なぜ翔也がエサ用のめだかを飼いたいと言いだしたのか、先生は訊かない。なぜ店員を相手にあんなに感情を高ぶらせたのか、も。

翔也のほうも、なぜ先生がめだかの数を五尾にしたのか、訊いてこない。

たとえ翔也に訊かれても、先生は適当に言葉を濁してごまかすつもりだった。健夫と薫さんと、翔也と、九月に生まれてくるはずだった妹と、それからおばあちゃん——五人家族にこだわった。

もしもめだかが早く死んでしまったら、家族に重ね合わせているぶん、つらくなる。覚悟はしている。それでも、手の届かない遠くに行ってしまった息子のことを、ほんの少しでも、形あるものとして感じたい。息子の愛した家族を、命の温もりとともに感じたい。

ショッピングセンターを出て夜道を歩きだすと、翔也は「ワガママ聞いてくれて、ありがとう」と言った。「……あと、泣いちゃって、ごめんなさい」

いいのいいの、と先生は笑った。「たくさん困らせてくれたほうが、おばあちゃんは若返るんだから」――そうよね、ヒデヨシくん、と夜空を見上げて、また笑う。

夜道を歩きながら、アンミツ先生は「お父さんは、エサになるめだかのこと、どんなふうに言ってたの？」と翔也に訊いた。

先生には見当もつかない。昼間の自分と同じ憤りを、健夫も感じたのだろうか。しかたないことだ、と割り切っていたのだろうか。それとも、いまの先生と同じように、どう納得すればいいか迷っていたのだろうか。

翔也は少し黙って記憶をたどってから、ぽつりと言った。

「……悲しいね、って」

「エサになって食べられちゃうから？」

うなずいて、「でもね」とつづける。「どうせすぐに死んじゃうめだかなんだけど、死ぬ前に誰かの役に立つことができて、喜んでるのかもしれないね、って」

いかにも健夫らしい。そして、その言葉が健夫自身の運命にも重なってしまうところが、哀しくて、せつない。

「だから、めだかは……かわいそうなのか幸せなのか、どっちなんだろうね、って」

健夫は答えは言わなかった。代わりに、翔也に「おとなになったらわかるかもな」と言った。「お父さんはまだ考え中なんだけど」と笑っていたらしい。

健夫がその話をしたのは、今年の三月だった。翔也の不登校について小泉小学校の吉村先生と三者面談をした帰り道――それがお父さんと二人きりで話をした最後だった、と翔也は付け加えた。

「不登校のこと、お父さんはなんて言ってたの？」

「あせらなくていいから、って」

吉村先生は、いまがぎりぎりのところだ、と力説したらしい。これ以上不登校がつづくと、休み癖がついてしまい、学校に戻りづらくなって、そのままひきこもりにもなってしまいかねない。いまなら、まだ間に合う。

「でも、お父さん、それを聞いて怒ったんだよ。お父さんが怒ってもそんなに怖くないんだけど、でも本気で怒ってて……子どもに『いまなら間に合う』とか言わないでください、って……子どもは、ずーっと、いつでも間に合うんです、間に合わないことなんて絶対にないんです、って……」

翔也の声はしだいに震えてきた。記憶をたどるにつれて、健夫や薫さんのことがよみがえってきたのだろう。

「だから、あせらなくていいから、って……僕に言ってくれたんだ、お父さん……」

その日は、アンミツ先生も翔也も夜更かしをした。あせらず、時間をかけて、水槽に入れた水を調整剤で中和した。めだかを入れたビニール袋を水槽に浮かせ、袋の中の水温が水槽の温度と合うまで待った。

めだかの寿命は、野生では一年数カ月、人工的な飼育下では二年から三年、長いものでは約五年も生きるのだという。

だが、エサ用のめだかには、そこまでの長生きは難しいだろう。新しい環境にうまく馴染めなければ、あっという間に弱ってしまうらしい。すでにペットショップからここまで持ち帰っただけでも、強いストレスを与えられている。いや、それ以前に、ショップの水槽に詰め込まれていた日々も、体長二センチほどの小さな体に強い負荷をかけていたはずだ。もしかしたら、あっけないほど早く――たとえば今夜のうちにでも、死んでしまうかもしれない。

「だいじょうぶだよ」

翔也は言う。「もしも、ほんとうにそうなっちゃったとしても、それはもう、運命みたいなものなんだから」

「でも……」

やるせなさを隠しきれない先生に、「それに、あのお店の水槽にぎゅうぎゅう詰めになってるより、一瞬でも広々とした水槽で泳いだほうが幸せだよ」と言う。じれったくなった先生が「ねえ、そろそろいいんじゃない？」と言うと、「もうちょっと待とうよ」となだめすかす。どちらがおとななのか、わからない。翔也も、意外とおばあちゃんがせっかちな性格だというのを知って、しょうがないなあ、と少し距離を縮めてくれたようだ。

ビニール袋を浮かべて二時間、「もういいよね」「うん、だいじょうぶだよ」と、ビニール袋の口を慎重に開けていった。

五尾のめだかは、ゆっくりと外に出ていく。がんばれ、がんばれ、と先生は声にならない声で応援した。よーし、いい感じ、と翔也もうれしそうに言った。

小さな尾びれを落ち着きなく動かすめだかもいる。きょとんとした様子で左右を見回すめだかもいる。水槽の底に向かうめだかもいるし、早くも水槽に馴染んで悠々と泳ぐめだかもいるし、ビニール袋の口のまわりから離れようとしないめだかもいる。

長年思い浮かべていた太平洋とは、あまりにもスケールが違う。だが、これもまた、かけがえのない大海原だった。

第七章

1

一週間たった。水槽の中の五尾のめだかは、元気に泳いでいる。観賞用のめだかに比べると色合いは地味で、体も小さい。底に敷いた砂利の上にいくつかビー玉を置いてみたら、むしろそっちのほうが華やいでしまった。

それでも、とにかく、小さな命が最初の一週間を乗り切ってくれたことがうれしい。アンミツ先生と翔也の二人きりの暮らしに新しい仲間が加わったおかげで、食卓を囲むときの話題が増えた。まなざしを向ける先も増えたし、ふとした沈黙の時間を軽くやり過ごせるようにもなった。

健夫と薫さんの四十九日の法要は、ちょうど一週間後——四月三十日に営まれる。二人の突然の死から一カ月余り、ようやくひと息ついた。水槽のめだかを見るともなく見ながら、ゆっくりと、二人の死を悲しむ余裕もできた。

トロントの麻美と法要の打ち合わせをしているときにも、「お母さんの声、だいぶ元気になってきたね」と言われた。「翔也くんと暮らしはじめたばかりの頃は、もう、声がずーっと小さく揺れてる感じだったから」

そうかもしれない。

「やっと新しい生活に慣れた……っていうより、受け容れることができた？」

確かに、そのほうがピンと来る。驚きや戸惑い、悲しさや憤りや寂しさやせつなさ、もどかしさや申し訳なさ、そんなさまざまな感情を、一カ月がかりで、なんとか自分の胸に受け容れることができたのだろう。

「それで、翔也くん、学校のほうはどうなったの？」

「まだ休んでる」

「じゃあ、ずーっとウチにいるわけ？」

「ううん、昼間はフリースクールをいろいろ回って、見学させてもらってる」

今日は、都心のビルの一室で開かれているスクールを見学した。東京と神奈川の県境近くにあるお寺のフリースクールにも、近いうちに出かけてみるつもりだ。

「そんなにあちこちにあるの？」

「最近は日本中で増えてるんだって」

「でも、それって――」

「一般の学校にどうしても馴染めない子や、ひどいいじめに遭って不登校になった子が、それだけたくさんいる、ってこと」

「そうだよね……」と声を沈めた麻美は、「でも、学校のほうはだいじょうぶなの？」と訊いた。

「担任でもないのに、張り切ってる先生がいるんでしょ？　ほら、お母さんの昔の教え子だったひと……ああいう教師は、フリースクールなんて認めないいんじゃやない？」

確かにそのとおりだった。

先週、アンミツ先生は杉の木小学校に出向いて、校長先生とクラス担任の森中先生、そしてテンコさんと面談をした。「ほんとうは家庭訪問させてもらって、翔也くんと直接お話がしたかったんですが……」と最初から不本意そうだったテンコさんは、ほとんど学校代表のような格好で、先生に応対した。

「こっちに一度も登校すらしないで、フリースクールを選ぶというのは、ちょっと性急すぎませんか？」

テンコさんの言いぶんはもっともだった。

ただし、そのあとの言葉がひっかかる。

「前の学校と合わなかったからといって、ウチの学校も同じだと決めつけないでほしいんです。公立なんてどこでも同じだろうというのは一昔前の話ですよ。いまはウチのように意識の高い学校もあるんです。前の学校がひどければひどいほど、逆にウチの良さがよくわかると思うんですよ」

勝ち負けや優劣ではない。健夫が翔也に伝えていた「比べるのはやめよう」というのは、つまり、そういうことなのだ。

内心では納得できないものを感じながら、とにかくもうちょっとだけ待ってもらえるよう頼んだ。

「よろしくお願いしますね。アンミツ先生はとっくにご存じだと思いますけど、五月の連休明けがリミットです。そこでうまく登校できないと、ずるずる不登校になってしまうケースが、ほんとうに多いんです」

五月の連休明けがリミット。確かに正しい。けれど、健夫は「子どもはいつでも間に合う」という信念を持っていたのだ。

テンコさんは言いたいことがまだたくさんありそうだったが、ふーう、と腕組みをしてため息をつき、最後に念を押した。

「ウチはもう何年も、不登校ゼロ、いじめゼロをつづけてるんです、それがこういう形で途切れるのは、やっぱり……」

子どもたちは学校の記録更新のためにいるわけじゃないのよ、と言い返したいのをグッと呑み込んで、先生は黙って頭を下げた。

麻美はうんざりした様子で「電話で聞くだけでもアタマに来ちゃうね、テンコさんっていうひと」と言った。

「まあ、でも、言ってることは間違ってるわけじゃないから……」

アンミツ先生がかばっても、「だからよけいタチが悪いんじゃない」と、ぴしゃりと返される。「子どもの頃からそういう感じだったの？」

「とにかく真面目な子だったの。真面目で、おとなっぽくて、勉強もよくできたし、しっかりしてて……」

絵に描いたような優等生だったのだ。

麻美も「わかるわかる、想像つく」と応えて、「でも、仲良しの友だちって、意外と少なかったんじゃない？」と訊いた。

「うん……みんなから頼りにされて、一目置かれてはいるんだけどね……そのぶん、敬遠もされてたかなあ……」

　記憶をたどる。三つ編みの少女の姿が浮かぶ。宿題のノートを見せてもらいに友だちが集まってくることはあっても、次の日曜日に映画を観に行こうという相談には誘われない。優等生の孤独は、確かにあった。

「中学校は？　公立に行ったの？」

「ううん、私立の中高一貫。陽光女子」

　麻美は「すごーい！」と驚いた。「超一流校じゃない、陽光女子なんて」

「うん……正直に言って、ちょっと背伸びして受けた志望校だったんだけど」

　記憶がよみがえる。憧れだった学校に受かったことで両親は大はしゃぎしていたが、当のテンコさん自身は「勉強についていけないと大変だから」と表情を引き締めたまま、さっそく英語の塾に通いはじめたのだ。

「真面目なんだね、ほんとうに」

「うん……」

「で、中学ではどうだったの？」

「そこからは知らないの。小学校の友だちとは卒業後は全然付き合いがなかったみたいだし、わたしも異動しちゃったから」

「お母さんに年賀状を出したりとかは?」

「……一度も来なかった」

「意外だね。優等生だったら、そういうところはきっちりやると思ってたけど」

麻美はそう言って、「中学に入って、なにかつらいことでもあったんじゃない?」とつづけた。少しおどけた口調の一言だったが、「わたし、そういう勘は鋭いんだけど」と付け加えた声は、笑ってはいなかった。

スカイプの通話を終えたあと、麻美からメールが来た。

〈テンコさんのことですが、知り合いで陽光女子出身のひとがいます。いま三十代前半なので、テンコさんとほぼ同世代です。もしかしたら彼女のことをなにか知っているかもしれません。ナニゲに訊いてみますね〉

〈あと、もう一つ(そもそもはこっちが本題です)、お兄ちゃんのパソコンに入っていた文章を、なにかの参考になれば……と思って、送ります。翔也くんの不登校のことです。この前送ったのと同じように、翔也くんに語りかけた手紙です。ファイルの日付は今年の3月11日でした。東日本大震災からちょうど一年目で、お兄ちゃんもそれを意識して手紙を書いたみたいです。「お兄ちゃんは、ほんとうは学校の先生にすごく向いていたんだなあ」という

のがわたしの感想ですが、お母さんはどうでしょうか。とにかく送ります〉

アンミツ先生は、添付されたファイルを、あえてそのときは開かなかった。翔也と二人で夕食を終えた。「晩ごはんはお魚にしようね」と昼間話していたのを取りやめて、翔也の好きな鶏の唐揚げにしたのは、ささやかでひそかな「びっくりさせるけど、ごめんね」というお詫びのしるしだった。先生自身が唐揚げを食べきれなかったのは、油ものがもともと苦手なだけでなく、不安と緊張で胸が一杯になっていたせいでもある。

お風呂をすませたあとは、二人ともパジャマ姿で、リビングでくつろいだ。

翔也は水槽を置いた小さな座卓の前に座り込んで、めだかを飽きずに眺めていた。

その背中に、先生は声をかける。

「ねえ、翔也くん……ちょっと、翔也くんに見てほしいものがあるんだけど」

翔也は顔だけこっちに向けて、「なに？」と怪訝そうに訊く。

「カナダにいる麻美おばさんから、今日、メールが届いたんだけど、そのメール、翔也くんにもすごく関係のあることだったの」

「……って？」

「お父さんから翔也くんに宛てた手紙があったの。亡くなるほんの少し前、ほら、三者面談があったでしょ？　そのすぐあとに、お父さん、あなたに手紙を書いてたのよ」

翔也は黙って、体ごと先生に向き直った。

「おばあちゃんが読んであげるから、聞いてちょうだい」

少し不安そうに、長い間をおいて、こっくりとうなずいた。

2

〈ショウくん
今夜ショウくんが寝たあと、お父さんとお母さんは二人で相談をした。ずいぶん長く時間がかかった。相談が終わって、お母さんがショウくんの隣に敷いた布団に入ったのは、午後10時頃だった。お父さんはその後も一人でリビングに残って、赤ワインを飲みながら（お母さんにはナイショ）、いろんなことを考えて、思いだしていた。いまは午前2時。さすがにそろそろ寝ないと朝がキツい。
お父さんの伝えたいことをパソコンに入れておく。明日になれば気が変わって（恥ずかしくなって）全部消去してしまうかもしれないが、とにかくこれが、いま――2012年3月11日の、お父さんの気持ちだ。
いつもの手紙とは違って（といっても、ショウくんにはまだ一通も読ませてないんだけど）、「です」「ます」をつかわず、オトコ同士の語り方にしたい。なぜかというと、よーく考えてみたら、お父さんも昔は小学生だったんだから。お父さんは、ショウくんの大先輩なんだぞ。だから、ちょっとイバって書かせてもらおう。

ショウくん、きみはこれからも、いろんなことになじめないだろう。「ヘンな子」「変わってる子」「ガイジン」で……たくさんのひとに悪口を言われてしまうだろう。

残念だし、悔しいけれど、それは「予感」ではなく「現実」だ。学校で起きる嫌なことや間違ったことは、すべて、学校の外でも起きている。ほんとうに悔しくて、残念で、おとなとして恥ずかしくて、子どもたちに申し訳ないけれど、これも「現実」なんだ。

だからこそ、吉村先生は、ショウくんに「みんな」と合わせることを覚えさせようとしている。そうしないとおとなになってから社会に適応できなくなってしまうから、と。

吉村先生にとっての小学校は、社会に出て「みんな」とうまくやっていくための知識やルールを学ぶ場所なんだ。

それが間違いだとは、お父さんは思わない。でも、それだけが正解だとも思わない。

お母さんは、きみに強くなってほしいと願っている。学校になじめなくても、負けずに通いつづけてほしい。嫌なことがあってもがんばったんだという自信をつけて、おとなになってほしい。そうしないと、つらいことから逃げてばかりの人生になってしまう……。

確かにそれも間違いではない。でも、お父さんの考えは、お母さんとは違うんだ〉

わからない言葉があったら遠慮せずに訊いてね、と言っておいたが、翔也がアンミツ先生の読み上げる声をさえぎることはなかった。難しい言葉があっても、だいじょうぶ、健夫の思いはちゃんと伝わって、理解している、という手応えが、翔也の表情から確かに感じ取れる。

〈ショウくんも知っているとおり、お父さんの両親は二人とも小学校の先生だった。おじいちゃんはもう亡くなってしまったが、おばあちゃんはいまも東京の小学校で子どもたちを教えている(この3月で引退らしい)。

おじいちゃんやおばあちゃんは特別に「優秀な先生」というわけではなかった。

でも、二人とも「いい先生」だった。

「いい先生」とは、どんな先生のことなのか。お父さんはおとなになってから、「小学生の頃、ウチの両親のような先生が担任だったら、すごくよかったなあ」とよく思っていた。小学生の頃よりも、むしろおとなになってから「この先生に出会ってよかった」「こういう先生に出会いたかった」と思える教師――それを「いい先生」と呼ぶんじゃないかな?

お父さんの担任だった先生は、入学から卒業まで三人いた。みんな厳しい先生だった。勉強に厳しかったり、スポーツに厳しかったり、学級活動に厳しかったり……。

三人の先生は、そろって「みんな」を大事にしていた。勉強に厳しい先生は、テストの成績が悪かった子には「みんなから落ちこぼれないように」と宿題をたくさん出した。スポーツに厳しい先生は、誰かがミスやエラーをすると「みんなの足を引っぱるな！」と怒った。そして、学級活動に厳しい先生は、みんなで同じ目標に向かって力を合わせることが大好きだった。

小学生の頃のお父さんは、ショウくんほどではないけれど、「みんな」が苦手だった。いつも「しんどいなあ」と思っていた。だから、ショウくんが学校を休みつづけているのが、正直に言うと、ちょっとうらやましい。お父さんもあの頃、ほんとうにキツい日には学校を休めばよかったなあ……。

じつは、お母さんも「みんな」と一緒にいるのが、あまり得意ではなかったらしい。いまでもそうだ。おとなの世界で「みんな」が苦手だと、たくさん苦労するし、損もする。吉村先生もそのことをよく知っていて、だからお母さんも先生も、ショウくんには小学生のうちに「みんな」とうまくやっていってほしいと願って、そのトレーニングのために学校に通ってほしい、と思っているのだ。

でも、お父さんの両親は違った。特におばあちゃんは、口癖のように言っていた。

「すべての子どもには『楽しい場所』が必要なの。だから、教室を少しでも『楽しい場所』

にするのが、先生の仕事なのよ」〉

このあたりから、アンミツ先生が手紙を読み上げる声に涙が交じりはじめる。

〈おばあちゃんは、一人でも多くの子にとって教室が「楽しい場所」になるように心がけていた。「楽しい」というのは、テレビのバラエティ番組みたいな面白さだけじゃない。「楽」には「ラク」という読み方もある。ここにいれば気持ちが楽になって、心が安らいで、つらいことも忘れられる……そういうのも、とても大事な「楽しい」なのだ。

ショウくん、きみにとっては、ブラジルやペルーの友だちと一緒の日本語学級が「楽しい場所」だった。でも、いまの小泉小学校に「楽しい場所」は見つからない。だから、きみは学校が嫌いになって、学校にいるのがキツくなって、登校できなくなってしまった。

でも、学校の中に「楽しい場所」がなくなってしまった子どもに、おとなはなにをどうすればいいのか。問題はここからだ。

お父さんはショウくんとお母さんが寝たあと、さっきまでずっと考えていた。うーん、うーん……と思い悩んでいるうちに、心の中でつぶやく言葉が自然と変わっていった。

おばあちゃんなら——。

おばあちゃんが教え子に呼ばれていたあだ名も、自然に浮かんだ。

アンミツ先生なら、ショウくんの不登校にどう向き合って、きみにどんな言葉をかけるだろう——。

お父さんの知っている範囲では、教え子の不登校で悩んだ経験はなかった。だから「アンミツ先生はこうだったな」と、昔の記憶に助けてもらうことはできない。

でも、お父さんはアンミツ先生の息子だ。最近はお互いによそよそしくなってしまったが、親子の絆はまだ途切れてはいない。

だから、厚い雲の切れ間からパッと太陽の光が射し込むように、わかった。

アンミツ先生なら、お父さんとお母さんに言うだろう。

「学校の中に『楽しい場所』が見つけられないんだったら、わが家を『楽しい場所』にしてあげなさい。それが親の務めよ」

ちょっとお説教するような口調や表情で。

そして、ショウくんにも言うのだ。

「学校にもわが家にも『楽しい場所』がなかったとしても、まだあきらめないで。学校の外に出て、ウチの外に出て、広い世界で自分の『楽しい場所』を探しなさい。どこかにあるから。あなたの大切な『楽しい場所』は、絶対に、この世界のどこかにあるから」

お父さんには、その声が確かに聞こえる〉

アンミツ先生の視界は海になった。あふれる涙がパソコンの画面を揺らし、表示された文字を溶かし、嗚咽に驚いた翔也の顔を、透きとおった波がさらった。

「おばあちゃん……だいじょうぶ？」

「うん、平気」

ごめんね、と無理に笑っても、涙は止まらない。

「ねえ、翔也くん、ちょっとだけ休憩してもいい？」

ティッシュを箱から何枚も出しながら言うと、翔也も「うん、そうだね」と、ちょっとホッとしたように応えた。ティッシュで目の涙を拭って、やっと視界がよみがえると、翔也が安堵した理由がわかった。

翔也の目も真っ赤に潤んでいた。頰に残る涙の痕は、まだ濡れて光っている。

それを見て、また新たな涙が先生の目からあふれ出てしまった。

「おばあちゃん、アンミツ先生ならこう言うだろうって、お父さんが書いてたことって……どうだった？　当たってる？」

もちろん、大正解――と答えたかったのに、嗚咽にかき消されて声が出ない。代わりに、ティッシュを目元にあてたまま、何度も何度も、大きくうなずくしかなかった。

ほんとうは、正解かどうかはわからない。むしろ、自分でもうまく言葉にできなかった思いに、健夫の手紙のおかげで「ああ、そういうことだったのか」と気づくことができたのかもしれない。

それでも、うれしい。健夫は、母親が教師としてやってきたことや貫いてきたことを、ちゃんとわかってくれていた。そして、薫さんとの結婚を手放しで祝福したわけではなかった母親を、最後の最後に、許してくれていた。そう信じさせてほしい。

だから、もう迷わない。テンコさんになんと言われようとも、翔也に自分にとっての「楽しい場所」を探させよう。時間がかかっても、遠回りになっても、それを受け容れるところから、家族になろう、と決めた。

健夫の手紙の締めくくりは、また、太平洋を泳ぐめだかのことだった。

〈ショウくん、僕たちは家族になって3年しかたっていない。

家族の歴史を一本の川にたとえるなら、僕たちがいるのは、いまはまだ水源に近い上流だろう。川は渓谷を縫うように流れていく。ゴツゴツした大きな岩がたくさんあって、滝もあって、流れが速くて、水も冷たい。小さなめだかの家族は、とにかく生き抜くことで精一杯だ。はぐれずにいることがなにより大切だ。

山を下った川は、里を流れ、町を潤して、川幅と水深を増していく。流れはおだやかになっても、そのぶん淀んでしまうこともあれば、水が汚れてしまうこともあるだろう。

その頃、僕たちはどんな家族になっているだろう。ショウくんがいて、お母さんがいて、ショウくんの弟か妹がいて、そして僕がいる。もうすぐ生まれてくる弟か妹が言葉を覚え、きみを「お兄ちゃん」と呼べるようになる頃、僕はショウくんにとって、ほんとうの意味での「お父さん」になっているだろうか。

僕たちは、めだかの家族だ。ちっぽけで、弱くて、オコゼのようなトゲもないし、サメのような鋭い歯も持っていない。

めだかはありふれた魚だが、水質の悪化や河川工事による流れの変化に敏感で、じつはいま、絶滅危惧種にも指定されている。

僕たちも、中流や下流の水の汚染に苦しめられるかもしれない。堰の上流と下流に分かれてしまったり、分岐する川の右と左に分かれてしまうことだって、絶対にないとは言えない。

それでも、川は、やがて海に至る。もしも僕たちが途中ではぐれてしまっても、海でまた会おう。水源から河口までの川の旅で「楽しい場所」を見つけられなかったら、みんなで大海原を泳ごう。みんなで探そう。

約束する。僕はショウくんの「お父さん」になりたい。息子をグイグイと引っぱっていく父親は、どうも僕には似合わない。でも、待つことはできる。きみが自分の「楽しい場所」を見つけるまで、ずっと待ちつづける父親になりたい。たとえ世界中のおとなが「早くしなさい」と、きみをせきたてても、僕だけは「ゆっくりでいいぞ」と言ってやる。

だから、ショウくん、安心して「楽しい場所」を探してくれ。広い広い世界で、ゆっくりと、自分の居場所を探してくれ。

めだか、太平洋を往け――〉

アンミツ先生がハナを啜る前に、翔也が嗚咽を漏らした。

先を越されてしまった。もちろんそれは、先生が「おばあちゃん」として喜んで譲るべき立場だった。

「おばあちゃん、もう寝ちゃうから。翔也くんも適当に、うん、マイペースで、『てんでんこ』っていうのよね、たしか」

キックに教わった三陸地方の方言だ。「てんでんばらばら」という意味――津波が来たら、ひとを探しに行ったり呼びに行ったりせず、我が身のことだけ考えて逃げろ、という教えを「津波てんでんこ」と呼ぶらしい。

「今夜はもう、ウチも『てんでんこ』で、おやすみなさーい……」

さっきは自分が涙を拭くのに使ったティッシュペーパーの箱を翔也の前に置き直して、席を立った。

翔也はパソコンの画面を見つめて、「ありがと……」と言う。か細い声だった。震えている。先生はなにも気づかないふりをして、鼻歌交じりにダイニングテーブルから離れて、リビングの水槽の前に座り込んだ。

もう揺るがない。翔也の「おばあちゃん」として――たった一人の「家族」として、自分がどっちに向かって、どんなふうに生きていけばいいか、やっとわかった。翔也と過ごす毎日に、一本の確かな芯が通ってくれたような気もする。

めだかは夜になって水温が下がると、活動が鈍くなってしまう。五尾のめだかはヒレをほとんど動かすことなく、水槽の水の、ほんのかすかな、流れとも呼べない揺らぎに身を任せている。

一尾一尾を見分けることは、残念ながら、まだできない。それでも、五尾の中で一番水面に近いところにいるめだかは、他の四尾を守るために、あえて危険な水面近くでがんばっているように見えなくもなかったので、そのめだかを健夫に決めた。

タケちゃん――。

声に出さずに、語りかけた。

安心してちょうだい。「お父さん」の思いを、翔也くんは、ちゃーんと受け止めてくれたから——。

わたしもそれをしっかり引き継いで、翔也くんの「おばあちゃん」になっていくから、どうか、遠くから見守っていて——。

水槽に向かって手を合わせ、目をつぶって頭（こうべ）を垂れた。意識してそうしたというより、自然とそういうしぐさになった。

背後で、翔也が椅子を引く音が聞こえた。こっちに近づいてくる気配を感じ、そっと目を開けて少しだけ振り向くと、翔也は先生のすぐ後ろに膝立ちをして、同じように水槽に向かって合掌していた。

3

翌日の火曜日、アンミツ先生は翔也を連れて、多摩ヶ丘ニュータウンに向かった。昨日入院したばかりのヒデヨシのお見舞いに行く約束をしていたのだ。

ヒデヨシは、奥さんの理香さんに付き添われて、四人部屋の窓際のベッドにいた。「よっ」と片手を上げて翔也を迎え、先生を見ると「若返りました？」と笑った。電動リクライニングのベッドを起こし、先生と目の高さが揃うと、あらためて「ほんと、このまえ北京浜で会ったときよりも若いですよ」と真顔で言う。重い病と闘うひとは、その苦しみと引き替えに、深いところまで見透かせるまなざしを持つのかもしれない。

先生は理香さんに勧められるまま、ベッドの脇の椅子に座った。

「今日は……検査は？」

「夕方、一つだけです。明日からはもう、朝から晩まで検査検査、夜中もホルターをつけて検査検査検査ですけど、今日まではまだ、半分シャバの気分でいられるんです」

そう言ってパジャマの襟を鼻にあてて、「明日からは、病院の消毒薬のにおいに染まっちゃいますから……」とつぶやく。

先生も翔也もどう応えればいいかわからず、話が途切れてしまった。

ヒデヨシはその沈黙の重さを振り払うように、「ああそうだ」とはずんだ声で話題を変えた。「おとといの夜、キックと電話でちょっと話したんですよ」

退院したらまたボランティアで北三陸に行くから、と約束した。

「今度は息子たちも連れて行こうと思って。一番下はともかく、上の二人なら少しは力仕事もできますから」

キックも「楽しみに待ってます」と言ってくれたのだという。

「今度、三陸のワカメを送ってもらうんですよ。俺、いま頭がコレですから」

抗ガン剤の副作用で髪が抜け落ちた頭をおどけたしぐさで撫でて、「最高級のやつを送ってくれるって言ってました。優しい奴ですよ、あいつ」と、窓の外に広がるニュータウンの街並みを眺めた。

ヒデヨシが疲れてはいけないから、と病室を早々にひきあげた。エレベータホールまで見送ってくれた理香さんに目配せされたアンミツ先生は、翔也を先に外に出して、ホールのそばの談話コーナーのベンチに座った。

ヒデヨシに「若返った」と言われた先生の目には、理香さんのほうは逆に、北三陸に出かけるときに東京駅で会ったときよりも、さらに疲れて、歳を取ってしまったように見える。

それで覚悟していたとおり、ヒデヨシの予後は悲観的だった。抗ガン剤の効果はほとんどなく、先週の検査でガンが脳に転移したことも確認された。先生も宏史さんを看取ったときに覚えがある。ここからはガンの進行は目に見えて速くなり、体力は日に日に落ちていくことになるだろう。

今回の入院も、必要な検査が終わるまで体がもつかどうか。近いうちに緩和ケアや延命治療のインフォームド・コンセントを受けるのだという。

「余命のほうも……」

理香さんはそう言いかけて、少しためらったあと、悲しみを振り切るように「早ければ、夏」と抑揚のない声でつづけた。

ヒデヨシ自身もガンの転移や余命を知っている。知っていて、キックにワカメをリクエストした。キックは確かに優しい。けれど、ヒデヨシは、やはり誰よりも優しい男だ。

「でも、あのひと、とにかくもう一度被災地に行くんだ、って……今度は息子たちを連れて行って、見せてやって、少しでも手伝わせてやるんだ、って……いまはそれが励みになってるみたいです」

ヒデヨシは父親なのだ。自分の命と引き替えに、わが子になにかを伝え、なにかをのこしておきたいと願う、一人の父親なのだ。

「そのときには、またキックさんにお世話になって、ご迷惑もおかけしてしまうかもしれないんですが……先生のほうからも、なにとぞよろしくお伝えください」

ベンチから立ち上がって、頭を深々と下げる。だいじょうぶ。先生は精一杯の微笑みを浮かべてうなずき、「そのときには奥さんも一緒に行きましょうね」と言った。

ヒデヨシは夫でもあるのだ。きっと理香さんに伝えるべきことも山ほどあるだろう。

顔を上げた理香さんの目が赤く潤む。先生は照れ隠しに、あなたはなにも言ってくれなかったけどね、と心の中で肩をすくめ、宏史さんを微笑み交じりに軽くにらんだ。

アンミツ先生と翔也が多摩ヶ丘から帰宅すると、そのタイミングを見計らったかのように、テンコさんから電話がかかってきた。

このままでは埒が明かないので、明日の放課後、クラス担任の森中先生と一緒に家庭訪問をする――。

相談や提案という様子ではない。「夕方四時におうかがいします」という一方的な通告、もしくは命令だった。

受話器を置くと、自然とため息が漏れた。いつまでも学校を休ませつづけるわけにはいかない、というテンコさんの言いぶんは、もちろん、よくわかる。それでも、もうちょっと言い方があるのではないか。

小学生の頃から、彼女にはそういうところがあった。「正しさ」を振りかざしすぎる。相手の間違いや失敗を「まあいいか」で許すことができない。みんなが「正しさ」のもとで足並みを揃えているときには、潑剌としたリーダーになってクラスを率いる。だが、その足並みが乱れてしまうと、たちまち機嫌が悪くなり、「正しさ」を貫けなかったことを厳しく追及する。「わたし間違ってる？　間違ってないでしょ？」と何度も念を押しながら、まるで詰め将棋のように、相手の反論や言い訳を一つずつつぶしていく。

確かに正しい。間違ってはいない。けれど、叱られたほうは「それはそうだけど……」「ねえ……」と不服そうな顔を見合わせる。正面から反論できないからこそ、もやもやとした不満や反発がみんなの胸に溜まってしまう。言い訳の逃げ道をふさがれたら、あとはもう、拗ねてうつむくか、口をとがらせてそっぽを向くしかない。テンコさんはそうやって、孤独な優等生になってしまったのだ。

そういう教え子は、テンコさん以外にもいないわけではなかった。だが、小学生の頃は融通の利かない「正しさ」を振りかざしていた子も、たいがいはおとなになるにつれて「正しさ」が決して万能の武器ではないことを学び、妥協することを覚える──それが良いのかどうかは、ともかくとして。

同窓会でかつての孤独な優等生とひさしぶりに会って、その子の性格がずいぶんまるくなっていることに気づき、安堵と寂しさを同時に感じることも少なくなかった。

だが、テンコさんは違う。いまでも本気で「正しさ」の強さを信じている。先生の目には、それがなんともいえない痛々しさに映ってしまうのだ。

翌日は、午前中から緊張して過ごした。

翔也も不安を隠しきれない様子で、「おばあちゃん、ごめんね……」とか細い声でアンミツ先生に言う。

「だいじょうぶよ」

笑って応えても、「僕のせいでおばあちゃんが怒られたりしない？」と心配そうに訊いてくる。健夫の手紙にはなにも書いていなかったが、どうやら小泉小学校での三者面談で、担任の吉村先生からずいぶんキツい言葉を投げつけられたようだ。

「心配要らないって。だって、おばあちゃんは、今日来る先生の先生なんだもん。その先生がまだ小学生だった頃からよーく知ってるんだから、もう、余裕しゃくしゃく。逆にお説教してあげようと思ってるんだから」

半分は冗談だったが、残り半分は本気だ。

「お説教」というほどのことではなくても、教師の先輩として、そして人生の先輩として、「もうちょっと肩の力を抜いたほうがいいんじゃない？」と伝えたい。「正しさ」はとても大切なことでも、「幸せ」のほうがもっと大切で、もっと尊い。学校とは、子どもたちに「正しい人生」を歩ませるために設けられた教育の場ではなく、子どもたちに「幸せな人生」を送ってほしいからこそ、そのために必要な知識や知恵や「正しさ」を教える場ではないのか？

午後三時を回った。

翔也は昼食のあとはずっと二階の部屋にこもっている。

アンミツ先生はお昼前に駅前の和菓子屋さんに出かけ、桜餅を買ってきた。お茶も、高級な玉露を買った。甘いものを食べて、おいしいお茶を飲んで、少しでもリラックスして話し合いたい。話の合間には、めだかの水槽も見てほしい。自分の居場所をゆっくりと探す、その「ゆっくり」の呼吸をテンコさんにも実感してもらいたかった。

だが、約束の四時になっても玄関のチャイムは鳴らなかった。五分待っても、十分待っても、まだ来ない。

怪訝に思っていたら、森中先生から電話がかかってきた。

「すみません、ご連絡が遅れまして」

あせった声で言った森中先生は、「じつはですね、学校でトラブルがありまして……そっちのほうで、いま、学校中が大変なことになってまして……」とつづけた。

二十人二十一脚で、事故が起きたという。

新聞やテレビのニュースで報じられるほどの大きな事故ではなかった。だからこそ逆に、なにがあったのか知るすべがない。子どもが学校に通っていない家庭にとっては、どんなに距離が近くても、学校は遠い存在なのだ。

アンミツ先生はかつての同僚のツテを頼りに一晩がかりで情報を集め、翌朝にはなんとか事の次第が把握できた。

「どうも、ちょっとややこしい親御さんみたいで……」

電話で伝えてくれた後輩の三好先生は、歯切れ悪く言う。困惑だけでなく、トラブルにかかわる教師への同情も交じった声だった。

杉の木小学校六年二組――テンコさんが四月から持ち上がりで担任しているクラスで、事故は起きた。

「杉の木さんが二十人二十一脚に学校ぐるみで取り組んでることはご存じですか？」

「ええ……」

「六年二組の担任の先生は、特に張り切ってるんですよ。彼女と校長が中心になって進めてるみたいですね、その活動」

三好先生はそう言って、「ほかの先生方はどうも、本音ではしんどいみたいですけど」と付け加えた。

知らなかった。三好先生は、同じ区内の中原小の副校長を務める男性教師だ。陰口を好んでたたくような性格ではない。だから、テンコさんの同僚の本音は、正しい意味での「本音」なのだろう。

「それで、六年二組はさすがにその先生が担任ですから、タイムも速いんですよ」

「地区大会で優勝もしてるのよね」

「そうなんです。ウチからも参加してるクラスがあるので担任に訊いてみたんですけど、さすがに強豪で、よく鍛えられてるって言ってました」

そんな六年二組に、この四月から転入生が加わった。選手二十人補欠三人のクラスに、いわば「新戦力」が加わったのだ。

「その転入生……まあ、個人情報もあるので、とりあえず苗字じゃなくて『ユキちゃん』と呼ばせてもらいますけど、ユキちゃん、前の学校ではバスケと水泳をやってて、スポーツには自信のある子だったらしいんです」

でもねえ、と三好先生は声をひそめてつづけた。「二十人二十一脚って、スポーツの得意な子でも、入ってすぐにできるものじゃありませんよね」

アンミツ先生も低い声で相槌を打った。

ユキちゃんはスポーツが得意なだけでなく、勉強もよくできる。しっかりした子で、勝ち気なところもあるらしい。

「まあ、こんなことを教師の立場で言うのはナンですけど、難しいですよね、そういう子が転入してくると」

三好先生の言葉に、さすがに「そうね」とうなずくわけにはいかなかったが、アンミツ先生にもその気持ちはわかる。

小学生の、特に思春期にさしかかる高学年の人間関係というのは、おとなから見ると驚くほど微妙で繊細なバランスのもとに成り立っている。そこにしっかりした子が転入生として加わると、人間関係のやじろべえが揺らぐ。よく言えば「固定化されたクラスの世界が、転入生によって刺激を受けて活性化する」となるのだろうが、その刺激が強すぎてクラスがバラバラになってしまう場合も、決して珍しくはないのだ。

「ユキちゃんを六年二組で迎えるにあたっても、ひと揉めあったみたいですよ」

ユキちゃんは最初、一組に入ることになっていたのだが、クラス担任が受け容れに難色を示した。せっかく五年生から持ち上がりでクラスがまとまっているのだから、このまま同じメンバーでやらせてほしい——要するに、転入生を厄介者扱いしているわけだ。

なにそれ、とアンミツ先生はムッとした。もしも現役時代にそんなことを言いだす同僚がいたら、「あなたはそれでも教師ですか！」と職員会議でとっちめてやるところだ。

三好先生は「まあ、ふつうはそういうワガママが通るはずもないんですけどね」と苦笑交じりにつづけた。「二組の先生を説得する前に、二組の先生が『ウチで受け容れます』って言ってくれたらしいんです」

テンコさんらしい。行き場のない転入生のために……というより、わたしならだいじょうぶ、ウチのクラスならしっかり受け容れられる、という自信のあらわれなのだろう。一組の先生に対する、あなたとは違うんです、という思いもあるのかもしれない。

「それでユキちゃんは二組に入って、二十人二十一脚に加わったんですけど、最初はやっぱり補欠ですよね」

ところが、勝ち気なユキちゃんは納得せず、ユキちゃんから話を聞いた両親も、「ウチの子が転入生だからって差別するんですか！」と学校に怒鳴り込んできた。それが、今週の月曜日——三日前のことだったのだ。

テンコさんは、ユキちゃんの両親の抗議を受けてもまったく動じなかった。両親の剣幕に困惑するだけの校長をよそに、テンコさんはあくまでも冷静に、理路整然と、ＤＶＤの映像まで見せながら、二十人二十一脚がいかに難しい競技であるかを滔々と説明した。

「両親の剣幕って……」

アンミツ先生は、話を少しさかのぼって訊いた。「さっきも、ややこしい親御さんだって言ってたわよね？」

三好先生は「ええ……」とためらいがちに認め、「どうも、ちょっと『モンスター』なところのある両親みたいで」

三好先生はさらに、「これ、あくまでも噂なんですけどね」と前置きしてつづけた。

ユキちゃんが杉の木小に転入してきた理由は、前の学校と両親が揉めに揉めたすえのことだったのだという。

「どうも、その揉めた理由っていうのも、ウチの子に給食当番をやらせるなとか、トイレ掃除をやらせるのは体罰じゃないかとか、そういう感じだったみたいで……」

言葉の最後は、ため息になった。アンミツ先生も「なるほどねえ」とため息交じりに応えて、話をテンコさんのことに戻した。

「でも、そういう両親が相手だと、理屈で言っても通用しないでしょう？」

「ええ、むしろ逆効果ですよね。へたに理屈の筋道を通しちゃうと、向こうもかえって引っ込みがつかなくなって、よけい話がこじれてしまいますから」

「……そうなのよね、ほんとに」

アンミツ先生の現役時代にも、モンスター・ペアレンツ――わが子のことしか考えずに、学校や同級生の保護者に非常識かつ執拗なクレームをつける親はいた。

そういうときには、理詰めで説き伏せてはいけない、というのが原則だった。逃げ道をふさぐのは禁物だ。こちらの「正しさ」を通しながら、向こうのプライドも保たせなくてはならない。なだめすかし、「おっしゃるとおりです」と譲れるところは譲りながら、どうしても譲れないところを守る。

だが、テンコさんは駆け引きをいっさいしなかった。「正しさ」だけで両親を追い詰めて、すっかり怒らせてしまったのだ。

話し合いは平行線のまま終わり、ユキちゃんの両親は憤然としてひきあげた。

校長先生は今後のトラブルを案じておろおろしていたが、テンコさんに動揺はない。「だいじょうぶですよ、こっちはなにも間違ってないんですから」と校長を励ます余裕すらあったのだという。

だが、おとなの世界ではかろうじて保たれている「正しさ」の強さも、子どもたちの世界では必ずしも絶対ではない。

月曜日の夜に両親からいきさつを聞いたのだろうか、火曜日——一昨日、登校したユキちゃんは、男子のタカシくんをつかまえて「かけっこの勝負してよ」と言いだした。「わたしが勝ったら、選手交代だからね」

ユキちゃんは、ただ気が強く負けず嫌いというだけの子ではなかった。みんなの様子をじっと観察して、一人ひとりの人間関係やポジションを見抜く、冷静な頭の良さを持っていた。二十人二十一脚の選手の中で一番足が遅いのはタカシくんだった。そのタカシくんにかけっこで勝てば、自分が入れ替わって選手にならなければおかしい……というのが、ユキちゃんの「正しさ」なのだ。

最初のうちタカシくんは「女子と勝負なんてできねーよ」と取り合わなかったが、ユキちゃんは「じゃあ不戦敗ってことでいいね、はい勝負つきましたー、あんたの負けー」と一方的に宣言した。

クラスの子はみんな、ユキちゃんの強引さに辟易していた。二十人二十一脚は足の速さよりも、みんなで呼吸を合わせるチームワークのほうが大切なのだが、その「正しさ」を押しのけて、ユキちゃんは「どーするの！　勝負するの？　しないの？　不戦敗でいいの？　いいのね？」とまくしたてる。子どもたちの世界の「正しさ」の勝ち負けは、声の大きさや勢いで決まってしまうものなのだ。

しかたなく、タカシくんはかけっこの勝負に応じた。結果は――ユキちゃんの勝ち。ただし、「よーい、どん！」のスタートのとき、ユキちゃんは微妙にフライング気味だったのだが、それを言いだして話がさらに揉めるのも面倒だった。

「じゃあ、今度からわたしがレギュラーだからね！　いいよね？　わたしのほうが速かったんだから、文句ないでしょ？」

誰も文句は言わない。その代わり、こっそり目配せして、あとでメモも回して、ひそかに『ふくしゅう作戦』を立てていたのだ。

二十人二十一脚の「史上最強クラス」を目指す六年二組では、毎日放課後になると、時間のある子どもたちが体育館の裏庭に集まって練習をしていた。

あくまでも自主的な練習なので、担任のテンコさんは立ち会わない。万が一のケガや事故を思うと、子どもたちにぜんぶ任せるのは危険ではあったが、「だいじょうぶ、わたしは子どもたちの自主性を信じてます」——その「正しさ」は、去年からずっと同じメンバーで練習をつづけてきたのだから、というのが前提だった。だが、その前提は、テンコさんの知らないところでくずれてしまっていたのだ。

「今日からユキちゃんがメンバーに入ったので、最初はゆっくり、ユキちゃんのペースに合わせて走りまーす」

キャプテンのリュウタくんが言うと、みんなは「はーい!」と応えた。『ふくしゅう作戦』の台本どおりだ。いかにも恩着せがましいリュウタくんの口調に、勝ち気なユキちゃんがムッとするのも、織り込み済みだった。

練習が始まった。最初の何度かは、ことさらゆっくりしたスピードで、呼吸を合わせる「いっちに、いっちに」という掛け声も、なんだか低学年の子を仲間に入れてやったときのような、よく言えば優しく、悪く言えば小馬鹿にした感じの口調だった。

あんのじょう、それを何度か繰り返していると、ユキちゃんは不機嫌そうに言った。

「ねえ、もっとスピードを上げてよ」

狙いどおり——みんなは心の中でほくそ笑みながら、「でも、本気で走ると、ユキちゃんは絶対に転んじゃうと思うよ」「そうそう、だってビギナーなんだし」「だいじょうぶ？」「転んでケガしても知らないよ」と口々に挑発した。

ユキちゃんも、ムキになって「だいじょうぶ！」と言い返す。「二十人二十一脚なんて誰でもできるんだから」

「ふーん、じゃあ、もしもユキちゃんが転んでも自分のせいってことでいいよね？」「いいよ、ぜーんぜん平気」「ケガしても自己責任」「しないもん、ケガなんて」

売り言葉に買い言葉のすえ、また並び直して、今度は本気で走ってみることになった。

あえてスタート直後は七分程度のスピードで走り、四回目の「いっちに」のところで一気に全力疾走——不意をつかれたユキちゃんは前につんのめりそうになって、無理して踏ん張ったせいで足首をひねって、そのまま転んでしまった。

ユキちゃんは、みんなの前では「痛い」とは言わなかったらしい。その代わり、足首を紐で結んだ左右の子を「あんたの走り方がヘタだったから失敗したのよ！」「わたし、あんたが転んだらかわいそうだから、あんたをかばって自分が転んであげたの！」とひとしきり責め立てて、「用事があるのを思いだしたから」と、足を引きずりながら帰ってしまったのだという……。

水槽の前にぺたんと座り込み、五尾のめだかを見るともなく見ながら、アンミツ先生は深々とため息をついた。

三好先生をはじめ、さまざまなひとから事故の情報を集め、まとめて、お昼過ぎには経緯を詳細に把握した。知れば知るほど、やりきれなさがつのる。

ユキちゃんは学校から帰宅すると足の痛みを訴え、お母さんに病院に連れて行かれた。右の足首の捻挫で全治一週間という診断だった。ケガとしては決して重くはないし、ほんとうかどうかさえ怪しいものだ、という声もあった。ケガの理由もすべて両親に打ち明けた。それもまた、「どうせ、あることないこと大げさに言ったんじゃないかと思うんですけどねえ」と何人ものひとが言う。

いずれにせよ、ユキちゃんの両親は、昨日――水曜日の朝、学校に怒鳴り込んできた。校長とテンコさんを相手に、いまにも警察沙汰や裁判沙汰にしようかというような剣幕で、執拗に抗議をした。

テンコさんは両親を校長に任せ、急いで六年二組の教室に向かって、子どもたちに事情を訊いた。『ふくしゅう作戦』のことも、そのきっかけになったタカシくんとのかけっこのことも、それでようやく知ったのだ。

めだかたちは水面近くに集まって、口をぱくぱくさせている。五尾とも昨日から元気がない。エサの食いつきも悪くなったみたいだ、と翔也も今朝言っていた。もともと大きな魚のエサになる運命だった五尾は、やはり生き抜くには体が弱すぎるのだろうか。

ユキちゃんの両親の憤りには、親としての「正しさ」は確かにある。たとえ納得がいかなくても、それを打ち消すことはできない。ケガをしたユキちゃんは被害者で、『ふくしゅう作戦』を立てた同級生は加害者になる。その「正しさ」を覆すのは難しい。

ずっと「正しさ」の強さを振りかざしてきたテンコさんは、いま初めて、その強さに逆襲されているのかもしれない。

午後三時を回った。そろそろ授業が終わる頃だ。昼休みには連絡はなかった。放課後はどうだろう。テンコさんの性格からすれば、昨日の家庭訪問キャンセルをそのままにしておけるはずがない。なにも連絡がないのは、すなわち、ユキちゃんのトラブルが今日もまだつづいている、ということなのだろうか。

翔也は午後から区立図書館に出かけた。魚の飼い方の本を探して、めだかの元気を取り戻す方法を調べるのだと言っていた。帰りにはショッピングセンターのペットショップにも寄って、店員さんに訊いてみるらしい。

めだかのことも心配だが、いまはとにかくテンコさん——。

ユキちゃんの両親は、『ふくしゅう作戦』の首謀者の名前を教えろ、と迫るだろう。治療費を請求するだけではすまず、もっと大きな、転入生に対するいじめの問題にまで話を広げるかもしれない。テンコさんはその訴えに応えて名前を教えるのか、それとも突っぱねるのか。テンコさんの「正しさ」はきっと、六年二組の子どもたちをかばって、自分一人が担任としてユキちゃんの両親の憤りをぜんぶ受け止めることを選ぶだろう。それでいい。そうでなくてはいけない。だが、テンコさんの「正しさ」ではユキちゃんの両親は納得しないはずだし、むしろ火に油を注いでしまうことになるかもしれない。どんなに理屈の筋道が正しくても、事態の解決に役立たないのなら、それは真の意味での「正しさ」と呼べるのだろうか……。

ベテランの先生がそばにいれば、まあまあまあ、とユキちゃんの両親をなだめ、もつれた毛糸をほどくように、ゆっくりと、あせらず、両親の高ぶった感情をやわらげてくれるだろう。テンコさんにも「ここは任せて、あなたはクラスの子どもたちのケアをしてあげなさい」と言ってやれるだろう。

だが、どうやら助太刀は期待できそうにない。中原小の三好先生は「どうも、あの先生、じつは職員室でも浮いてたみたいですねえ」と言っていた。「会議でもなんでも理詰めでズバズバ責め立てるんで、みんなうんざりしてたみたいですよ」

だいじょうぶだろうか。話がさらに揉めて、ややこしいことになっていないだろうか。心配でしかたないまま、午後四時になった。

パソコンにメールが着信した。

カナダの麻美から——メールの標題は〈テンコさんについて〉だった。

〈お母さんに伝えるべきかどうか迷ったのですが〉と麻美は前置きして、陽光女子中学に入ってからのテンコさんについて報告した。

読むのがつらい報告だった。

麻美は二十人二十一脚の事故のことは知らないはずなのに、報告を読み進めていくと、職員室で孤立していたことやユキちゃんの両親と揉めたことも、なんだか必然的なもののように思えてしまうのだ。

〈テンコさんは、陽光では「テンコ」というあだ名ではありませんでした。「佐野さん」だけ——要するに、クラスメイトからあだ名をつけてもらえず、ファーストネームでも呼ばれず、「苗字」プラス「さん」という、いかにもよそよそしい接し方しかしてもらえない女子だったのです〉

それも、小学生の頃とは違って、優等生ゆえに敬して遠ざけられていたわけではない。むしろ逆だった。テンコさんは、小学校を卒業するときに心配していたとおり、陽光女子中学に入学すると、たちまち授業についていけなくなってしまった。公立の小学校で「しっかり者」と呼ばれている程度のリーダーシップでは、帰国子女がクラスに何人もいる名門中学で通用するはずもない。自分の意見を言うことすら気後れしているうちに、気がつけば「その他大勢」――いや、勉強のことを加えるなら、「その他大勢」以下の、みそっかすの存在になってしまったのだ。

〈いじめられていた、というわけではなかったようですが、中学の頃も高校に進んでからもキツかったみたいです。部活にも入らず、友だちともほとんど付き合わないで、ひたすら勉強をしていたそうです。でも、テストの結果は、ずーっと超低空飛行……〉

もちろん、それは、全国屈指の進学校でもある陽光女子だからこその「超低空飛行」だった。テンコさんが落ちこぼれてしまったというより、まわりが優秀すぎた。中学受験のときに第一志望だった学校は、陽光女子のワンランク下になる。「せっかく陽光に受かったんだから」と思わずに、最初の狙いどおりの学校に入学していれば、みそっかすになってしまうことはなかったはずなのだ。

〈中学と高校で同級生だったひととコンタクトがとれて、いろいろ訊いてみたんですが、彼

女のことはほとんどなにも印象に残っていないみたいでした。なんだか、それが一番哀しいなあ……と思ってしまいました〉

アンミツ先生の感想も麻美と同じだった。

陽光女子は高校までなので、生徒はほとんど全員、大学受験をする。世間から「一流」と呼ばれる大学に行くのはごくあたりまえのことで、海外の大学に進む生徒も珍しくないし、最近では高校を中退して海外のカレッジに入るケースも増えているらしい。

大学卒業後の進路も、医師、弁護士、研究者、官僚、国際機関の職員、外資系のビジネスパーソン、通訳、政治家……多岐にわたっている。それも、単純なエリート志向というのではなく、学生時代に起業をしたり、海外の子どもたちを支援するNPOを起ち上げたり、後継者不足に悩む伝統工芸の世界に弟子入りしたり、お芝居や映画の道に進んだり……と、自由で個性的な校風にふさわしいバラエティに富んでいるのだ。

そんななか、小学校の教師というのは、むしろ少数派になる。

麻美のメールの表現ではこうだ。

〈お母さんは怒るかもしれませんが、正直に言って「陽光女子を出て、学校の先生？　なんで？」という感じなのです。OGだけでなく、わたしたち部外者の感覚でもそうです。もちろん教師という職業をバカにしているわけではないのですが、陽光女子の子は、もっと自由で、個性的で、むしろ「学校」という枠からはみ出してしまうところもあって……教師に求められる手堅さや真面目さとは、ちょっと違う気もするんです〉

テンコさんの同期でも、教師になったのは一人きりだった。もしかしたら、一人きりだからこそ、テンコさんは教師という職業を選んだのかもしれない――と、アンミツ先生はふと思った。

社会に出て二年目か三年目に、中学のクラス会があった。テンコさんも出席した。

〈とにかく中学や高校の頃は全然目立たなかったひとなので、みんな最初は「あのひと誰だったっけ？」「佐野さんっていうんじゃなかった？」「あ、そうか。で、どこの大学を出て、いまなにしてるんだっけ？」と小声で話すような感じだったそうです〉

ところが、会が始まってお酒が入ると、テンコさんはどんどん元気になったらしい。

〈学校の先生がいかに素晴らしい仕事なのか、みんなが退いちゃうぐらい力説して、最後は酔っぱらっちゃって、「負けないから、負けないから」って……すごくイタいひとだったわけです、と麻美は書いていた。

メールを読み終えたアンミツ先生は、ノートパソコンの前から離れると寝室に向かい、急いで服を着替えた。

翔也にメモを残した。〈急用ができたので出かけてきます。もしも晩ごはんまでに帰宅できなければ、コンビニでお弁当を買って食べてください〉――千円札も一枚、ダイニングテーブルに置いた。

もっとも、そのメモやお金の用意は取り越し苦労になった。ばたばたとウチを出て、外の通りを足早に歩きだすとすぐに、帰ってきた翔也と出くわしたのだ。

「おばあちゃん、どこに行くの？」

メモには行き先は書かなかった。訊かれたときも一瞬迷ったが、どうせいつまでも隠しておける話じゃないんだから、と正直に「杉の木小学校」と答えた。

「……僕のこと？」

「うん、その話になるかもしれないけど、おばあちゃんの用事は、別のこと」

「呼び出されたの？」

「ううん、おばあちゃんが自分から会うって決めたの」

「誰と？」

「おばあちゃんの昔の教え子。このまえ話したでしょ？　テンコさん」

「昨日、家庭訪問に来るって言って、来なかった先生だよね」

「そう……だから、こっちから行くの」

ユキちゃんの両親とのトラブルがどんな状況に陥っているのか、まだなにもわからない。少なくとも「よく来てくれました」と歓迎されることはないだろう。

それでも——いや、だからこそ、行きたい、行かなくてはならない。

もしもテンコさんが途方に暮れてたたずんでいたら、そっと背中を押してやる。力んで空回りをしていたら、肩に手を置いて落ち着かせてやりたいし、進むべき方向がわからずに、あてもなくさまよっているのなら、手を引いてやりたい。

教え子なのだ。教師なのだ。卒業から何年たとうとも、その関係は変わらない。変わってほしくない。

「おばあちゃん、僕も行っていい？」

「え？」

「邪魔になるかもしれないけど、僕、おばあちゃんがテンコ先生っていうひとにどんな話をするのか、聞きたい」

翔也は、まっすぐに先生を見つめていた。

4

杉の木小学校の正門脇には、腕章を付けた教師が数人立って、下校する子どもたちを見送っていた。児童への声かけに加えて、放課後に不審者が校内に立ち入らないための見張り——多くの学校では、最近はむしろ、警備のほうが主眼になっている。それがいまどきの学校をめぐる、悲しく、寂しく、悔しく、腹立たしく、けれど決して否定できない現実なのだ。

杉の木小学校でも事情は同じなのだろう、子どもたちに対してはみんな穏やかな笑顔で接していても、よく見ると、緊急時に備えてホイッスルを首から提げた教師もいるし、防犯スプレーを後ろ手に持った教師もいる。

さらに、下校する子どもたちの流れが途切れると、教師たちは緊張を隠しきれない様子になり、ひそひそと耳打ちして、心配そうな顔で校舎のほうを見やる。

姿を現すかどうかわからない不審者を警戒しているというより、むしろ、すでに校内に入り込んだトラブルメーカーの動きを案じ、不測の事態に備えているという感じだった。

それは、つまり——。

アンミツ先生の胸にも嫌な予感が広がる。

上下ジャージの若い男性教師に歩み寄って、「ちょっといいですか？」と声をかけた。振り向いて「はい？」と応える教師の顔に、一瞬険しいものが覗いた。

「六年の佐野先生か五年の森中先生は、いま、職員室にいらっしゃいますか？」

「……失礼ですが、保護者の方ですか？」

翔也を連れて来て助かった。

「じつはですね、この子、今度こちらの学校の五年生に転入したんですけど……ちょっと学校についていろいろおうかがいしたくて……相談したら、佐野先生と森中先生がガイダンスをしてくださることになったんです」

「……アポイントメントはお取りですか?」

「いえ、でも、『杉田』と名前をおっしゃっていただければわかりますから」

教師たちは困惑した顔を見合わせ、中年の女性教師が「ちょっとお待ちくださいね」とこわばった愛想笑いを浮かべて、携帯電話で職員室に連絡を取ってくれた。

テンコさんは来客中だという。ユキちゃんの両親なのだろう。「しばらく時間がかかりそうです」と伝える女性教師の表情からすると、話は相当こじれているようだ。

「ただ、森中先生とは連絡がつきましたので、とりあえず職員室にどうぞ」

女性教師の言葉を受けて、別の教師が『来校記録』と題名のついたノートとペンをアンミツ先生に渡した。来校時刻と退校時刻、氏名と住所、連絡先、来校した目的と面会の教師名……ノートに必要事項を書き込むと、ストラップ付きの〈来校者〉のネームカードを渡された。やれやれ、とため息を呑み込んで首から提げて、翔也にもカードを渡した。

「では、どうぞ。まっすぐ行ってください。森中先生は玄関の前でお待ちしています」

やっと門をくぐって敷地内に足を踏み入れることができた。

二人で歩きだすと、先生は「小泉小学校は、こんなのなかった？」と翔也に訊いた。

「うん……みんな勝手に入ってて、犬の散歩させてるひともいたし、工場で働くブラジルのひとが休みの日にサッカーしたり……」

蒸し暑い夏の夜にはプールで泳ぐ日系ブラジル人もいたらしい。

なるほどねえ、と先生は苦笑した。やはり上毛市は東京に比べると多少は大らかだったのだろう。神経をとがらせても通用しないほどの治安レベルだった、ということかもしれないけれど。

それでも、学校という場には、厳しさよりも大らかさのほうが似合うはずだし、似合ってほしいと思う。

「ブラジルのひとって、ほんとにサッカー上手いんだよねー。リフティングとか、僕たちにも教えてくれたりするんだ」

翔也はうれしそうに言う。そんな小泉小学校でさえ、翔也は「みんな一緒」の窮屈さに耐えきれずに不登校になっていたのだ。この学校の「みんな一緒。ただし、部外者はお断り」に、この子は、どこまでついていけるのだろう……。

森中先生は、職員室の隅の応接コーナーにアンミツ先生と翔也を通した。

困惑している。それはわかる。迷惑もしている。当然のことだろう、と先生も思う。だから、よけいな前置き抜きで本題に入った。

「二十人二十一脚のトラブルについては、わたしのほうでも調べさせてもらいました。だいたいのいきさつは把握していますし、情報も間違ってはいないはずです」

そうですか、と森中先生はうなずいて、「ちょうどいま、向こうのご両親がいらしてるんです」と言った。「校長室で、佐野先生と校長と副校長が応対しています」

「……どんな様子ですか」

恐る恐る訊くと、森中先生は校長室につづくドアにちらりと目をやって、かぶりを振った。部屋に入って、すでに二時間近くたっているのだという。お茶を運んだ女性教師によると、「教育委員会」や「マスコミ」「弁護士」、さらには「ネット」という言葉も出ていたらしい。

「やっぱり、テンコさんと先方はまったく折り合う余地がなさそうですか？」

「佐野先生」と言わなければならないのを、つい「テンコさん」と呼んでしまった。

すると、森中先生はフフッと頬をゆるめて、「やっぱり『テンコさん』なんですね」と言った。「で、杉田さんは、学校では旧姓の『安藤』をつかってたから、安藤美津子で、あだ名がアンミツ先生……ですよね？」

　新学期が始まる前に聞いていた、という。春休みにアンミツ先生と思いがけない再会を果たしたテンコさんは、森中先生に翔也のことを伝え、テンコさん自身の小学生の頃の話をした。

「佐野先生が昔の話をするなんて、初めてだったんです。あの先生、学校教育や児童心理について議論をするのは大好きでも、自分自身の話はほとんどしないひとなんです」

　でも、と森中先生はつづけた。

「あのときは自分から小学生時代の思い出をどんどん話してくれて……すごく人気者だったんですってね。優等生っていうより、イタズラとおしゃべりが大好きな女子チームのキャプテン、って感じで」

　え――？　と、思わず訊き返しそうになった。相槌もうまく打ちそこねた。

　テンコさんが語る昔の自分は、実際の彼女とは正反対の子だった。

「小学生の頃の佐野先生は、まさか自分が学校の先生になるなんて、夢にも思ってなかったそうですね。先生イコール真面目な優等生っていうイメージがあったから、自分とは正反対で、絶対に向いてない、って」

　これも違う。まったく違う。

「でも、アンミツ先生には『あなたは意外と先生に向いてるんじゃない？』って言われてて、それが大学で教職をとるときの励みになってた、って」

そんなことは決して言わなかったはずだ。

「でも、中学や高校でもいろんな先生に会って、特に中学は……地元でも問題になってた荒れた学校だったんですってね、男子なんてみんな暴走族の予備軍で……そんな学校を必死に立て直そうとする先生方の姿を見て、教師の団結力の大切さを知った、って……」

男子？　地元？　荒れた学校？　名門中の名門の陽光女子に中学・高校と通っていたテンコさんが、なぜ、そんなでたらめを口にするのだろう——。

唖然として、呆然とした。あまりにも現実とかけ離れているせいで、かえって「そんなの嘘よ、ぜーんぶ嘘」と打ち消すタイミングも失ってしまった。

テンコさんは、楽しい思い出のなかった中学と高校時代を、自分の歩みから抹消してしまった。出身大学を偽るのはさすがに難しくても、中学や高校なら、よほど親しい相手以外にはなんとかなるかもしれない。それに、周囲から見下され、孤独だった青春時代を消し去ってしまいたい気持ちは、先生にもわからないではない。

だが、なぜ、小学生の頃まで——。優等生だった日々もまた、テンコさんの胸の奥では否定したい記憶になっているのだろうか。

「……どうしました？」

黙り込んで相槌も打てなくなった先生を、森中先生は怪訝そうに見た。隣からは翔也も心配顔で覗き込んでいる。

だいじょうぶ、なんでもありません、と頬をゆるめたとき、校長室のドアが開いた。

中から出てきたユキちゃんの両親の表情を見た瞬間、話し合いが決裂したことを察した。それも、両親を見送る田中校長と副校長の様子からすると、学校側が一方的に押し込まれたすえの時間切れ――。

テンコさんは出てこない。校長は部屋を出る間際、ちらっと室内を振り向き、困惑した表情を浮かべたが、それっきりだった。そして、校長の顔の困惑には、微妙にうんざりした思いもにじんでいるように見える。

両親は職員室を眺めわたして、値踏みするようにうなずいた。校長室から廊下にじかに出られるドアもあるのに、なぜ、あえて職員室との間のドアから部屋を出てひきあげるのか。これから厄介なことになりますよ、覚悟しておいてくださいね、と教師たちに見せつけているのだろう。トラブルの根深さをアピールすることで、その原因となったテンコさんと他の教師との間に溝をつくろうと狙っているのかもしれない。

テンコさんは先に、廊下側のドアから部屋を出たのか。まだ校長室に残っているのか。

両親は、校長と副校長を従えるような格好で職員室を横切っていく。

その隙をついて、アンミツ先生は席を立ち、応接コーナーから校長室に向かった。

「あ、すみません、ちょっと——」と森中先生に止められたが、かまわずドアを開けた。

テンコさんはいた。たった一人でミーティングテーブルに残って、卓上の湯呑み茶碗をじっと、悔しそうに、涙の浮かんだ赤い目でにらみつけていた。

「テンコさん……」

声をかけると、ハッと我に返って顔を上げた。アンミツ先生に気づいて「なんで——」と訊いてくる前に、先生はつづけた。

「どっちが正しいのか、先生にはなにもわからないけど……でも、先生はテンコさんの味方だから。どんなときでも、なにがあっても、ずっと、ずうっと味方だからね」

きょとんとしたテンコさんの顔が、そっぽを向く。「いいですよ、無理しなくて」と、声も拗ねていた。「正しくないほうを味方しても、しかたないじゃないですか」

「そんなことない」

「……なんで」

「だって、あなたはわたしの教え子なんだから。先生は、教え子の味方。ずうっと味方」

念を押して言うと、テンコさんの目から大粒の涙がぽろぽろとあふれてきた。

職員室の空気は、明らかにテンコさんを疎んじていた。さすがに面と向かって「あなたが悪いんだ」と言うひとはいなかったが、「いいかげんにしてくださいよ、まったく」「どうしてくれるんですか」「こっちに迷惑をかけないでくれ」という無言の声が、目に見えない針になってテンコさんの背中に刺さっているのが、アンミツ先生にもわかる。

「あなたを見てると、いつかこうなるんじゃないかと思ってましたよ、私は」――田中校長のまなざしには、露骨なほどに、その言葉が溶けていた。春休みには、あれほどテンコさんのことを褒めたたえていたのに。

ただ、そんな同僚教師の気持ちも、わからないわけではない。

ユキちゃんの両親と学校との話し合いがここまでこじれてしまった最大の原因は、テンコさんの態度にあった。

とにかく決して謝らない。

どんなに校長や副校長からとりなされても、頑として頭を下げない。

ユキちゃんの両親は、話し合いの途中から、その態度に怒りの矛先(ほこさき)を向けた。

そもそもクレームとしては無理スジの話だった。『ふくしゅう作戦』を立てたクラスのみんなも悪いが、そもそもユキちゃんだってワガママすぎた。両親にもそれはわかっていて、だからこそ、「子どもたちのことよりも、あなたの態度がおかしいって言ってるんです！」とテンコさんに嚙みついたのだ。

つまり、テンコさんさえ謝ればなんとか話は収まった、ということになる。たとえ納得がいかなくても、とりあえず頭を下げて、わざわざ乗り込んできた甲斐があった、と両親が溜飲を下げてくれれば、それで当面の問題は一件落着していたのに……。

テンコさんにできるわけないか、とアンミツ先生はため息をついて、帰り支度をするテンコさんの背中を職員室の戸口から見つめる。いかにもずるい、嘘も方便の発想だ。おとなの世渡りだ。わかっている。子どもたちに「こういうときには、こうしなさい」と教えられるはずもない。けれど、そのずるさが必要な場面も、世の中には確実にあるのだ。

「お待たせしました」

大きなショルダーバッグを提げて、テンコさんが廊下に出てきた。「行きましょうか」

──お先に失礼します、と同僚に挨拶をすることなく、職員室からも、お疲れさまでした、の声はかからなかった。

「どこかで晩ごはん食べて行こうか」

昇降口で靴を履き替えながらアンミツ先生が誘うと、テンコさんは、いったん小さくうなずいたものの、ため息交じりに首を横に振り直した。

「……すみません、食欲、全然ないので」

しょげている。へこんでいる。意外だった。もっと強気に、ユキちゃんの両親の悪口を言いつのるだろうと思い込んでいた。職員室を出たらすぐに、田中校長をはじめとする頼りない同僚への批判が始まるかもしれない、と覚悟もしていた。

だが、うなだれて校舎の外に出て、元気のない足取りで校門へ向かうテンコさんの姿は、まるで向こうに一方的にやりこめられて、打ちひしがれているように見える。

「テンコさん、お酒は飲むの？」

「……飲みません」

「全然？　体質に合わないの？」

「そういうわけじゃないんですけど、嫌いなんです、お酒に酔って、まあまあまあ、ってごまかすのが」

よくわかる。アンミツ先生は苦笑して、「わたしは日本酒をよく飲むのよ」と返した。「はっきり言ってダンナより強かったな」

「昔から、ですか？」

「もちろん。現役の頃は、晩酌を欠かしたことがなかったんだから。テンコさんたちを教えてた頃だって……いまだから言えるけど、二日酔いで『朝の会』をやってたことだって、たまにあったの」

いたずらっぽく言うと、テンコさんはあきれ顔になって、少しだけ頬をゆるめた。

「あの頃は考えてもみませんでした、先生がお酒飲んでる、って」

「酔っぱらうと、けっこうダンナ相手に愚痴ってたのよ、クラスのこととか職員室の人間関係のこととか」

「そうなんですか？」

「悩みがなさそうに見えてた？」

「ええ……アンミツ先生って、学校の先生として完璧だと思ってました」

「やだ、お世辞？」

照れて肩をすくめると、テンコさんは「本気です」と真顔になった。「アンミツ先生のこと、本気で尊敬してました」

テンコさんはそう言って足を速め、アンミツ先生には目を向けずに、つづけた。

「尊敬してたから、嫌いでした」

足取りは、さらに速くなる。

テンコさんはそれきり、校門を抜けるまでなにもしゃべらなかった。校門に立つ同僚たちとも、いかにも事務的な挨拶を交わしただけで、通りの先のバス停に向かって歩く。

アンミツ先生は少し遅れて、あとにつづく。追いかけたい。追いついて、できれば先回りして行く手をふさいで、「尊敬してたから嫌いだったって、どういう意味なの？」と訊きたい。責めたり咎めたりするのではない。ただ、小学生の頃のテンコさんが考えていたことと、それがその後の彼女の人生に与えた影響を知りたいのだ。

悲しい話になってしまうだろう、という予感はある。だからこそ、訊きたくて、訊けなくて、早く追いつきたいのに向き合うのが怖くて、けれど、このままテンコさんを一人で帰らせたくはなくて……。

バス停のポールが見えてきた、そのときだった。アンミツ先生のすぐ後ろを歩いていた翔也が、無言でダッシュした。「どうしたの？」と声をかける間もなくスピードを上げて、テンコさんを追い越して、前に回り込んで、両手を広げて通せんぼをした。なにも言わなかったのに、先生がやるべきことを代わりにやってくれた。

「どうしたの？」

テンコさんはしかたなく足を止めて、「そこ、通してくれる？」と言った。声は静かだったが、ほっといてほしい、という冷たい響きでもあった。

「あの……えーと……」

言いよどんでうつむきかけた翔也は、ためらいを振り切って、また顔を上げた。

そして、大きく息を吸い込んで——。

「テンコ先生！」

「え？」

テンコさんの声が、無防備に跳ね上がる。無理もない。いまのテンコさんは「佐野先生」で、小学生の頃のあだ名と「先生」をくっつけて呼ばれたのは、おそらく初めてだったはずだ。

不意打ちをくらって言葉を失ったテンコさんに、翔也はつづけて言った。

「テンコ先生、ウチに来ませんか？」

「はあ？」

「おばあちゃんと僕、いま、めだかを飼ってるんです。すごくかわいいから、見に来てくれませんか？」

テンコ先生も絶対に好きになると思います、と翔也は付け加えた。

5

ウチに帰り着くと、郵便受けに宅配便の不在配達票が入っていた。冷蔵便の荷物をお隣の小池さん宅で預かってもらっている、という。

荷物の送り主は、菊池信一郎——キックだった。

アンミツ先生は、テンコさんを翔也の案内で先にウチに上げてから、急いで小池さん宅に向かい、荷物を受け取ってきた。

保冷ボックスをくるんだ包装紙には、三週間前と同じ〈三陸・海の幸　復興祈念詰合せ〉とあったが、中身はそっくりそのまま同じというわけではない。

このまえは瓶詰めだったホヤが、殻付きになっていた。代わりに、ガラス瓶にはむき身の生ウニがぎっしり詰まっている。前回もあったイカとカレイの干物に加えて、マスの切り身と釜揚げのシラス、柵取りをしたマグロの中トロ、そして海苔のように干した海藻もある。マツモという。干すだけでなく軽く炙っているらしい。同封されていた説明書によると、味噌汁やお吸い物、ラーメンに入れるのもいいし、酢の物もおいしい。干した状態のまま手で揉んで、ふりかけのようにしてご飯にかけるのも手軽でおいしく、卵焼きに混ぜ込むのもオツだが、地元のひとたちのお勧めは、サッとお湯にくぐらせてポン酢醤油で食べるしゃぶしゃぶだという。

そんな海の幸を台所で一つずつ取り出していると、自然と頬がゆるんだ。

ほんの一カ月足らずでも、確かに季節の目盛りが一つ動いた。それがうれしい。

建物が津波で流されたあとの、荒涼とした被災地の風景がよみがえる。

あの町が元のようなにぎわいを取り戻すまでには、やはり、まだだいぶ時間がかかるだろう。それでも、せめて、北国に遅い春が訪れたときには、きれいな花が咲いてほしい。短い夏には陽光で海がきらめいてほしいし、秋には鮭の群れがふるさとの川に帰ってきてほしい。冬に降り積もる雪は建物の消えた町を真っ白に染めて、その白の広がりは、悲しいほどに美しいだろう。

それでも、歳月は同じ四季を繰り返しながら、螺旋を描くように前に進んでいく。だから、あの町の復興も、少しずつ、確かに——そう信じていたいのだ。

テンコさんと翔也は、めだかの水槽の前にいた。テンコさんはしかたなく付き合っているという感じだったが、ウチまで来ただけでも上出来だろう。

一方、翔也は元気だった。よくしゃべって、よく笑う。テンコさんの反応が鈍くてもまったく気にする様子はなく、初対面の緊張や距離も感じさせない。

事情を知らないひとが見たら、「なんでこの子が不登校になってるわけ？」と首をかしげてしまうかもしれない。実際、テンコさんも想像していた翔也のイメージとあまりにも違っていることに戸惑っている様子だし、アンミツ先生にとっても予想外だった。

ただ、なんとなく、その理由はわからないでもない。

テンコさんは、いままでずっと「みんな」の側にいた。「みんなの正しさ」を振りかざして、「ひとり」が好きな翔也を「みんな」の中に組み込もうとして、それこそが「正しさ」なんだと決めつけていた。

だが、いま、テンコさんは「みんな」の輪からはじき出されてしまった。「みんなの正しさ」を守るためにユキちゃんの両親と戦ったはずなのに、気がつけば、自分の考えは「みんなの正しさ」からはずれて、テンコさんは「ひとり」になってしまったのだ。

不本意だろう。悔しいだろう。納得もいかないだろう。先生にもわかる。「みんな」の中でほんとうにうまくやっていくために必要なものは、じつは「正しさ」ではなく「ずるさ」だったりするものなのだから。

それでも、翔也は「ひとり」になったテンコさんを歓迎している。「ひとり」になったからこそ、わが家に招いた。「ひとり」の孤独がつらいときには、無理に「みんな」に入らなくてもいい。「ひとり」と「ひとり」が一緒にいれば、きっと寂しくない……。

考えすぎかな、翔也を褒めすぎてるかな、とアンミツ先生は苦笑して、海産物を冷蔵庫や冷凍庫にしまっていった。今夜の晩ごはんは、ウニとマグロとシラスを載せた海鮮三色丼にしよう。マツモのお吸い物もつけよう。「どう？　それでいい？」と訊くと、翔也は「サイコーッ！」と声をはずませた。

「テンコさんも食べていくでしょ？」

最初は困惑気味に首を横に振りかけたテンコさんだったが、それをさえぎって、翔也が「大盛りにしてくださいって言ってるよ！」とおどけて言った。

荷物にはキックからの手紙が入っていた。

〈先日はたいへんお疲れさまでした〉——まだ二週間ほどしかたっていないというのが、なんだか信じられない。

〈先生と翔也くんが東京に帰られたあと、ヒデヨシさんとメールや電話で何度もやり取りをしています〉

月曜日にヒデヨシが再入院したことも、キックは知っていた。

〈五月の連休に行くのはあきらめた、と言っていました。すごく悔しそうで、すごく申し訳なさそうで……声もかすれて、正直、電話でしゃべるのもキツそうでした〉

それでも、「夏休みには必ず家族で行くから」と約束したらしい。「カミさんや息子たちに被災地の様子を見せてやって、なんでもいいから、少しでも役に立てそうなことを手伝わせてほしいんだ」——頼んだぞ、キック、よろしく頼む、と繰り返し念を押したのだという。

「家族」の中にヒデヨシ自身が含まれているのかどうか、尋ねることはできなかった、とキックは手紙の中で苦しい胸の内を打ち明けて、〈でも——〉とつづけた。

〈夏休みには必ずヒデヨシさんも来てくれる、と僕たちは信じています〉

その〈僕たち〉とは、つまり――。

〈スガちゃんも、「アンミツ先生にくれぐれもよろしく」と言っていました。先生と公園でお酒を飲んだこと、とても楽しくて大切な思い出になったそうです。どんな話をしたのかはなにも教えてくれないのですが……〉

教えられるわけがない。

わからないかなあ、スガちゃんがナイショにしていることで察しがつかないかなあ、でも、そこのニブさが、キックのいいところなんだろうなあ……。

先生は頬をゆるめて、便箋をめくる。

〈親父からもよろしくとのことです。アンミツ先生と翔也くんにはほんとうにお世話になったんだ、と感謝していました〉

ただし、どんなふうに世話になったのかは、教えてもらえないのだという。康正さんの頑固そうな顔を思い浮かべて、まあ、しょうがないか、と先生はまた頬をゆるめる。

〈でも、とにかく僕は元気です。自分なりに一所懸命生きています〉

がんばれ、めだか――。

先生はささやくようにつぶやいた。

ウニが甘い。ミョウバンを入れていないのに、ご飯に載せても形が崩れないのは、それだけ活きが良いということなのか。

「ウニって、ほんとうの旬は夏なんだよね」

ウニとマグロとシラスの三色丼をかきこみながら、翔也が言う。同梱されていたパンフレットにそう書いてあったらしい。パンフレットによると、夏場には殻付きのウニがセットに加わる。翔也はそれがいまから楽しみでしかたないのだ。

「キックさん、送ってくれるかなあ」

「ずうずうしいこと言わないの、今度からはウチのほうで注文すればいいのよ」

「あ、そっか」

ごはんを食べている間も、翔也はとにかく元気で、明るくて、ちょっとお行儀が悪かった。「ほら、テーブルに肘つかないの」「ホッペにご飯粒ついてるわよ、ほら、そこ、そこ」「パンフレットを読むのは食べてからにしなさい」などと注意するのは、一緒に暮らすようになって初めて――場を盛り上げようとして無邪気にふるまう翔也の思いに応えて、アンミツ先生もしっかり「口うるさいおばあちゃん」を演じていった。

だが、それがテンコさんにどこまで通じているかは、わからない。やはり元気がない。丼モノが苦手だという彼女のためにウニやマグロは別の皿に盛って、お刺身定食風にしたが、箸はなかなか進まない。

「テンコ先生って、なんで丼モノがだめなんですか？」

翔也が訊くと、少し申し訳なさそうに「白いご飯におかずを載せて、色がつくのがだめなの」と言う。「カレーライスでも、ルウとご飯を混ぜずに食べてるから」

「色がつくと良くないの？」

「うん……子どもの頃は、ご飯が汚れちゃうみたいに思えてたから」

ケチャップなどで色がついているのは、だいじょうぶ。雑炊やリゾットのようなスープご飯も平気。ただ、丼モノのご飯のように、白いままの部分とおかずが染みた部分が入り交じっているのがだめなのだという。

「じゃあ、小学校の給食のときは大変だったんじゃない？」

アンミツ先生が訊くと、テンコさんはムッとした顔で「あの頃は必死で我慢して、食べてたんです」と答えた。「昼休みに気分が悪くなって、トイレで吐いたこともあります」

知らなかった、なにも。

食事を終えると、翔也は「僕、お風呂入ってきまーす」と、バタバタとした小走りで浴室に向かった。少しは食休みの時間をとったほうが体にはいいのだが、アンミツ先生とテンコさんを早く二人きりにしてあげよう、という気づかいなのだろう。

先生にはそれがわかるから、食器の片付けを終えると「お茶いれるね」と席を立った。

だが、テンコさんは――。

「翔也くん、あの調子なら明日から学校に来られますね」

やかんにお湯を沸かす先生の背中に、冷静な声で言った。「あんなに明るい子だとは思いませんでした」と、元気の良さをどこか咎めるような声にもなった。

わかっていないのだ、翔也のお芝居が。

「ああいう子だったら、すぐに新しいクラスにも馴染めますよ。逆に、いつまでもウチの中にひとりぼっちでいたら、元気を持て余して、病気になっちゃうんじゃないですか？」

伝わっていないのだ、落ち込むテンコさんへの翔也の心づかいが。

「……ねえ、テンコさん」

先生はガスコンロにかけたやかんを見つめ、テンコさんには背中を向けたまま、「あなた、ほんとうに翔也が明るくて元気のいい子だと思ってる？」と訊いた。

テンコさんは少し怪訝そうな間をおいて、それでも「ええ」と迷いなく答えた。「だって、人見知りもしないで、ハキハキしてて、すごくいい子じゃないですか」

「明るくて元気な子は、いい子？」

「ええ、まあ、そうですよね」

「明るくなくて、元気じゃない子は？」

「はあ？」

「そういう子は、良くない子？」

「いえ、まあ……『良くない』とは言いませんけど、やっぱり元気を出してほしいし、明るくなってほしいし……」

お湯が沸く。やかんの口から湯気とともにシューシューという音が漏れてくる。

「でもね、テンコさん、元気や明るさって、おとなが安心するときにわかりやすいサインっていうだけなんじゃないの？」

コンロの火を止めて、振り向いた。テンコさんと目が合った。挑むような、反発するような、強いまなざしだったが、先生はひるまずに言った。

「子どもたちの幸せって、元気や明るさだけじゃないと思う」

食卓に向き合って座った。お茶を啜ると、苦みと渋みがふだんよりキツかった。

「テンコさんは、お酒……酔っぱらうのがあんまり好きじゃない、って言ってたけど、飲めないわけじゃないのよね？」

アンミツ先生は湯呑みを口から離して訊いた。ほんのちょっとでもテンコさんに「その気」があるのなら、すぐにお酒に切り替えるつもりだった。

だが、テンコさんは迷うそぶりも見せずに「『好きじゃない』じゃなくて、『嫌い』なんです」と返した。「さっきもそう言ったと思うんですけど」

「じゃあ、ストレス解消は？」

スポーツ、カラオケ、甘いもの、遊園地の絶叫マシン、食べ歩き、ショッピング……いくつか挙げてみたが、どれも「そんなこと、べつにしません」と首を横に振る。「ギャンブルとか、アイドルの追っかけとか？」と訊くと、冗談はやめてください、とそっぽを向いてしまう。そして、「ストレス解消って、よくわからないんですよ」とつづけた。

「ストレスは『解消』じゃなくて『解決』しなくちゃだめなんじゃないんですか？」

お酒のほろ酔いでいい気分になっても、解決にはならない。趣味を楽しんでも、そんなのは仕事から逃げているだけだ。しかも、ニッポンのおとなたちの言う「ストレス解消」とは「とりあえず、いまはそのことを忘れておく」だけで、正しい意味での「解消」にすらなっていない。

テンコさんは淀むことのない理路整然とした口調で言った。アンミツ先生は「それはまあ、そうだけど……」と気おされて、苦くて渋いお茶を啜るしかない。

ところが、テンコさんの表情に、議論に勝った満足感はなかった。あれだけ滔々と語っていたのに、しゃべり終えると急に自信のなさそうな様子になって、伏し目がちにまばたきをする。

「でも……」

テンコさんは、ふう、と息をつきながら言った。「なんか、もう、疲れちゃいました」

「今日のことで？」

「今日だけじゃなくて、いままでのことも全部まとめて……バカみたい」

他人ではなく自分自身を突き放して、アンミツ先生に言った。

「先生、わたしに気をつかわなくていいから、お酒飲んでくださいよ」

「だいじょうぶよ」

アンミツ先生はお茶を啜る。あいかわらず苦くて渋い。けれど、その苦みと渋みをまっすぐに受け止めなければ、と自分に言い聞かせた。

お酒が少し入ったほうが話しやすいのは確かでも、自分だけお酒を飲むことはできない。テンコさんは教え子なのだ。こっちは教師なのだ。現役を引退しているからこそ、しっかりとケジメはつけなければ、ずるずると楽なほうに流れて、ただの「おばあちゃん」になってしまいかねない。

だが、テンコさんは「わたしもストレスを解消しながらおしゃべりしますから」と意味ありげに笑う。「ストレス解消の趣味、一つだけあったのを思いだしました」

キッチンのほうを指差す。その先には、ウニの瓶詰めをくるんでいたエアキャップ——いわゆる「プチプチ」があった。

「わたし、子どもの頃からあれをつぶすのが好きだったんです。夢中になって、飽きないんですよね、不思議と」

もらっていいですよね、と訊かれた先生が困惑しながらうなずくと、テンコさんは自分で席を立って、プチプチを持ってきた。小さな瓶をくるんでいたのだから、サイズはほんのささやかなものだ。

「ね、ちょっと、ちょっとだけ待ってて」

先生はキッチンに向かう。収納庫の扉を開けて覗き込むと、お歳暮のワインをくるんだプチプチを見つけた。これならたっぷり時間をかけて楽しめる。

テンコさんも、うわあ、と相好を崩した。童心に返ったような、素直な笑顔だった。

「先生もお酒、どうぞ」

そうなると、こちらも心おきなく——。

冷蔵庫の野菜室から、とっておきの純米大吟醸を出した。広島の酒どころ・西条の地酒だ。

軟水で醸したやわらかい味わいが気に入っている。

食卓を挟んで、かつての教師は日本酒を切子のグラスでちびちび飲って、かつての教え子はプチプチを両手の親指でつぶしていく。いきさつをなにも知らなければ、ずいぶん奇妙な光景だった。いや、当の先生自身、なんだかヘンなことになっちゃったなあ……と戸惑っている。

テンコさんも「なにやってるんでしょうね、わたしたち」と笑う。くすぐったそうに、あきれたように、けれど、すごく楽しそうに。


プチプチをつぶしながら、テンコさんは問わず語りに小学生の頃の思い出をたどった。日光に出かけた修学旅行、学校の体育館に泊まり込んだ夏休みの合宿、運動会、合唱大会、マラソン大会、クリスマス会、そして卒業式……。

どの思い出も、テンコさんは驚くほど詳しく覚えていた。アンミツ先生は「そうだったっけ？」と驚いたり、「ああ、そう言われてみればそんな気もするわねえ」とうなずいたりすることの連続だったのだが——。

ふと、気づいた。

テンコさんの語る思い出に、テンコさん自身はいっさい登場していない。球技大会で大活躍した男子のなんとかくんや、合唱大会で指揮をとった女子のなんとかさんのことは、微に入り細を穿って話してくれるのに、肝心の自分のことはまったく口にしないのだ。

テンコさんはプチプチをつぶす手を休めずに、お別れ会の話をした。あの学校では、卒業式の数日前にクラスごとのお別れ会を開くのが恒例になっていた。仲良し同士でグループをつくって、合唱をしたり、手品をしたり、コントを披露したり……という催しだ。

あいかわらずテンコさんの記憶は細かく、先生が忘れかけていたクラスメイト一人ひとりの表情やしぐさまで、目に浮かんでくる。

けれど、そんなみんなを見ているテンコさん自身は、話のどこにもいない。

先生の相槌はしだいに間遠になり、声も沈みがちになった。思い出話を聞くのが、しだいにつらくなる。まるでつい昨日の出来事のようにお別れ会の様子を語るテンコさんが、あの日は誰とグループを組んで、みんなの前でなにを演ったのか――先生の記憶は、真っ白なままなのだ。

「ねえ、テンコさん」

話の切れ目を待って、訊いた。「あなたはお別れ会でなにを演ったんだっけ」

テンコさんはプチプチをつぶす指先から目を離さず、「なんだと思います？」と返す。質問というより、正解しないのを最初からわかっているような軽い口調だった。

「ごめん……思いだせなくて」

「司会です」

あっさりと答え、「だってわたしが司会しないと、だーれも仕切れないんだから、あのクラスの子は」と指先を見つめたまま笑う。

プチッ、とひときわ大きく、プチプチをつぶす音が聞こえた。

思い出話に一区切りつけると、テンコさんは「わたしって、カメラみたいでしょ？」と言った。小学校の頃だけではない。中学や高校時代も、大学時代も、社会に出てからも、ずっとそう。

「みんなを観察するんです、ちょっと離れたところから。そうするといろんなことがわかるんです。みんなの人間関係とか、一人ひとりの性格とか得手不得手とか」

近づきすぎると見えづらい。一緒になってしまうと、まったくわからなくなる。距離をとらないとだめなのだ。

「二十人二十一脚でもそうなんです。走ってる子どもたちには、自分たちの走り方のどこが良くてどこが良くないのか、全然わかりません。ただ無我夢中で走ってるだけですから。でも、体育館の二階席から見てるわたしには、すぐにわかるんです」

ほんの一言二言のアドバイスを与えたり、並び順を入れ替えたりするだけで、見違えるように走りが良くなって、タイムが縮む。

「子どもたちから見れば、魔法みたいなものだと思うんです。やっぱり先生はすごい、って尊敬されてるんですよ、わたし」

最後の言葉は冗談めかしていた。笑っていても横顔は楽しそうに見えなかったので、多少の自嘲もこもっていたかもしれない。

「最初は、子どもたちみんなで話し合って、並び順や練習の方法を決めてたんです。でも、それをやってるうちはだめなんです。外からの冷静な視点で見てくれるひとがいないと、絶対にタイムは縮まらないんですよね」

だから――とテンコさんはつづけた。

「わたし、二十人二十一脚のコーチにはぴったりの教師なんです」

ふふっ、と笑う。さっきよりも、さらにつまらなそうに。

「アンミツ先生とは正反対」

ぽつりと付け加え、やっとこっちを向いて「そうでしょ？」と言う。目に涙が浮かんでいた。

「アンミツ先生は、いつもみんなと一緒でしたよね。子どもたちの中に入って、一緒に笑ったり、一緒に困ったり、たまには一緒に怒ったり、悲しんだり……そういう教師でしたよね……先生は、ずっと」

テンコさんの指先がプチプチをまさぐる。だが、プチッという音は、さっきから途切れたままだった。もう、シートのすべてのプチプチをつぶしてしまったのだ。

「憧れてました」

テンコさんは言う。「わたしもおとなになって、学校の先生になったら、アンミツ先生みたいになりたい、って……目標だったし、憧れだったし、尊敬してました」

アンミツ先生を見つめる目に、嘘や偽りはない。代わりに、目を赤く潤ませた涙が、まぶたからぽとりと落ちる。

「でも、わたし、わかってました」

「……なにが？」

「先生、わたしのこと、好きじゃなかったでしょう？」

一瞬はじかれたように、先生の顎が左右に震えた。だが、その動きは、かぶりを振るというにはあまりに小さすぎる。

「わたし個人っていうより、わたしみたいな子どものこと、苦手だったでしょう？」

テンコさんの口調に迷いはない。確信に満ちている。

勝手に決めつけないでよ——と言い返したくても、言えない。顎も頬もこわばって、言葉でもしぐさでも撥ねつけられない。

「いいんです、べつに先生を恨んでるわけじゃないし、文句を言いたかったわけでもなくて……わたしだって、教師になってみたら、つくづく思います。わたしみたいな子がクラスに一人いたら、すごく助かりますよね、担任としては。真面目で、しっかりしてて、勉強もよくできて、まるで担任補助みたいな感じで。この子に任せておけば、とりあえずだいじょうぶ、って……便利なんですよね」

最後の最後にトゲが覗いたが、先生は黙って受け止めた。いまは胸の内のすべてを吐き出させてあげよう、と決めていた。

「そういう子は、通知表の行動評価や保護者面談では絶対に褒めてもらえるんですよね。『正しい』か『正しくない』かで言えば、百パーセント『正しい』んですよ。でも、『好き』かどうかだったら……先生はわたしのこと、好きじゃなかったでしょう？　わたしもそうです。教師の立場で、クラスにわたしみたいな子がいたら、やっぱり好きじゃなくて……でも、わたしみたいな子って、頭がいいからわかっちゃうんです。わたしもそう。わかってましたよ、自分が同級生から敬遠されてることも、先生からあまり好かれてないってことも……わかってても、それが自分なんだから、どうしようもなくて……」

新しい涙が、次々にテンコさんの頬を伝い落ちていく。

テンコさんは陽光女子中学に入ってからのことも、自分から話してくれた。「中学、高校と真っ暗闇のトンネルでした」と無理に笑って、目尻の涙を指先で拭う。

アンミツ先生は黙って席を立ち、収納庫から新しいプチプチを探し出して、テンコさんに渡した。テンコさんの顔は泣き笑いになって、「ありがとうございます」と、いままでで一番素直な口調で言った。

「わたしの『正しさ』って、意外と弱くてもろいんだって、思い知らされました。クラスの優等生でリーダーで……っていう立ち位置じゃないとだめなんです。でも、高校を卒業するまでの六年間、一度もそのポジションには立てなくて、おとなしくて暗くて地味で真面目なその他大勢、だったんですよね」

プチプチを一つずつゆっくりつぶしながら、「『正しさ』で勝ち残っていくのって、けっこう大変なんです」と言う。

そうだろうな、とアンミツ先生も無言でうなずいて、少しぬるくなった冷酒を啜った。

楽しい思い出のほとんどない中高時代を過ごしたテンコさんだったが、教師になるという将来の夢は変わらなかった。

「わたしみたいな子をつくりたくないんです。正しくて真面目な子が寂しい思いをするのって、おかしいと思いませんか？　教師が間違ってるんです。教師の価値観がおかしいんです。正しくて真面目で、そのぶん融通が利かない子が、教師に好かれないのって、おかしいでしょう？　ひたすら真面目な子よりも、少々ヤンチャでも元気な子や、間違ってても明るい子のほうがいいんだ、って……おかしいでしょう？　教師って、子どもにとって『大きなお友だち』なんですか？」

テンコさんの口調は、決して咎めるような強いものではなかった。まなざしや表情にも険はない。一つひとつの問いかけは、アンミツ先生ではなく、テンコさん自身の胸に刺さっているのだろう。

「わたしのこと、子どもたちはみんな信頼してくれて、尊敬もしてくれてるみたいです。でも、あの子たちがおとなになったとき、わたしのことを、いい先生だったなあ、って懐かしく思ってくれるかどうか、わからないんです。でも、それでいいですよね？　しかたないですよね？　わたしは、わたし以外の人間にはなれないんだから……」

テンコさんはまた泣き笑いの顔になって、テーブルに突っ伏してしまった。

まるくなったテンコさんの背中越しに、戸口に立つ風呂上がりの翔也と目が合った。
だいじょうぶ？　と心配そうに目で訊いてくる翔也に、アンミツ先生は指でＯＫマークをつくり、指の形と位置を変えて、口の前で人差し指を立てた。さらにその人差し指を二階に向けた。

だいじょうぶ・静かに・二階に上がってなさい——。

翔也はこっくりとうなずいて、律儀に抜き足差し足をして、階段に向かおうとした。

ところが、なにしろ古い家だ。廊下の床板が、ギシッと軋んで鳴った。そっと歩いたせいで、かえって体重が不自然にかかってしまったのだ。

突っ伏して泣いていたテンコさんが、その音に気づいて、体を起こした。目にも頰にも涙が残り、鼻の頭も真っ赤になっていた。不思議で、皮肉なものだ。泣き顔を見ると小学生の頃の面影が浮かんで、懐かしいなあ、と思う。実際には、テンコさんが人前で涙を見せたことなど一度もなかったはずなのに。

テンコさんは廊下を振り向いた。翔也は「だるまさんがころんだ」みたいに、足の動きをピタッと止めてしまう。

すると、テンコさんは「二階に上がるの、ちょっと待ってくれない？」と言って、きょとんとする翔也とアンミツ先生をよそに、目や頰の涙をハンカチでていねいに拭い、ティッシュでハナもかんでから、あらためて翔也に声をかけた。

「めだか、また一緒に見ない？」

「え？」

「具合の悪そうなめだかを元気にする方法、教えてあげる」

「……ほんと？」

「うん。今日はもう夜だから、やり方だけ教えてあげるから、明日やってみて」

そしてアンミツ先生に向き直って、「いま、泣きながら思いだしたんです」と言う。「先生、わたしたちが卒業する前に、めだかの話をしてくれましたよね」

太平洋を泳ぐ、小さなめだかたち――。

現実にはありえないことでも、ずっと夢見ていたい光景――。

「正確には、話の内容を思いだしたんじゃなくて、それを話してくれたときのアンミツ先生の顔を思いだしたんです」

涙ぐんでたんですよね先生、と笑って、もう一度ハナをかんだ。

「わたし、とにかく真面目で『正しい』子だったでしょ？　だから、アンミツ先生のめだかの話、悪いんだけど、全然本気にしてなかったんです。だって、めだかは淡水魚なんだから、太平洋を泳ぐなんて、おかしいじゃないですか」

小学六年生のときも、アンミツ先生の手紙でめだかの話を読んだときも、ただ苦笑するだけだった。

「いまは、めだかが海でも生きられることは知ってますよ。でも、逆に、言いたいことはわからないわけじゃないんだけど、なんだかなあ……って」

アンミツ先生が「だから、手紙に返事を書いてくれなかったの？」と訊くと、すみません、と肩をすくめる。「面倒くさくて返事を出さなかったわけじゃなくて……」

いいのよ、と先生は笑って、「それより、わたし、あのときほんとに涙ぐんでた？」と訊いた。自分では覚えていない。正直に言えば、これもまたテンコさんが捏造した記憶なんじゃないか、とも思っていた。

だが、テンコさんは「ほんとです」ときっぱり答えた。嘘をついているとは思えない。

「そう……」

「先生はめだかの話をしたあと、教室のみんなを端から端までゆーっくり見回しながら、こう言ったんですよ」

太平洋は広いから、いったん海に出たら、みんなバラバラになって、こんなふうに全員が同じ教室に集まることは、もう二度とないかもしれません――。

ひとりぼっちで泳いでいて、寂しくてたまらなくなることもあるはずです。でも、だいじょうぶ。この広い広い太平洋のどこかで、友だちも泳いでいるから――。逆に、群れになって泳いでいると窮屈になるかもしれません。でも、そっちもだいじょうぶ。だって太平洋は広いんだから、うっとうしいお付き合いが嫌になったら、広いほうへと泳いでいけばいいの――。

「そんなことを話してくれたあと、先生は急に黙っちゃったんです。わたしたちから目をそらして、天井のほうを見上げて、教室がザワザワしても、しばらく黙ってて……やっと顔の向きを元に戻したら、目に涙が浮かんでたんです」

思いだした。記憶がよみがえった。確かにそうだ。涙が実際に出ていたかどうかはともかくとして、卒業を間際に控えた子どもたちに語りかけていると、急に胸に熱いものが込み上げてきたのだ。

なぜあのとき、子どもたちを見ていて胸が熱くなったのか――。

「テンコさんたちって、『平成』になって初めての卒業生だったよね？」

アンミツ先生が訊くと、テンコさんは「そうです」とうなずいた。「三学期が始まってすぐに昭和天皇が亡くなって……」

一九八九年三月に卒業したのだ。時代の大きな変わり目は、日本だけのことではない。ベルリンの壁が崩壊したのはその年の秋で、ソ連が消滅したのは翌々年の終わりだったが、世界規模でなにかが動きつつある予感は、テンコさんたちが卒業した頃にも、確かにあった。また、バブル景気は「いつか終わる、必ずはじける」と言われながらも、一九八九年初頭の時点ではまだつづいていたし、さらに言うなら、テンコさんたちが小学生だった一九八〇年代後半は、中学生のいじめ自殺が社会問題になっていた時期でもあった。

「いまさらこんなこと言ったら怒られちゃうかもしれないけど、あのとき、教室にいるみんなを見てると、ふと思ったの」

この中で、幸せな人生を送れる子は、何人いるのだろう――。

全員一人も欠くことなく、みんなが夢を叶え、幸せを手にすることは……たぶん、難しいだろう――。

「やっぱり、これからは激動の時代だっていう予感があったのかなあ。お金の損得や、力の強い弱いだけで、世の中や人生が決められちゃうようになる。勝ち負けや白黒が昔よりはっきりつくようになって、一度負けたら負けっぱなし……そんな時代に、この子たちは船出していくんだなあ、って……」

そんな思いで一人ひとりの顔を見ていたら、胸が熱くなったのだ。

「悲しくなったんですか？」とテンコさんが訊く。先生は少し考えてから、「一つだけの感情じゃなかったと思う」と言った。「いろんな感情が交じり合って、あふれ出ちゃったから、涙が出てきたんだと思うの」

みんな——そう、テンコさんの年だけではなく、新米教師だった頃からのすべての教え子に、幸せになってほしい。そんなのは不可能だとわかっていても、いや、わかっているからこそ、ただ一心に祈りたい。

ヒデヨシの顔が浮かぶ。キックの顔も浮かぶ。あなたたちが泳ぎ出た太平洋は、嵐の海だったのかもしれないね……と心の中で語りかけると、涙をこらえられなくなった。

戦争を描いた映画や小説には、教え子を戦場に送らざるをえないことに苦悩する教師がしばしば登場する。

その気持ちがわかる——とは言わない。そこまでずうずうしくはないし、無神経でもないつもりだ。

それでも、アンミツ先生は思うのだ。

小学校の教師で、卒業する子どもたちに「あなたたちの未来はバラ色ですよ」「きみたちはみーんな幸せになれるぞ」と言い切れるひとは、いったいどれだけいるのだろう。おとなになった教え子が自分の来し方を振り返って、「小学生の頃が一番幸せだったなあ」と言ったなら、教師は喜ぶべきなのだろうか、それとも悲しむべきなのだろうか……。

先生は泣きながら目をつぶる。閉じたまぶたのつくった薄暗がりに、教え子の顔が次々に浮かんでくる。「昭和」の小学六年生や「平成」の小学六年生が、年や学校のつながりなどなにもなく、ばらばらに、けれど途切れることなく、浮かんでは消えていく。

懐かしい顔がある。ひさしぶりに思いだす顔もある。いままでずうっと忘れたままだった顔もある。卒業後の消息をよく知っている子もいれば、卒業後は音信不通になってしまった子もいる。すでに亡くなってしまった子もいるかもしれない。ヒデヨシのように重い病気と闘っている子もいるだろう。夢が叶わなかった子や、つらい目に遭っている子は、もっとたくさんいるだろう。キックのような子だ。もちろん、幸せな子もいる。いてほしい。どんなにささやかでも、生きててよかった、と思える瞬間が、誰の人生にもあってほしい。たとえ現実は厳しくても、その中で精一杯がんばることだけは、あきらめないでほしい。シャッター通りと化した地元の商店街を『銀天ちゃん』でなんとか盛り上げようとがんばっている、加藤朋美や井上莉奈や松岡勇人たちのように。

名前を思いだせる子も、そうでない子も、みんな笑っている。それがうれしい。教え子の誰もが笑顔のはずがない。どんな子だって、人生のすべての場面で笑っていられるはずなどない。わかっている。わかっているからこそ、むしょうにうれしい。

先生は目をつぶって、涙をぽろぽろ流しながら、ふふっ、ふふっ、と笑う。

どうしたのだろう。なにかのはずみで、思い出の詰まった箱をひっくり返してしまったみたいだ。

さっきとは立場が入れ替わって、今度はテンコさんが、アンミツ先生が泣きやむのを待つ側になった。

「……ごめんね……なんで、こんなになっちゃったのか、自分でもよくわからないんだけど……」

ハナをかみながら謝るアンミツ先生を、テンコさんは微苦笑とともに見つめ、ゆっくりとかぶりを振った。なにかを拒むしぐさではない。逆に、先生がいま見せたすべてを受け容れるための、おだやかで、いたわるようなしぐさだった。

「ねえ、アンミツ先生」

「……なに？」

「教師って、教え子の人生までフォローしなきゃいけないんですか？　高校なら卒業してすぐに社会に出る生徒もいるけど、小学校の場合は、そのまま中学校に送り出すだけですよね。それでも、卒業して何年も、何十年もたったあとのことを気にしてあげなくちゃいけないんですか？」

言葉は、いままでのテンコさんと変わらず、挑発するような強いものだった。ただ、口調と表情は、どこまでもやわらかい。訊かなくても、答えはもうわかっているのだろう。わかっているからこそ、それを、アンミツ先生の口から言ってほしいのだろう。その期待、いや、願いに応えて、先生は言った。

「先生と教え子は、一生のお付き合いなの」

「……そうですかぁ？」

わざと意外そうに訊き返すテンコさんに、やれやれ、と先生は苦笑する。こんなに甘えん坊になった彼女を見るのは初めて――そして、最後だと、思う。

「卒業するまでは教室の中で教えて、卒業したあとは、思い出の中で教えるの」

だから、とつづける。

「わたしはいまも、テンコさんの教師です」

背筋を伸ばして、キリッとした顔で、少しだけお芝居を交えて言った。

テンコさんも姿勢を正して、「はいっ」と元気よく応えた。お芝居に付き合ってくれた。

これも最初で最後かもしれない。

「先生が卒業式の前に、わたしたちのために涙ぐんでくれたことのすごさって、いま、やっとわかりました」

「そう？」

「教師が涙ぐみながら教えてくれることって、絶対に、絶対に、大切なことなんです」

わたし、やっとそれがわかったんです、とテンコさんは自分の胸をポンポンと叩いて、泣きながら笑った。

テンコさんと翔也はリビングで、めだかの水槽を覗き込んでいる。

さっきは翔也が一人でしゃべって、テンコさんはいかにもしかたなく付き合っているだけだったが、いまは違う。テンコさんは熱心な口調で、体調の悪いめだかを元気にする方法を事細かに翔也に伝えている。

キッチンで洗い物をするアンミツ先生の耳に、翔也の「すごーい！」「へえーっ、そうなんですか？」というはずんだ声が飛び込んでくる。テンコさんの「すごいでしょ？　生き物の命って、ほんと、すごいんだから」という、うれしそうな声も。

先生がリビングに入ると、翔也は勢いよく振り向いて「おばあちゃん、すごいんだよ！」と、いっそう声をはずませた。「僕たちのめだかも、太平洋を泳げるんだ！」

テンコさんが教えてくれた。

めだかが元気のないときには、水に塩を入れるといい――。

「もちろん、白点病や尾ぐされ病のときには、ちゃんとした治療薬を使って、薬浴をさせてあげないとだめなんですけど、ちょっと元気がないかなっていう程度なら、水槽の水に塩分を足すだけでも効果があるんです」

テンコさんによると、その濃度は、〇・五パーセント――水一リットルにつき五グラムの塩を入れればいいのだという。

「一般の海水の塩分濃度が三・五パーセントほどですから、まあ、ほとんど真水に近い塩水なんですけど……でも、川の河口あたりの汽水域だと、それくらいなのかな」

横から、翔也が「海だよね！」と言う。「河口だって、もう、海だよね！」

アンミツ先生は最初、ただ呆然とするだけだった。金魚やフナの病気を薬浴で治すことは、教室で小動物を飼う機会の多い小学校の教師の常識と言ってもいい。だが、めだかの塩水浴は初めて知った。そもそも一昔前のめだかは、とにかくじょうぶなことだけが取り柄で、具合の悪いめだかを元気にする方法など覚えておく必要すらなかったのだ。

それでも、もともとは大きな魚のエサになる運命だった不運なめだかたちが、ささやかな海の力で元気になってくれるというのは、なんだかむしょうにうれしくて、胸がまた熱くなってくる。

「明日、やってみようよ」翔也が言う。「明日、太平洋を泳がせてあげようよ！」

もちろん、先生に異存などなかった。

第八章

1

「親父にはあきれられました」

キックは電話で言っていた。康正さんだけではない。親戚の反応も似たようなもので、冗談じゃない、と怒りだしたひともいたらしい。

「スガちゃんは？」

アンミツ先生が訊くと、「向こうの両親や親戚も似たような反応でした」と言う。「ただ、彼女の場合は友だちや同僚の保育士さんを何人も亡くしてますから」

「じゃあ、意味があるんだね」

「そうなんです」

きっぱりと答えたあとで、ちょっと気弱に「意味があると思うんですけどねえ、ほんとに……」と付け加える。

そういうところはあいかわらずだ。

それでも、四月に会ったときよりも、声に張りがある。もともとの優しさに加えて、守るひとができた強さが、確かに感じられる。

「ほんとうにおめでとう、キック」

先生はあらためて言った。「スガちゃんにも、『おめでとう！』って伝えて」

キックとスガちゃんが結婚する。

式を挙げるのは、来月——八月の、お盆の時期。確かに世間一般の常識としては、「なにもお盆のときに挙式しなくても」となるのかもしれない。だが、被災地なのだ。多くのひとが亡くなった町なのだ。お盆には、亡くなったひとの魂がふるさとに帰ってくる。津波に流された家族や、親戚や、ご近所や、知り合いや、友だちが、みんな、姿のない魂になって、遠い世界から帰ってくる。

「スガちゃんの花嫁姿を見てもらいたいんですよ、そういうひとたちに」

キックは照れくさそうに言う。

もちろん、まだ復興のほとんど進んでいない町では、震災前のような華やかな式など挙げられるはずもない。なにしろキックもスガちゃんも仮設住宅暮らしで、結婚後もしばらくはそれぞれの実家から引っ越しをせず、別居婚のスタイルで新生活を始める。

「しかたないですよ、抽選に漏れて仮設に入れなかった市民もたくさんいるし、内陸部の賃貸物件もぜんぶ埋まってますから」

そんな状況でも、いや、だからこそ、このタイミングで結婚式を挙げたい。

「僕たちの町は、去年、大きな大きな『終わり』を体験したんです。そろそろ小さな『始まり』があってもいいんじゃないですか？」

それが、スガちゃんへのプロポーズの言葉だったという。

キックとスガちゃんは、アンミツ先生と翔也を結婚式に招待してくれた。

さらに、もう一人——。

「ヒデヨシさんも、行くから、って言ってくれました」

キックの声が微妙に沈む。「そう……」と応えるアンミツ先生の相槌も同じ。

六月に横浜のアパートを引き払ったキックは、ヒデヨシの見舞いにも出かけた。

ずいぶんキツそうだった、という。

先生が最後に見舞った五月には、まだ談話コーナーまで歩いていくことができた。体重は四月から一カ月で十キロも落ちて、落ちくぼんだ眼窩や頬からは、まるで肌に染み込んだような翳りが消えなかったが、ヒデヨシは「抗ガン剤でガンも少し小さくなってきてるらしいんです」と希望を失っていなかった。

だが、キックが会ったときには、ベッドから降りるのにも家族の助けを借りていた。移動は車椅子で、車輪を自分の力で回すこともできない。五月から六月までの間に体重はさらに落ちてしまい、一時は小さくなっていたガンも結局は消えてくれず、背中や腰の疼痛に四六時中苦しめられるようにもなった。

いま——七月は、もっと具合が悪くなっているだろう。キックはそう思って、ヒデヨシに直接メールを送るのではなく、自宅に電話をかけた。奥さんの理香さんに結婚のことを伝えたのも、出席してもらうことは叶わなくても、せめて事前に報告だけはしておきたい、という思いからだった。「主人も喜ぶと思います」と言って、「必ず伝えますね」と約束してくれた理香さんも、その時点ではヒデヨシの出席は夢にも思っていなかったらしい。

ところが、翌日、ヒデヨシ本人からキックに電話がかかってきた。

「行くぞ……絶対に行くから、待ってろ」

息苦しそうにゼエゼエと喘ぎながら、かすれた声で言った。キックが恐縮して断ろうとしたら、「おまえのためじゃない」と言われた。「息子たちに、被災地を見せてやりたいから……俺のため、なんだ……」

これが、父親として最後の仕事になる。

お盆に北三陸に行くことを決めてから、ヒデヨシは明らかに生きる気力を取り戻した。食事を残さなくなり、トイレにも自力で向かうようになった。「体調さえ許せば、そちらに行かせてあげてください」と理香さんはキックに言った。「それが、いまの主人の命の支えになってますから……」

お盆の結婚式にアンミツ先生を招こうと決めたあと、キックがなによりも案じていたのは、健夫と薫さんの初盆のことだった。

先生もキックから電話を受けたとき、即答はできなかった。

だが、先生から話を聞いた翔也は、すぐに「行こうよ」と言った。

「お父さんもお母さんも、震災のあと、被災地のことをすごく心配してたから……連れて行ってあげようよ」

でもね、と先生は言った。翔也はまだお盆のことをよくわかっていない。お盆は、亡くなったひとの魂が「わが家」に帰ってくる三日間なのだ。だから、八月十三日には道に迷わないように家の前で迎え火を焚き、十五日には送り火を焚いて帰る道を照らす。「わが家」を留守にしてしまうと、健夫と薫さんの魂が帰り着く場所がない。

「そんなことないよ」

翔也はきっぱりと言った。「おばあちゃん、僕、それ、違うと思う」

「……なんで？」

「だって、お父さんもお母さんも、ウチの建物に帰りたいわけじゃないんだもん。ウチに帰れば、一番会いたいひとがいるから、帰りたいんでしょ？　ってことはさ、お父さんもお母さんも、僕たちのいる場所に来てくれるんだよ」

虚を衝かれて一瞬ぽかんとしてしまった先生だったが、次の瞬間、なるほど、と大きくうなずいた。その解釈が理屈として正しいのかどうかはわからない。ただ、翔也が亡くなった両親への思いを、こんなふうに、こんなにも目を輝かせて語ってくれた、ということがうれしい。

「やっぱり、スクールのおかげでおとなっぽくなったね」

頭を撫でると、翔也は照れくさそうに――そして微妙にうっとうしそうに身をよじって、おばあちゃんの手から逃げた。べたべたされたり、大げさに褒められたりするのが、最近の翔也はどうも苦手なのだ。

少しずつ、確実に、大きくなった。

五月から通いはじめているフリースクールでも、日本語のほとんどできない外国の友だちと、身振り手振りと笑顔で、すっかり仲良くなっている。近いうちにトルコから来た友だちと日系ブラジル人の友だちをウチに呼んで、「ケバブVSシュラスコ、どっちがおいしい対決」をするらしい。

翔也は、杉の木小学校には通わなかった。

テンコさんがモンスター・ペアレンツと対峙したあの日、翔也は職員室の空気を敏感に察していた。都合の良いときにはテンコさんを理想の教師に仕立て上げて、なにかトラブルが起きると、すべてをテンコさんに押しつけてしまう——そんなずるさも、見抜いた。

「おばあちゃん、ごめん、僕、やっぱりあの学校には行きたくない」

翔也のその言葉で、アンミツ先生はむしろ安心した。

「僕、テンコ先生が校長室から職員室に戻ってきたときの、ほかの先生の冷たい目って、死ぬほど嫌いだから」

わかっている。大正解。先生は指でＯＫマークをつくってうなずいたあと、ふと思うのだ。現役時代のわたしはどうだろう。「アンミツ先生って嫌だなあ」と本音では思いながら、それを口には出せないまま、毎日毎日、泣きたい思いで学校に通っていた子も、もしかしたら、いたかもしれない……。

翔也はアンミツ先生と一緒にいくつものフリースクールを回って、外国から来た子がたくさんいるスクールを選んだ。マンションの一室を使っただけの、環境としてはひどいものだったが、翔也はそのスクールに通いはじめてから笑顔になることが明らかに増えた。

それを見て、先生は思ったのだ。

「教育」って、なに——？

その目的を煎じ詰めれば、子どもたちが幸せな人生を送るために必要な知恵や知識や体験を与える、ということになる。

じゃあ、「幸せ」って、なに——？

長い目で見て、小学校を不登校のまま終えてしまうことがいいのかどうか、それはまったくわからない。ただ、いまの翔也の笑顔はほんとうに気持ちよさそうで、これぞ「幸せ」なんだなあ、と思うのだ。

一つだけ、翔也に言った。

「学校の先生ってね、みんな思ってるの。『もう一回生まれ変わったら、もっといい先生になれるから』って……」

だが、人生は一度きり。それが、ほんとうは、ちょっと悔しいのだ。そうでしょ？　と先生は頭に浮かぶテンコさんに語りかけた。

ユキちゃんの両親とテンコさんとのトラブルは、一段落つくまでに一カ月近くかかった。それもきれいに解決したのではなく、不満を残しながらもとりあえず矛を収めてもらった、という程度のケリのつけ方だった。

「火種はまだくすぶってますから、心配は心配なんですけど……」

アンミツ先生に経緯を報告したテンコさんは、「でも」とつづけた。「いままでどおりにやっていこうと思ってます」

校長や副校長は、今回のトラブルを機に二十人二十一脚のあり方を見直そうとしているらしい。うまく歯車が嚙み合っているときには「日本の国技が相撲なら、杉の木小の『校技』は二十人二十一脚ですよ」などと持ち上げていたくせに、一度こういうことが起きると「やっぱり課外活動でここまで夢中になられるのもねえ……」と腰が引けてしまう。

同僚も、そうだった。テンコさんをかばってくれるひとはほとんどいない。「じつは保護者の一部からも、いかがなものか、という声はあがってたんですよ」「選手の子はプレッシャーを感じるし、補欠の子には負け犬根性が染みついちゃうし、いいことなんにもないじゃないですか」「ですから、僕は反対してたんですよ、最初から」……校長の顔色をうかがったひともいるだろうし、いままでずっと我慢していたひともいるのだろう。

「ユキちゃんの両親と話し合いをしてるときより、むしろ職員会議のときのほうがヘコんじゃいました」

テンコさんは力なく苦笑して、「わたし、やっぱり、あんまり好かれるタイプじゃないんだなあ、って」と言う。

そんなことないわよ——と慰めたり励ましたりするのは簡単だった。テンコさんが恩師と思ってくれているのならなおさら、そうすべきかもしれない。

だが、アンミツ先生は笑わずに、きっぱりと言った。

「大きな教師になりなさい」

「大きな……ですか？」

「そう。優秀な教師や、正しい教師、強い教師じゃなくて、いろんな子どもたちを包み込める大きな教師になりなさい」

最初はきょとんとしていたテンコさんだったが、ああそうか、という顔で言った。

「わたし、太平洋みたいな教師になります」

きっとなれる。だいじょうぶ。アンミツ先生は指でＯＫマークをつくり、満を持して、にっこりと笑った。

七月の終わり、フリースクールの夏合宿から真っ黒に陽に焼けて帰ってきた翔也は、荷物を解く間もなく「テンコ先生とキックさんって、知り合い？」と訊いてきた。

「ううん、五、六歳離れてるし、学校も違うから」

「でも、結婚式、テンコ先生にも来てもらわない？　僕、キックさんにお願いするから」

「……どうしたの？」

合宿が、とても楽しかったらしい。外国人の子どもたちや、一般の学校の「みんな」に馴染めない日本の子どもたちが通うフリースクールが何校か集まって、合同で合宿をした。決して金銭的に恵まれた環境ではない。合宿の場所も、首都圏からほど近い山梨県の山村だった。ＪＲと路線バスを乗り継いで集まって、数年前に廃校になった学校に寝泊まりして、食事は自炊……。

「でも、最高に楽しかったんだよ！」

ほら見てよ、と翔也はノートを開いて、合宿で知り合った友だちの住所録を見せてくれた。たどたどしい日本語の文字の横に、それぞれの母国の文字が記してある。英語、スペイン語、ポルトガル語、フランス語、ドイツ語、簡体字、繁体字……まだまだある。

「こっちがタイ語で、こっちはベトナム語だよ。で、これがアフガニスタンの文字で、こっちがエジプトで、その下がケニア。スワヒリ語っていうんだっけ？」

三泊四日の合宿で、二十カ国以上の友だちができた。その中には難民として日本に来た子もいるし、親が難民だった子もいる。最初の二泊は仲良くなることでみんな精一杯だったが、最後の夜は、一人ひとりの子どもたちが背負っている戦争や内乱や飢餓の話を、問わず語りに話した。日本の子どもたちも、不登校のすえにフリースクールに来た理由――虐待やいじめについて、ぽつりぽつりと語ったのだという。翔也も、「ガイジン」と呼ばれてきた日々を語った。

「べつに言いつけたり愚痴ったりっていう感じじゃないんだけど……仲良くなった友だちには、自分のこと、わかってほしいもんね」

その一言を笑って言ってくれたことが、先生にはうれしかった。

誰かと誰かが出会って仲良くなる――その素晴らしさに、翔也はフリースクールの合宿ですっかり魅せられたのだという。

「だって、世界中に何十億人っていう人間がいて、その九十九・九九九九九九パーセントのひととは一生出会えないわけでしょ？　だから『出会う』ってのは『奇跡』と同じ意味だと思ったんだ、僕」

そう思った瞬間、「みんな」と馴染むことが苦手で「ガイジン」と呼ばれつづけた日々が、影の世界から光の世界へと反転した。

「だって、『ガイジン』は、誰とでも出会えるわけでしょ？　もともとの知り合いや友だちが全然いない『ガイジン』って、寂しいかもしれないけど、ぜんぶ出会いになるわけだから、じつは寂しくないんじゃないの？」

屁理屈だと、切り捨ててしまうおとなはいるだろう。そんな屁理屈を言わなければ自分を肯定できないのは悲しい子どもだ、と眉をひそめるひともいるかもしれない。

それでも、アンミツ先生には翔也の言っていることがよくわかる。

新年度の始まる四月――入学したばかりの一年生はもちろんのこと、クラス替えをした三年生、五年生の教室には、知らないクラスメイトがたくさんいる不安と、新しい友だちができることの期待とが入り交じった、独特の空気が漂っている。クラス替えがなくても、転校生が一人入ってくるだけでも、あるいは逆に、三月でよその学校に転出してしまった子が一人いるだけでも、教壇から眺める教室の空気は明らかに変わる。

クラス担任の教師は、子どもたちが新しい友だちと出会って、別れて、ケンカをして、仲直りして……というドラマを、少しだけ遠くから、もどかしさとともに見守るしかない。だからこそ、いじめという「別れさせてくれない嫌な人間関係」を心から憎むし、翌年の三月の卒業式や終業式では、おとななのに胸を熱くしてしまうのだ。

「僕ね、テンコ先生とキックさんやヒデヨシさんが、出会って、友だちになったら、すごくいいと思うんだ。だから、キックさんの結婚式には、テンコ先生も一緒に来てもらおうよ。ね？　ね？　いいでしょ？」

先生が微笑んで、「翔也くんとお父さんが出会ったみたいに？」と訊くと、翔也は、こっくりとうなずいて言った。

「そう、僕とおばあちゃんが出会って、仲良くなったみたいにね」

夏休み中のテンコさんは、アンミツ先生が連絡をとると、まずなによりも、翔也がフリースクールで楽しくやっていることを喜んでくれた。そして、「めだかはどうなりましたか？」と訊いてきた。

「……だめだった」

正直に答えた。五尾のめだかは、残念ながら、五月から六月にかけて次々に天国に旅立っていった。

「塩水浴もやったし、薬浴もいろいろやってみたんだけど、やっぱり……もともと体力がなかったみたいで、だめだったの……」

結果はかわいそうなことになった。ただ、先生に後悔はなかった。精一杯やった。健夫や薫さん、そしてヒデヨシのことを思うと、「命」とは年月の長さだけで計れるものではないはずだし、決して計ってはならないのだという気もする。

テンコさんは「そうですか……」と少し沈んだ相槌を打ったあと、「翔也くんは、どうでした？」と訊いてきた。その質問を、先生も心の片隅で待っていた。

「泣いたわよ。一尾死んじゃうたびに、わんわん泣いてたから、合計して五回、号泣しちゃった」

微妙に笑いがにじむ。不謹慎だとは思わない。泣いてくれたことがうれしかったのだ。「命」の灯が消えてしまうことは、無条件に悲しい。理屈は要らない。泣けばいい。ただ、その涙を心の底から流すには、「命」とまっすぐに向き合っていなくてはいけないし、心の底から流した涙は、どんなに悲しくても、泣きやんだあとに不思議な気持ちよさが残るものなのだ。

「庭に、めだかたちのお墓をつくったの」

「そうですか……」

「それでね、めだかのお墓にお参りするたびに、翔也は泣いちゃうの。お父さんとお母さんのことを思いだして」

「そうなんですか？」

「うん。めだかのついでに親のことを思いだすなんて、失礼かもしれないけどねえ」

「そんなことないです」

テンコさんはきっぱりと言う。「最高ですよ、それ、ほんとに、すごいです」

そんなふうに言うテンコさんは、一回りも二回りも大きくて強い教師になってくれたのかもしれない。被災地にも――「もちろん、行かせてください」と言ってくれた。

2

アンミツ先生と翔也がキックのふるさとを訪ねたのは、八月十三日の夕方だった。

この日からお盆が始まる。陽が暮れると、家の前で焚く迎え火の細い煙が、町のあちこちで幾筋もたちのぼる――。

「でも、それももう、みんなの記憶の中だけの光景になってしまいました」

二人を新幹線の駅まで迎えに来てくれたのは、康正さんだった。先生は「結婚式の直前でお忙しいんですから」と固辞したのだが、康正さんは「新郎の父親なんて、なんにもすることないんですよ」と笑って、半ば強引に出迎えた。おそらく、四月に会ったときに気まずい別れ方をしてしまったのを康正さんなりに悔やんで、挽回しようとしているのだろう。

「去年のお盆は、どこのウチでも初盆だったんです。とにかく何百人も津波で亡くなったんですから」

「そうですよね……」

「生き残った我々のほうも大変でした。震災から半年足らずで、やっと避難所生活から仮設住宅に移れるかどうかの時期でしたから、ほんとうにまだ、自分たちが生きていくのがやっとで……逆に言えば、帰ってくる仏さまを迎えるのが精一杯で、よけいなことを考えずにすんだんですよ」

だが、いまは違う。

「正直に言って、こんな町のありさまじゃあ、仏さまに顔向けできませんよ」

康正さんは悔しそうに言って車を徐行させ、舗道の陥没した箇所を通り抜けた。沿岸部に入ると道はたちまち悪路になる。震災後の復旧工事で重機や大型ダンプがひっきりなしに行き交ったせいで、道路は穴ぼこだらけになってしまった。その穴を埋めて舗装をやり直す余裕はない。なにしろ、沿道の電線や電柱すら、まだ仮設なのだから。

「春にも先生はこのあたりをご覧になったでしょう？　いかがですか？　少しは復興が進んでると思われますか？」

先生は黙り込んだ。その沈黙が答えになった。四月に訪ねてから四カ月、町の風景は、廃墟になった建物の撤去が進んだ程度で、ほとんど変わっていない。春から夏へと季節が流れたことを教えてくれるのは、更地に生い茂る雑草の伸び具合だけだった。

「厳しいです、ほんとうに……」

康正さんはため息を呑み込んで、車を港のほうに向けた。

急ごしらえの水揚げ設備と仮設の魚市場が港につくられたのは、つい先週のことだという。

「お盆明けからはサンマ漁と下りガツオのシーズンですから、とにかくそれに間に合わせたくて、必死でここまでやったんです」

もちろん、「産業」としてよみがえっているとは、まだ、とても言えない。

「魚を水揚げするだけじゃだめなんです。氷が要るし、発泡スチロールの箱だって要る。冷凍倉庫に、缶詰工場、輸送体制……震災前の規模に戻すには、十年やそこらじゃ無理ですよ。だいいち漁船だって、九割ですよ、九割が流されたんですから」

それでも、康正さんは、愚痴をこぼすためにアンミツ先生と翔也を港に連れてきたわけではなかった。

陽が暮れて薄暗くなった港の桟橋に、多くのひとが集まっている。みんな何種類かの揃いのTシャツを着て、忙しそうにしている。

「もうすぐ、市役所と漁協と商工会が合同でたいまつを灯すんです」

桟橋と高台のグラウンドの二カ所で灯す。それが、お盆の迎え火になる。

「市街地はご覧のとおり、瓦礫の山と更地ですし、内陸のほうの仮設住宅に住んでるひとたちも多いので、そんなところで迎え火を焚いても、仏さまたちには見えませんよ。それで、仏さまたちが道に迷わないように、ここがふるさとですよ、って……」

「灯台みたいな感じ?」——翔也が訊くと、康正さんは「そうそう、そうなんだよ」と大きくうなずいて、桟橋の手前で車を停めた。

「じつはですね、これ、息子が言い出しっぺの一人なんですよ。漁協や商工会の若い連中と意気投合して、お盆はにぎやかにやろうじゃないか、って」

市役所の面々は、背中に〈がんばろう!〉とプリントされた黄色いTシャツを着ている。漁協は青いTシャツで、背中にはカモメとサンマとカツオのプリント。商工会は白地に赤く〈絆〉と一文字だけの潔さだった。

「ほら、あそこです、あそこで打ち合わせしてるのが——」

キックだった。おでこにタオルを巻いて、すっかり陽に焼けて、肩までめくりあげたTシャツの袖から伸びる腕は、春に会ったときよりも太く、ゴツくなったように見える。街の復興は遅々として進んでいなくても、一人の若者は、間違いなく、ふるさとで鍛えられたのだ。

たいまつに火が灯された。暮れかかった港を炎が照らす。振り仰ぐと、高台のグラウンドでも同じように、たいまつが灯っていた。

車から降りたアンミツ先生の頬を、風が撫でる。潮の香りのする涼しい風だった。

「お盆が過ぎると、もう夏も終わりです」

康正さんが言った。「八月の七夕や盆踊りは、夏を見送るお祭りなんですよ」

だからなのだろう、東北の夏祭りはどんなに華やかで勇壮であっても、同時になんともいえない寂しさやもの悲しさも感じさせる。

「ああ、今年の夏も終わりだなあ……と感じるいまの季節が、一番寂しかったんです。でも今年は、冬が終わる頃が一番寂しかったなあ。ああ、もうすぐ三月十一日だ……って。来年からもずっと、そうなるんでしょうね」

たいまつに火が灯るのを合図に、港の外にいた何隻もの漁船も甲板の明かりを点けた。漁港ならではの迎え火だった。

「四月にね、先生と翔也くんが東京に帰ったあと、いろいろ考えたんです。息子のこと、ほかの誰かと比べないでほしい……って、翔也くんに言われたことを嚙みしめてました」

思いだした出来事がある、という。

「震災のあと、息子が初めてこっちに帰ってきたとき、私も気持ちが高ぶっていたせいで、叱ったんですよ。『いまさら帰ってきても遅いんだ』『横浜で結局なにができたっていうんだ、まったく』『震災を逃げ帰ってくる口実にするんじゃない』……」

もちろん、それは憎しみからの言葉ではない。ハッパをかけたつもりだった。親のプライドを示したつもりでもあった。

「でもね、いま、思います。ただ一言『お帰り』って言ってやればよかったんだ、って。あいつに『お帰り』って言ってやれるのは、私と女房だけなんですから」

「ええ……」

「まあ、でも、今度からはお嫁さんが言ってくれるわけですけどね」

くすぐったそうに笑う康正さんの表情は、確かに四月よりも和らいでいた。

先生も微笑みを返して、たいまつをあらためて見つめた。「お帰り」「ただいま」——そんな声が、潮騒とともに、聞こえなかったが、聞こえた。

気がつくと、翔也がリュックサックから健夫と薫さんの写真を取り出して、胸に掲げていた。「お帰り」「ただいま」——潮騒は、そのやり取りを静かに、静かに、繰り返す。

翌日の夕方には、ヒデヨシが家族とともにやってきた。東京を発ったのは昨日だったが、体力の負担を考えて仙台に一泊した。ホテルでは、どうしても名物の牛タンを食べたいんだと言い張って、理香さんや三人の息子を困らせたのだという。

「結局、ルームサービスで頼んだんですけど、自分は『香りだけでごちそうなんだ』なんて言って、ぜんぶ僕たちに食べさせるんです」

長男の和良があきれ顔で言うと、次男の智良と三男の昭良も、ほんとほんと、まいっちゃったよね、と苦笑いで応えた。

三人とも、四月に会ったときよりもおとなびた。特に和良——高校三年生の夏休みは大学受験の行方を左右する大切な時期だが、ずっとヒデヨシに付きっきりなのだという。

現役で大学に合格するのはあきらめた、というより、いまは——。

「受験勉強よりも大事な体験をしてるから、って言うんですよ、あの子」

理香さんはこっそり、アンミツ先生に教えてくれた。「一浪したほうが親父の生命保険のお金も入るからいいんじゃないか、なんて言うんですけどね」——そういう照れ屋なところは、父親譲りなのだろう。

ヒデヨシはもう車椅子なしには動けない。その車椅子もほとんど寝台同然に背中を倒しているし、付き添いの息子たちは、酸素吸入用のボンベを交替に持ち歩いている。

痩せた。体が細くなり、薄くなって、肌から生気が失われた。日中に外に出ていても、汗がまったく出ない。代謝能力が落ちてしまったのだ。おしっこが出なくなったらいよいよ危ない。そんなヒデヨシのために、キックは万が一の場合に病院で受け容れる態勢を整えていた。スガちゃんが保育士仲間に紹介してもらった看護師の資格を持つおばさんが、滞在中はずっと一緒にいてくれることにもなっていたし、康正さんは「男手が要るときもあるだろうから、雑用係で使ってやってくれよ」と、消防団の若手を付けてくれた。

恐縮しても、もはや涙もうまく流せないヒデヨシに代わって、理香さんと息子たちが泣きながら感謝を伝えると、康正さんも目を赤くして言った。

「生きてりゃ誰だって、どこかで誰かに迷惑をかけちゃうんだ。そういうものなんだよ、人間ってのは。遠慮なく迷惑かけてくれよ。それが、ヒデヨシさんも俺たちも生きてるんだ、っていう証になるんだからな」

ヒデヨシはアンミツ先生と翔也を見ても、もう声はほとんど出せなかった。翔也に対しては、よお、と口を動かし、手を少し上げたが、先生と目を見交わしたときには、ただ落ちくぼんだ目を力なくまたたくだけだった。

疼痛を抑えるために、かなり強い薬を使っているらしい。「いつもはトロトロと眠ったようになるんですが、今日はやっぱり、気が張ってるんだと思うんです」と理香さんは言って、「アンミツ先生に会うのを、ずーっと楽しみにしてがんばってきたんだものね、お父さん」と、からかうように笑ってヒデヨシの顔を覗き込む。ヒデヨシはちょっとムスッとしたように見えたが、それは——希望を込めた、先生の勘違いだったかもしれない。

そんなヒデヨシの体調を慮(おもんぱか)って、キックと康正さんは、理香さんと息子たちの案内の手はずを万端ととのえていた。ヒデヨシはエアコンの効いたホテルの部屋で、看護師さんに付き添われてゆっくり休んでいればいい。万が一の事態に備えて、すぐに病院に移れるように手配もしている。

被災地の様子も、もちろん見てもらう。津波の傷痕だけでなく、そこから少しずつでも立ち上がろうとしている復興の姿も、ぜひ見てほしい、とキックも康正さんも言う。

だが、それ以上に見てほしいのは、陽が暮れてからおこなわれる夏祭りだった。

「町内会ごとに山車を曳いて、山車と山車をぶつけ合うっていう、勇壮で荒っぽいお祭りなんですけど、それをぜひ……できれば、ヒデヨシさんにも、見てもらいたくて……」

もちろん、キックにも、いまのヒデヨシの体調はよくわかっている。わかっていても、いや、だからこそ、「ホテルの窓からでもけっこうですから、見てください」と訴える。

どこの町内会でも、山車は津波で壊され、流された。なにより山車を曳く人々が、亡くなり、行方不明になり、家や職を失ってふるさとを去ってしまった。

「去年は祭りができませんでした。でも、今年こそは、というのを合言葉にして、みんなでがんばったんです」

その中心になったのは康正さんが率いる消防団の面々で、じつはキックも今夜、津波で亡くなった阿部ちゃんの袢纏を羽織って、山車を曳くのだという。

「明日は結婚式ですから、今夜の祭りが、独身時代最後の晴れ舞台なんです」

キックの言葉に、ヒデヨシは初めて、はっきりとした厚みを持った声で応えた。

「見るよ……見せてくれ……」

不思議だった。陽が暮れるまではホテルの一室で昏々と眠っていたヒデヨシが、夜になって街のほうから祭り囃子が聞こえてくると、目を覚まし、そればかりか「外に出て山車を見てみたい」と言いだしたのだ。

付き添いの看護師さんによると、眠っているときの脈拍や血圧は、とても外出のできるような数値ではなく、あと少し悪化したら救急車を呼ぶことも考えていたのだという。

目を覚ましたあとも、数値そのものはほとんど変わらなかったので、意識を明瞭に保つことは難しい。看護師さんも、すぐにまた眠ってしまうだろうと思っていたのだが、ヒデヨシの意識は、外に出て夜の風にあたるといっそう冴え冴えとしてきた。

ホテルの前の路上にいたアンミツ先生や翔也たちは、玄関から出てきたヒデヨシに気づいて——口には出さなかったけれど、皆、同じことを思った。

陽が落ちて、あたりには、うっすらと霧がかかっていた。車椅子に乗ったヒデヨシの姿もほの白い紗を透かしたように見える。この時季に霧が出るのは珍しいことだと看護師さんが言った。だが、このほの白さは、ほんとうに霧なのか……？

霧に包まれた祭り提灯の光は、やわらかなまるみを帯びている。聞こえてくる祭り囃子も、音が霧に吸い込まれているせいか、遠くなのか近くなのかわからない。

お盆なのだ。祭りなのだ。遠い世界に旅立ってしまったひとたちが、ふるさとに帰ってきて、家族と過ごす一夜なのだ。

ヒデヨシが闇の虚空を見つめて、口を開く。言葉にはならない。ただ、ああ、ああ、ああ、とうめくように繰り返す。それは、息苦しそうな声ではあっても、どこか安らいだ、幸せそうな声でもあった。

ヒデヨシはもう、「生」と「死」の二つの世界の狭間にいるのだろう。ヒデヨシの目には、向こうの世界から帰ってきてくれたひとたちの姿が見えているのだろうか。ああ、ああ、ああ、と繰り返す声は、文字どおり命を振り絞って伝える「お帰りなさい」なのだろうか……。

理香さんが嗚咽を漏らす。三人の息子もそれぞれ啜り泣いている。言葉で説明できなくても感じるものがあるのだろう。

翔也も――。

お父さん、お母さん、と息だけの声でつぶやいた。

祭り囃子とともに、山車が近づいてくる。道路の両側に建物はない。暗闇が果てしなくつづいているようにも見える。そんな闇の中を、提灯や回り灯籠に彩られた山車が進む。幼い子どもやお年寄りが、提灯を手に山車を先導する。山車の屋根の上に乗って町内会の祭り袢纏を誇らしげにひるがえすのは、いかにも威勢の良さそうな若い衆や親父さんたちだ。屋根の下では、女衆や少年たちが笛と太鼓を鳴らして祭りを盛り上げる。そして、そんな山車の曳き手を指揮するのは、消防団の袢纏を羽織った面々——その中に、キックもいた。同じ消防団の袢纏姿でも、他のメンバーより動きはぎごちない。遠慮がちな、おっかなびっくりのしぐさで、まわりの消防団員にしょっちゅう「これでいいですか？　いいんですよね？」と訊いている。

山車がアンミツ先生たちの前をゆっくりと通り過ぎる。康正さんは腕組みをして、採点をするように山車を曳くキックの様子を目で追っていた。康正さんが期待していたようには動けていないのだろう、何度か首をかしげ、最後は、うーむ、と喉を鳴らした。もしかしたら、記憶の中の阿部ちゃんと比較して、阿部ちゃんの遺品の袢纏を羽織る資格はなかったんだ、と断じてしまったのかもしれない。

だが、翔也は目を輝かせて、「カッコよかったね、キックさん」と、誰にともなく言った。

「お父さんのサンバみたい」

「サンバ、って？」

アンミツ先生が訊くと、「工場でカーニバルをやってたの」と言う。「お父さんも踊ってたんだよ」

健夫が働いていた上毛市の工場では、従業員の大半が日系ブラジル人だったこともあって、夏祭りの盆踊りの代わりに、サンバを踊っていた。健夫も慣れない手つきや腰つきで、一所懸命に日系ブラジル人の仲間たちと呼吸を合わせて踊っていたのだという。

「そうだったの……」

「お母さんはそれを見て、言ってたんだよ。お父さんってカッコ悪いけどカッコいいよね、って……カッコ悪くてカッコいいお父さんって、世界で一番カッコいいんだよ、って」

薫さん、ありがとう、と先生は夜空を見上げて、涙に濡れたまぶたをまたたいた。

康正さんは翔也の肩を抱き寄せて、「おじさん、また翔也くんに大事なことを教わったなあ……」と笑いながらハナを啜った。

3

翌朝早く、テンコさんが来た。東京から夜行バスを使ったのだ。所要時間は八時間を超えるが、新幹線とレンタカーやタクシーを使うより安上がりで、なにより——。

「カーテンと窓の間に顔を入れて、ずーっと、いろんなこと考えてました」

ホテルのロビーで会ったテンコさんは寝不足の目をしょぼつかせ、一晩中座りっぱなしだったせいで凝ってしまった首筋を自分で軽く揉みながら、けれど不思議と気持ちよさそうに笑う。

「でも、景色なんてなにも見えなかったんじゃないの？」

アンミツ先生が訊くと、「だからいいんですよ」と返す。闇の中、照明灯のオレンジ色の光が、規則的なテンポで窓の外を流れていく。その単調さが、考えごとをするにはぴったりなのだという。

じゃあ、どんなことを考えてたの——？

訊きたかったが、そこはナイショのままにしておこう、と決めた。テンコさんも、先生が質問をグッと呑み込んでくれたのを察したのだろう、わざとあっけらかんと、あくびをしながら「被災地に来たのって、初めてなんです」と言う。「いままでテレビやネットでしか知らなかったけど……やっぱり、それは『知識』だけだったんですね」

ちょうど夜が明けた頃に、バスは沿岸部に入ったのだという。最初のうちは朝もやに包まれていたせいもあって、道の両側に広がる荒涼とした草原を見てもピンと来なかった。

「なんだか北海道みたいだなあ、って。やっぱりこのあたりって土地が余ってるっていうか、広いんだなあ、って……牧場の真ん中を走ってると思ってたんですよ、わたし」

だが、ふと見ると、その草原にはコンクリートの基礎が見え隠れしていた。それでようやく、ここがかつては町だったことを知り、知った瞬間、背筋がぞくっとした。

テレビやパソコンの画面のサイズではわからない。まして、手のひらに載るスマホの小さな画面で見ているだけでは、決して感じ取れないものが、確かにある。

「建物が消えた町の広さが、怖くて、悲しくて……ウチのクラスの子どもたちにも、それをなんとか伝えたいんですけど……」

やっぱり現地に来ないと難しいですよね、とテンコさんは悔しそうに言う。その表情は、いままでの負けず嫌いの悔しさとは、確かに違っていた。

キックとスガちゃんの結婚式と披露宴は午後からなので、シャワーを浴びて仮眠をとるぐらいの時間は充分にある。

「どうする？　少し休むんだったら、わたしと翔也の部屋を使えばいいわよ」

アンミツ先生が訊くと、テンコさんは「もうちょっと街を歩きます」と答えた。「二学期が始まったら、少しでも被災地の詳しい話を子どもたちにしてあげないと」

そのあとで、「一日歩いた程度でなにがわかる、って言われたら、それまでなんですけど……」と気弱そうに苦笑する。いままでのテンコさんなら決して浮かべなかった表情だった。

「まずはそこから始めればいいの。先は長いんだから」と先生は笑ってハッパをかけた。

テンコさんの報告を聞いた子どもたちの何人かは、テレビや新聞の報道に接したときよりも被災地のことを身近に感じるかもしれない。被災地のためになにができるかを真剣に考えたり、大切な人やかけがえのない暮らしを一瞬にして奪われてしまうことの悲しみを「かわいそう」以外の言葉で感じるようになるかもしれない。

三十人に一人……実際にはもっと率が悪いだろうか。小学生のうちは「ふうん」と聞き流すだけで、卒業後、もっと大きくなってからでないとわかってもらえないだろうか。

それでもいい。子どもの頃に教わったことのほんとうの意味や重みに、おとなになってから「そういうことだったのか」と気づくときの、息が一瞬詰まってしまうような感覚は、決して悪くない——たとえそれが、「どうしてもっと早く気づかなかったんだろう」という苦い後悔を連れてきたとしても。

「学校の先生が子どもたちに伝える言葉は、射程距離とか賞味期限が長くないとね」

「……え？」

「基本は『じわじわ』だからね。ゆっくり染みていかなきゃね」

「ちょっと、よくわかんないんですけど」

「あ、ごめん、なんでもない」

いったんは笑ってごまかしたアンミツ先生だったが、思い直して話をつづけた。

「あのね、テンコさん。『みんな』の多数決はすごく大事なことだけど、ほんとうに伝えたいことは多数決なんて関係ないからね。教室に三十人いるうちの、たった一人にでも伝わったら、それはすごいことなんだから」

まだまだ「みんな」が大好きなテンコさんは、少し困ったような曖昧な笑顔で、それでも「わかりました」とうなずいた。

アンミツ先生と翔也とテンコさん、三人でホテルの外に出た。ゆうべのお祭りでキックたちが曳いた山車の飾りものの切れ端が、雑草の生い茂る更地に落ちていた。お祭りの名残はそれくらいのもので、荒涼とした市街地を歩いていると、なんだかお祭りそのものが幻だったようにも思えてくる。

「今夜は灯籠流しがあるらしいんだけど、テンコさんは——」

「だいじょうぶです。バスは九時ですし、ぎりぎりまで一緒にいさせてください」

テンコさんは帰りも夜行バスを使う。往復車中泊で、こっちにいる時間よりもバスに揺られている時間のほうが長いほどだった。お盆明けからは、教育大学が開く公開講座に通うのだという。

「忙しいのに誘っちゃって、悪かったわね」とアンミツ先生が恐縮すると、「とんでもないです」と笑ってかぶりを振り、遠くに目をやって「それに、去年の夏はもっと忙しかったんですから」とつづけた。

去年の夏休みは、二十人二十一脚の練習で毎日のように学校に通っていた。大会の参加校を増やすための講習会も開いたし、参加を目指す学校に出向いて、指導法をレクチャーすることも多かった。

だが、今年、杉の木小学校は大会への出場を取りやめた。校内での記録会も中止になった。一時は杉の木小の「校技」のような扱いを受けていた二十人二十一脚だったが、いまはもう、どのクラスもやっていない。

一学期の終わりの職員会議やPTAの会合では、タイム偏重の弊害で補欠の子が出てしまうことや選手のプレッシャーやケガの心配などへの批判が噴出した。テンコさんは黙って、その批判を受け止めた。反論はしない。してもむだだ。なにより悔しかったのは、同僚や保護者が「以前から気になっていたんです」「いつか言わなきゃいけないと思っていたんですよ」と、過去にさかのぼって二十人二十一脚の意義を否定したことだった。

「でも、ほんとうは、ひそかに一発逆転も狙ってたんですけどね」

テンコさんは足を止め、骨組みしか残っていない二階建ての家を眺めて、ため息交じりにつづけた。

「子どもたちは、二十人二十一脚をやりたがるはずだ、って……」

でも、そうじゃありませんでした、とテンコさんはまた歩きだす。

期待していた。信じていた、と言ってもいい。

「子どもたちは、みんなで力を合わせることの楽しさを知ってるはずなんです。一人ずつの力は小さくて、それをみんなで補い合って、伸ばし合っていけば、足し算以上の強さになる。それを知ってほしくて、がんばって練習させてきて、ちゃんと結果も出てたんです」

だが、職員会議で「無記名のアンケートをとりましょう」と決まり、子どもたちの意見を訊いてみると——。

「これからも二十人二十一脚をつづけたい」という意見は、二割にとどまった。「もうやりたくない」とはっきり拒否したのも同じぐらいだった。ただ、「できればやりたくない」という回答は四割に達し、残り二割は「どっちでもいい」「よくわからない」だった。

「数字的には、接戦と言えば接戦でした。だから、ほかの先生の中にも『希望者だけのクラブ活動みたいな感じで残そうよ』っていう動きはあるんですけど……」

ただ、テンコさん自身は、張り詰めていたものがプツンと切れてしまった、という。

「きれいごとだと自分でも思うんですけど」と前置きして、言った。

「よかれと思ってやったことが受け容れられなかったのもショックだったんですけど、子どもたちにずーっと我慢させてたんだなあって思うと、ほんとうにヘコんじゃいました」

わかるわよ、とアンミツ先生は並んで歩きながら、テンコさんの背中をポンポンと手で叩いた。ほんとうは肩を叩きたかったのだが、身長の差のせいで、背中というより、むしろ腰に近いところを叩く格好になった。

「みんな楽しそうにやってくれてたのになあ、記録を更新したら本気で大喜びして、うれしそうだったのになあ……」

「でもね、テンコさん。子どもたちは嘘をついたり、無理をして楽しいふりをしてたわけじゃないと思うわよ」

二十人二十一脚で新記録を出したときは、やっぱりうれしいのだ。素直に、正直に、心の底から、楽しいと思っているのだ。それでも、みんなに迷惑をかけてはいけない、と緊張して、プレッシャーを感じ、「もうやめたいなあ」とうんざりしてしまうこともまた、素直で正直な思いなのだ。

「子どもって、難しいですね」

テンコさんの言葉に、先生はこっくりとうなずいて、「だから面白いのよ」と言った。

三人は小さな公園に着いた。四月にアンミツ先生とスガちゃんが一緒にお酒を飲んだ、あの公園だ。

まわりの更地に生い茂る雑草の緑が濃くなったぐらいで、四月とはなにも変わっていない――と、最初は思っていたが、先に立って公園の中に入った翔也は「へえー、こんなのがあるんだね」と声をあげた。

ベンチの前のスペースに、手作りのシーソーがあった。船舶用のオイルの缶を半分地面に埋め込んで、カマボコのような半円の上に板を載せ、板の両端に手綱のようにロープを取り付けただけの、ごく簡単なつくりだ。

それでも、公園に新しい遊具ができたというのは、ここで子どもたちが遊ぶようになった、ということなのだろうか。いまはまだ子どもたちの姿はなくても、早く戻ってきてほしい、という願いを込めているのだろうか。

どちらにしても、小さくてもうれしい変化が、確かにあった。すべてを津波で失われてしまった町にも、新たな始まりは、ささやかに芽吹いていたのだ。

翔也が「シーソーやってみようよ」と誘うと、テンコさんは迷ったり戸惑ったりする間もなく、「うん、やろう」と応じた。

板の両端に分かれた。手綱はおとなが立ったままでもつかめる長さだった。座り込んでしまうとテンコさんの側が重くて動かなくなるので、二人とも立って手綱を引き、膝のバネをうまく使って交互に上下した。

最初のうちは体のバランスを取るのが難しそうで、上下するテンポもぎごちなかったが、慣れてくると動きはなめらかになり、手綱を引くテンコさんの表情にも余裕が生まれた。

「ねえ、アンミツ先生」

「……だいじょうぶ？　しゃべってても」

「平気です。ねえ、わたし、お盆明けから公開講座に通うでしょ？　それ、けっこう面白そうな講座なんですよ」

日本語を母国語としない子どもたち――「ガイジン」と呼ばれてしまう子を教えるための講座なのだという。

いまの学校にそういう子はいない。だが、いつか出会うかもしれない。そのときにあわてて「どうしよう……」と考えても遅い。

「翔也くんと知り合ったおかげで、そういう発想になれたんだと思います」

テンコさんはうれしそうに言った。大きな挫折のあとの、ささやかでうれしい始まりは、ここにもあった。

4

ヒデヨシは朝一番にホテルから病院へ移り、午前中一杯を病室で過ごした。

ゆうべは旅先ということもあって、なかなか寝付かれず、最後は鎮静剤を点滴に混ぜて眠ったのだという。

朝起きたときには三十八度近い熱もあったし、疼痛もあいかわらずつづいているし、なによりゆうべ――祭りの山車を見送った頃から、意識が混濁している。理香さんはキックに相談して、ホテルをチェックアウトすることに決めたのだ。

「寝言っていうか、うわごとで、お父さんやお母さんのことを呼んでるんです」

理香さんが病室の前でアンミツ先生に教えてくれた。

「あと、友だちのことだと思うんですけど、みんな、あだ名で……いかにも子どもみたいな、『デコちゃん』とか『ブー太郎』とか、『カボちゃん』とか……」

出てくるあだ名すべてに聞き覚えがある。あだ名の主の顔も浮かぶ。みんな、ヒデヨシが小学生だった頃の仲間たちだ。

ということは、つまり、いま――。

「小学生のガキ大将に戻ってるみたいです」

理香さんは泣き笑いの顔で言う。「あの頃が一番良かったんでしょうかね」

アンミツ先生は苦笑交じりに首をかしげた。「幸せ」を問うなら、小学六年生の頃が一番幸せだったという人生は、やはり寂しい。人生の幸せのピークは、自分で道を選び、自分の力で生きていくおとなの日々であってほしい。けれど、「帰りたい日々」として考えるなら、小学六年生の頃を選んでくれるのは「あり」だと思う。

「先生のことも、よく出てきますよ。アンミツ先生、アンミツ先生って……なんだか、すごく甘えん坊の声になるんです……」

理香さんはハナを啜って笑い、病室のドアを静かに開けた。「どうぞ、もう起きてると思いますから」

先生が病室に足を踏み入れると、ベッドの背を少し起こしたヒデヨシと目が合った。ただ、そのまなざしに光はほとんどない。目は覚めていても、意識はまだ混濁したまま、幻から抜け出せずにいるのだろう。

「おはよう、ヒデヨシくん」

返事はなかったが、顎がかすかに動いた。

「今日、がんばろうね。キックの結婚式だから、みんなでお祝いしてあげないとね」

顎がまた動く。まなざしに少しだけ力が宿ってきた。そういえば、昔のヒデヨシはクラスの『お誕生日会』では誰よりも張り切って、みんなをお祝いしてくれる子だったのだ。

めだかの群れはどうしてみんな、同じ向きで、流れに逆らって泳いでいるのだろう。がんばって上流のほうを向いていないと、そのまま流されてしまうから？　ならば、それはめだかの本能なのだろうか。あるいは群れの中で最初に流れに逆らって泳ぐ一尾がいて、まわりのめだかがそのリーダーの一尾に従っているものなのだろうか。

ヒデヨシくん――。

アンミツ先生は、そっと語りかける。

看護師さんや理香さんの介助を受けてベッドの背を起こしてもらったヒデヨシは、いまから「めだかの学校」の第一期生として、一世一代の晴れ舞台に臨む。

三人の息子たちが、ヒデヨシの体を支え、声をかけながら、服を着替えさせる。パジャマを脱いでワイシャツを着て、その上に礼服を羽織って、蝶ネクタイをつける。

「せっかくのお祝いなんだから、せめて上着だけでもちゃんとするんだ、って……キックさんが遠慮しても、もう、本人が一度決めたことは絶対に譲らないんで……」

理香さんが苦笑して言う。

ヒデヨシくんは、どんなときだって、ヒデヨシくんなんだね――。

アンミツ先生もまぶしそうに目を細めて、うん、うん、とうなずく。めだかの群れで最初に流れに逆らって泳いだ一尾は、きっと思いきり意地っぱりで、負けず嫌いで、ちょっとだけ見栄っぱりで、仲間たちに「おーい、流れに逆らって泳ぐのも気持ちいいぞ!」と笑って教えてくれるのだろう。「前には進めないけどな、でも、いいじゃないか。ここでがんばろうぜ」とみんなを励まして、天敵のタガメが姿を現したら、「だいじょうぶだ、オレに任せろ!」とみんなを守って闘って……そして、残念で、悔しくて、悲しくて、せつないけれど……。

着替えが終わった。ワイシャツも礼服も、ぶかぶかだった。「おととし、会社のひとの結婚式で着たときは、ピチピチで心配だったんですけどね」と理香さんは笑って言って、けれどもう笑顔をつくるのも限界になって、手で顔を覆ってしまった。

だが、ヒデヨシは薄くなった自分の胸板をそっと撫でて、かすれた声で言った。

「メタボ……より、いいだろ……カッコいいだろ、いまのほうが……」

笑った。最高の笑顔だった。だから、息子たちまで、もう顔を上げられなくなった。

ヒデヨシが服を着替えるまで廊下に出ていたテンコさんが、翔也に連れられて、病室に入ってきた。

ほんとうは、テンコさんはヒデヨシと会うのを遠慮していたのだ。東京でアンミツ先生から話を聞いていたときよりもずっと容態が悪化しているのを知って、「大切な体力や気力を、わたしなんかのために使わないでください」と後込みしていた。

だが、ヒデヨシ自身が、ぜひ会いたい、と望んだ。話ができなくてもいい。顔を見るだけでいい。

「キックさんやスガちゃんに会うのも、もちろん楽しみにしてたんですけど――」

理香さんがこっそり教えてくれた。

「新郎新婦のお二人とは四月にも会ってるでしょう？　でも、テンコさんは初めてだし、アンミツ先生の教え子同士の先輩と後輩っていうか、ちょっと妹みたいな感じもあるみたいなんです。一番上のお兄ちゃんとして、会っておきたい、っていうか」

いかにもヒデヨシらしい発想に、先生は思わずクスッと笑い、テンコさんもそれで少し気が楽になったようだ。

もっとも、理香さんも、ヒデヨシがテンコさんに会って伝えたかった一番大切な言葉については なにも知らなかった。それがヒデヨシだ。子どもの頃は、友だちをびっくりさせるのが大好きで、なにか思いつくと、すぐに口の前で指を立てて「先生、ナイショだよ、ナイショだからね」と笑っていたのだ。

る声で「初めまして……」と挨拶した。

ベッドを起こしても、もうヒデヨシは背中を浮かせることはできない。テンコさんは震える声で「初めまして……」と挨拶した。

ヒデヨシは「よお」とイバって言う。最後の力を振り絞って、「先輩だからな、俺」とヤンチャな言い方をする。

けれど、そのあと、落ちくぼんだ目でじっとテンコさんを見つめて、言った。

「……めだか」

「え？」

「……めだか、たち、を……よろしく……いい先生に、なって……くれよ……」

枯れ枝のような指をアンミツ先生に向けて、口を動かした。声にはならなくても、その動きだけで、言葉と思いは確かに伝わる。

お、て、ほ、ん――お手本。

テンコさんは泣きじゃくりながら、何度も何度も、大きく、涙のしずくが飛び散るほどの勢いでうなずいた。

テンコさんが病室を出ると、看護師がヒデヨシの喉にからまっていた痰を取り除いた。様子を見に来た医師は、脈を取り、血圧と体温を測って、眉をひそめた。脈拍が不規則になり、血圧や体温の数値も良くない。

医師は理香さんに「少し休んで、眠ってもらったほうがいいかもしれません」と耳打ちした。「薬を点滴すれば、だいぶ楽になると思うんですけど」

だが、ヒデヨシには大切なことが残っている。そのために東北まで、文字どおり命を削って、やって来たのだ。

理香さんにもヒデヨシの思いはわかっている。覚悟を決めてもいる。

「すみません」

医師に丁寧に頭を下げた。「本人が自分から『しんどい』って言うまでは、がんばらせてやってください」

医師は「いや、しかし……」と反論しかけたが、三人の息子たちも理香さんの背後に並んで、「お願いします」「僕たちがちゃんと見てますから」「お父さん、がんばってるんです！」と口々に言った。

そして最後にヒデヨシ本人が、「おい……ベッド、もっと起こしてくれよ」と誰にともなく言う。声はしっかりしていたが、病室の空気は一瞬にして凍りついた。「おい、母さん、ちょっとスイッチ入れて、起こして」と理香さんに声をかけているのに、顔の向きは理香さんのいる方向からは微妙にずれている。「トモ、おまえでもいいや、ベッド起こしてくれ」

と次男の智良を呼んでいるのに、顔は末っ子の昭良に向いている。熱のせいで視界が霞んでいるのだろうか。いや、ガンは脳にも転移している。もう視力そのものがほとんど奪われている恐れだってある。

理香さんがリモコンでベッドのリクライニングを操作した。ヒデヨシは「そう、うん、もっと起こしていいぞ」と言う。目が見えていないことは、自分からは決して言わない。これもヒデヨシの意地なのだろう。だが、このままでは、キックとスガちゃんの一世一代の晴れ姿を見ることができないのだ。

「ヒデヨシくん、お待たせ」

アンミツ先生が部屋に入ってきた。「お待ちどおさま、きれいな花嫁さんと、カッコいい花婿さんの登場よ」

ウエディングドレス姿のスガちゃんが、タキシードを着たキックに手を取られて、しずしずと部屋に入ってきた。

スガちゃんの着ているウエディングドレスは決して豪華なものではない。デザインは古く野暮ったいし、生地や仕立ても良くない。さらになにより、かぎ裂きをつくろった跡や、うっすらとした泥の染みまでついている。

それでも、スガちゃんはこのドレスを選んだ。ほかのドレスにすることなど考えられなかったし、キックもその決心を心から喜び、諸手を挙げて賛成した。

津波で全壊した結婚式場のレンタルドレスなのだという。何十着もあったドレスの在庫は海に流され、あるいは汚泥にまみれてしまった。なんとか洗濯してつくろうことができたのは、在庫の中でも一番年季が入っていた、この一着だけだったのだ。

「でも、古いドレスは、それだけたくさんのお嫁さんが着てるわけですよね。だから、震災前の幸せや喜びが染みてるんです」

病院の玄関前でタクシーを降りたスガちゃんは、アンミツ先生にそう言って、「わたし、みんなにお祝いしてもらってるんですよね」と笑った。この町は最初から「被災地」だったわけではないのだから。みんな、何年も何十年も、この小さな海辺の田舎町で、笑ったり泣いたりしながら、ささやかな暮らしを一所懸命に紡いできて、結婚式には、きっと人生で最高の笑顔を浮かべていたはずだから。

そして、いま——。

病室でキックとスガちゃんと向き合ったヒデヨシは、無言で二人を見つめる。

二人の姿が、ヒデヨシにはちゃんと見えているのだろうか。だいじょうぶだろうか。

「僕たち、結婚します」とキックが言う。

ヒデヨシが黙ってうなずくと、スガちゃんが「みんなと一緒に、幸せになります」と言葉を区切ってつづけた。

ヒデヨシは目をつぶる。しばらく沈黙が流れたあと、目を閉じたままで大きく息をつき、不意に「ああ、見えた」と声をはずませた。

「なんだ、おい、目隠ししたほうがよく見えるようになったよ、ヘンな病気だなあ……スガちゃんは美人だし、キックも馬子にも衣装ってやつだ、うん……見えるぞ、うん」

目を開ける。まなざしをまっすぐに二人の顔に向けて、はなむけの言葉を贈る。

「めだかの夫婦のお二人さん、しっかり、仲良く、太平洋を泳いでいけ――」

荒波だからな、キック溺れるなよ、とおどけて付け加えて、ヒデヨシは最後の最後までヒデヨシをまっとうした。

お父さんと同じだったね、と翔也はアンミツ先生の耳元でささやいた。ヒデヨシがキックとスガちゃんに贈った言葉のことだ。

確かにそれは、健夫が翔也に告げた「めだか、太平洋を往け」というメッセージときれいに重なり合う。

お父さんとヒデヨシさんが知り合ってたら、絶対に友だちになってたと思うよ、僕――。

そうね、と先生が微笑んでうなずくと、同じテーブルのテンコさんが小さく咳払いをした。先生と翔也は周囲のひとたちに合わせてあわてて拍手をして、ペロッと舌を出して笑い合った。

ステージでは、ちょうどいま、スガちゃんの勤めていた保育園の園長さんのスピーチが終わったところだった。お酒のせいもあるのか、寄り道だらけのスピーチになってしまったが、キックとスガちゃんの結婚がうれしくてしかたないんだという思いは、言葉がなくてもしっかり伝わった。

みんなそうだ。入れ替わり立ち替わり、司会者に指名されたわけでもないのにステージに立って、マイクに向かう。仮設の商店街の広場で披露宴が始まって二時間——出入り自由、飛び入り参加大歓迎の、ざっくばらんな祝宴だ。普段着のひとも多いし、酒や料理も、用意していたものに加えてみんなが持ち寄っているので、いつまでも尽きることがない。もともと酒好きの土地柄ではあるのだが、みんな、ほんとうによく飲む。呂律の怪しくなったひともいれば、千鳥足でステージに向かうひともいる。

みんなよく語る。「昭和」の貧しさを語り、震災の悲しみや苦しみを語る。嘆きや恨み言ではない。たくさんの苦労をしてきたからこそ、この町のひとびとは鍛えられてきたのだし、その強さはキックとスガちゃんにも確かに受け継がれているはずなのだ。

「あきらめねえぞ」と、マイクを持つ誰もが訛りのキツい口調で誓う。「俺たちは、ひとさまに勝つほど強くねえ。でも、あきらめねえ強さは、誰にも負けねえ」

だから――と、キックに言う。

「おめえら若い連中が幸せになることをあきらめたら、この町はもうおしめえだ」

だから――と、スガちゃんに言う。

「どんなに復興がしんどくても、あきらめてねえうちは、負けてねえんだからな」

そしてまた、紙コップを高々と掲げて、誰彼なしに肩を抱いて酒を酌み交わすのだ。

終　章

　披露宴は夕方にお開きになった。「後半はほとんど、ただの飲み会でしたね」とテンコさんがあきれて笑ったとおり、世間の常識からすると、少々くだけすぎた雰囲気だった。

「でも、キックさんのお父さんの最後の挨拶を聞いて、ああ、そういうことだったのか、ってわかりました。すごく、よかったです」

　アンミツ先生も同感。いまはまだ「なんでお酒に酔うと、みんなよくしゃべって、よく笑っちゃうの?」と怪訝そうな翔也も、いずれわかるようになるだろう。

　披露宴のお開きの挨拶で、康正さんは、まずなにより出席したみんなが楽しそうにお酒を飲んでくれたことに感謝していた。確かに、悪酔いして、愚痴ったり怒ったり泣いたりするひとは一人もいなかった。そのことを康正さんは「ほんとうに、ほんとうに、ありがとうございました」と感謝してから、胸を張ってつづけたのだ。

「なあ、みんな、昼間からめでたい酒に酔っぱらうのはひさしぶりだったなあ。津波から一年半近く、ずうっと、弔いの酒だったり、供養の酒だったり、やりきれなさを酔って紛らすしかなかったり……悲しい酒ばかりだったもんなあ……」

騒がしかった広場は、静かになった。

「ウチの息子は、ご覧のとおりの頼りない奴で、結婚しても、嫁さんに引っぱってもらうしかないと思うんだけど」

でもな、とつづけた。

「息子は今日、町のみんなにひさしぶりに心おきなく陽気な酒を飲んでほしかったんだ。うん、息子が決めたんだ。明日からはまたみんなも、町の復興や自分の暮らしや今後のことで大変だ。でも今日だけは、気分良く飲んで、酔って、笑ってもらおう……って、息子と嫁さんが決めたんだ」

そして、タキシード姿のキックの肩に、男同士の絆を確かめるように手を置いた。

「俺は、町のみんなをひさしぶりに元気にしてくれた息子のことを、誇りに思ってる」

キックは、康正さんに初めて褒められた。

それを本人以上に喜んで、喜びすぎて泣きだしてしまったのは、スガちゃんだった。

そんなキックとスガちゃんを拍手で包み込むみんなの顔は、もう酔ってはいなかった。ほんとうは、みんなのほうも「新郎新婦のために思いきり明るくやるぞ」と、酔っぱらったふりをしていたのかもしれない。陽が暮れ落ちたいまになって、先生は、ふと思う。

ホテルから数分の距離に、コンクリートで護岸された川が流れている。遠くの山並みに源を発して、ゆるやかに蛇行しながら田畑を潤し、市街地を通って太平洋に注ぐ川だ。

このあたりはもう、河口にほど近い。岸辺に立つと海も見わたせる。遠くに光っているのは漁り火だった。

あの日、津波は濁流となってコンクリートの堤防を破壊しながら、川を何キロもさかのぼり、両岸に広がる集落を呑み込んでいった。津波が去ったあと、川岸は瓦礫で埋め尽くされ、地盤沈下によって付近一帯が冠水してしまい、いまも土嚢を積んだ応急処置しかできていない箇所があちこちにある。

「気をつけてくださいね、道路が陥没してるところ、たくさんありますから」

キックが、懐中電灯でアンミツ先生の足元を照らしながら言う。津波で建物が流されてしまった市街地は、幹線道路をはずれると、たちまち街灯が間遠になってしまい、地元のひとでも懐中電灯なしでは危ないという。

「あと、道の端のほうを歩くと、ブロック塀が崩れて鉄筋が出てるところがありますから、危ないですよ」

キックの言葉を引き取って、スガちゃんが言う。スガちゃんが持つ懐中電灯の光は、テンコさんと翔也の足元を照らす。

「その先に市役所のテントがあるでしょ？　あそこが灯籠流しの受付です」

灯籠を付けた麦わらの舟に供物を載せ、川に流す。灯籠はロウソクの前に帆のように風よけの和紙を置くだけのささやかなものだが、「今夜は風がないから、海に出ても灯が消えずに、きれいですよ」とキックは言う。

キックもスガちゃんも、夕方までつづいた披露宴の疲れも見せず、浮き立った気分もきれいにぬぐい去って、灯籠流しに臨む。先生たちの前を歩いているのも、披露宴ではご機嫌に盃を重ねていたひとたちばかりだ。誰の足取りにも酔いの名残はない。背中には、粛然とした静けさが漂っている。

翔也もまた、さっきから黙々と歩いている。ときどきシャツの胸ポケットにそっと手をあてる。健夫と薫さんの写真が、そこにある。

先生の携帯電話に理香さんから連絡が入った。ヒデヨシは息子たちに付き添われて、いま、病院の屋上に着いたらしい。体調は悪くない。視力も戻った。暗い川面をゆっくりと滑るように流れていく灯籠舟の灯は、屋上からもとてもきれいに見える、という。

川面にはすでにたくさんの灯籠舟が浮かんでいたが、震災前の灯籠流しは、河川敷の広場を使って、もっと多くの灯に彩られていたのだという。

だが、津波は川岸の堤防や通路を破壊して、広場を瓦礫で埋め尽くしてしまった。去年は灯籠流しは中止になった。今年も、瓦礫を撤去して、舟を流す場所を確保するのが精一杯だった。道路から岸辺に降りるには、瓦礫の隙間を縫うような狭い道を通るしかない。

「昔のような灯籠流しができるようになるには、あと何年もかかると思いますけど、でも、あきらめるわけにはいきませんから」

キックは披露宴でみんなから贈られた言葉を反芻するように言って、教えてくれた。

この川は、秋になると鮭がのぼってくる。去年も、変わり果てたふるさとに、鮭はちゃんと帰ってきた。そして、今年の春には、卵から孵化した鮭の赤ちゃんが、海に旅立っていった。

「それが来年も再来年も、ずっとつづいていくっていうのが、なんか、いいなあ、って」

海に出て行くときの稚魚の体長は、五センチほどだという。数年後に、ふるさとの川に戻ってくるときには体長数十センチになっている。長い旅だ。その間にどんなことがあったのか。どこを旅して、なにを見て、どんな出会いと別れがあったのか。産卵の直後に死んでしまう鮭は、自分の長旅をわが子に語ることなく、ただ黙って、命のバトンをつないでいくだけなのだ。

また理香さんからアンミツ先生に電話がかかってきた。電話がつながると、理香さんは「主人が、どうしても先生に話したいことがある、って」と涙声で言って、すぐにヒデヨシに代わった。

「先生……」

「なに？」

「星、見てください」

「え？」

「俺、いま……屋上から星を見てて、すごくきれいで……ちょっと見てくださいよ……」

言われたとおり夜空を見上げると、思わず息を呑んだ。ずっと足元や川面に目をやっていたので気づかなかったが、空には無数の星がまたたいていた。

「それでね、先生……空を見たあと、川を見ると……灯籠流しのロウソクの灯も、星みたいで……天の川が地上に落ちて……海に流れてるみたいで……」

ヒデヨシの目には、いま、世界はどんなふうに映っているのだろう。空と大地と川と海がひとつに溶け合って果てしなく広がり、そこに無数の光がまたたいているのだろうか。

アンミツ先生は携帯電話を耳にあてたまま、夜空を見上げ、川に目をやり、荒れ果てた町を眺めわたして、海へとまなざしを放る。

「先生……俺、先生の息子さんと奥さんに、向こうで会いますよ……会えます、俺、わかるんです……」

縁起でもないこと言わないで、しっかりしてちょうだい、とさえぎって励ますのは簡単だったし、そうすべきなのかもしれない。

だが、先生はゆっくりと言った。

「健夫も、薫さんも……あなたと会えたら、すごく喜ぶと思う」

「俺みたいなガキ大将、息子さん、苦手なんじゃないんですか？」

「違う違う、あの子、自分がおとなしかったから、ワンパクな子に憧れてたのよ」

「じゃあ、俺たち親友になれますよ。歳の違いなんて、向こうに行けば関係ないし」

うれしそうに言う。先生も「二人のこと、よろしくね」と笑って言う。「あなたが一緒だったら、すごく安心」

不思議だった。ヒデヨシの声は、ほんとうはもう、ほとんど聞き取れない。ゼエゼエと苦しそうな息の隙間に、かすれた声がかろうじて交じっているだけだ。

なのに、先生には、元気な声が、確かに聞こえる。声が耳に流れ込むと、まぶたの裏に子どもの頃のヒデヨシの笑顔が浮かぶ。

ヒデヨシだけではない。少し離れたところで灯籠舟に供物を載せながら翔也に語りかけるテンコさんの声も、まるで先生の耳元でささやいているように聞こえる。

「翔也くんのお父さんとお母さんは、ナスと割り箸でつくった牛に乗って、遠い世界に帰っていくの。でも、お盆が始まって翔也くんに会いに来てくれるときには、キュウリの馬に乗るの。馬のほうが牛より速いから、早く会えるでしょ？　帰るときは逆に、ゆっくり帰ってほしいから牛に乗ってもらうわけ」

川面を眺めながらスガちゃんと手をつなぐキックの声も、聞こえた。

「来年のお盆に亡くなったひとがまた帰ってくるまでに、少しでも、俺たちみんな、幸せになってなきゃな……」

教師にも卒業式があるのだとしたら、それは、今夜なのかもしれない。

灯籠舟に載せる供物は、翔也が選んだ。健夫が毎日風呂上がりに飲んでいたという缶チューハイを一本、薫さんが大好きなマスカットを数粒、それにナスでつくった牛と、落雁の盆菓子も載せて、最後に、めだかの水槽に入れてあったビー玉を五、六個――。

「東京から持ってきてたの？」

アンミツ先生をびっくりさせたかったのだろう、翔也は、エヘヘッと笑顔で胸を張って、

「きれいだから、お父さんとお母さんに、おみやげ」と言う。

ロウソクに火を灯した。風よけの和紙がやわらかなオレンジ色に染まり、ビー玉も色とりどりにキラキラと光る。

「すごいなあ、今年の灯籠舟で一番きれいだぞ」とキックが言う。テンコさんは冷静に「重くなりすぎない？　沈んだりしない？」と心配していたが、だいじょうぶ、先生がそっと川面に浮かべると、舟はかすかに揺れながら、ゆっくり海に向かう。

「もしもし？　見える？　いま、舟を流したわよ」と先生が電話で伝えると、ヒデヨシは「見えますよ、ほんとに星みたいだ……きれいだなあ……」と笑った。

たくさんの舟が、星になって川を下る。陽が暮れて間もない頃に流した舟は、すでに河口から海へと出ている。

「あそこだよ、あそこの舟、あれがお父さんとお母さんの舟だからね」

翔也は誰にともなく言って、絶対に見失わないように、と岸辺から舟を指差す。

「あ――」

スガちゃんが不意に声をあげた。「いま、向こうの空で、流れ星、見えました」

先生は無意識のうちに手を合わせ、頭を垂れていた。夜空の星に祈った。川を下る星に祈った。海に出た星にも祈った。

「おばあちゃん、どんなこと祈ってるの？」

翔也に訊かれた。先生は微笑んでかぶりを振り、「ほら、ずっと見てないと、どの舟だったかわからなくなっちゃうわよ」と、あらためて舟を見つめた。

もう健夫たちの星は、ずいぶん遠ざかって、小さくなっていた。河口まではあとわずか。

そして、果てしない海が、その先に広がる。

先生は手を合わせたまま、そっと、息だけの声でつぶやいた。

めだか、太平洋を往け――。

本作品は、十勝毎日新聞、苫小牧民報、千歳民報、釧路新聞、山梨日日新聞、神奈川新聞、静岡新聞、神戸新聞、山陽新聞、徳島新聞、長崎新聞、佐賀新聞、南日本新聞、宮崎日日新聞、下野新聞、東愛知新聞の十六紙に、二〇一二年十二月〜二〇一四年四月の期間、順次掲載されたものに、加筆修正した文庫オリジナルです。

めだか、太平洋(たいへいよう)を往(ゆ)け

重松清(しげまつきよし)

令和3年8月5日　初版発行

発行人——石原正康
編集人——高部真人
発行所——株式会社幻冬舎
〒151-0051東京都渋谷区千駄ヶ谷4-9-7
電話　03(5411)6222(営業)
　　　03(5411)6211(編集)
　　振替00120-8-767643

印刷・製本—中央精版印刷株式会社

装丁者——高橋雅之

幻冬舎文庫

ISBN978-4-344-43112-6　C0193　し-4-6

幻冬舎ホームページアドレス　https://www.gentosha.co.jp/
この本に関するご意見・ご感想をメールでお寄せいただく場合は、
comment@gentosha.co.jpまで。